두 손이 닿을 때까지

1장 • **봄** ……………………… 007

2장 • **여름** ……………………… 121

3장 • **가을** ……………………… 241

4장 • **그에게는 봄** ……………………… 389

봄
Spring

1.

 스물세 해. 이때까지 사랑이라는 감정을 느껴 본 적이 없다면 그건 거짓말일 것이다. 그렇지만 그레타는 단언할 수 있었다. 여태까지의 삶에서 이렇게 강렬한 사랑을 느껴 본 적은 없다고, 이것이야말로 진짜 사랑이라고.

 그레타가 느껴 본 사랑이라고 해 봤자 어린 시절 아카데미 다닐 적에 두근거리는 마음으로 손 몇 번 잡고 입맞춤 몇 번 했던 바람둥이 동기와 나누었던 마음 따위였다. 그래서 그레타는 진짜 사랑이 찾아왔을 때, 온통 머릿속이 한 사람으로 가득 차버리는 상황에 경악을 금치 못했다. 평범했던 길가의 꽃이나 그냥 떠가는 구름이나 좋아하는 음식이나 즐거워하는 취미 같은 일상의 모든 것이 그 사람을 생각하게 하고 심지어 무슨 차를 마실지 같은 작은 선택을 할 때마저도 머릿속에 있는 그 사람을 먼저 생각하게 된다니.

그레타는 머리를 다듬을 때면 그가 좋아하는 머리 스타일, 책을 고를 때면 그가 즐겨 읽는 책, 승마를 할 때면 그가 자주 타는 애마를 먼저 생각하고 마는 자신의 모습에 어찌할 바를 모르고 애만 태웠다. 왜냐하면 그는 자신이 사랑하는 남자에 대해 무엇 하나 제대로 알지 못하고, 자신이 사랑하는 남자는 그에 대해서 눈곱만큼도 관심이 없기 때문이다.

그랬다. 그레타는 아주 열렬한 짝사랑을 하고 있었다.

리에보 백작가는 자녀 복이 많아 아이가 다섯이나 되었다. 그중 장녀는 무예에 재능이 넘치는 데다 역마살이 끼어 성인이 되자마자 여행길에 올라 간간이 잘 살아 있다는 소식만 들려오는 정도였다. 그는 서른둘인데, 어머니인 리에보 백작은 항상 장녀가 언젠가 자기 아이라며 애 두엇을 데려온다 해도 전혀 놀라지 않을 거라 말하곤 했다.

어릴 적부터 자신의 미래와 자유로운 삶에 더 관심이 많은 언니를 보며 장녀보다 더 장녀같이 자란 차녀는 올해 서른하나로 백작가의 후계자로 단단히 자리매김을 하고 있었다. 이미 데릴사위로 아버지를 꼭 닮은 부드럽고 자상한 평민 출신의 행정관 하나를 낡아챈 그는 곧 백작가를 이어받을 예정이다.

집안의 셋째는 강인하고 불같은 성격의 어머니보다는 예술적 감각이 뛰어난 아버지를 닮았다. 유약한 성품의 아들이 사회 경험을 통해 단단해지길 바란 리에보 백작이 등을 떠민 탓에 그는 일찍이 독립했다. 그의 음악적 재능은 평범한 수준이었으나 타고난 감수성과 노력하는 재능으로 얼마 전부터 황궁 음악단에서 일하기 시작하면서 백작의 걱정을 덜어 주었다.

차남이자 넷째는 어머니와 장녀를 닮아 무예에 재능이 있지만 다행히 역마살은 이어받지 않아 황궁 기사단에서 잘 자리 잡고 일하고 있었다. 그는 스물여섯이라는 나이치고는 꽤 빠르게 높은 자리를 꿰게 된 터라 우쭐하고는 했다. 그런 아들을 볼 때마다 리에보 백작은 혀를 차며 저 덜떨어진 망아지 같은 놈을 데려가게 될 사람이 누가 될는지는 몰라도 어미 된 입장에서 벌써 미안해진다며 남편에게 하소연을 했다.

그리고 집안의 막내, 리에보 백작 부부의 금실이 좋아서 어쩌다 보니 생겨 버린 그레타는 가족 계획에 없던 아이치고는 무척이나 사랑받고 자랐다. 여동생이 갖고 싶었던 차녀(그레타는 사실 큰언니에 대한 기억이 많지 않았다)는 여덟 살 차이 나는 어린 여동생을 인형처럼 데리고 놀았고, 유순한 큰오빠는 큰 관심을 갖진 않았으나 항상 어여삐 여겨 줬으며, 장난꾸러기 막내 오빠는 짓궂게 굴고는 했어도 가장 친한 친구였다.

그레타는 올해로 스물세 살이었다. 그럭저럭 각자의 재능을 뽐내며 자리를 잡고 살아가고 있는 언니 오빠들과는 달리 그는 이제 막 아카데미를 졸업한 터라 집에서 놀고먹고 있었다. 스스로 생각해 보았을 때 그레타는 어중간하게 이것저것 모두 다 그럭저럭 잘하지만 반대로 말하자면 특출나게 잘하는 것이 없었다. 더욱이 특별히 하고 싶은 일도 없는 터라 한 일이 년은 좀 놀아야지, 그렇게 생각하고 있었다. 그레타는 가문을 이을 필요도 없고 결혼도 하지 않아 아직 집에서 여유롭게 생활하고 있었고, 그 자유로움은 주변 친구들이 모두 부러워하는 것이었다.

그레타에게 번개처럼 사랑이 내리꽂히게 된 것은 백수 생활을 본격적으로 즐겨볼까 하려던 때였다. 초대 황제의 절친한 친구였던 신궁 리에보의 혈통을 이은 리에보 백작가의 사람들은 모두 활을 잘 쏜다(심지어 유약한 장남도 활쏘기만큼은 백발백중이다). 그 덕에 그레타가 가장 즐기는 취미 중 하나가 바로 활쏘기였다. 그리고 활쏘기를 사랑하는 예가헨 제국 사람들이 활 솜씨를 쉽게 자랑할 수 있는 방법 중 하나는 바로 사냥대회에 나가는 일이었다.

그레타가 아카데미에서 집으로 돌아온 뒤 처음으로 열린 황실 주최의 사냥대회는 제국의 어디에서나 흔히 볼 수 있는 아얀 메추리 사냥대회였다. 이 대회는 메추리를 잡아 그 고기로 육포를 만들어 가난한 사람들에게 나눠 주기 위해 매년 이른 봄마다 열리는 연례행사였다. 해마다 있는 행사지만 1등을 하는 사람에게는 황금 메추리 트로피가 수여될 뿐만 아니라 육포 기부를 수상자의 이름으로 진행하기 때문에 명예욕이 많은 귀족들은 언제나 열성적으로 참여했다.

아얀 메추리의 개체 수 조절을 위해 사냥터는 매해 바뀌는데, 어째서인지 이번엔 여태 한 번도 사냥터로 지정된 적이 없는 수도 히테리아 외곽의 고곤 숲이었다. 후에 알게 되었지만, 고곤 숲은 위험한 동물들이 종종 모습을 드러내어 안전을 위해 사냥대회 개최지로 선정되지 않았으나 처음으로 사냥대회에 참가하는 2황자가 자신이 1등을 하기 위해서는 메추리 개체 수가 가장 많은 곳으로 가야 한다 고집을 부려 고곤 숲이 선택된 것이었다. 위대하신 황제께서 그 모습을 보고 저 녀석이 나이 차이 많이 나는 늦둥이로 태어난 것이 천만다행이 아닐 수 없다며 한숨을 내쉬었다는 후문이 돌았다. 아무튼 그런 아얀 메추리 사냥대회에 그레타가 참석했다.

사냥대회는 무난하게 흘러가는 것만 같았다. 그레타는 솔직히 너도나도 활 잘 쏜다고 큰소리치는 예가헨 제국 사람들 사이에서도 손꼽히게 활 잘 쏜다고 소문난 리에보 백작가의 사람이었고, 개중에서도 솜씨로는 최고였다. 내친김에 입상이나 해 보자 하며 열심히 메추리 사냥을 하고 있었다. 그 와중에 하필, 아니 무슨 운명의 장난처럼 하필 이때 곰이 눈앞에 나타날 게 뭐람.

고곤 숲엔 위험한 동물이 종종 나타나긴 하지만 그렇다고 곰에게 잡아먹혔다는 사람 이야긴 한 번도 들은 적이 없었다. 게다가 눈앞에 나타난 회색곰은 빨라야 여름이 다 될 늦봄쯤에서나 겨울잠에서 깨는 소문난 게으름뱅이였다. 지금은 아얀 메추리가 가장 활발하게 활동하는 이른 초봄이고. 그런데 잠을 너무 자다 보니 시간 감각마저 흐려진 건지 아니면 밥을 덜 먹고 자서 배가 고파 일찍 깬 건지.

'멍청한 곰! 바보 곰!'

그레타는 경악한 가운데 속으로 온갖 욕설을 내뱉었지만 그래도 강철 같은 정신력을 가진 리에보 백작 가문의 막내답게 침착했다. 그 덕에 이성을 잃고 뛰어가는 실수를 저지르진 않았다. 아니, 애초에 곰을 이렇게 가까운 거리에서 만난 순간 이미 도망가기엔 늦어 버린 것이다. 뒤도는 순간 저 생체시계가 고장 난 배고픈 곰은 그레타의 작은 머리통을 앞발 후려치기 한 번으로 저 멀리 날려 버릴 테니까. 그레타가 할 수 있는 것은 아주 강렬한 시선으로 곰과 눈싸움을 하는 것뿐이었다.

갓 깨어난 곰은 배가 무척 고팠을 텐데도 그레타에게 바로 덤벼들지 않았다. 그레타는 힐끔힐끔 눈알을 굴리다가 녀석이 이미 한 끼 식사를, 적어도 간단한 요기 정도는 마쳤다는 사실을 눈치챌 수 있었다. 누군가가 잡아 놓은 아얀 메추리의 사체 무더기가 심하게 훼손되어 있었고, 녀석의 주둥이에 피가 묻어 있었기 때문이다. 천만다행이었지만, 어쨌거나 덩치가 2미터를 넘는 거대한 녀석이 기껏해야 메추리 몇 마리 가지고 배가 부를 리 없었다. 그레타가 아무리 매섭게 눈을 부라리며 놈과의 대치를 이어가고 있다 해도, 그건 녀석이 스스로 배가 고픈지 안 고픈지 밥을 더 먹어야 하는지 말아야 하는지 고민하는 시간 정도밖에는 안 되는 것이었다. 어쨌거나 녀석은 이 작은 이족보행 동물을 마저 먹어야겠다고 다짐한 것이 틀림없었다.

크허어어어엉! 곰이 울부짖었다.

"으아아아아아아아악!" 그레타도 지지 않고 맞서 울부짖었다.

그레타는 혼신의 힘을 다해 몸을 굴려 앞발을 피하고 침착하게 활을 쏘았다. 자신이 쏜 화살이 곰의 왼쪽 눈에 명중하는 그 모든 순간마저도 그레타에게는 아주 느리게 이루어지는 일 같았다.

털이 곤두설 만큼 긴장한 채로 준비한 덕에 앞발 스매싱을 피하고 한 방 먹이기까지 했다. 그러나 화살 한 대로는 거대한 곰을 쫓아낼 순 없었다. 곰은 몹시 화가 나 울부짖었다. 그레타는 도저히 두 번째 행운을 바랄 수 없었다.

그러니 이것은 행운이 아니라 운명일 것이다.

혜성처럼 빠르게 누군가가 그레타와 곰 사이로 끼어들었다. 거짓말 같은 속도였다. 남자는 거대한 검을 들고 준비된 것처럼 곰을 상대하기 시작했다.

남자에게는 팔 한쪽이 없었다. 분명 무게 중심이 달라 크고 무거운 검을 휘두르는 것이 더욱 어려울 게 분명한데도 그는 한 치의 흐트러짐도 없이 유려하게 움직였다. 목표만을 바라보는 흔들림 없는 시선, 잔잔한 호수 같은 침착함. 곰이란 것이 단신의 몸으로 칼 한 자루만 들고 상대할 수 있을 만한 짐승이 아니었음에도, 그는 마치 당연한 일을 해낸 것처럼 덤덤했다.

곰은 일찍 눈을 뜬 대가로 일찍 생을 마감하게 되었다.

남자가 그레타를 향해 몸을 돌렸다. 그레타는 속으로 탄성을 내질렀다.

외팔의 검사. 황태자의 측근. 평민이었으나 대 마물 전쟁에서 어마어마한 전공을 세우며 황태자의 목숨을 여러 번 살린 구국의 영웅. 가장 영예로우나 단지 그 이름이 가진 명예뿐인 아단티에 공작위를 이어받은 남자. 대 마물 전쟁의 마지막 전장에서 검사로서 가장 중요한 오른팔을 잃은 비운의 영웅. 그는 라가헨 솔 아단티에였다.

"어디 다친 곳은 없으십니까?"

그 순간부터였다. 그레타의 세상이 라가헨이라는 한 남자로 가득 차기 시작한 건.

　　　　　　　　·   ·

이미 친밀한 상태에서 서로가 서로에게 서서히 스며들어 시나브로 사랑의 마음을 키워 나가는 경우가 아니라면, 대체로 첫인상 즉 외모가 많은 것을 결정한다는 사실은 누구라도 부정할 수 없을 것이다.

하지만 기탄없이 말해 보자면 아단티에 공작의 외모는 썩 그레타의 취향에 맞지 않았다. 그는 팔이 하나뿐인 사람인 걸 한눈에 알아채기 어려울 만큼 크고 우람한 데다 누가 보더라도 일단 무섭다는 인상을 주는 외모를 가진 사내였다. 그가 풍기는 위압적인 분위기 때문에 대개 사람들은 그를 무섭다고 생각했다.

평소 그레타는 사내라면 응당 꽃 같아야 한다고 생각해 왔다. 언제나 부드럽고 상냥하며 사랑스러울 것. 이것은 대대로 기가 세고 당찬 여인들이 가문을 휘어잡아 온 데다 그들의 취향이 한결같다는 가풍의 영향이 크게 작용한 부분이었다.

그레타의 아버지인 백작 부군은 꽃과 시를 사랑하는 보드라운 성품의 사내로, 부부싸움이라도 할 때면 항상 먼저 울음을 터뜨렸다. 따라서 불같이 성을 내던 백작이 달래다 화해하는 것이 일상이었다. 차기 백작 부군이 될 차녀의 남편도 비슷한 처지라 장인과 사위 간의 유대관계가 긴밀하게 형성될 정도였다.

그레타가 여태 해 본 연애답지 않은 연애에서 꼭 아버지나 형부 같은 사람을 만난 것은 아니었다. 그렇지만 누군가를 향한 열렬한 사랑에서 헤어 나오지 못한다면 그 사람은 분명 형부 같은 사람일 것이라고 생각해 왔었다. 아버지한테는 미안하지만. 형부 에드워드는 정말이지 눈이 부시게 아름답게 생겼으니까.

그러나 지금 그의 머릿속을 가득 채우고 있는 상대가 누구인가! 바로 그레타를 잡아먹을 뻔한 곰처럼 크고 강한, 그러니까 꽃과는 정말 영영 닮을 수 없을 것 같은 사나이, 제국의 제1 기사 아단티에 공작이시다!

'솔직히 이건 사랑이 아니라, 그래. 흔들다리 효과, 너무너무 놀란 상황에서 심장이 두근거리는 걸 공작님에 대한 어떤 특별한 감정으로 착각한 게 아닐까? 그러니까, 그래, 이건 착각인 거지!'

곰을 만난 그날로부터 자꾸만 머릿속에서 멋지게 등장한 아단티에 공작의 모습이 무한재생되고, 무한재생될 때마다 설렘이 끝없이 올라와 심장을 쿵쾅쿵쾅 아프게 때려대자 그레타가 스스로를 속이기 위해 해 본 생각이었다. 심지어 그레타는 이건 사랑이 아니라고, 고작 한 번 본 사람에게 첫눈에 반할 리가 없다고 스스로를 세뇌시켜 보려는 시도까지 해 보았다.

모든 노력이 수포가 되자 그레타는 남몰래 아버지 프란체를 찾아갔다.

"내가 느끼는 게 정말 사랑일까요? 착각 같은 건 아닐까요?"

낭만적이고 사랑 이야기를 좋아하는 그는 은밀히 찾아온 막내딸의 고민을 진중하게 들은 뒤 입을 열었다.

"그레타. 네가 느끼는 감정이 사랑인지 아닌지는 너만 알 수 있단다. 아직 어리니 혼란스러울 수 있어. 하지만 네가 느끼는 감정이 사랑이든 사랑 아니든 무엇이 중요하겠니? 지금 당장 네가 원하는 것이 무엇인지가 중요하지 않겠니?"

뜨거운 사랑을 겪어 보았고, 이제는 잔잔하게 흔들림 없는 동료애 같은 사랑을 이어 오고 있는 중년의 사내는 미소를 지었다.

"나도 어리던 시절이 있었고, 갓 사랑에 빠졌던 때가 있었단다. 지금의 네가 그러하듯 나는 그게 정확히 어떤 이름을 가진 감정인지도 알지 못했어. 그저 그 마음에 취해 소중하게 가꾸었고, 나도 모르는 사이 그건 사랑으로 자라 있었단다. 그 결실로 네가 태어났고. 그러니 그레타, 갓 돋아난 정체불명의 싹의 이름을 찾아 헤매기보다는 그것이 무엇으로 자랄지 지켜보며 키워 나갈지, 혹은 일찍 솎아낼지를 먼저 생각해 보는 것은 어떠니?"

프란체가 기대한 바는 그레타가 곰곰이 자신의 마음을 돌이켜 보고 신중하게 생각한 끝에 새싹처럼 피어오른 마음을 소중히 키워 나가는 것이었지만, 그가 잠시 잊은 것은 그레타도 불같은 리에보의 피가 섞여 있다는 사실이었다. 성격 급한 리에보에게 기다림은 없다.

리에보는 천천히 길러 자랄 때까지 기다리지 않는다. 원하는 것이 있다면 낚아채는 것뿐이다. 그가 사랑과 추억이라는 이름으로 덮어둔 과거에서 리에보 백작이 자신을 거의 반쯤 보쌈하다시피 데려와 날치기 혼인을 했다는 사실을 기억해 냈다면 그런 기대는 하지 않았을 것이다.

2.

라가헨은 매주 돌아오는 이 시간이 너무 싫었다. 정말 너무 싫어서 치가 떨릴 것만 같았다.

"이 여인은 어떤가, 공? 공, 보고는 있는 겐가?"

눈앞에 들이밀어진 것은 아름다운 여인들의 얼굴과 신상 명세가 그려진 책이었다. 심지어 이건 사교계에 일반적으로 돌아다니는 것이 아니라 황태자가 직접 지시해서 만들어진 특별한 책이었다. 황태자는 매주 두꺼워지는 이 책에 이름까지 붙였는데 바로 「무슈 뚜의 비밀의 책」이었다.

'제기랄, 무슈 뚜는 무슨 얼어 죽을.'

라가헨은 눈빛으로 저 저주받은 책을 찢어 버릴 수 있었다면 이미 가루가 되도록 갈기갈기 찢어 버렸을 것이다.

황태자는 근래 몇 달째 주마다 한 번씩 라가헨을 불러 어둠의 경로를 통해 구한 아름다운 귀족 여인들의 신상 명세 및 초상화를 모두 모아 만든 인명첩을 보여 주며 마음에 드는 사람을 고르라 성화였다.

라가헨은 곧 서른이고, 요새 아무리 결혼 적령기가 늦어지며 심지어 비혼을 선택하는 이들이 늘고 있다고는 하지만 귀족 남자 서른에 미혼이면 노총각 소리를 듣고도 남았다. 특히 라가헨은 평민 출신이기 때문에 귀족적인 이미지를 만드는 것이 더욱 중요했다. 뿐만 아니라 황태자는 라가헨을 몹시 아끼는 만큼 그가 얼른 적당한 수준의 성격 좋은 여인을 만나 아이를 낳고 오순도순 살기를 바랐다. 그 결과가 라가헨이 끔찍하게 싫어하는 '무슈 뚜 황태자의 시간'이 되어 버린 것이었다.

황태자는 자신이 사랑하는 벗이자 부하에게 도저히 측량할 수 없는 강력한 폭력을 행사하고 있다는 사실을 전혀 알지 못하고 있는 것 같았다. 라가헨은 솟구치는 짜증에 조금 울컥해 말했다.

"전하, 저는 여인에는 관심이 없다고 몇 번이나……."

"그 소리를 하도 들어서 내 오늘은 이걸 준비했지."

불길한 기운을 풍기는 책 한 권이 나왔다.

"테리와 고민한 끝에 더욱 은밀히 준비했다네."

황태자가 말하는 낌새는 더욱 불길했다.

"정말 힘들게 구했어. 여기 남자 취향인 젊은 귀족 청년들 중 가문을 이을 필요가 없는 이들을, 아니, 공! 어디 가는 겐가, 공! 내가 아직 말을 하고 있지 않은가! 라가헨 솔 아단티에!"

무엄하게도 라가헨이 황태자의 말이 끝나기도 전에 벌떡 일어나 도망쳤다. 그의 뒷모습을 바라보며 황태자가 황망하게 소리쳤다.

"아무도 모른다네, 괜찮아! 요새는 이런 게 흠도 아니라네! 난 정말 편견이 없어! 사랑은 사랑일 뿐일세!"

라가헨의 보좌관 제스파가 테리를 안쓰럽게 쳐다보았다.

"제스파. 자네는 어찌 생각하는가? 혹시, 여인이든 사내든 간에 라가헨 녀석의 취향에 맞을 만한 이가 있어 보이나? 아니면 관심 갖는 대상이라도."

"전하, 외람되오나 공작님의 입장도 고려해 주십시오."

"녀석이 평생 저리 외롭게 살까 우려되어 그렇지……."

황태자는 말을 멈추었다. 제스파와 테리는 그저 고개를 숙이고 있을 수밖에 없었다. 그가 얼마나 라가헨이 잃은 팔에 대해 애통해했는지, 그 미안함에 고개를 들지 못했던 모습을 알기 때문이었다. 잠시 입술을 깨물던 제스파는 힘겹게 말했다.

"그런 말씀 마옵소서, 전하. 공작님께선 전하를 위해 목숨을 바치셨더라도 영광으로 여기셨을 분입니다."

"목숨이 필요한 거였다면 녀석을 데리고 오지도 않았을 거다."

황태자는 그로부터도 한참이나 홀로 웅얼거렸다. 그 모습을 본 테리가 왜 쓸데없는 소리를 했냐며 제스파를 향해 눈을 부라렸지만 제스파는 못 본 척했다.

"사설이 길었군. 이만 물러가 보게, 제스파. 라가헨에게 오늘의 무례는 언제나처럼 신경 쓸 필요 없다고 전해 주고."

그사이 황태자의 방에서 자리를 박차고 나온 라가헨은 한숨을 내쉬었다. 주마다 반복되는 일이었지만 익숙해지는 일 없이 괴로웠다.

귀족 사회에 편입된 뒤 다양한 형태의 관계들을 접하며 좋은 여인을 만나 화목한 가정을 이루는 상상을 해 본 적이 없는 건 아니었으나, 한 번도 그것이 가능할 것이라 생각해 본 적이 없었다. 그에게는 남녀 관계는 물론, 그저 황태자의 곁에 있기 위해 필수적으로 유지해야 할 모든 사회적 관계조차 버거웠다. 그렇기에 황태자의 불필요한 친절이 더 견디기 힘들었다.

여인이라 하니 얼마 전에 있었던 사냥대회 일이 생각났다. 넉살 좋아 보이는 순진한 얼굴로 속 안에는 차가운 피가 흐르는 황태자와 달리, 그냥 생긴 그대로 순진하고 명랑하기만 한 바보 2황자가 1등을 하겠다고 나서놓고는 결국 입상조차 하지 못한 아얀 메추리 사냥대회에서 곰을 마주했던 한 여인.

사실 곰이 잠에서 일찍 깬 건 2황자의 탓이었다. 아얀 메추리를 더 많이 잡겠다고 깊은 숲속으로 들어갔다가 동굴 안에 잠들어 있는 곰을 발견한 것이었다. 봄이 오면서 잠의 깊이가 얕아진 곰을 쿡쿡 찔러보는 바보짓을 하다 결국 녀석을 깨우고 만 것이었다. 2황자는 천만다행으로 녀석이 잠에서 덜 깨 비몽사몽할 때 자신이 잡은 메추리를 집어 던지고 도망쳐서 무사했지만, 그 덤터기를 애먼 사람이 쓰게 됐다. 그게 바로 리에보 백작가의 막내딸이었다.

'그레타라고 했던가.'

라가헨보다 머리 하나둘은 더 작은 여인이 겁도 없이 곰과 눈싸움을 하고 있었다. 그는 곰에게 마주 포효하는 여인의 모습까지 모두 보았다. 병아리가 삐약거리더라도 그보다는 낫겠다 싶을 만큼 하찮기 짝이 없는 포효였지만 어째서인지 그 모습이 뇌리에 선명하게 남았다. 잽싸게 곰의 공격을 피하며 활을 쏴 눈을 맞히기까지 한 그 여인이 더욱 대단한 것은, 그 뒤로 메추리를 한 마리도 잡지 못해 놓고서도 사냥대회에서 2등을 했다는 것이었다.

관심 가는 여인이 없느냐 묻는 황태자의 말에 잠깐 곰 앞에서 포효하던 작은 여인이 머리를 스쳐 간 것엔 분명 별다른 이유는 없었다. 그저 너무 인상 깊어서, 단지 그뿐이었다.

라가헨은 오른팔이 있었던 빈자리를 한 번 내려다보고 이내 발걸음을 옮겼다.

3.

라가헨 솔 아단티에는 유명인이다. 얼마나 유명하냐 하면, 깊은 산속 골짜기 이름 없는 마을에서 사는 사람들도 이번 대 황제 폐하의 이름은 몰라도 영웅 라가헨의 이름만큼은 알 정도다. 수십 년 만에 부활한 아단티에 공작, 라가헨은 특히나 평민들에게 있어 신화적인 인물처럼 비치고 있었다. 그의 불우한 어린 시절마저도 그를 영웅처럼 만드는 데 일조하고 있었다.

라가헨은 이름자 외에는 물려받은 게 없는 사람이었다. 부모와 어린 동생은 어느 날 찾아온 전염병을 이기지 못하고 일찍 세상을 떴다. 아주 가난했지만 그래도 가족들과 함께했던 어린 날의 기억은 그가 자라는 동안 겪게 될 수많은 고난들을 이겨낼 수 있도록 해 주었다.

그래도 그는 운이 좋은 축에 들었다. 지나가던 용병단이 그를 불쌍히 여겨 심부름꾼으로 데려간 것이었다. 지금이야 잘 먹고 잘 씻고 관리받으며 멀끔하게 꾸미고 다니니 봐줄 만한 얼굴이라 말해 줄 수 있지만, 그때의 고아 라가헨은 그저 말라비틀어진 옥수수같이 볼품없는 소년이었다. 그러나 용병대에서 잘 먹고 잘 자라 뛰어난 검술까지 얻게 된 그는 꽤나 실력 좋은 용병으로 성장하게 되었다.

바야흐로 대 마물 전쟁의 시대. 라가헨은 용병으로 참전하여 공을 세웠고, 전쟁을 이끌던 황태자의 눈에 들어 기사 작위를 받은 뒤 그의 측근이 되었다. 황태자의 옆에서 전쟁을 승리로 이끌던 그는 마지막 전투에서 가장 강한 마물 케르베로스로부터 황태자를 지키기 위해 몸을 던졌고, 그 결과 오른팔을 잃게 되었다. 황태자를 지키고 남은 한 팔로 흉악한 케르베로스의 목을 딴 라가헨은 손수 대 마물 전쟁의 막을 내리고 영웅이 되어, 제국의 제1기사, 제국의 영웅에게만 수여되는 아단티에 공작위를 받게 되었다. 이로써 아단티에 공작위가 주인을 찾은 것은 오래전 예가헨 제국과 오르덴 왕국 간의 치열한 전쟁에서 어마어마한 전공을 쌓은 파인트 아단티에가 죽어 공석이 된 지 칠십여 년 만의 일이었다.

이것이 황실에서 발간한 「라가헨 솔 아단티에 수기」에 나온 이야기다. 전쟁이 한창이고 라가헨이 이름을 날릴 적에 그는 황태자 다음가는 최고의 신랑감이었다. 원하지도 않았는데 어느새 그는 가장 몸값이 비싼 남자가 되어 있었다. 전장에서 멀리 떨어진 수도 히테리아에선 라가헨의 사진 한 장 한 장이 몹시 비싸게 거래되었을 정도였다. 그러나 팔을 잃고 그 어느 때보다도 가장 높은 자리에 오른 그에게는 단 한 장의 구혼서도 찾아오지 않았다. 활의 제국 예가헨에서 활을 쏘지 못하는 외팔의 사내에게 제 딸을 주고 싶어 할 부모는 아무도 없을 것이기 때문이다. 더군다나 오로지 명예뿐인 단승 작위를 가진 평민 출신의 사내라면 더욱이.

그레타가 아는 것은 세간에 알려져 있는 이 두루뭉술한 이야기가 전부였다. 그는 라가헨 솔 아단티에와 여섯 살의 나이 차이가 있었고, 그가 아직 두 팔을 가지고 전장을 누비고 다니던 5~6년 전 그레타는 전쟁과는 거리가 먼 평화로운 아카데미 생활 중이었기 때문에 소문조차도 남들보다 아는 것이 적었다. 애초에 그저 대단한 사람이라는 생각 외엔 가져 본 적 없는 상대에 대해 뭘 더 알겠는가! 하물며 그런 사람을 좋아하게 될 줄은 꿈에서도 생각해 본 적 없는 일이었다.

라가헨 아단티에는 어떤 여자를 좋아할까? 아니, 여자를 좋아하는 게 맞는지부터 알아봐야 하는 걸까? 혹시 첫사랑을 잊지 못하는 순정남이라면? 그래서 다른 여자를 만날 생각도 없는 거라면? 아니 아니, 잠깐, 지금 남몰래 누군가와 열애를 나누고 있다면?!

"안 돼!"

정보가 필요하다. 그것도 지금 당장. 그레타는 벌떡 일어나 둘째 오라비를 찾아 달려갔다.

· ·

리에보 백작가의 넷째이자 차남인 리차드는 집안에서 유일하게 유세를 부리고 연장자 행세를 할 수 있는 대상인 동생 그레타가 자신에게 한 말을 도저히 믿을 수가 없었다.

"그래서? 뭐라고? 그레타?"

리차드는 그레타가 뱉은 말을 도저히 있는 그대로 받아들여 줄 수 없었다. 외팔의 제1기사, 비운의 영웅 라가헨 솔 아단티에의 취향, 그것도 여성 취향에 대해 아는 게 있냐니, 이게 말이나 되는 소리인지!

"아단티에 공작님이 너를 구해 준 건 맞지만, 그건 공작님이 정의롭고 선하시며 영웅적인 인성을 타고나셨기 때문에 발생한 사건인 거지. 운명적인 만남 그런 거라고 생각하면 안 된다."

"메추리 잡으러 갔다가 일찍 깬 곰을 만나서 생명에 큰 위협을 받던 순간에 나타나 나를 구해 준 것 정도면 운명적 만남이지! 살면서 도저히 일어날 거라고 생각조차 해 본 적 없는 만남인데 이게 운명적 만남이 아니면 뭐가 운명적 만남이야! 이걸로 소설 한 편은 나올걸!"

거참 그렇게 듣고 보니 그렇기도 하다.

리차드는 잠시 설득당할 뻔했지만 이내 마음을 굳게 먹었다. 이 어린 동생은 어려도 너무 어린 것 같았다. 사람들이 모두 자신을 구해 준 기사님과 운명적인 만남을 통해 운명적인 사랑을 했다면 이 세상 모든 여인들은 기사와 혼인했을 것이다. 그만큼 기사가 여인을 위시(爲始)한 다수의 약자들을 돕고 봉사하는 것은 당연한 일이었다. 아니, 의무였다!

"아닌 건 아닌 거야! 아무리 많은 걸 보고 듣고 해도 사람이 살면서 겪는 모든 사건, 모든 경험은 그 순간 단 한 번이란다. 그래서 사람들은 자기에게 일어난 일들을 특별하고 운명적인 무언가라고 생각하고는 해. 사실 돌아보면 기사에게 도움을 받는 일 따윈 평범하기 짝이 없는 건데, 넌 그저 그게 너한테 일어났다고 운명적인 것으로 착각하는 것뿐이고. 아휴, 이 가엾은 것아. 쯧쯧."

"리차드 리에보, 이 모순덩어리야! 네 말대로라면 모든 사람들에게는 모든 일이 특별하고 운명적인 거잖아! 나는 내 운명적인 만남을 운명적인 사랑으로 만들 거야!"

"운명적인 사랑은 무슨 말 같지도 않은 소리! 그리고 운명적 사랑 타령하면서 남의 뒤를 캐는 건 무슨 계략과 음모냐! 이 악마도 울고 갈 녀석!"

"시작은 운명일지 몰라도 끝까지 운명일지는 모르니까 차곡차곡 준비해서 만들어야지! 아악! 됐어! 안 해 주면 네 침대 밑에 있는 것들 죄다 아빠한테 이를 거야!"

지켜야 할 것이 많은 자들은 때때로 무척 약할 수밖에 없는 법. 리차드는 패배했다.

그레타는 쿵쾅거리며 달려갔다.

"유리카!"

유리카는 하루 중 유일하게 한가한 시간을 방해하며 불쑥 나타난 막냇동생을 향해 눈을 흘겼다.

"무슨 일이니?"

"조언을 구할 게 있어!"

"조언?"

유리카는 흘기던 눈을 동그랗게 떴다. 그레타는 어릴 적 있었던 한 사건 이후로 유리카에게는 어떤 지혜나 조언을 구하는 일이 단 한 번도 없었다. 도대체 이게 무슨 일이란 말인가!

"민들레꽃 요정 사건 이후로는 나한테 뭘 묻질 않았으면서!"

민들레꽃 요정 사건을 요약하자면 다음과 같다.

여섯 살 그레타의 장래 희망은 요정이었다. 자신을 가장 예뻐하며 모든 것을 알고 있는 것이 분명하다 믿었던 유리카에게 그레타는 요정이 되기 위해서는 어떻게 해야 하냐 물었다. 그레타가 유리카의 리에보다운 짓궂은 면에 대해 알기에는 너무 어렸고 또 순진했기에 저지른 실수였다. 유리카는 장난으로 민들레꽃 옆에 3~5개월 사이의 강아지가 싼 똥을 넣은 반죽으로 케이크를 만들어 먹으면 민들레꽃 요정이 될 수 있다고 말했다. 그리고 그레타는 어떤 방법인지는 몰라도 그걸 실행했고, 하늘 같았던 언니가 자신에게 거짓을 말했다는 사실을 처참하게 깨닫게 되었다. 그 뒤 다시는 언니 유리카에게 조언을 구하는 일이 없게 되었다.

"아악! 그 얘긴 꺼내지도 마!"

진저리를 치며 그레타가 소리치자 유리카는 잠시 킬킬거리다 물었다.

"그래서, 무슨 일이니?"

"유리카!"

다시 한번 호기롭게 이름을 외친 그레타는 잠시 합죽이가 되었다. 사랑을 쟁취하는 비법에 대해 물으러 무척 당당하게 내려왔지만 처음의 기개는 눈을 빛내는 언니 앞에서 바람 빠진 풍선처럼 쪼그라들어 버렸다. 어쩐지 부끄럽기도 하고, 약점을 들키는 것만 같기도 했다.

"그, 있잖아, 그러니까, 사, 사……."

"사?"

"조언을 구하려는 게 뭐냐면……."

"에이, 말꼬리 늘어뜨릴 거면 돌아가라. 난 바쁘고 지금은 꿀 같은 휴식 시간이란다, 그레타."

리에보 가문의 사람들은 대체로 성미가 급해 인내심이 짧고 흥미가 길게 가지 않는다. 그레타는 관심이 떨어진 듯 고개를 돌리는 유리카의 모습에 황급히 입을 열었다.

"사랑을 얻으려면 어떻게 해야 해?"

유리카가 두 눈을 동그랗게 뜨며 숨을 들이켰다.

"세상에! 우리 막내가 사랑에 빠졌구나!"

"아니, 누가, 어, 사랑에 빠졌대? 어, 그냥 물어보는 거야!"

"사랑에 빠졌구나. 누구야? 누굴 마음에 담은 거야?"

그레타는 묵비권을 행사해 보았지만 끈질기게 묻는 유리카에게 항복하고 말았다. 그레타의 입에서 웅얼거리듯 나온 이름에 유리카는 다시 한번 입을 틀어막았다.

"어쩜 이렇게 리에보답지 않은 취향을……."

"이씨, 그게 중요해?"

"아단티에 공작은 조신하지 못하게 생겼잖니? 자고로 남자란 다소곳하고 조신해야지. 남자는 꽃과 같아야 하는데. 에드워드처럼 말이야. 아단티에 공작은 너무……."

유리카는 다소 비하적이고 부정적인 단어를 배제하기 위해 한참이나 단어를 골랐다.

"너무 범 같지 않니?"

아단티에 공작은 범 같다. 누구라도 동의할 말이었다. 그레타도 정말 그렇다고 생각했다. 그리고 항상 생각해 오던 이상형과 아단티에 공작이 아주 멀리 떨어져 있는 것도 맞았다. 하지만 사랑이 언제나 이상형의 모습을 하고 찾아오겠는가! 그런 일은 좀처럼 일어나지 않는 법이다. 그러니 그레타는 찾아온 사랑이 비록 이상형의 모습을 하고 있지 않더라도 쟁취하고 싶었다.

그깟 이상형 따위, 바꿔 버리면 그만이지!

"그래도 성격은 썩 나쁘지 않은 것 같았지. 그리고 활을 쏘지 못하는 사내니 네 또래 어린 경쟁자도 적겠구나. 어린 여자애들이라면 으레 활 잘 쏘는 사내를 좋아하니 말이다. 그레타 너처럼 어수룩하고 다소 연애 경험이 부족한 아이에겐 경쟁자는 없는 게 좋지. 우리 막내가 마음에 둔 게 하필 아단티에 공작이라니. 어려운 선택을 했구나."

유리카는 잠시 생각에 빠졌다.

세상의 좋은 면만을 바라보며 순진하게 자라온 그레타는 모르는 게 많았지만 곧 리에보 백작이 될 유리카는 달랐다. 리에보의 막내가 아단티에 공작에게 맘을 품는다는 건 여러모로 많은 문제를 가지고 있었다. 특히 지금은.

잘 안 되고 끝난다면 다행이지만, 잘되어 연인이 되고 결혼 얘기까지 나온다면 여러모로 곤란한 일들이 생길 것이다. 유리카는 뱀 같은 황태자를 떠올리고는 이마를 짚었다. 다른 동생들이었다면 아서라, 맘 접어라, 단호하게 말할 텐데 이 사랑스러운 막내에겐 그게 잘 안 된다.

고작 아주 작은 가능성에 불과하다. 실패할 가능성이 더 큰 짝사랑이다. 열렬히 사랑해 보고 포기하는 것도 좋은 경험이 되겠지. 제 언니가 어떤 생각을 하는지 모르는 그레타는 그저 절박하기만 했다. 그런 동생을 보며 유리카가 안타깝다는 듯이 말했다.

"이런, 이 일을 어쩌나. 이 언니는 꽃 같은 사내를 꺾는 방법은 알아도 범 같은 사내 위에 올라타 길들이는 방법은 알지 못한단다. 그건 네 큰 언니가 더 잘 알 것 같지만, 어디 살아 있기나 한 건지도 알 수 없어서. 그렇지만 한 가지 확실한 건 말이다, 그레타."

유리카는 진지한 얼굴로 그레타를 바라보았다. 사랑스러운 막내는 집중했을 때 나오는 특유의 표정을 하고 있었다. 입술을 앙다물어 양 뺨이 볼록한 햄스터 같은 얼굴이었다. 제 새끼도 함함하다 하는 고슴도치 마음이 크긴 해도, 그레타는 정말 사랑스러웠다. 어쩌면 그 설원의 철옹성 같은 아단티에 공작도 이 아이의 매력에 빠질지도 모르겠다. 하지만 그건 나중에 생각할 일이다.

"일단 만나 봐야 한단다. 자주 마주하고 자주 대화하며 서로를 익혀가는 게 먼저야."

4.

리차드는 침대 밑의 거대한 비밀을 지키기 위해 며칠간을 고군분투한 끝에 작은 소득을 얻었다.

"그래서, 결과는?"

그레타는 진지하고 매서운 눈으로 리차드를 거의 노려보다시피 하며 물었다.

"먼저 아단티에 공작의 연애 경력은……."

꿀꺽. 그레타가 마른침을 삼켰다.

"알려진 바로는 전무해."

"그렇게 완벽한 신의 창조물 같은 남자의 연애 경력이 전무하다니! 일 제대로 안 해?"

"진짜야! 워낙 어릴 때부터 용병대 생활을 시작하며 떠돌아다닌 데다가 대 마물 전쟁이 한창일 땐 연애는 고사하고 살아남기에도 급급했다고 그랬거든. 가벼운 만남 정도는 있었다고 하는 것 같은데 연애는 없었다는 게 참전 기사들 사이의 정론이야. 물론 공작님의 행적이 명확한 건 대 마물 전쟁 발발 이후기 때문에 용병 시절 사정은 모르지만."

"그럼 잊지 못할 첫사랑 정도는 있을 수 있는 거잖아."

"너는 뭐 없냐? 잊지 못할 첫사랑. 그 나이쯤 됐는데 좋아했던 사람 하나 없음 그게 더 이상한 거지! 진짜 무서운 거지!"

"정말 도움이 안 돼! 그래서, 다음!"

아니 저걸 때릴 수도 없고. 이마 한 대만 때리면 소원이 없겠네. 리차드는 자신이 을이라는 사실에 분통이 터졌지만 하는 수 없었다.

"연애 경력이 전무한 만큼 당연히 교제 상대 없음. 심지어 만나는 코르티잔이나 평민도 없음. 용병 시절 인연도 모두 끊은 것 같아. 그러니까 잊지 못할 첫사랑이 있어도 안 만난다는 거지."

"정말?"

"확실해. 전쟁 직후에 작위를 받으셨는데, 작위식에도 다 죽어가는 얼굴로 겨우 나왔을 정도로 부상이 심각했거든."

이 대목에서 그레타는 안타까움을 금치 못했다.

"그때 저게 사람 몰골인가 싶었는데, 나중에 완전 멀끔한 모습으로 내가 기사단장이오, 하고 나온 거 보고 진짜 놀랐지. 아무튼 전후에 한동안 아단티에 공작저에서 칩거하면서 부상 치료하고 재활에 전념하느라 실질적인 기사단 생활을 시작하신 지는 몇 년 안 되셨고. 기사단으로 오신 이후 삶은 단조로워. 일, 황궁, 저택. 공식 약혼자가 없는 거야 이미 잘 알려진 사실이니 말할 것도 없고, 공식선상에 함께 오는 파트너는 철저하게 황태자 전하께서 골라주신 정치적 인물들이나 황태자비 전하를 대신 모시거나."

"취향이나 좋아하는 거는?"

리차드는 합죽이가 되었다. 그레타가 빽 소리를 쳤다.

"가장 중요한 걸 빼먹은 거야?!"

"내가 말했잖아. 단조롭다고! 매일 검술 수련하고 황태자 전하께 가끔 불려가고 퇴근 후에 저택에 돌아가시니까 내가 어떻게 사적인 걸 알겠어!"

"뭐라도 있을 거 아냐! 같은 기사단인데!"

먹던 밥을 빼앗긴 개처럼 으르렁거리는 그레타를 보며 리차드는 도저히 아단티에 공작이 자기랑 안 놀아 준다고 말할 수 없었다. 물론 그는 리차드뿐만 아니라 누구와도 사적으로 놀아 주지 않는다. 그는 기사단 모두가 선망하는 영웅이었고, 마치 공공재와 같은 존재였다. 철벽이라는 이름의 공공재. 그와 일대일로 대화를 하고 싶다면 대단히 공적인 용건을 가지고 면담을 신청해야 했다.

"공작님이 그렇게 사교적이질 않으셔서……. 내가 1 기사단으로 진급한 지도 얼마 안 됐고……."

"어휴, 정말! 도움이 안 돼!"

"미, 미안."

침대 밑의 비밀이 모두 탄로 날지도 모른다는 생각에 리차드는 정말 눈물이 날 것만 같았다. 하지만 그레타는 오빠의 약점을 쥐고 가끔 원하는 걸 받아내는 데 사용할지언정 정말 못살게 굴 정도로 악랄한 동생은 아니었다.

"됐어. 그래도 리차드 네가 아니었으면 이 정도도 못 알아냈을 테니까."

"정말? 정말이지?"

"자, 가서 맛있는 거 사 먹어."

용돈이 든 작은 지갑을 리차드의 주머니에 찔러 넣어 주며 그레타가 말했다.

리차드를 통해 질 낮은 정보를 획득하긴 했지만 도저히 어떤 식으로 사용해야 아직 시작조차 하지 못한 자신의 운명적인 사랑을 이뤄낼 수 있는지 도무지 답이 나오지 않았다. 그레타는 자신의 비밀스러운 짝사랑을 친구에게 고백하기로 결심했다. 바로 아카데미에서 만난 영혼의 단짝, 타라였다.

그레타는 통신용 수정구를 꺼내 들었다.

"나 바빠. 빨리 말해."

불행히도 영혼의 단짝은 제 꿈과 미래를 위해 숨 쉴 틈 없이 달려 나가고 있어 친구에게 할애할 시간도 부족했다.

"타라, 내가 고백할 게 하나 있어."

이야기의 주제가 짝사랑이라는 말에 타라는 쓰다 만 논문의 초록을 옆으로 밀어 두었다. 친구의 연애사, 특히 짝사랑 이야기란 언제나 흥미진진한 이야기였기 때문이다. 그러나 짝사랑의 대상을 밝혔을 때 타라는 기겁했다.

"아단티에 공작님? 지금 네가 말하는 게 라가헨 솔 아단티에 맞아? 세상에. 팔이 없는데? 활을 못 쏘잖아!"

"그건 중요하지 않아! 활은 내가 잘 쏴!"

"그래, 팔이 하나 없는 거야 뭐 활 쏘는 거 외엔 문제 되지 않으니까. 그런데 네 취향이랑 다르지 않아? 원래 막 여리여리하고 지켜줘야 할 것 같은 남자 취향 아니었어? 공작님은 진짜, 뭐랄까, 공작님으로부터 세상을 지켜야 할 것 같은데……."

"그날부로 취향 라가헨 솔 아단티에로 바꿨어."

한참 동안 사랑에 대한 각자의 생각을 늘어놓고 나서야 타라는 어찌어찌 자신의 절친한 친구가 이상형까지 바꿔 가며 좋아하는 대상이 라가헨 솔 아단티에 공작이라는 사실을 납득할 수 있었다.

"유리카가 자주 보는 게 좋다고 하긴 했는데, 도대체 어떻게 해야 할지 모르겠어."

"공작님께 감사 인사드렸어? 한 달 전에 구해줬는데 직접 감사하다고 말씀드렸냐고! 네가 직접!"

"안 드린 것 같은데. 어머니가 감사를 표했다고는 하셨는데."

"이 멍청아! 그래도 어떻게 보면 또 기회일 수도 있겠다. 당장 공작님께 만나달라고 해. 감사 인사를 뒤늦게라도 하고 싶다고."

"나는 겁이 나서 그럴 수가 없어."

그레타는 잠시 직접 라가헨에게 편지를 쓰는 모습을 생각해 보았다가 간담이 서늘해졌다. 도저히 자신이 없었다. 그 모습에 타라가 혀를 찼다.

"리차드에게 부탁이라도 해 보든지. 지금도 엄청 늦었지만, 더 늦으면 아예 말도 못 꺼낼 거다. 인생에는 타이밍이라는 게 있는 거야, 이 친구야!"

"알았어, 해 볼게."

타라의 무시무시한 목소리에 그레타는 기어 들어가는 목소리로 대답했다. 통신을 끊고 그레타는 생각에 빠졌.

'한 달이나 지났는데 이제 와서 감사 인사한다고 하면 진짜 이상한 사람으로 생각하시지 않을까. 그렇지만 그때 일이 아니고서는 아예 만날 이유 자체가 없지. 그러니까 타라의 말 대로 이 기회를 놓치고 더 어물쩡거렸다가는 정말로 나에게는 꿈도 희망도 미래도 없게 될 거야.'

고민은 계속되었다. 고민은 꼬리에 꼬리를 물고 가장 끔찍한 결말과 가장 이상적인 결말 사이를 오가고 또 오가며 그레타의 기분을 하늘 높이 끌어올렸다 바닥으로 내리꽂기를 반복했다. 그렇게 한 시간 뒤, 해가 저물면 외출해 동생에게 받은 용돈으로 마시고 놀 생각에 들떠 있던 리차드가 다시 소환되었다.

"리차드. 부탁이 있어."

섬뜩한 목소리에 리차드는 등골이 서늘해지는 기분이 들었다.

"아, 또 뭔데!"

"공작님께 내가 사냥대회 때의 일로 감사 인사를 드리고 싶으니까 만나달라고 해 줘. 꼭 약속을 잡아야 해. 꼭 승낙을 받아와야 해. 알았지? 그럼 나가 봐."

"야, 야!"

"꼭이야. 그렇게 해 줘. 나는 조금 이따가 공작님께 드릴 선물을 사러 나갈 거야. 네가 약속을 잡지 않으면, 내가 산 선물은 주인을 찾지 못하겠지. 그리고 그렇게 되면 나도 내가 무슨 짓을 저지를지 몰라."

달칵. 문이 닫혔다.

리차드는 암담해졌다.

5.

라가헨은 눈앞의 사내를 알았다.

리차드 리에보. 얼마 전부터 그의 밑에서 훈련받는 촉망받는 기사 중 하나였다. 능글능글하며 가끔 꾀부리는 모습이 보이지만 성격이 좋아 동료 기사들 사이에서 인기가 많고, 훈련에 있어서도 노력을 많이 하는 좋은 기사다. 실력도 훌륭해서 곧 상급 기사로 진급시킬 예정이다.

그 정도가 라가헨이 리차드 리에보에 대해 가지고 있는 정보의 전부였다. 사실 라가헨은 그렇게 타인에게 관심이 많은 사람이 아니었기 때문에 리차드가 제1기사단에 좀 더 일찍 들어왔다고 하더라도 이보다 심도 있는 평가를 내리지는 않았을 것이다. 그는 업무적으로 필요한 것이 아니라면 누구에게도 관심이 없었다.

그런데 리차드 리에보가 오전부터 긴급하게 면담을 신청해 눈앞에 있었다. 다소 비사교적인 라가헨은 티는 내지 않았지만 당황스러웠다. 상대가 비단 리차드 리에보가 아니었더라도 그건 마찬가지였을 것이다.

"안녕하십니까, 단장님!"

리차드 리에보는 힘이 넘쳤다. 능글능글하게 동료 기사들에게 장난을 칠 때도 힘이 넘쳤고, 인사를 할 때도 힘이 넘쳤다. 저렇게 힘이 넘치는 사람은 때때로 피곤하다. 사실 방금 전까지 황태자를 만나고 온 터라 라가헨은 약간 지쳐 있었다.

"무슨 일인가, 리에보 경."

"사적으로 부탁드릴 게 있습니다."

"사적으로?"

자신의 발언이 다소 오해의 소지가 있다는 사실을 알기는 하는 건지 결연한 표정을 한 리차드는 여전히 힘이 넘쳤다.

"예! 사적인 부탁입니다!"

저자를 앉히면 좀 힘이 빠질까. 아니면 서 있는데 낭비할 힘이 비축되어 더 힘이 넘칠까. 잠시 쓸데없는 고민을 하던 라가헨은 속으로 한숨을 내쉬며 리차드에게 말했다.

"말해."

"예! 감사합니다! 단장님, 혹시 지난달에 있었던 아얀 메추리 사냥대회를 기억하십니까?"

라가헨이 떨떠름하게 고개를 끄덕였다. 예상치 못한 주제였다. 라가헨에게 지난 메추리 사냥대회는 세 가지 키워드로 기억되고 있었다. 바보 2황자. 곰. 울부짖는 여자. 아, 그러고 보니 그 울부짖는 여자, 그레타라고 했던가. 그는 눈앞에 있는 리차드 리에보의 동생이었다.

"알고 계시겠지만 그 사냥대회에서 단장님께서 구명해 주셨던 그레타 리에보가 제 부족한 여동생입니다. 지난 한 달 동안 미욱한 제 여동생이 단장님께 감사의 마음을 표하고 싶었으나 진심을 전할 방법을 알지 못해 어찌할 바를 모르고 있었습니다. 그 아이는 감사의 마음이 너무 큰 나머지 편지로는 차마 그 마음을 전할 수 없어서, 단장님을 직접 뵙고 감사의 인사를 전하고 싶다고 했습니다. 그래서 공사다망하신 단장님께 실례를 무릅쓰고 혹시 제 여동생에게 잠시간의 시간을 내주실 수 있으신지 여쭙니다."

라가헨은 말이 길면 핵심을 잘 잡아채지 못했다. 못 할 것도 없지만 대화 중 말꼬리가 길어지면 집중력이 흐려지곤 했다. 그래서 대체로 사교계에서는 입을 꾹 다물고 진중한 이미지를 유지했다. 그래야 상대가 하는 말에 관심이 전혀 없다는 것을 들키지 않을 수 있기 때문이다. 그런 이미지 덕분에 한 번씩 '음.' '그렇군요.' 정도만 해 줘도 충분했다. 부족한 부분은 보좌관 제스파가 채워 주면 그만이다. 물론 라가헨은 귀족식 대화를 싫어하는 것이지 바보는 아니었다. 게다가 말하는 걸 보니 아무래도 그보다는 리차드가 더 바보에 가까운 것 같았다. 긴장을 했거나.

"요컨대 경의 동생이 내게 감사 인사를 전하고 싶다고?"

"그렇습니다. 아, 직접 만나서요."

"해야 할 일을 했을 뿐이다."

"저도 그렇게 생각하는데, 이 녀석이……. 혹시 그것은 거절이십니까, 단장님?!"

라가헨은 단호한 침묵으로 답을 대신했다.

"정말 어떻게 안 되시겠습니까? 한 번만 만나 주시면……."

"결혼 적령기를 지난 미혼의 사내와 결혼 적령기의 여성이 만나는 것은 권장되지 않는다. 리에보 경."

라가헨이 거절을 하기 위해 억지로 짜낸 핑계였다.

"그것이 걱정이셨군요! 역시 단장님은 기사 중의 기사! 어차피 감사 인사를 목적으로 한 것이기 때문에 그 부분에 대해서는 걱정하실 필요가 없으십니다. 제가 곁에 있을 테니까요! 시간을 내기가 어려우시다면 훈련 중간 쉬는 시간에 맞춰 오라고 하겠습니다. 여기 집무실에서도 충분히 감사 인사를 할 수 있으니까요! 저도 같이 있겠습니다. 단장님!"

어쩐지 리차드의 두 눈이 촉촉하게 젖어 든 것 같았다.

"제 동생을 좀 만나 주시면……. 아니 저와 함께 셋이서 만난다면! 제가 정말 열심히 훈련에 임하고 앞으로 나머지 훈련에 동참하며, 신입 기사들을 독려하여 기사단 생활에 적응하도록 돕겠습니다."

라가헨은 모든 게 귀찮고, 모든 것에 의욕이 별로 없었고, 새로운 사람을 만나서 사교적인 활동을 하는 것이 전혀 내키지 않았다.

하지만 어째서인지 라가헨은 마음이 흔들렸다. 불필요한 사회 활동을 하고 싶지 않았으나 고맙다는 사람의 청을 거절하는 것도 조금 마음에 걸리고, 지금 당장으로서는 눈앞에 있는 징징대는 사람을 물리기 위해 노력하는 일이 조금 더 귀찮기도 하고, 더 생각하기도 싫고, 또, 그냥, 정말 그래서.

"하아, 내일 오후 시간이 빈다."

정말로, 그뿐이다.

6.

또래의 다른 친구들과는 다르게 그레타는 외모를 가꾸는 일에는 크게 관심이 없었다. 그렇다고 그레타가 외모를 가꾸는 것을 싫어하는 것은 아니었다. 그레타도 예쁘게 화장하고 멋진 옷을 입는 것을 좋아했다. 다만 그것보다 더 관심 있고 가치 있게 느끼는 일들이 많았고, 그에 시간을 들이는 것을 귀찮게 여길 뿐이었다. 그레타는 스물 몇 해를 그렇게 살면서 이런 부분에 그다지 아쉬움이 없었는데, 오늘 처음으로 땅을 치며 후회했다.

그레타는 거울 앞에 앉았다. 거울 속에는 갈색 머리칼을 가진 젊은 여자가 앉아 있었다. 그레타는 거울 속 여자를 잘 알고 있었다. 사실 그레타는 그 여자를 꽤 좋아하는 편이었다. 그러나 오늘은 여자의 모든 것들이 하나하나 마음에 들지 않았다.

평소 부드러운 느낌을 준다고 생각했던 갈색 머리카락은 그저 부스스해 보이는 것이 비루먹은 말의 푸석한 갈기처럼 보였고, 리에보 백작가 특유의 적갈색 눈은 이렇게까지 흐릿하고 특색 없을 수가 없었다. 피부 곳곳에는 잡티가 몇 군데 있었다. 지난 생리 직전에 올라왔던 뾰루지들을 잘못 건드려 생긴 자국 몇 군데와 어릴 적 나무를 타고 놀다 떨어져 생긴 이마의 흉 같은 것들이 왜 이렇게도 도드라지는지! 세상에 이렇게 지저분한 피부를 가진 사람이 또 있을까! 자세히 보니 양쪽 눈 크기도 조금 달랐고, 오른쪽 눈꼬리는 왼쪽 눈꼬리보다 조금 올라가 있었다. 게다가 여태 몰랐는데, 양쪽 눈썹 높이가 달랐다! 양쪽 콧볼의 크기도 조금 달랐고, 심지어 양쪽 귀 크기도…….

절망이 몰려왔다. 거울 너머 여자의 모습은 바로 그레타 자신이었으니까.

"이렇게 못생긴 얼굴로는 도저히 나갈 수 없어! 세상 모든 사람들이 날 비웃을 거야!

그레타가 1시간째 거울 앞에서 뭐가 어떻고 뭐는 어떻고 하며 중얼거리다가 이내 울먹이기까지 하는 모습을 본 리차드는 어이가 없었다.

"무슨 헛짓거리를 하고 있는 거야! 너 이러다가 약속 시간에 늦는다! 내가 진짜 얼마나 힘들게 약속을 받아낸 줄 알기나 해?"

"하지만 이 얼굴로 어떻게 나가? 이 얼굴로 어떻게 나가냐고!"

"아니, 뭐, 도대체 뭐가 어때서!"

리차드는 신경질적으로 그레타를 돌려세웠다.

그레타는 예쁘장했다. 뭐 절세 미녀라는 소리를 들을 얼굴이 아닌 건 확실했지만. 그래도 그레타의 강아지 털처럼 보드라운 갈색 머리카락은 가족들 중 누구보다도 풍성해서 사용인들이 간간이 '아가씨의 머리는 손질하는 재미가 있어요.' 같은 소리를 하고는 했다. 자신도 가지고 있는 적갈색 눈동자는 그냥 흔히 볼 수 있는 적갈색 눈동자였다. 아주 특색 있진 않아도 가끔 햇빛을 받을 때마다 선명한 붉은빛이 도는데, 리차드는 그것이 마음에 들었다. 게다가 그레타의 피부는 화장을 하지 않아도 깨끗했고 이목구비는 뚜렷했다.

절절한 사랑에 처음 빠져 본 그레타와 아직 절절한 사랑에 빠져 본 적 없는 리차드 사이에는 다리조차 놓을 수 없는 깊은 절벽이 있었다. 사랑에 빠진 사람의 눈에는 새로운 것들이 보이기 시작하는 법. 그것이 항상 긍정적일 수는 없는 일이다. 그레타는 처음으로 '여성스럽지 못한' 스스로의 모습에 대해 자신감을 잃었다.

"리차드, 나 어떡해? 심지어 가진 옷도 거의 다 사냥복뿐이야!"

"사냥복이 어때서! 편하기만 한데! 그냥 입고 가! 요즘 누가 그런 걸 신경 쓰냐! 너 사교계에도 잘 입고 다니면서!"

그레타는 간절했고, 리차드는 귀찮았다.

"어떻게! 약속을! 그렇게 당장 잡아 버릴 수가 있는 거야! 적어도 일주일 뒤로는 잡았어야지! 그래야 옷이라도 사지! 리차드 이 바보! 바보! 멍청이! 가만 안 둘 거야!"

리차드는 그레타의 일을 속전속결로 해결해야 한다는 일념 하에 라가헨이 가장 빠른 날을 불러 주었을 때 당장에 약속을 잡아 버렸다. 다시 말하자면 그레타가 리차드에게 약속을 잡아 오라 명령한 지 48시간 뒤로 약속을 잡았다. 그것도 고급 카페의 개인실 예약까지 완벽하게 준비해서! 그러니 그레타로서는 리차드가 고의로 자신을 물 먹인 것이라고 생각할 수밖에 없었다.

"내가 그날 선물을 사지 않았다면 빈손으로 나갈 뻔했잖아!"

"날짜를 잡아준 것도 아니면서 왜 나한테 성질이야!"

그레타는 속이 탔고, 리차드는 억울했다. 그레타가 어떻고 리차드가 어떻고 간에 시간은 흘렀다. 거의 대성통곡할 기세인 그레타가 두려워진 리차드가 결국 사용인들을 불러왔다. 그들이 혼신의 힘을 다해 그레타를 달래고 가장 예쁜 옷을 입혀 꾸며주는 것으로 상황은 일단락되었다.

말을 타고 나갈지 마차를 타고 나갈지를 두고 마지막까지 이어진 남매의 실랑이를 종결시켜준 것도 그들이었다.

"아가씨께서 오늘 입으신 옷이 승마복에서 착안한 옷이니 말을 타고 가시는 게 좋을 것 같아요!"

그레타는 스스로 '여성적인' 매력이 부족한 것 같다고 주눅이 들었지만, 다른 친구들이 가진 매력을 부러워하거나 선망하지 않고 자신을 있는 그대로 보여 주는 그레타의 당찬 모습이 그의 매력이었다. 그걸 잘 알고 있는 레이디스 메이드들이 은근히 말을 타고 갈 것을 종용한 사실을 그레타도 리차드도 알지 못했다. 그리고 평소와 달리 잔뜩 힘을 준 채로 말을 타고 나선 그레타의 모습이 꽤나 근사했다는 점도 남매는 알지 못했다. 그레타는 자신감이 없었고, 리차드는 아무리 제 새끼라도 고슴도치는 따갑다고 말할 인사였으니까.

7.

이게 뭐라고 이렇게 긴장되는 거지. 라가헨은 다소 당황스러웠다.

　다른 사람들 같았으면 두 손바닥을 비비며 갑작스럽게 찾아온 긴장을 밀어내보기라도 했을 테지만 손이 하나뿐인 라가헨은 그저 남아 있는 왼손을 쥐었다 폈다 해 볼 뿐이었다. 삶 속에서 언제나 긴장감을 놓은 적 없는 그로서는 긴장감을 자각하는 것이 너무나 새삼스럽고 이상하게 느껴졌다.

　'맞선을 본대도 이렇게 긴장되진 않을 것 같은데 말이지. 모두 제스파 때문인 건가.'

　리차드의 부탁으로 리에보 백작가의 막내딸을 만나기로 했다는 이야기를 전해 들은 보좌관 제스파는 있는 힘껏, 정말 젖 먹던 힘까지 끌어모아 호들갑을 떨었다.

　"들어보십시오, 공작님. 감사 인사는 서신을 통해서도 할 수 있고, 당장 공작님과 같은 곳에서 일하고 있는 오라비인 리차드 경을 통해서도 할 수 있는 겁니다. 하물며 리에보 백작이 이미 따로 사례하지 않았습니까. 그런데 부득불 공작님을 직접 뵙고 인사를 전하고 싶다 하신 것은 영애께서……."

　"그러니까 뭐."

　"영애께서……."

　"아, 뭐!"

　라가헨이 버럭 소리를 질렀다. 거대한 사내의 호통에 겁먹을 법도 한데 타격감이 전혀 없는지 제스파는 천연덕스러웠다.

　"척! 하면 착! 하고 알아들으셔야 하는 것 아닙니까, 공작님!

당연히 영애께서 공작님을 마음에 품었다 이것 아니겠습니까! 심지어 약속 장소도 하보리카 개인실이라니 말 다 했죠!"

"뭐?"

"그러니 오늘은 평소보다 더 멋지게 입고 가셔야 합니다. 물론 공작님께선 언제나 아름다우시고 숨길 수 없는 광채를 흘리고 다니시지만, 영애께서 눈이 멀 것만 같다고 느끼실 만큼 더 빛나게 가꾸시는 겁니다. 시대가 변했습니다, 공작님. 사내들도 다듬고 가꾸어야 여인들에게 선택받고 사랑받는답니다."

불만을 표하려던 라가헨의 입을 막으며 집사 오빌을 필두로 한 사용인들이 들이닥쳤다. 그들은 그동안 사용하지 못했던 온갖 미용 기술을 펼쳐 낼 생각에 두근거렸다.

있는 줄도 몰랐던 온갖 옷들이 줄줄이 쏟아지고, 머리카락과 눈썹을 다듬을 칼날들에 포위당한 라가헨의 옆에서 제스파가 눈물을 글썽이며 주접을 떨었다.

"황태자 전하의 강압적인 맞선에 대항하여 이렇게 스스로 아름다운 인연을 만들어 가시는 모습에 이 제스파 감격을……."

그 주접을 보다 못한 라가헨이 손에 닿는 것을 제스파에게 집어 던졌다. 보타이라 하나도 안 아팠지만 아픈 척을 한 제스파는 결코 주접을 멈출 생각이 없는지 옷이나 향수 같은 것에 한마디씩 훈수를 두었다. 얄밉게도 집사 오빌은 그 주접에 한술 더 떴다.

"오늘 히테리아의 모든 미혼 여성들이 공작님의 마음을 사로잡지 못한 것을 후회할 겁니다."

라가헨은 거울을 보았다. 흥 많은 사내가 그 안에 있었다. 얼굴은 그럭저럭 반반했고, 꾸밀수록 점점 더 봐줄 만해졌지만 라가헨의 눈에는 들어오지 않았다. 오로지 지쳐 있는 남자만이 보였다. 라가헨은 알았다. 그가 아무리 아름답게 꾸미고, 멋있고 비싼 옷을 입더라도 오른팔의 빈자리를 감출 수 없듯이 그는 초라하고 가치 없는 인간일 것이다.

'내게 마음을 품는다고?'

헛소리. 제스파의 꿈과 희망이 반영된 상상에 불과했다. 그리고 라가헨은 그럴 리 없다는 사실을 잘 알았다. 거울 속의 사내는 우울하기 짝이 없었다. 그는 노력해 주는 모든 이들에게 미안하지만 이 하루가 평소와 다를 바 없이 우울한 남자의 하루가 될 것이라 생각했다. 분명 그렇게 생각했는데, 정말 진짜로 그렇게 생각했는데!

'왜 이렇게 긴장되는 거지?'

어이가 없어서 헛웃음도 안 나왔다.

"늦어서 죄송합니다, 단장님."

사과하며 들어서는 리차드의 뒤에 몸집이 작은 여자가 눈에 들어왔다. 아마 이 이상한 만남을 갖게 한 장본인, 그레타 리에보인 모양이었다. 방 안으로 들어선 그레타와 눈이 마주친 라가헨의 두 눈이 살짝 떨렸다. 아마 그레타도 마찬가지였으리라.

8.

'세상에, 공작님, 이런 아름다운 존재가 존재하시다니요!'

도저히 눈을 뜨고 상대를 바라볼 수 없을 것만 같았다. 물론 초롱초롱 빛나는 눈으로 상대를 잘 바라보고 있었지만.

그간 신문 등에 나온 라가헨의 초상화, 사진을 되는대로 긁어모아 그가 어떻게 생겼는지는 잘 알고 있었지만, 그럼에도 불구하고 라가헨의 모습은 너무나 색다르고 아름답고 빛이 나고 눈부시고 마치 명화 속에서 갓 튀어나온 것만 같았고, 앞으로도 들숨에 재력을 날숨에 명예를, 왼발 뻗을 땐 건강을, 오른발 뻗을 땐 행복을 얻으시길 바라 마지않을 수 없을 정도였다.

그레타의 눈에 라가헨의 암흑같이 짙은 검은 머리는 마치 별들을 껴안은 밤하늘 같았고, 그의 서늘한 푸른 눈동자는 바다를 보석으로 만들어 깎아낸 공예품 같았다. 희미한 흉터가 왼쪽 뺨에 그어진 얼굴도 흉하거나 무서워 보이기보단 아름다운 조각상을 더욱 고풍스럽게 해 주는 세월의 흔적 같았다. 워낙에 근육으로 다부진 몸을 가진 데다 어깨에 걸치고 있는 재킷이 오른팔의 빈자리를 은근슬쩍 감춰 주고 있어 더 거대한 범같이 위협적인 느낌을 풍기고 있었으나 그마저도 그레타에겐 매력으로밖에는 보이지 않앉다. 가슴께에 팽팽한 셔츠로 눈이 돌아갈 뻔했지만 그레타는 예의를 아는 사람이었으므로 요망한 눈동자를 올바른 자리로 돌려놓았다.

꿈에 그리던 라가헨을 눈앞에 둔 그레타는 다시 한번 깨달았다. 남자가 꼭 꽃처럼 아름답지 않더라도 사랑에 빠질 수 있다는 사실을! 사실 라가헨의 실물을 직접 본 경험이 곰 앞에서 잠깐뿐이었던 그레타는 몰랐지만, 리차드는 라가헨이 평소와 아주 다르게 잔뜩 힘을 주어 꾸미고 나왔다는 사실을 곧바로 알아차렸다. 원래 남자가 꾸민 건 남자가 더 잘 알아보는 법이다.

용병 출신의 이미지를 세탁하기 위해 항상 단정하게 가르마를 타 30년 전쯤에나 유행했을 것 같은 고지식한 기사 이미지를 고수하던 평소 스타일과 달리 오늘 그의 검은 머리칼은 다소 자연스럽게 흐트러져 있었다. 그것이 고도의 최신 미용 기술로 연출된 스타일임을 리차드는 바로 알아차렸다. 더군다나 눈썹도 깔끔하게 정리한 덕에 그의 오른쪽 눈썹에 난 흉은 멋들어진 스크래치처럼 보였다. 향수까지 뿌렸는지 요즘 유행한다는 남성용 향수의 향까지 풍겼다. 옷은 또 어떤가! 단벌 신사인가 싶을 정도로 제복만 입고 다니던 라가헨이 입은 것은 기사단의 제복과 유사한 느낌의 디자인이지만 영혼까지 끌어올려 멋을 낸 정장이었다.

그레타야 한 달째 해바라기처럼 아단티에 공작님 아단티에 공작님하고 노래를 부르고 있었으니 넋이 나갔다 치더라도 라가헨은 도대체 무슨 심정으로 저렇게 암컷 앞에서 구애의 춤을 추는 수

컷 극락조 같은 모습으로 나왔단 말인가! 리차드는 재미있어지는 것 같다는 생각을 하며 헛기침으로 분위기를 환기시켰다.

"소개하겠습니다. 단장님, 이쪽은 제 여동생 그레타 리에보입니다. 그레타, 이쪽은 지난번 사냥대회 때 너를 구해 주신 아단티에 공작님이셔."

"만나서 반갑습니다. 라가헨입니다."

"아, 그, 영! 광입니다! 그레타 리에보라고 합니다!"

리차드는 목소리에 힘이 잔뜩 들어간 동생을 보며 속으로 혀를 찼다.

"단장님, 뵙자마자 정말 죄송합니다만 잠시 제가 자리를 비워도 될까요?"

당황한 두 쌍의 시선이 리차드에게 꽂혔다.

리차드는 화장실이 급하다는 거짓부렁을 지껄이고 떠났다. 그레타만이 리차드의 악마 같은 속셈을 알아차리고 눈으로 온갖 욕을 퍼부었지만 그에겐 닿지 않았다. 결국 라가헨과 그레타만이 적막 속에 남겨졌다. 소개 주선자가 못날 경우 벌어지는 끔찍한 불상사였다. 리차드는 악당 같은 웃음을 입 밖에 내지 않기 위해 힘쓰며 자리를 떠났다. 끔찍한 침묵이 두 사람의 어깨를 짓눌렀다.

라가헨은 비사교적인 편이다. 말도 유려하게 하지 못한다. 낯도 엄청 가린다. 그레타는 좋아하는 사람 앞에 있으니 심장이 입밖으로 튀어나와 눈앞에서 춤추는 모습을 볼 수 있을 것 같았다. 머릿속이 하얘지는 것 같았다. 하지만 이 자리가 무슨 자리인가!

바로 그레타가 아단티에 공작님께 감사 인사를 전하기 위해 마련된 자리가 아닌가! 사람 된 도리로서도 먼저 감사 인사를 올리는 것이 맞는 것이었다.

꿀꺽. 침을 삼킨 그레타가 입을 열었다.

"아단티에 공작님. 감사합니다!"

아아……. 너무 많이 생략했어.

그레타는 절망했다. 멋지고 우아하게 말해도 모자랄 판에 이런 바보 같은 실수라니.

"그, 지난번에, 메추리 사냥대회 때 곰으로부터 구해 주신 것 말입니다. 정말 감사합니다!"

황급히 수습을 해 보았지만 스스로가 봐도 너무 꼴사납다.

그레타의 내면에서 온갖 비명과 절규가 퍼져 나가고 있었으나 그 처절한 감정은 라가헨에게 조금도 전해지지 않았다.

'영애도 조금 긴장하셨나?'

유례없는 실례를 저지르고 떠난 리차드 덕에 낯가림이 꽤나 심한 라가헨의 긴장감과 스트레스는 상당히 고조되어 있었다. 라가헨의 커다란 왼손에 어느새 습기가 차 있었다.

"곰에게서 구해 주셨던 날에 바로 감사 인사를 드렸어야 했는데, 제가 정말 많이 공작님, 아니 곰 때문에 놀라 넋을 잃는 바람에, 이렇게나 늦게 인사를 드리게 됐습니다. 정말 죄송합니다."

곰 때문에 놀라기도 했지만 사실 그레타가 넋이 나갔던 것은 혜성처럼 날아와 가슴을 꿰뚫은 사랑 때문이었다. 충격에 헐떡이고 있다 보니 상황은 정리되었고, 감사 인사마저 할 틈이 없었다.

라가헨이 드디어 입을 열었다.

"당연히 해야 할 일을 했을 뿐입니다. 사냥대회의 안전을 책임지고 있는 기사단의 단장으로서 영애께서 그런 위험한 일을 당하게 해서 죄송할 따름입니다."

"아뇨! 죄송하다뇨! 정말, 정말 너무 감사해요!"

아무리 사교성이 떨어지고 대인관계에 서툴다고 하더라도 라가헨은 바보가 아니었다. 아니, 웬만큼 둔한 사람이라도 사실 그레타를 앞에 둔다면 알아차리지 않을 수 없을 것이다. 라가헨은 곧장 그레타가 자신에게 긍적적인, 그것도 아주 긍정적이다 못해 단순히 호감이라고 칭하기에는 다소 과할 정도의 호감을 가지고 있다는 사실을 알아차렸다. 그래, 모를 수가 없었다.

'내 팬인가?'

그렇게 생각하던 라가헨은 긴장한 기색이 역력하면서도 자신을 향해 반짝반짝 빛나는 그레타의 두 눈에 비유할 만한 것을 찾았다. 그것은 간식을 애타게 바라보는 강아지의 눈빛! 라가헨은 결론을 내렸다. 그래, 팬이군. 팬이었어!

'사냥대회 일로 내 팬이 되었나 보군.'

국민 영웅 라가헨에게는 팬이 많았고 다소 부담스러운 선망과 경애의 눈빛은 주변에 있는 많은 기사들에게서 종종 받아왔다. 그들은 대체로 크고 우락부락했기 때문에 빛나는 눈빛을 받더라도 대 마물 전쟁의 마지막 전투에서 만난 지옥견 케르베로스 같은 느낌이었다. 그래서 그레타처럼 꼬리를 마구 흔드는 강아지 같은 느낌의 눈빛은 사실 거의 받아본 적이 없었다.

'여성 팬은 처음인데.'

어쩐지 가슴께가 간질간질했다.

라가헨. 나를 바라보는 저 아가씨 팬들을 보시게! 얼마나 아름다운가! 그들은 존재 자체만으로도 세상을 빛나게 한다네!

그렇게 말하며 자신을 향해 환호하는 영애들을 보며 미소 짓던 황태자의 심정을 조금 이해할 수 있을 것 같았다.

가벼운 인사를 마친 둘 사이로 침묵이 흘렀다. 황태자는 라가헨에게 여성 팬에 대해 이야기해 주기는 했으나 여성 팬과 단둘이 남겨진 상황에서 어떤 대화를 나누어야 하는지에 대해서는 전혀 언급한 바가 없었다.

소개 주선자가 도망쳐 버린 상황에서 겨우겨우 인간 대 인간으로서의 인사를 마친 두 남녀가 마주한 어색함과 낯섦은 사실상 절체절명의 사회적 위기 순간이나 다름이 없었다.

인간이 위기를 마주했을 때 대응하는 방식은 크게 두 가지로 나눌 수 있다. 첫째, 도망친다. 둘째, 맞서 싸운다. 때로는 그 어느 쪽도 선택하지 못해 도망치지도 맞서 싸우지도 못하는 정신적 교착 상태에 이르기도 하는데, 바로 지금 라가헨이 그런 상태였다.

"안녕하세요, 구해 주셔서 고맙습니다."

"아닙니다. 해야 할 일을 했을 뿐입니다."

공통분모가 전무한 그들의 대화 소재는 이것으로 고갈되었다. 상대가 자신의 팬이라는 사실을 깨달은 것은 라가헨이 이 이상의 대화를 이끌어나가는 데에는 별로 큰 도움이 되지 않았다.

그가 여태 만난 팬들은 뇌까지 근육으로 가득 찬 것이 분명한 이들이라 대개 육체의 대화를 나누었다. 그들은 목검으로 사정없이 두들겨 팬 뒤 '아직 부족하군'이라든지 '그 정도면 훌륭하다'라든지 '정진하도록' 같은 말을 해 주기만 해도 눈가가 촉촉해졌기 때문에 라가헨의 사회적 상황에 대한 대처 능력 향상에 조금도 도움이 되지 않았다.

한편, 그레타 또한 이 위기를 감지했다. 그 즉시 그레타는 속으로 땅을 치며 후회했다.

'도대체 나는 왜 대화 주제를 준비해 오지 않았던 걸까. 어떻게 사탄도 울고 갈 만큼 악랄한 리차드를 철석같이 믿고 아무 대책 없이 올 수 있었던 걸까!'

그러나 후회는 잠깐이었다. 그레타에게는 '일단 직진'이라는 좌우명이 있었기 때문이다. 그리하여 그레타의 대처 방법은 두 번째, 맞서 싸우기였다. 하지만 말해 두건대 대책 없이 직진만 하면 대개의 경우 그다지 긍정적인 결과를 얻기는 힘들 것이다.

그레타가 입을 열었다.

"그때 그 곰은 어떻게 됐나요?"

"박제했습니다."

5초 정도 지속되던 어색한 침묵을 깨뜨리는 목소리에 라가헨이 빠르게 답했다.

"그러고 보니 아주 크고 멋진 곰이었죠. 털이 아름다웠던 것 같아요."

"박제사도 같은 말을 했습니다. 보기 드물게 멋진 털을 가졌다고. 박제한 곰은 2황자 전하께서 황제 폐하께 진상하셨습니다."

그레타는 사실 한 달 전 유명을 달리한 곰의 생김새 따위는 조금도 기억나지 않았다. 그냥 아무 말이나 지껄인 것이었다.

"그때 곰에게 정말 죽는 줄 알았어요. 너무 무서웠어요."

"무서우실 만했습니다. 다만 영애께서 곰에게 용맹하게 맞서시는 모습을 보아서……."

"제가 소리치는 거 보셨어요?"

"예."

갈색 두 눈동자가 사정없이 흔들렸다.

그레타는 갑자기 이 세상에서 사라져 버리고 싶어졌다. 그러나 주인의 절망감과는 별개로 입은 제멋대로 움직였다.

"그 거리에서 도망치는 게 불가능하다고 생각해서 그랬습니다."

"훌륭한 판단이었습니다. 등을 돌려 도망치셨다면 제가 도착하기 전에 큰 부상을 입으셨을지도 모릅니다. 회색곰은 힘이 강해서 자칫 잘못하면 목이 날아갈 수도 있을 정도니까요."

그레타는 일단 이 순간을 모면한 뒤 다음 기회를 잡아 철저히 준비해야겠다고 결심했다. 연속되는 당혹감 속에서 심신이 지친 라가헨에게는 무척이나 긍정적인 결심이 아닐 수 없었다. 그로서는 알 길이 없겠지만.

"기사단의 일로 바쁘실 텐데 제가 공작님의 시간을 너무 빼앗는 것은 아닌지 우려되네요."

"아닙니다."

"다행이네요. 공작님께 감사의 마음을 담아 작은 선물을 준비했어요. 손수건인데 기사님들께서……."

준비해 온 작은 손가방 안을 뒤적이던 그레타의 얼굴이 하얗게 질렸다.

없다! 손수건이 없다! 가장 클래식하고 가장 클리셰적이면서도 가장 무난해서 누구와도 부담 없이 주고받을 수 있기에 준비한 선물이, 손수건이! 없다!

지금 선물을 주고 감사합니다, 다음번에 다시 한번 만나 뵐 수 있으면 좋겠습니다, 하고 헤어져서 오늘 일을 복기하는 것이 계획이었는데 모두 어그러지고 말았다.

"아무래도 제가 손수건을 두고 온 것 같아요. 죄송해요."

완전히 엉망진창이었다. 열심히 꾸몄지만 거울 속 여자는 예쁘지도 않고, 겨우 얻은 자리에 앉아 말도 잘 못하고, 대화도 제대로 이어지지 않았다. 하물며 감사 선물까지도 두고 와 버린 이런 멍청한 인간을 공작님이 좋게 봐 줄 리가 없다. 하늘로 솟든 땅으로 꺼지든 둘 중 하나를 반드시 해내지 않고서는 견딜 수 없을 것만 같았다. 그레타는 이제 자신이 반쯤 울먹거리고 있다는 사실도 알아차리지 못했다. 그래서 라가헨이 한 말을 제대로 듣지 못했다.

"괜찮습니다. 다음번에 주십시오."

"전 바보예요, 바보……. 네?"

"말씀하신 손수건은 다음번에 받겠습니다."

촉촉하게 젖어 들던 그레타의 눈이 동그랗게 커졌다.

"그럼, 제가 찾아뵈어도, 아니, 방해가 되실 테니 리차드 편으로……."

"편하신 쪽으로 하십시오."

그레타는 자기 환멸과 자괴감에 완전히 젖어 있었지만, 이것이 놓쳐서는 안 될 기회라는 것을 알아차렸다.

"그러면 기사단으로 찾아뵈어도 될까요?"

"저는 대체로 늦은 시간까지 기사단 집무실에 있습니다. 오시기 전 기별을 주시면 집무실에서 기다리고 있겠습니다."

"아! 감사합니다!"

그레타가 활짝 웃었다.

그 환한 미소는 마치 들꽃 같았다. 작고 흔해서 아름다운 줄 몰랐다가, 문득 들여다보니 예쁘더라, 그런 생각이 들게 하는 들꽃.

아까부터 간질거리던 가슴이 더 간질거리는 것만 같아 라가헨은 작게 헛기침을 했다. 그래도 나름 뿌듯한 기분이었다. 일전에 황태자에게 배웠던 것을 잘 활용한 것 같았기 때문이다.

수많은 팬을 거느린 황태자가 여느 때와 같이 무의미한 수다를 떨던 중 라가헨에게 이렇게 말했었다.

이보게, 라가헨. 영애들은 사랑스러워서 나에게 이렇게 작고 귀여운 선물들을 주고는 한다네. 가끔 선물을 두고 왔다는 걸 깨달을 때면 무척이나 속상해하니, 다음번에 꼭 직접 가져다 달라고 해야 한다네. 자네도 이제 팬들이 늘어가고 있으니 팬을 대하는 올바른 자세를 배워 두도록!

손수건을 두고 와서 당황한 그레타를 보자 황태자가 했던 말이 생각났다. 그래서 라가헨은 황태자의 가르침대로 '팬'이 직접 준비한 선물을 깜빡 잊고 두고 와 슬퍼할 때 해야 하는 행동을 한 것이었다. 그래서 라가헨은 본의 아니게 자신이 두 번째 만남을 신청한 격이 되었다는 사실을 알아차리지 못했다.

그리고 여기 라가헨도 그레타도, 그리고 숨어서 이 둘을 음흉하게 지켜보며 혀를 차고 있는 리차드도 몰랐던 큐피트의 농간이 숨어 있었으니, 바로 유리카였다. 유리카는 동생이 아단티에 공작에게 줄 선물을 준비했다는 이야기를 듣고 은밀하게 사용인 한 명을 매수했다(매수금은 비싼 초콜렛이었다). 유리카의 지시로 매수된 사용인이 몰래 그레타의 출발 전 가방에서 선물을 빼돌렸다. 이날의 일이 어떻게 되든 다시 한번 만날 이유가 될 수 있도록 한 것이다.

타락한 큐피트의 신비로운 농간에 대해 아는 이는 이 자리에 아무도 없었다.

9.

그레타는 라가헨과 헤어진 지 얼마 안 됐을 때는 분명 괜찮았다. 다음번에 다시 만날 수 있는 자연스러운 핑계까지 얻었으니 이 얼마나 성공적인가! 하지만 집으로 돌아오는 중에 자꾸만 라가헨의 앞에서 했던 말실수나 바보 같은 모습을 보여 줬던 것, 반복되던 어색한 순간들이 머릿속을 가득 채우기 시작했다. 저택 앞에 도착했을 무렵에는 코끝이 찡하고 입술이 씰룩거리며 울음이 터져 나오기 직전이었다.

그렇게 그레타는 방으로 돌아오자마자 대성통곡을 시작했다. 잠시 무슨 일인가 내다본 리에보 백작은 자식은 강하게 키우는 것이라며 다시 집무실로 들어갔고, 옥 같은 막내딸에게 무슨 일이 있었던 건지 걱정 가득한 아버지의 성화에 리차드는 강제로 동생을 달래러 방으로 따라 들어왔다.

"나 어떡해애애! 나 진짜 바보 같았단 말이야, 흐어어엉!"

"뭘 어떡해!"

그가 아는 동생은 이렇게 울보도 아니고 사소한 것 하나하나에까지 의미 부여를 하는 애도 아니다. 그런데 지금 그레타는 그가 알던 동생이 아닌 것 같았다. 사랑에 빠져 본 적 없는 사람은 사랑에 젖어 변해 버린 모습을 이해할 수 없었다.

"얼굴이 엄청 빨개졌었단 말이야!"

"아냐, 안 빨갰어. 네 얼굴이 빨간지 거울도 안 보고 네가 어떻게 알아."

"빨갰어! 엄청 새빨갰어!"

실제로 리차드가 훔쳐보았을 때 그레타의 얼굴은 빨갛지 않았다. 양 뺨이 살짝 발그레한 정도였다.

"처음에 긴장해서 목소리 이상하게 나온 거 듣고 비호감이라고 생각하시는 건 아닐까."

"너는 단장님의 인성을 어느 수준으로 생각하는 거야."

"하지만 거의 목이 비틀린 닭 같은 목소리였단 말이야."

"목이 비틀린 닭 같은 목소리였어도 공작님은 목소리가 이상하다고 사람을 이상하게 생각하고 그러는 분이 아니시라니까."

"이상하긴 했다는 거네, 정말 이상하긴 했다는 거네!"

겨우 가라앉았던 통곡이 다시 시작되었다.

"아니야! 꾀꼬리 같았어! 꾀꼬리가 울고 갈 정도로 예쁜 목소리였어!"

"으아아앙! 거짓마아아알!"

그 시각 아래층. 일을 마친 그레타의 어머니 리에보 백작과 아버지 백작 부군, 언니와 형부 넷은 위층에서의 소란을 음악 삼아 다과를 즐기고 있었다. 그들의 이야깃거리는 당연하게도 대성통곡을 이어가는 그레타였다. 백작 부군은 아비 된 마음이 영 편치 않은 모양이었다.

"아휴, 가엾어라. 저렇게 울다가 눈 다 붓겠다. 아휴, 우리 막내가 사랑이 벅찬가 보네."

"이게 다 당신 닮아서 그래. 리에보 여자들은 원래 다 유리카 같은데, 당신의 말랑말랑하고 보들보들한 걸 닮아서 저러는 거야. 자고로 여자란 바위처럼 강한 마음을 가져야 하거늘."

"아냐. 당신 닮은 거야. 내가 처음에 청혼 거절했을 때 당신 울었잖아."

"오랜만에 싸울래? 싸우고 싶어?"

"내가 잘못했어."

한 세대 위 부부가 투닥거렸다.

"귀엽네. 딱 그레타의 나이에만 할 수 있는 풋풋한 사랑이야."

"자기가 나 만났을 때도 그레타랑 비슷한 나이였을 걸."

"하지만 나는 그때 이미 자기랑 지독하게 얽혔으니까."

"그랬지. 아주 지독했지."

"아무튼 귀엽네, 귀여워."

동 세대 젊은 부부가 몇 년 전의 지독하게 불타던 파멸의 사랑을 떠올리며 살짝 얼굴을 붉혔다. 물론 그들은 여전히 불타고 있다. 이미 첫사랑의 고통을 지나온 어른들은 웃고, 그 사랑을 홀로 하고 있는 그레타는 울고, 그 꼴을 지켜보는 리차드만 속이 터졌다.

10.

아단티에 공작저의 대문 앞에는 안절부절못하며 이리저리 서성이는 한 남자가 있었다. 그의 이름은 제스파. 그는 노총각 상사의 사실상 첫 데이트나 다름없는 오늘이 어떻게 마무리되었을지 궁금해서 도저히 참을 수가 없는 상황이었다.

우리 공작님! 조금 무섭게 생기시긴 했어도 사실 요모조모 뜯어놓고 따져보면 잘생기셨다. 푸른 눈은 깊은 호수처럼 맑고 아름다우며 큰 키와 다부진 몸은 그야말로 남성적인 매력을 잔뜩 뿜고 계신다.

우리 공작님! 무시무시한 마물들을 단칼에 도륙하시는 어마어마한 실력을 가진 전사이시면서도 결코 타인을 함부로 대하시는 경우가 없을 정도로 점잖으시고 아랫사람에게도 예의를 차리시며 까다롭지 않으시니 참으로 모시기 좋은 상사요, 인간적으로도 아주 존경할 만한 분이시다.

우리 공작님! 오른손잡이신데 오른팔이 뎅강 잘려 나가시고도 결코 좌절치 않으시고 왼손으로 다시 검을 잡으실 정도로 강인한 의지와 꺾이지 않는 생명력을 가진 진정한 전사이자 진정한 영웅이시다.

그런 우리 공작님이 왜 도대체 뭐가 부족하다고 그간 가벼운 만남 한 번 가지지 못하셨단 말인가!

라가헨이 들었다면 질색하고 도망쳤을 '우리 공작님 찬양'을 속으로 끊임없이 늘어놓던 제스파의 눈에 그가 존경해 마지않는 우리 공작님 라가헨이 들어왔다.

"공작님!"

제스파의 두 눈이 희번뜩 빛났다.

무척이나 불길하다 생각하며 라가헨이 그에게 다가갔다.

"무슨 일이라도 있는 건가, 제스파."

"당연하지요, 공작님! 오늘 일 말입니다. 어찌 되셨습니까?"

"어찌 되긴, 뭘."

"아니요. 저는 이 중요한 사건을 그렇게 늦치시는 것을 용납할 수 없습니다. 처음부터 소상히 말씀해 주시지요."

말주변이 없는 라가헨으로서는 제스파의 끈질긴 요구가 무척이나 부담스러웠다. 거머리보다도 더 끈질기고 악착같은 제스파 때문에 라가헨은 하는 수 없이 오늘 있었던 만남에 대해 보고하기 시작했다.

"리차드 경께서 곧장 자리를 비우셨다고요?"

"그래. 속이 많이 안 좋은 모양이더군."

순진한 라가헨은 눈치채지 못했던 모양이지만 제스파는 리차드의 수작질을 단번에 알아차렸다. 훌륭한 부하가 아닐 수 없다. 모쪼록 그의 편의를 봐주도록 해야겠다고 제스파는 생각했다.

"이번 원정 훈련 때는 식사에 신경을 더 써야겠어. 훈련 중에 배탈이라도 나면 안 되니까."

이렇게 사려 깊고 배려 넘치는 분이시라니! 하지만 공작님, 그러실 필요는 없을 겁니다. 제스파는 말을 삼켰다.

타인에게 깊은 관심을 두지 않는 라가헨은 잘 모르겠지만 리차드는 아무거나 잘 먹고 잘 소화시키기로 기사단 내에서 아주 유명했다. 지난해 하계 원정 훈련 때 배가 고프다고 독이 있는 마물의 고기를 구워 먹고도 건강했던 일화는 라가헨 빼고 모두가 알았다.

"아무튼 그래서요?"

"영애께서 내가 감사 인사를 했어."

"그리고요?"

"괜찮다고 말씀을 드렸지만 계속, 감사 인사를 하시더군. 그리고 곰에 대해 물으셨지. 그래서 박제했다고 말씀드렸네."

"……."

"조금, 긴장하신 것 같아 보였다네."

제스파는 어렵지 않게 카페에서의 상황을 상상해 볼 수 있었다. 낯을 가리고 말수가 적은 라가헨은 거의 묻는 말에만 답하고 긴장한 영애는 그냥 아무 말이나 나오는 대로 내뱉었을 것이다.

슬픔이 차오르려던 그때, 라가헨이 말했다.

"영애께서 내게 감사의 표시로 손수건을 준비하셨으나 깜빡 잊고 두고 오신 모양이었네."

"저런, 영애께서 무척 속상하셨겠습니다."

"그래서 다음번에 주시라 말씀드렸네."

"예. 아주 훌륭한 대처였습니다."

라가헨은 어쩐지 우쭐해졌다. 곰을 상대로 포효했던 인상 깊은 여성과 긴장 속에서 대화하느라 온갖 실수를 저지른 것만 같았다. 나올 때엔 무척 진이 빠지는 기분이 들었을 정도였다. 그런데 그의 사회적 대처에 대해서는 언제나 잔소리만 해 대는 제스파에게 칭찬까지 들으니 기분이 꽤나 좋아졌다.

고개를 주억거리며 라가헨이 입을 열었다.

"아무래도 영애께서는 내 팬이 되신 것 같다."

"네?"

"황태자 전하께서 말씀하신 적이 있어. 젊은 귀족 여성 팬들에 대한 이야기 말이야. 리에보 영애께서는 전하께서 말씀하신 여성 팬의 조건을 모두 충족하고 계셨지. 여태 기사들이 팬이라며 대련해 달라고 덤비던 것과는 기분이 무척 다르더군."

어쩐지 평소와는 달리 조금 들떠 보이는 라가헨의 얼굴에 제스파는 좋아해야 할지 좌절해야 할지 알 수가 없어졌다. 그는 자신의 순진한 상사에게 여성에 대한 그릇된 인식을 심어 준 황태자를 원망하며 눈물을 삼켰다.

11.

울음을 그치지 못하는 그레타가 탈수 직전쯤이 되자 보다 못한 유리카가 나섰다.

"손수건을 나중에 직접 전해 달라 하셨다며? 너 더 울다간 앞으로 한 달은 밖에도 못 나가고 골골거리며 앓을지도 모른다."

그 말에 그레타가 정신을 차렸다. 웬만해서는 잘 아프지 않는 그레타지만 가끔 한 번 앓을 때면 침대 밖으로는 나가지도 못할 만큼 심하게 병치레를 하고는 했기 때문이다. 동생을 잘 꿰고 있는 언니는 말을 덧붙였다.

"선물을 거절한 것도 아니고 나중에 달라고 했을 정도면 선방은 한 것 같구나. 적어도 인간적인 호감은 느꼈다는 증거야."

"그런 걸까?"

그런지 아닌지 유리카는 모른다. 그냥 그레타가 듣고 싶을 말을 해 주는 것뿐이다.

"그래. 그러니까 일주일 정도 있다가 예쁘고 멋진 모습으로 선물 딱 내밀면서 데이트 신청을 하려면 정신 차리고 씻어. 정신 똑바로 차리지 않으면 그런 야생동물 같은 남자에게 목줄을 채울 수 없단다!"

12.

잘 생각해 보면 모든 것이 이상했다. 정말 모든 것이 이상했다.

라가헨의 오늘 하루는 평범하게 시작되었다. 평범하게 새벽 다섯 시에 눈을 떠서 새벽 수련을 한 뒤 평범하게 가벼운 아침 식사를 했다. 무엇인가 무척 수상한 일이 벌어지기 시작한 것은 출근 준비를 할 때였다.

"지금 뭘 하는 거지?"

"뭘 하다니요. 출근 준비지요."

제스파의 능청과는 달리 라가헨의 앞에는 일전에 보았던 무시무시한 미용 기구들과 눈을 빛내는 사용인들이 줄지어 있었다.

"공작님의 위신과 체면을 위해 외모를 조금 가꾸는 게 어떻겠느냐 황태자 전하께서 언질을 주신 바 있습니다."

라가헨이 미처 뭐라 말을 하기도 전에 폭풍 같은 멋내기가 시작되었고, 그는 마치 미남대회 출전을 앞두기라도 한 듯 잔뜩 꾸민 모습으로 출근해야 했다. 꾸밈의 정도는 일주일 전 리에보 백작 영애 그레타를 잠시 만나러 갔을 때보다도 더했다. 그 모습을 보고 수하 기사들이 아주 경악을 했다는 사실은 굳이 설명할 필요가 없을 것이다.

일찍부터 소문을 듣고 달려온 황실궁수부대장 루카스 닌델라가 바닥을 구르며 웃는 통에 라가헨은 경악하는 기사들 틈에 끼어 있던 리차드 리에보가 자신의 오른팔 제스파와 모종의 눈빛을 주고받는 모습을 놓치고 말았다.

기묘한 일들은 끝나지 않았다. 출근 이후에는 황태자의 의미 없는 호출이 십 분에서 이십 분 단위로 반복되어 도저히 기사단의 훈련을 진행할 수 없었다. 부득이하게 이날의 훈련은 부단장에게 위임해야 했다. 다행인 점이라면 그 덕에 호기심 가득한 근육 덩어리들의 시선을 피할 수 있었다는 것 정도. 이쯤 되니 라가헨도 뭔가 이상하다는 점을 눈치채기 시작했다.

황태자가 그에게는 유독 허물없이 굴고, 때로는 허물이 없다 못해 거의 조카나 동생 대하듯이 한다는 건 알았지만, 자네의 새로운 넥타이가 아름다우니 다시 한번 보고 싶다느니, 자네가 눈썹을 다듬은 것이 맞는지 내 두 눈을 의심할 수밖에 없으니 다시 한번 와 보라느니 하는 시답잖은 일로 그를 오라 가라 하며 귀찮게 굴 정도는 아니었다.

그렇게 수차례를 부르고도 성에 안 찼는지 또 불러서는 「무슈 뚜의 비밀의 책」을 펼쳐 놓고 자신의 초상화가 이런 용도로 사용되고 있는지도 모를 것이 분명한 가엾은 영애들의 얼굴을 계속 넘겨 대고 있는 것이 아닌가. 그리고 무엇보다 결정적으로 황태자는 그의 보좌관 제스파를 향해 의뭉스러운 눈길을 끊임없이 보내고 있었다. 말과 행동은 무슈 뚜의 저주받은 인명첩을 향해 있었지만 그를 속일 수는 없었다. 충성된 신하로서 차마 황태자 전하를 추궁할 수는 없는 노릇이었기에 집무실로 돌아온 라가헨은 대신 제스파를 추궁했다.

"도대체 무슨 속셈이지, 제스파?"

"예? 속셈이라뇨? 그게 무슨 말씀이십니까?"

"아침부터 이 옷차림이며, 머리며, 황태자 전하께서 계속 부르시는 것까지!"

"전하께서 오늘 공작님의 옷차림에 대해 무척 만족스러워하시지 않으셨습니까?"

"잠깐, 설마. 그 인명첩, 강제로……."

순간 라가헨의 등골이 서늘해졌다. 마치 죽음이 목덜미를 훑고 내려간 것만 같았다.

그가 하고 싶었던 말은 '설마 그 무슈 뚜의 저주받은 인명첩에 있는 알 수 없는 인물과 강제로 맞선을 보게 하기 위해 황태자 전하께서 준비한 끔찍한 계략이었던 것인가!'였으나, 이런 끔찍한 결론에 자신의 생각이 다다른 것을 도저히 믿을 수 없었던 그는 말을 제대로 꺼내는 것조차 할 수 없었다.

제스파는 경악에 휩싸인 라가헨이 무슨 생각을 하는지 금방 알아차렸지만 굳이 정정해 주지 않았다. 황태자 전하의 말씀입니다, 이 마법의 주문이라면 그는 똥통에 앉아 있으라 해도 인내할 테니까.

"뭐라고 말을 해 보게, 제스파."

"어서 남은 업무를 처리하셔야죠. 여름 원정 훈련에 관련해서 처리해야 할 서류가 벌써부터 이렇게 많습니다."

"어떻게 자네가 나를 배신해?"

곰처럼 커다란 사내가 시무룩하게 어깨를 축 늘어뜨리고는 형장에 끌려가는 죄수처럼 터덜터덜 집무실 의자로 향했다. 가엾은 모습에 눈물이라도 날 것 같았지만 제스파는 마음을 굳게 먹었다. 이 모든 것은 우리 사랑하는 공작님을 위한 것이었으니까!

그렇게 라가헨은 남은 오후 내내 침묵과 우울 속에서 묵묵히 서류를 처리했다. 중간중간 다가오는 사형 시간을 초조하게 기다리는 사형수라도 된 것처럼 시계를 들여다보며 한숨을 내쉬느라 업무 속도가 평소보다 무척 더뎠다. 그렇게 해가 저물어갈 무렵이 되었다. 잠시 자리를 비웠던 제스파가 다급하게 뛰어 들어왔다.

"공작님!"

올 것이 왔구나.

괜찮다. 수없는 폭력과 고통 속에서도 이날 이때까지 살아왔다. 버텨 왔다. 견뎌 왔다. 오늘도 해낼 수 있을 것이다.

침을 꼴깍 삼킨 라가헨이 진중한 표정으로 일어섰다.

"무슨 일이지?"

사형집행자의 칼날이 떨어지길 기다리던 라가헨에게 돌아온 말은 예상과는 전혀 달랐다.

"이 서신이 따로 떨어져 있었습니다."

"자네가 그런 실수를 하다니, 의외로군."

제스파가 훌륭한 연기력으로 꾸며낸 절망 어린 얼굴로 내민 편지는 그가 평소에 받는 '대련 요청'이라든지 '가르침을 내려 주세요.' 같은 쉬어빠진 땀 냄새 나는 것들과는 달랐다. 그것은 꽃과 나비가 그려진 밀색의 아름다운 편지 봉투였으며, 은은한 향수 냄새가 풍기고 있었다.

"리에보 백작 영애께서 보내신 겁니다! 막내 영애이신 그레타 리에보 영애요! 일주일 전에 만나셨죠."

그레타 리에보. 그 이름에 라가헨의 머릿속에 있던 강제 맞선에 대한 생각이 모래성처럼 무너져 사라졌다는 사실을 누구도 알지 못했다. 그 자신마저.

"내용을 확인했나?"

"그럴 리가요."

라가헨이 편지를 받아 조심스럽게 열었다. 그레타의 편지는 땀 냄새 나는 대련 요청장 못지않게 용건만 간단히 하고 있었다.

일전에 잊은 손수건을 전달해 드리고자 합니다. 오늘 업무가 끝나는 시간대에 맞추어 방문하고자 하는데, 괜찮으신지요? 답변을 기다리겠습니다.

-그레타 리에보 올림.

공식 업무 종료 시간까지 삼십분도 남지 않았다. 편지를 쓰고 보낼 시간도 없었다.

"큰일이군."

"그러게요. 영애께서 지금 오고 계실지도 모르겠군요."

예가헨 제국에서 침묵은 대개 긍정으로 해석된다.

"오늘 황태자 전하의 강제 맞선이……."

"그러고 보니 오는 길에 테리 경께 전달 받았습니다. 상대 쪽에 급한 일이 생겨 못 오시게 되었다고요. 다음을 기약하신다고."

순진하게도 라가헨은 그 말을 조금도 의심하지 않았다. 그냥 그 말이 너무나도 듣기 좋았기 때문이다.

"한 가지 문제가 있습니다. 테리 경께서 오늘 맞선을 위해 로뜨레스토를 예약해 두셨는데, 노쇼가 발생하면 패널티가 있다고 합니다. 아시듯이 황태자 전하께서 로뜨레스토를 무척 좋아하시잖습니까. 패널티가 생기면 다음 예약이 어렵다고 꼭 오늘 저녁 식사는 로뜨레스토에서 하고 귀가해 달라 부탁하셨습니다."

"그 정도는 어렵지 않지."

강제 맞선에 비한다면 불편한 자리에서의 식사 정도는 조금도 어렵지 않아!

13.

그레타는 편지를 보내고도 몇 시간째 답장이 오지 않자 애가 타는 기분이었다.

설마 무시하는 걸까? 사실은 나를 다시 만나고 싶지 않은데 내가 실망할까 봐 배려하려고 그렇게 말한 걸까? 혹시 당일에 찾아뵙는다고 한 게 너무 무례하게 느껴진 걸까? 이게 다 리차드 때문이야. 그레타는 몇 시간 동안 온갖 상상 속에서 고통을 맛보며 초조하게 저택 문 앞을 이리저리 서성이다 결국 말을 타고 황성으로 향했다. 고민만 하고 있을 수는 없다. 침묵은 곧 긍정! 답변이 오지 않았으니 직접 답변을 받아내겠다!

리에보 백작가의 일원이라면 살아 있기는 한 건지 알 수 없는 큰언니와 대개 화원이나 작업실에서 시간을 보내는 아버지를 제외하고는 모두가 황성을 제집 드나들듯 한다. 때문에 그레타도 황성의 지리를 필요한 만큼은 잘 알고 있었다. 거침없이 아단티에 공작의 집무실로 향하는 다리와 달리, 그레타는 목적지에 다다를수록 정신없이 두방망이질 치는 심장 때문에 가슴께가 뻐근할 지경이었다.

그레타가 왼쪽 가슴을 잠시 토닥였다. 물론 아무 소용이 없었다. 심장은 그레타의 생각을 비웃기라도 하는 듯 가슴뿐만 아니라 온몸에서 쿵쾅거리고 있었다.

지난 한 주간 얼마나 눈물을 흘렸던가. 기다리고 기다리던 만남에서 엉망진창인 모습만 보여 준 것이 그레타에게 있어서는 매일 밤마다 이불을 차야 할 만큼 커다란 고통이었다. 그레타의 이야기를 들은 절친한 친구 타라는 혀가 닳아 없어지진 않을까 걱정이 될 정도로 쉼 없이 혀를 찼다. 그레타는 더욱 마음이 상했다. 그러나 희망적이게도 타라의 의견은 유리카와 같았다. 정말 호감이 없었으면 다음번에 달라는 말을 하지 않았을 것이라는 소리다. 굳이 다음번을 언급한 건 적어도 꽤나 긍정적인 감정을 품었다는 뜻일 테니, 만반의 준비를 하여 선물 증정식을 진행하라고도 덧붙였다.

일주일 동안 예쁜 옷도 하나 구매했고, 새로운 화장품도 샀다. 요즘 유행하는 향수까지 구비해 그레타는 이날의 외출을 위해 만반의 준비를 마쳤다. 일주일 전 어쩐 일인지 이불 밑에서 발견된 선물을 이번에는 제대로 챙겨온 게 맞는지 여러 번 확인까지 했다. 타라와 이야기하며 공작님과 대화하는 예행 연습도 수없이 많이 했다. 난 최선을 다해 준비했어! 할 수 있어! 그레타는 떨리는 숨을 가다듬고 문을 두드렸다.

소리 없이 문이 열리고, 그레타의 가슴을 가득 채운 사랑만큼 거대한 라가헨이 시야에 가득 찼다.

그레타는 깜짝 놀란 나머지 아주 꼴사납게 숨을 들이켜며 뒤로 한 발자국 물러섰다. 그에 오히려 라가헨이 더 놀라 성큼 뒤로 물러섰다. 그레타는 결국 시작부터 죽어 버리고 싶다고 생각하고 말았다.

서로를 보고 마치 무슨 천적을 만나기라도 한 것처럼 흠칫 물러서는 두 남녀를 목격한 제스파는 속으로 혀를 차며 둘 사이에 침묵의 시간이 생기기 전에 냉큼 끼어들었다.

"리에보 영애께서 오셨군요! 기다리고 있었습니다. 어서 들어오시죠."

제스파가 라가헨의 등을 툭툭 쳤다.

알 수 없는 이유로 얼어붙어 있던 라가헨은 입구에서 한걸음 물러서 그레타를 안으로 들였다.

라가헨의 집무실은 국가의 영웅이자 최고의 기사의 신분과는 달리 단출하게 느껴질 정도로 깔끔했다. 장식품이라고 해 봤자 기껏해야 황태자가 하사한 선물이나 명패, 메달이나 훈장 같은 것들이 전부였다. 그의 책상 위를 가득 채우고 있는 것들은 산처럼 쌓인 서류였다. 라가헨에게 있어서 그 서류들과의 싸움은 마물들과 전쟁하는 것보다도 더 힘든 일이었지만, 그레타의 눈에는 자신의 일에 최선을 다하는 멋지고 진중한 모습을 덧씌워 주는 효과를 발휘했다.

그레타를 자리에 앉힌 제스파는 눈썹을 자유자재로 움직이며 라가헨에게 마주 앉으라 신호를 보냈다. 그레타가 앉은 자리에는 여태까지 못해도 그레타의 두 배 정도는 되는 크기의 근육 덩어리들만이 앉아 왔는데, 저렇게나 작은 여성 팬이 앉아 있으니 항상 봐오던 소파가 너무나도 낯설게 느껴졌다.

그레타는 안절부절못하고 당장이라도 심장박동에 맞춰 춤을 출 것 같은 손을 다소곳하게 무릎 위에 올려놓았다.

"안녕하세요, 공작님. 답변을 받지 못했는데, 그냥 왔습니다. 혹시 실례가 됐을까요?"

"아닙니다. 중간에 편지가 누락되는 바람에 방금 전에야 영애께서 편지를 보내신 걸 알았습니다. 죄송합니다."

그 말에 그레타가 속으로 얼마나 크게 안도의 한숨을 쉬었는지. 그레타는 한결 편한 마음으로 준비한 말을 꺼냈다.

"지난번에 제가 준비한 선물을 두고 오는 바람에 이렇게 번거롭게 해 드려서 죄송합니다."

"번거롭다니요. 그렇지 않습니다."

그레타의 걱정과 달리 라가헨은 정말 아무 생각도 없었.

불행히도 여기서 그레타의 순진함이 드러났다. 그레타가 좀 더 생각이 깊고 경험 많은 짝사랑녀였다면 이 자리에서 라가헨과 좀 더 말을 섞어 보려 노력했을 것이다. 그러나 '용건만 간단히'가 생활화된 데다 몹시 긴장한 그레타의 머릿속은 라가헨에게 선물을 꼭 전달해 줘야 한다는 생각에 지배당하고 있었다.

'선물을 드리는 거야. 선물을! 제대로, 멋지게, 실수 없이!'

결국 그레타는 곧장 선물을 꺼냈다. 남청색 포장지에 싸인 작은 상자가 라가헨의 손에 들어왔다. 선물은 받은 즉시 열어 보는 것이 예의인 터라 라가헨도 그리했다. 라가헨이 포장을 뜯었다. 투박한 손길이었다. 그레타가 그 단순한 포장을 위해 몇 시간을 들였는지 알았더라면 그의 손길이 조금은 더 조심스러웠을까.

포장지를 벗은 선물을 본 라가헨이 눈을 동그랗게 떴다. 선물로 손수건을 준비했다고 해서 그는 이니셜을 수놓은 고급 손수건을 생각했다. 그러나 그레타가 내민 것은 기대한 것과는 전혀 달랐다.

"기사님들은 검을 닦을 땐 이걸 선호한다고 들었어요."

그레타가 내민 손수건은 기사들이 손수건이라고 부르는 천이긴 했지만 일반적인 용도의 손수건은 아니었다. 바로 검 손수건이었다. 기사들이 원정 훈련이나 중요한 임무를 맡아 이동 중 검 손질을 위해 사용하는 비교적 작은 크기의 천을 부르는 말인데, 경제적으로 여유 있고 검을 아끼는 사람들은 우트머진산 오달천을 많이 사용했다. 덕분에 우트머진에서는 아예 프리미엄 붙은 한정판 검 손수건 상품까지 출시해가며 쏠쏠하게 돈을 벌어들이고 있었다.

라가헨이 드물게 돈을 쓰는 취미가 바로 우트머진산 최고급 검 손수건을 수집하는 것이었다. 그레타가 선물한 손수건을 꺼낸 그는 눈이 휘둥그레졌다. 물론 그의 눈이 휘둥그레졌다는 사실은 제스파만이 알아차렸다.

그의 눈 색깔처럼 푸른 천의 테두리에 은사로 '자랄딘의 시' 구절이 수 놓여 있었다. 라가헨은 한눈에 알아볼 수 있었다. 이것은 우트머진 오달 프리미엄 자랄딘 07번 상품이었다.

제스파는 라가헨이 선물이 무척 감탄하며 기뻐하고 있음을 알아차렸다. 불행히도 그레타는 아니었다. 갑자기 수건을 펼치더니 한참을 멍하니 쳐다보는 무표정한 얼굴을 보고 기뻐하고 있다고 판단하기엔 어려웠으니 말이다.

"혹시 마음에 안 드시나요?"

라가헨이 화들짝 놀랐다. 너무 넋을 놓고 있었던 것이 부끄러워졌다. 물론 이것도 제스파만 알아차렸다.

"아닙니다. 무척 마음에 듭니다."

오랜만에 보는 상사의 만족스러운 얼굴에 제스파도 흡족해졌다. 그러나 그는 라가헨이 한가롭게 선물을 받고 기뻐하고만 있는 것을 절대 용납할 수가 없었다. 오늘 이 시간을 성사시키기 위해 노력한 사람이 조금 과장하면 열 손가락으로는 셀 수도 없을 만큼 많았다. 제스파가 앞으로 한 걸음 걸어 나왔다.

"영애께선 아직 저녁 식사 전이십니까?"

"네? 네."

"혹시 이후 바쁜 일정이 없으시다면 저희 공작님과 함께 저녁 식사를 해 주실 수 있으십니까?"

"제스파."

허튼소리 말라 경고를 담은 목소리로 라가헨이 그의 이름을 불렀지만 제스파는 귓등으로도 듣지 않았다. 그의 답답한 상관은 이 정도 떠먹여 줘야 겨우 삼킬까 말까 하니까.

"원래 업무 관련하여 중요한 저녁 약속이 있어 로뜨레스토를 예약해 두었는데, 해당 일정이 미뤄지고 말았습니다. 익히 알고 계시듯 로뜨레스토는 노쇼 발생시 패널티가 크지요. 영애께서 이곳까지 먼 걸음 하여 주셨으니 공작님께서도 영애께 식사를 대접할 수 있길 바라실 겁니다."

그레타는 눈을 동그랗게 뜨고는 라가헨을 바라보았다. 진짜냐는 물음을 담은 눈빛이었다. 애매한 시간 때문에 차를 대접받을 수도 없어 이대로 정말 귀가해야 하는 건가 걱정하고 있었는데, 무척 좋은 소식이었다. 곧장 부정의 답을 내놓으려던 라가헨은 말문이 턱 막혔다.

살짝 발그레한 두 뺨. 어린 짐승의 털처럼 보드라워 보이는, 잔머리가 삐져나온 갈색 머리카락, 기대감 가득한 두 눈.

라가헨의 시선이 가늘게 흔들렸다. 도저히 제스파의 말을 부정할 수가 없었다. 그랬다간 무슨 커다란 죄라도 짓는 기분이 들 것 같았다. 심지어 무척 마음에 드는 선물까지 받았으니. 턱 끝까지 올라왔던 부정의 답변이 쑥 내려갔다.

"그렇습니다. 손수건에 대한 답례로 영애께 저녁 식사를 대접할 수 있다면 큰 영광일 겁니다."

"와! 감사합니다!"

제스파는 마치 미리 연습이라도 한 듯 자연스럽게 나온 라가헨의 말에 남몰래 두 손으로 입을 틀어막았고, 그레타는 활짝 웃었다.

14.

라가헨은 지금 말을 타고 로뜨레스토로 향하고 있었다. 그레타의 미소를 본 순간 홀린 듯이 쌓인 서류를 미뤄 두고 집무실을 나섰던 것이다.

내일로 미루게 된 일들과 고급 식당에서 버려야 할 시간들까지 생각하면 거절했어야 맞는 것인데. 어떻게 이렇게 된 건지. 모든 일이 마치 이렇게 되기 위해 준비된 것만 같았다.

그러고 보니 제스파 녀석은 '리에보 영애가 공작님을 마음에 둔 건 아닐까요?' 같은 헛소리까지 했었다. 라가헨은 뒤에서 멀찌감치 떨어져 따라오고 있는 제스파를 향해 매서운 눈빛을 날리려 했다. 그러나 옆에서 들려온 작은 목소리에 그의 시도는 무산되었다.

"공작님, 혹시 말 이름을 여쭤 봐도 될까요?"

"데빈입니다."

"너무 멋진 말이에요. 앙티레스 종인가요?"

"잡종입니다. 어미가 앙티레스 종이고 아비는 룬테하 종입니다."

"그럼 이 갈기와 근육이 설명되네요."

사실 그레타는 라가헨이 말을 끌고 나온 순간부터 말에서 눈을 뗄 수 없었다. 그의 말은 그 자신만큼이나 커다란 흑마였는데, 말발굽이 크고 귀가 다소 뾰족하며 목이 살짝 긴 앙티레스 종과 닮아있었다. 하지만 전형적인 앙티레스 종이라고 하기엔 군마 수준으로 근육이 발달해 있었고 갈기의 윤기가 대단했다. 대표적인 군마와의 교잡종이라면 충분히 납득이 간다.

"말에 대해 잘 아십니까?"

"잘 안다고 하기엔 부끄러운 수준이에요. 말을 좋아하지만요."

"영애의 말은 듀빌스 종 아닙니까? 성격이 사나워 여성들은 기피하는 종으로 알고 있습니다. 남성들도 웬만한 승마 실력으론 듀빌스를 통제하기 힘들어하는데."

"자라는 태어났을 때부터 제가 돌봤어요. 그래서 그런지 저한테는 순한데 다른 사람들한테는 못되게 굴어서 관리를 제가 다 해요."

그레타가 손을 뻗어 자신의 흰색 암말 자라를 한 번 쓰다듬자 자라가 히힝 하고 기분 좋은 소리를 냈다. 그러자 거대한 흑마 데빈도 히힝인지 푸릉인지 뭐라 말했다. 자라와 데빈은 주인들보다 훨씬 원활하게 자기들끼리 친목을 쌓는 것 같았다.

사실 그레타는 일전의 실수를 만회하기 위해 지난 일주일 동안 그와 나눌 대화 주제를 수십 가지나 준비해 놓았다. 예를 들어 최근 발표된 논문인 「움부레타 밀크티와 기사들의 훈련 집중도의 상관관계」나 「유순한 마물 종을 길들여 군사용으로 사용하려는 마물학자들의 계속되는 도전」, 「진가티 언덕 대전투에서의 경험이 이후의 여름 원정 훈련에 미친 영향」 등이 있다. 하지만 일주일간 열심히 준비한 그 무엇도 아닌 말에 대한 이야기를 하게 될 줄이야.

그레타는 특히 지금 타고 있는 듀빌스 종의 암말 자라를 무척이나 아꼈다. 그레타가 말에 대해 보통의 사람들보다 조금 더 많이 아는 것은 자라에 대한 관심이 말이라는 생물 전반에 대한 관심으로 확장되었기 때문이다. 더군다나 말에 대해 깊은 관심이 없는 사람이라도 라가헨의 거대하고 아름다운 흑마를 본다면 눈길을 주지 않을 수 없을 것이다.

라가헨과 그레타의 대화 주제가 말에 집중된 것은 사실 무척이나 다행인 일이었다. 왜냐하면 만일 그레타가 준비한 논문이니 견해니 하는 토론에 준하는 대화 주제로 이야기가 번졌다면, 하루 종일 황태자의 정체 모를 괴롭힘과 산처럼 쌓인 서류, 그리고 강제 맞선에 대한 불안감으로 인해 녹초가 된 라가헨은 금방 대화에 흥미를 잃고 말았을 테니 말이다.

억지로 공부해 준비한 주제보다 원래의 관심사를 가지고 대화하니 그레타도 말이 더 편하고 자연스럽게 나왔다.

"데빈도 각설탕을 좋아하나요?"

"예. 가끔은 각설탕만 있으면 주인도 몰라볼 것 같습니다."

라가헨의 목소리엔 아주 작은 웃음기가 섞여 있었다.

"자라도 각설탕을 무척 좋아하긴 하는데 버릇을 잘못 들여서 유우지 각설탕이 아니면 성질을 내요. 건초도 하빈산 건초가 아니면 안 먹고요."

"유우지 각설탕이면 황태자 전하께서 드시는 건데……."

심지어 하빈산 건초는 황제 폐하께서 귀애하는 말에게나 줄 정도로 비싼 건초다.

"그러니까요. 버릇을 잘못 들였어요."

"사나흘 정도 굶기면 버릇이 고쳐질 겁니다."

"리차드도 그렇게 말했는데 도저히 못 하겠어요. 하루 굶긴 적이 있는데 눈물을 뚝뚝 흘리는 게 너무 가엾어서 그럴 수가 없었어요. 얘가 살면 얼마나 산다고."

"지금 몇 살이죠?"

"자라는 다섯 살이에요."

라가헨은 말이 평균적으로 30년을 산다는 이야기를 해 줘야 할지 말아야 할지 잠시 고민하다 입을 다물기로 결심했다.

"데빈은 정말 착한 말이네요. 편식도 안 하고."

"예. 좋은 녀석입니다. 물론 자라도 아주 멋진 말이라고 생각합니다."

그들은 식당에 도착할 때까지 육아 고민을 늘어놓는 젊은 부모라도 된 양 각자의 말에 대한 이야기를 나누었다. 그레타가 말하고 라가헨이 짧게 답하는 것의 반복이었지만 그레타는 지난번과 달리 대화 같은 것이 이어지고 있다는 것이 너무 기뻤다.

드디어 수도에서 가장 고급스럽고 값비싼 식당, 로뜨레스토에 도착했다. 데빈과 자라는 사용인의 극진한 안내에 따라 그들의 모든 마생(馬生)을 통틀어 가장 고급스러운 마구간으로 이동했고, 라가헨과 그레타는 무려 지배인의 안내를 받아 황태자의 개인실로 이동했다. 제스파는 유령처럼 조용하게 그들을 뒤쫓다 다른 사용인에게 붙들려 소리 없이 개인 식사 공간으로 연행되었다.

라가헨의 경우 황태자와 함께 몇 차례 이곳 로뜨레스토를 방문한 적이 있어 익숙했고, 아버지의 생일 때마다 어디 있는지 모를 장녀를 제외한 온 가족이 이곳에서 저녁 식사를 즐기는 그레타 또한 로뜨레스토에서의 식사가 낯설지 않았다. 다만 평소와 다른 한 가지 커다란 차이점은, 모든 음식들이 한입에 먹기 좋은 크기로 잘려 나왔다는 점이었다. 그레타는 본식인 스테이크까지 깔끔하게 조각난 채로 나온 것을 처음 보았기 때문에 잠시 의아했지만 이내 그것이 라가헨을 위함이라는 사실을 알아차리고는 말없이 식사를 이어 나갔다. 역시 로뜨레스토에서의 식사는 언제나 만족스럽다고 생각하며.

두 명분의 스테이크가 모두 잘려 나온 것을 보았을 때, 그리고 그레타가 낯선 모양새를 하고 모습을 드러낸 스테이크를 보고 잠시 의아한 표정을 지었을 때, 라가헨은 저도 모르게 긴장했다. 이와 같은 긴장감은 그가 친분이 없는 사람들과 식사하는 것을 선호하지 않는 이유 중 하나였다.

그는 팔 하나 분만큼 불균형한 상태로 살아가는 것에 익숙해진 뒤로는 생활에 큰 불편감을 느끼지는 못했다. 그러나 사람들이 잃어버린 팔에 대해 상기시켜줄 때는 전혀 유쾌하지 않았다. 그가 상대하는 많은 고위 귀족들이 은근히 그의 유일한 약점을 찌르며 반응을 보려 하는 일이 많았기 때문에 더욱 그랬다.

그런 그에게 아무 말 없이 식사를 이어 나가는 덤덤한 태도가 어떻게 다가왔을지, 그레타는 전혀 알지 못할 것이다. 그레타가 고작, '맛있다. 아버지한테 자랑해야지! 공작님은 리차드보다 조금 드시는 것 같네'와 같은 생각을 하고 있다는 것을 그가 알지 못했듯이 말이다.

식사 내내 둘의 대화는 말에 대한 이야기가 주를 이뤘다. 라가헨으로서는 편한 주제였다. 대개의 귀족들처럼 최근 즐기는 수십 가지 차의 미묘한 맛 차이에 대해 이야기를 나누거나 요새 다시 유행하는 「울하니카 들판의 노을」 같은 심오하기 짝이 없는 고전소설에 대한 이야기를 나누는 것과 비교하자면 차라리 재미있기까지 했다.

그 덕분일까, 식사가 끝나 다시 그레타는 자라를 타고 라가헨은 데빈을 탄 채로 헤어지기 직전까지 그는 무척이나 편안한 상태였다. 허겁지겁 뒤따라오는 제스파가 낯을 많이 가려 새로운 사람과 교류하는 것을 싫어하는 라가헨이 이토록 편안한 상태였다는 것을 알았다면 아마 눈물 한 방울을 또록 흘렸을지도 모른다.

15.

 반면 그레타는 아주 속이 타들어 가고 있었다. 이대로 저택 앞에 도달해 헤어지면, 앞으로 자연스럽게 치근덕거릴 건수가 없다. 감사 인사도 했고, 깜빡 잊었던 선물까지 줬으며, 선물에 대한 답례로 식사까지 대접받았다. 더 이상 피치 못하게 만나자고 들이댈 이유가 없다.

 저기 리에보 백작저가 보인다. 더는 미룰 수 없다. 미뤘다간, 정말 아예 기회조차 잃고 만다. 시도조차 하지 못하는 것과 시도한 후 실패하는 것은 다른 일이다. 그레타는 늘 그랬듯 초조함과 불안함을 이겨내고 마지막 순간에 용기를 냈다.

 자라가 멈춰 섰다. 그레타가 고삐를 당긴 탓이다. 그에 라가헨도 자연스럽게 데빈을 멈춰 세웠다. 히힝. 데빈이 불만스러운 목소리를 냈다. 누구도 신경 쓰지 않았다.

 그레타는 두 눈을 부릅뜨고 입을 앙다물고 결의에 가득 찬 얼굴로 그를 돌아보았다.

 꿀꺽. 침을 삼켰다. 로프레스토에서 마신 도수 낮은 와인의 오크 향이 아직도 입가에 남아 있는 것 같았다. 고작 반 잔이었지만 어쩌면 조금 취했을 수도 있다.

 '그래, 난 취한 거야. 취한 거야. 그러니까 말해도 돼.'

 그레타는 다시 한번 침을 꿀꺽 삼키고, 입을 열었다.

 "편지해도 될까요?"

"네."

"답장해 주실 건가요?"

"오늘 보내 주신 편지는 중간에 누락되는 바람에 답장을 드리지 못했습니다만, 다음부터는 그런 일이 없을 겁니다. 편지, 기다리겠습니다."

그레타는 아랫입술을 꼭 깨물었다.

"감, 감사해요."

너무 감격한 나머지 말을 더듬었다. 그레타는 더 있으면 꼴사나운 모습을 더 많이 보여 줄지도 모른다는 생각이 들었다.

"편지 꼭 보낼게요. 오늘 너무 즐거웠어요. 먼저 들어가겠습니다. 가자! 자라!"

그래서 빠르게 인사를 남기고 말을 달려 멀어졌다. 신난 자라가 '히이이잉!' 하고 큰 울음소리를 냈다. 그 모습이 부럽기라도 한 듯 데빈도 '푸힝!' 하고 울었다. 그레타가 자려고 누웠을 때 황급히 달려간 모습이 이상하게 보였을 거라는 생각에 한참이나 이불을 팡팡 발로 차야 했다는 건 앞으로 몇 시간 뒤의 일이니 모른 척해도 좋을 것 같다.

갑작스레 멀어지는 그레타를 보고 놀란 제스파가 라가헨 옆으로 다가와 물었다.

"무슨 일 있으십니까? 영애께서 왜 갑자기 달려가시는…….."

"잘 모르겠군."

"무슨 짓을 하신 겁니까, 공작님! 무슨 말씀을 하신 겁니까? 빨리 낱낱이 밝히세요!"

"편지를 써도 되냐 물으시기에 물론입니다, 하고 답해 드렸다."

"그리고요?"

"답장을 해 줄 것이냐 물으셨다. 오늘 편지에는 답하지 못했지만 다음엔 답하겠으니 편지를 기다리겠다고 말씀드렸다."

"이야……."

"내가 무슨 실수라도 한 건가, 제스파?"

"아닙니다. 잘하셨습니다. 아주 잘하셨어요. 편지 기다리시면 될 것 같네요."

그 순간, 제스파의 귀에 라가헨이 중얼거리는 소리가 들렸다.

"나도 여성 팬의 팬레터를 받게 되는 건가."

다시 보니 아직 갈 길이 멀어 보였다. 제스파는 그레타에 대한 안쓰러움에 속으로 깊은 한숨을 내쉬었다.

16.

그리고 이것은 그레타가 라가헨에게 손수건을 전달하러 가기 며칠 전의 일이다.

테리는 평소 표정 변화가 거의 없고 언제나 침착했다. 황태자 하옐이 오랜 시간 그를 곁에 두고 오른팔처럼 부려온 것엔 테리의 유능함도 있었으나 무엇보다도 언제나 흔들림 없이 담담하고 굳센 심지를 가지고 있다는 점이 가장 크게 작용하고 있었다.

그렇기에 하옐은 두 눈을 동그랗게 뜨고 종종걸음치는 그를 보고 도저히 놀라지 않을 수가 없었다.

"도대체 무슨 일이기에 테리 자네 얼굴이 그 모양인가?"

"전하, 이것을."

편지를 건네는 손은 아주 가늘게 떨리고 있었다.

도대체 무슨 일이지. 테리가 저렇게 반응할 정도로 끔찍하고 거대한 일이 있는 걸까. 편지를 받아든 하옐의 머릿속에는 테리뿐만 아니라 모두가 놀랄 만한 제국의 명운을 뒤흔들 수도 있을 만한 최악의 시나리오들이 스쳐 가고 있었다.

하옐이 긴장감을 감추며 편지를 펼쳐 들었다. 한 장 한 장 편지를 넘길수록 두 손이 지진이라도 난 듯이 사정없이 흔들렸다.

"이게 사실이란 말인가!"

"그렇습니다, 제스파 경이 직접 제게 전달해 주었습니다."

"맙소사. 이 모든 것이 사실이란 말이지."

편지를 내려둔 하옐은 잠시 의자의 팔걸이를 툭툭 치며 생각에 잠겼다. 테리는 아주 심각한 얼굴로 그를 응시했다.

"그래. 그렇단 말이지. 리에보란 말이지."

하옐이 받은 편지지의 수신인은 제스파, 그리고 발신인은 유리카 리에보. 그 안에 담긴 내용은 막냇동생의 짝사랑 사수에 대한 협조 요청. 그리고 이 편지를 황태자인 자신에게 올려보낸 제스파의 의도는 협조 요청에 대한 협조 요청이자 중요한 사항에 대한 보고를 대신하는 것이기도 했다.

그레타 리에보는 「무슈 뚜의 비밀의 책」에 이름조차 올리지 못한 여자였다. 미혼 여성에 대한 정보를 수집할 때 라가헨과 위아래 네 살 차이까지만 허용한 탓이었다. 그러나 나이대가 맞았더래도 그레타 리에보는 라가헨의 결혼 상대 후보에 오르지 못했을 것이다. 그는 다름 아닌 리에보였으니까.

"지금 쳐내야 할까, 아니면 지켜봐야 할까. 테리, 자네 생각은 어떠한가."

"리에보 가문의 후계 문제가 결정되지 않아 단정하기는 어려운 일입니다."

"그러니까. 하필이면 리에보란 말인가. 그레타 리에보에 대해 아는 바는? 주목할 만한 사항이 있는가, 테리."

"지난해 아카데미를 졸업한 뒤 가문에 체류 중이며, 그저 마냥 사랑받고 자라 자유분방한 막내 여식입니다. 더 알아보겠습니다."

"그래. 리에보라면 알려진바 그대로겠지만."

편지에 적힌 유리카 리에보의 이름.

유리카 리에보는 불임이다. 혼인 초 아이를 두 번이나 잃으며 건강이 악화되어 다시는 아이를 가질 수 없는 몸이 되었다. 워낙 민감한 주제라 모두가 쉬쉬하지만 정계에서는 유명한 리에보의 불행이었다.

대개의 귀족 가문이라면 아이를 낳을 수 없는 딸을 후계에 그대로 놓지 않았을 것이다. 심지어 리에보에는 건강한 아들이 둘이나 있었다. 그들이 후계의 자리에 어울리지 않는 그릇이라는 것엔 하옐 또한 동의하는 바였으나, 고루한 귀족 사회엔 여전히 가문은 아들이 잇는 게 '정석'이라는 생각이 남아 있었다. 아주 오래전부터 딸이 주축이 되어 가문을 이어온 리에보가 특이한 것이다.

어쨌든 유리카 리에보는 제 태로 아이를 낳을 수 없는 몸이다. 그 말은 즉 후계를 잇기 위해서 제 형제들이 낳은 자식 중 못해도 하나는 입양해 제 아이로 기를 것이라는 뜻이다. 리에보의 긴긴 역사 속에 형제의 자식을 후계로 들인 일은 드물지 않았다.

그런데 만일 리에보의 후계가 제국의 영웅 아단티에 공작의 아이가 된다면? 사실상 0에 수렴할 만큼 적은 가능성이기는 하지만 하옐은 일말의 가능성도 뿌리 뽑고 싶어 하는 철저한 사람이었다.

"리에보에 더 관여할 일은 없으면 좋겠는데."

심각한 표정을 한 하옐에게 테리가 말했다.

"전하. 아단티에 공작께서 당장에 리에보 영애와 혼인하시는 것이 아니잖습니까. 제스파 경의 말에 따르면 아직 공작은 이성적 호기심조차 느끼지 못하고 있습니다. 오히려 이것이 기회가 될 수 있습니다."

"기회라고?"

"그레타 리에보는 절세가인은 아니지만 젊고 매력적인 여인입니다. 그가 공작에게 여인에 대한 관심을 갖게 하는 기회가 되지 않겠습니까. 아주 작은 흥미와 관심만이라도 혼인에 대한 뜻을 변화시키는 데 충분할지도 모릅니다."

"그 또한 그렇지."

"물론 그 또한 그레타 리에보가 충분히 활약한다는 전제하에 서지요. 공작이 워낙 목석 같은 사내인지라."

"그래! 그게 문제야! 안 하겠다는 혼인을 억지로 시킬 수도 없고, 심지어 목석이야! 내 속이 안 터지고 배기겠는가! 좀 사람 만나고 연애도 하고 알콩달콩 사랑도 해 보고. 애도 한 서넛 낳고! 그래, 일단 이 깜찍한 짝사랑에 손을 얹어 보도록 하지. 자네 말대로 둘이 당장 결혼부터 하는 건 아니니까."

어쩌면 아예 혼인하지 않으려 하는 라가헨이 이 기회에 그레타 리에보와 사랑에 빠지는 것도 나쁘지 않을 것이다. 가능하다면 말이다.

"그리고 만일의 경우가 발생하더라도 리에보 백작가가 전하와 척을 지고자 하는 것이 아니라면 어찌 감히 아단티에 공작의 혈통을 후계 삼고자 하겠습니까."

테리의 말처럼 리에보가 감히 그렇게 나설 가능성은 적었다. 영리한 유리카 리에보가 동생을 아낀다면 더더욱. 결국 모든 가능성은 그의 통제하에 있다. 하옐은 고개를 끄덕였다.

"어쨌건 중요한 건 라가헨의 마음이겠지. 정말로 그레타 리에보가 라가헨의 마음을 얻어 내고, 라가헨도 그레타 리에보를 원한다면 내 기꺼이 녀석의 손에 리에보의 막내딸 정도는 안겨 줄 것이다."

황태자 하옐, 그의 오른팔 테리. 라가헨의 보좌관 제스파. 유리카 리에보와 리차드 리에보. 이것이 두 남녀를 엮어 주기 위한 그들의 은근하고 비밀스러운 공조의 전말이었다.

17.

아, 이것이 창작의 고통이란 말인가!

그레타는 텅 빈 편지지 앞에서 몸부림쳤다. 이미 주변에는 구겨지거나 찢어 버렸거나 죽죽 펜을 그어 엉망이 된 편지지들이 가득했다. 무려 답장해 주겠노라 확언까지 받았는데 이 기회를 놓칠 수는 없는 노릇 아닌가!

그러나 그레타가 도대체 할 말이 뭐가 있겠는가. 그레타는 원래도 그다지 말재주가 좋은 편이 아니었다

그레타는 공통분모가 없는 낯선 사람과의 대화에 영 소질이 없었다. 그러니 라가헨을 처음 만났을 때도 말을 제대로 못 했던 것 아닌가! 그들의 공통분모라고는 아얀 메추리 사냥대회에 출몰한, 일찍 깬 곰뿐이었으니까! 심지어 그에 대해선 더 우릴 건덕지도 없었다.

물론 묻고 싶은 것은 많았다. 어떤 음식을 좋아하고 싫어하는지, 좋아하는 책은 무엇인지, 즐겨 듣는 음악은 무엇인지, 취미는 무엇인지 등등. 무작정 라가헨을 짝사랑하는 만큼 아는 것이 없으니 그만큼 더, 더 많이 그가 알고 싶었다. 궁금했다.

이와 같은 강한 호감을 품고 있는 대상이 아니었다면 그레타는 단도직입적으로 묻는 것을 주저하지 않았을 것이다. 문제는 그레타가 지금 스물세 해의 인생 중에서 가장 쪼그라든 겁쟁이가 되어 있다는 것이었다.

 '안녕하세요. 공작님.'
 '바야흐로 봄의 끝자락…….'
 '지난번 식사에 감사드립…….'
 '리차드는 훈련을 잘 받나요?'
 '공작님은 뭘 좋아하세요?'
 '데빈은 오늘 뭘 했나요?'

 등등 한 줄 겨우 써 보거나 한마디도 잇지 못하고 폐기된 편지지의 사체 한가운데서 그레타는 소리 없이 울부짖었다.

 언제나 적막하고 차분한 아단티에 공작저가 흥분의 도가니에 빠졌다. 겉으로 보기에는 사용인들 모두가 평소와 같았지만 그들은 묘하게 들떠있었다. 다름 아닌 집사 오빌이 모두에게 보란 듯이 들고 가는 예쁜 편지 때문이었다.

 아단티에 공작가의 집사 오빌은 리에보 백작가의 사용인으로부터 이 향기 나는 밀색 아름다운 편지 봉투를 전달받았을 때 충격을 금치 못했다. 그것은 긍정적인 의미에서의 충격이었다. 바로 기쁨과 설렘의 충격!

그도 그럴 것이 아단티에 공작저에 오는 편지라고는 모두 공적인 편지나 공작의 팬(다시 말해 근육질의 기사)들이 보내는 무시무시한 팬레터(결투 및 대련 요청)뿐이었다. 가장 아름다운 편지라고 해봤자 황태자의 편지였는데, 그것도 정말 공적인 것이 아니면 보내지 않았다. 황태자는 통신용 수정구로 언제 어디서든 공작을 괴롭힐 수 있었기 때문이다. 어쨌든 황태자의 편지는 황송하긴 해도 여자가 보낸 게 아니라 오빌로서는 관심 없었다.

'우리 아단티에에도 봄이 오는가!'

오빌은 은쟁반에 올린 편지 봉투를 으스대며 공작의 집무실로 향했다. 모두가 이 아름다운 편지 봉투를 볼 수 있게 번쩍 들고 한 바퀴 휙 돌아 주는 것도 잊지 않았다.

라가헨은 은쟁반에 편지를 올려 가져다주는, 평소에는 좀처럼 하지 않는 행위를 한 오빌이 조금 이상했다. 쟁반 위엔 평소 보던 것과 다른 밀색 편지 봉투가 놓여 있었다. 오빌이 콧김을 뿜으며 의기양양한 목소리로 말했다.

"리에보 백작 영애께서 보내신 편지입니다."

편지를 보는 라가헨의 눈빛이 조금 달라졌다. 그 눈빛에 오빌도 잔뜩 신이 났다.

'첫 여성 팬의 첫 번째 팬레터.'

라가헨의 생각은 오빌이 생각하는 것과는 달랐지만. 편지를 열어 보려던 라가헨은 강렬한 시선을 느끼고 오빌을 향해 고개를 돌렸다.

"할 말이라도?"

"아닙니다. 나가 보겠습니다."

무슨 내용이 적힌 건지 궁금해 죽겠지만 오빌은 전문직 종사자의 마음을 되살려 공손하게 집무실을 나갔다. 얼른 제스파 경에게 가서 이 소식을 전해 줘야겠다.

문이 닫히고 집무실에 혼자 남자 라가헨은 그제야 편지 봉투를 들었다. 꽤나 투박한 글씨체로 그레타 리에보라는 이름이 쓰여 있었다. 생각해 보니 지난번의 짧은 편지에도 그레타의 글씨는 상당히 투박했다. 오히려 귀족 사회에 편입한 뒤로 교육받아 교정한 그의 글씨체가 훨씬 유려했다. 귀족 여성의 글씨체는 모두 동글동글하고 예쁜 줄로만 알았는데, 꼭 그런 것도 아닌 모양이라고 라가헨은 생각했다. 그레타가 알았다면 당장 글씨체를 교정하겠다며 필사 교본을 구매했을 것이다.

그가 편지칼로 봉투를 열었다. 다시금 지난번의 결투장만큼이나 간략한 편지가 등장했다.

아단티에 공작님께.
안녕하세요, 공작님. 잘 지내시나요? 금방이라도 여름이 올 것처럼 날씨가 점점 더 따뜻해지고 나뭇잎의 색이 조금씩 짙어지는 것이 느껴집니다. 저는 추위를 많이 타는 편이라 따뜻한 봄과 많이 덥지 않은 초여름을 좋아합니다. 봄과 초여름은 말

을 타기에 좋은 날씨죠. 자라도 초여름을 좋아하는 것 같아요. 공작님과 데빈은 어느 계절을 좋아하시나요?

-그레타 올림.

'팬레터는 길게 쓰지 않는 것이 원칙인가 보군.'

그렇게 생각하며 라가헨은 창밖으로 시선을 돌렸다.

새파란 하늘과 맑고 흰 구름, 그리고 멀리 정원의 나무들이 두른 이파리가 보였다. 갓 돋았을 때는 밝은 연둣빛이었던 잎들이 어느새 초록으로 물들어 있었다. 한 번도 눈여겨본 적 없는 변화였다. 그레타 리에보 영애의 말처럼 모르는 사이 여름이 다가오고 있는 모양이다.

라가헨은 편지지와 팬을 꺼냈다.

몇 시간 뒤 평화로운 침묵을 깨고 달려 들어온 제스파가 외쳤다.

"공작님! 리에보 영애께서 편지를 보내셨다고 들었습니다!"

"그렇다."

"뭐라고 왔습니까?"

잔뜩 흥분해 콧김을 뿜어내고 있는 제스파의 얼굴을 보니 말하기 싫어졌다. 특별한 내용은 아무것도 없었다. 그냥, 정말 그냥 알려 주기 싫었다.

"알 것 없다."

그 완강한 거절에 제스파가 눈물을 글썽이며 집무실을 나서는 사이, 이미 라가헨의 답장은 그레타의 손에 들어와 있었다.

리에보 영애께.
보내 주신 편지는 잘 읽었습니다. 영애가 아니었다면 계절이 바뀌는 모습을 알아차리지 못했을 것입니다. 감사합니다.
저는 겨울을 좋아합니다. 몸에 열이 많고 더위를 많이 타 여름을 그다지 좋아하지 않습니다. 데빈은 저와는 달리 여름을 무척 좋아하는 것 같습니다만, 특별히 계절을 타는 모습을 보지는 못했습니다.
-라가헨 솔 아단티에.

어쩌면 이것이 그레타와 라가헨이 처음으로 나눈 진짜 대화일지도 모르겠다.

18.

공작님, 안녕하세요. 저는 얼마 전 테리움 꽃 박람회에 다녀왔습니다. 제 첫째 오라버니인 이안과 아버지께서는 꽃을 무척 좋아합니다. 저는 두 분만큼 꽃을 좋아하진 않지만 박람회엔 정말 다양하고 예쁜 꽃들이 많아 즐거웠습니다. 제가 제일 좋아하는 꽃으로 만든 책갈피를 동봉해 드립니다. 공작님께선 꽃을 좋아하시나요? 좋아한다면 어떤 꽃을 좋아하시나요?

안녕하세요, 영애. 책갈피 선물 감사합니다. 유용하게 잘 쓰도록 하겠습니다. 저는 꽃에 대해 많이 알지 못합니다.

공작님, 안녕하세요. 오늘 저는 자라와 함께 둘이 산책을 다녀왔습니다. 자라와 단둘이 나가는 건 무척 오랜만이라 즐거웠습니다. 켄타로 들판 위를 마음껏 달릴 때면 아무 걱정도 없이 자유로운 기분이 듭니다. 공작님께선 데빈과 산책할 땐 어디로 가는 걸 좋아하시나요?

안녕하세요, 영애. 켄타로 들판은 안전하지만 들판을 둘러싼 숲에서 드물게 맹수나 마물이 나타나는 경우도 있다고 하니 주의하십시오. 데빈도 넓은 벌판을 달리는 걸 좋아합니다. 근래에 바빠 산책을 자주 하지 못합니다.

안녕하세요, 공작님. 어제는 리차드와 활쏘기 내기를 했습니다. 아니나 다를까 제가 이겼습니다. 리차드는 매일 제게 지면서 활쏘기에서 저를 이겨 보겠다는 꿈을 포기하지 않고 있어요. 리에보 중에선 제가 제일 잘 쏘는데 말이죠. 리차드에겐 비밀로 해 주세요.
사실 제 취미는 승마와 활쏘기입니다. 리차드는 가끔 제게 요즘 유행에 뒤떨어지지 않게 고전소설을 읽거나 자수나 꽃꽂이를 해 보라고는 하는데, 분명 제 활쏘기 실력을 녹슬게 하려는 속셈인 것 같습니다. 공작님의 취미는 무엇인가요?
추신. 사실 자수와 꽃꽂이는 리차드의 취미입니다.

안녕하세요, 영애. 리차드 경이 기사단 내에서도 활을 잘 쏘는 편이라는 것을 생각한다면 영애의 실력은 정말 놀랍습니다. 저는 이제 활을 쏘지 못하지만 오른팔이 있을 적에도 활에는 그다지 소질이 있지 않았습니다.
특별한 취미는 없지만 저 또한 승마를 즐기고 이따금 책을 읽습니다.
추신. 리차드 경의 취미는 굉장히 의외입니다.

공작님, 오늘도 안녕하신가요? 저는…….

안녕하세요, 영애…….

희한한 일이었다. 자꾸만 신경이 쓰였다. 그레타 리에보 영애로부터 편지가 올 때가 지났는데도 감감무소식이었기 때문이다.
그레타와 라가헨의 편지는 이삼일에 한 번꼴로 오갔다. 그레타가 보낸 편지에 라가헨이 답장하는 것뿐이었지만, 그것만 해도 라가헨에게 있어서는 대단한 사교활동이었다. 라가헨은 공적인 일이 아니고서야 누군가와 편지를 나누는 일이 거의 없었다. 애초에 대화도 많이 하지 않는 사람이 무슨 이유로 귀찮은 편지를 쓸까.

편지가 오는 족족 마치 기다렸다는 듯이 읽고, 답장을 써서 보내는 라가헨의 행동에 그를 지켜보는 보좌관 제스파와 집사 오빌이 얼마나 놀랐는지 라가헨 본인은 알지 못했다.

사실 그에게 있어 그레타와 나누는 편지는 어느새 우트머진 산 프리미엄 검 손수건을 수집하는 것만큼 작고 소소한 즐거움을 주고 있었다. 짧은 답장을 쓰기 위해 몇 시간을 고민해야 할 정도로 편지 쓰는 것이 힘들었음에도 그는 자신도 모르는 사이에 편지를 기다리고 있었다.

그레타는 보통 답장을 받으면 이틀이나 사흘 정도 후에 새로운 편지를 보내고는 했다. 그러나 벌써 일주일째 편지가 오지 않고 있었다. 라가헨은 일을 하는 중에도 자꾸 문으로 시선이 돌아갔다. 독서를 하느라 잊어버렸나 싶다가도 어느 순간 한 번씩 다시 굳게 닫힌 문으로 고개가 돌아갔다. 찻잔을 들고 창밖을 바라보다가도 어느새 그의 눈길이 문으로 향했다. 도대체가 왜 오빌은 저 문을 열고 들어올 생각을 하지 않는 건지. 오빌이 게을러진 건 아닐까?

라가헨은 서른에 가까워지고 나서야 처음으로 초조함을 느끼고 있었으나, 우습게도 자신이 그레타의 편지를 기다리고 있다는 생각은 하지 못했다. 눈이 아플 정도로 한참이나 문을 노려보고 있던 중, 똑똑 누군가가 노크했다.

"공작님, 오빌입니다."

라가헨은 자신도 모르게 벌떡 일어나 문을 벌컥 열었다.

"공작님, 깜짝 놀랐잖아요! 왜요, 무슨 일 있으세요?"

오빌의 손에 놓인 은쟁반에는 기다리던 밀색 편지 봉투가 없었다. 작은 소포와 쓸데없는 편지가 전부였다. 라가헨은 몹시 허탈한 기분이 들었지만 왜 그런지도 알지 못했다.

"아무 일도 아니다."

그렇게 말하며 자리로 돌아가는 모습이 어쩐지 축 처져 보였다. 오빌은 배를 붙잡고 소리 내어 웃고 싶은 마음을 힘껏 눌러 담았다. 요 근래 제스파와 오빌의 가장 큰 즐거움은 매일같이 편지를 기다리는 주인의 모습을 구경하는 것이었다. 그들은 라가헨의 모습을 보며 쑥덕거렸다.

물론 그들도 처음엔 무척이나 걱정스러웠다. 사회 활동에 있어서는 언제나 제스파의 검열을 받을 정도로 사회성이 떨어지는 라가헨이 그레타와 나누는 편지는 한 번도 보여 주지 않았다. 때문에 그 둘이 무슨 대화를 나누고 있는지, 아니 그게 대화가 맞기는 한 건지조차 의심스러웠다.

제스파와 오빌의 갖은 노력에도 끝내 편지의 내용을 훔쳐볼 수는 없었지만 편지가 한 달 가까이 이어지는 것을 보아하니 리에보 영애의 마음은 의심할 필요가 없어 보였다. 오빌은 실망 가득한 뒷모습을 보며 속으로 킬킬거렸다. 하지만 두근두근 첫 연애를 시작한 주인을 너무 많이 놀리고 싶진 않았다.

"공작님. 오늘은 리에보 영애께서 작은 소포를 보내셨습니다."

라가헨이 번쩍 고개를 쳐들었다.

그 소포가 리에보 영애께서 보낸 것이었구나!

"주고 나가게."

라가헨은 오빌이 음흉한 시선을 남기며 집무실을 나선 것을 확인한 후에야 조심스럽게 작은 소포를 열었다.

'제스파나 오빌이나 리에보 영애에 대해선 뭐 하나 빠짐없이 모두 알아내려 드는군. 리에보 영애가 내 팬인 것을 믿지 못하는 게 분명해.'

속으로 오빌과 제스파가 들었다면 경악했을 생각을 하며 포장을 풀었다. 곧장 익숙하고 청량한 향기가 코끝을 맴돈다. 작은 주머니 위에는 짧은 편지가 적힌 엽서가 있었다. 라가헨은 먼저 엽서의 내용을 확인했다.

아단티에 공작님께.

안녕하세요, 공작님. 혹시 실례가 되지 않는다면 이번 주중에 공작님을 찾아뵈어도 될까요?

추신. 다가오는 여름에 발맞춰 날씨가 점점 더워집니다. 항상 햇볕 아래에서 훈련하시는 공작님의 건강에 도움이 되길 바라

며 작은 선물을 보내드립니다.

-그레타 올림.

주머니를 열기도 전에 그는 안에 든 것이 무엇인지 알아차렸다. 다디안 나무의 이파리였다. 찬 기운을 품고 있는 다디안 나무 이파리를 베갯잇 속에 넣어 두고 자는 것은 용병들이 여름철 무더위를 견딜 때 사용하는 민간 피서법 같은 것이었다. 더위를 많이 타는 라가헨도 과거 여름철엔 항상 다디안 나무 이파리를 한 움큼씩 챙겨 다녔다. 돈 많은 귀족들은 알 필요도 없는 서민들의 여름나기 방법인데, 그레타가 어떻게 이걸 알았을까.

아직 여름이 채 오지 않았지만 라가헨은 벌써 반쯤 벗은 상태로 이불도 덮지 않고 자고 있었다. 오늘은 이걸 베갯잇 속에 넣고 자야지. 포장지에는 다디안 나뭇잎 특유의 청량한 향기가 배어 있었다. 여름마다 이 냄새를 맡던 시절이 좋은 시절은 아니었다. 그러나 어째서일까. 기분이 좋다.

라가헨은 이미 그레타에게 업무시간 이후라면 언제라도 상관없으니 편할 때 찾아오라는 답장을 보냈다. 평소처럼 짧은 답장이었다. 그 답변을 받은 그레타는 이틀 뒤 기사단장의 집무실로 찾아가겠노라 알렸다.

그런데 그 이후 자꾸만 이 편지가 신경 쓰였다. 일주일 가까이 그레타의 편지가 오지 않자 문을 노려보았던 것처럼 라가헨은 틈이 날 때마다 그레타가 보낸 편지가 든 첫 번째 서랍을 노려보았다.

그레타가 라가헨에게 검 손수건을 선물한 뒤로 둘은 편지만을 주고받을 뿐 단 한 번도 만난 적이 없었다. 라가헨에게 있어서는 당연한 일이었다. 둘은 만날 이유가 없었다. 그런데 거의 한 달이 흐르고 나서 그레타는 그에게 만나자고 말하고 있는 것이었다.

왜 만나자고 한 걸까?

라가헨은 조금 긴장되었다. 그러나 평소 그가 아는 긴장감과 조금 다른 긴장감이었다. 그것이 기대감이라는 이름을 가지고 있다는 사실을 라가헨은 알지 못했다.

19.

그레타의 시간은 눈물이 날 정도로 빠르게 흘러갔다. 그 빠르게 흘러간 시간 속에 그레타는 오로지 라가헨 솔 아단티에의 이름이 적힌 편지에 취해 있었다.

처음 그레타가 라가헨에게 편지를 썼을 때, 일단 보내버리고 난 뒤에 뭔가 잘못된 것 같다는 생각이 들어 황급히 친구 타라에게 자신이 이러저러한 내용으로 편지를 보냈는데 잘한 거 맞느냐 물었을 때, 그리고 돌아온 대답이 제정신이냐는 타박이었을 때, 그레타는 벽에 머리를 박아 버리고 싶었다.

"네가 원래 '편지에는 용건만 간단히'를 좌우명으로 삼고 있는 건 나도 잘 알지만, 그래도 그렇게 짧게 쓰다니. 아니, 짧은 게 문제가 아니지. 보통 인사말, 날씨, 돌려 돌려 본론, 감사, 인사, 이런 순서로 쓰는데 너는 '안녕하세요. 저는 이걸 좋아하는데 당신은 뭐 좋아하세요. 안녕히 계세요.' 이렇게 쓴 거잖아! 이야, 진짜 황태자 전하께서 일곱 살 때 받은 팬레터도 그 정도는 아닐 거다!"

"흐윽, 답장 올까……."

"공작님 인성이 파탄 나지 않고서야 답장은 하시겠지! 근데 그다음이 문제지. 일단 아무 생각 말고 답장을 기다려봐. 답장 내용 보고 판단하자."

예상과 다르게 라가헨의 답장은 무척이나 빨리 돌아왔다. 그리고 그 답장을 본 그레타와 그 답장의 내용을 전달받은 타라 둘 중 누구 하나도 라가헨이 그레타에 대해 어떤 생각을 하고 있는지 도저히 알 수 없었다. 그의 답장은 그레타의 편지만큼 짧았다.

"공작님 너랑 비슷한 과인가 봐. 편지는 용건만 간단히."

"그런 걸까? 별로 답하고 싶지 않아서 짧게 쓰신 건 아닐까?"

"너는 편지를 보내기 싫어서 그렇게 짧게 쓴 거냐?"

"아니지, 그건 아니지."

"그래. 지켜보자. 한 이삼일 있다가 편지를 또 보내 봐."

혼란 속에서 시작한 편지교류였다. 그레타는 무척이나 자신이 없었지만 아무리 생각해도 편지를 멋지고 길게 쓸 자신이 없었다. 그래서 별수 없이 평소에 편지를 쓰던 방식을 그대로 고수했다. 그리고 놀랍게도 라가헨은 단 한 번도 빠짐없이 그레타의 편지에 답장을 보냈다. 너무 짧은 답변이라 도저히 그레타에게 호감을 가지고 있다고 생각하긴 어려웠지만, 적어도 그의 답장은 감탄스러울 만큼 성실했다.

한 달 가까이 편지 교류가 계속되었을 무렵, 그레타의 평화롭고 단조로운 일상에 큰 파란을 일으키는 사건이 발생했다.

"이자벨?"

"그레타, 오랜만이구나. 벌써 숙녀가 다 됐네!"

몇 년 동안 편지로 간간이 생존 신고만 해 오던 큰언니가 돌아온 것이었다. 그것도 정문이 아닌 그레타의 방 창문을 통해서!

"이자벨은 정말 하나도 안 변하고 똑같아! 이게 몇 년 만이야! 그동안 어떻게 지냈어? 그나저나 왜 창문으로 들어온 거야?"

"그게, 사정이 좀 있어서. 혹시 조용히 유리카와 부모님 좀 불러 줄 수 있겠니?"

착실하게 큰 언니의 명령에 따른 그레타가 부모님과 둘째 언니를 불러오자 이자벨은 입고 있던 로브를 확 벗어 던졌다.

"짜잔! 리에보 가문의 후계자입니다!"

이자벨은 납작한 배를 가리켰다. 그 자리에 있던 모두가 그 의미를 알아차렸다.

리에보 백작은 고개를 끄덕이며 눈물을 글썽이고 있는 남편을 다독였다.

"내가 그랬잖아, 여보. 이자벨은 언젠가 꼭 그럴 거라고. 그래도 애 낳기 전에 온 게 어디야, 그치? 그래, 울지 말고, 이자벨은 건강하잖아."

"맙소사, 이자벨, 네가 이렇게 건강하게 돌아오다니, 이 애비는 정말이지, 더는 바랄 게 없구나, 물론, 아기야 너도 반갑단다."

잠시 아버지 한정 눈물겨운 재회의 시간이 지나가고, 적당히 상황이 정리됐다.

"얼마 뒤에 조용하게 영지로 내려가서 아이를 낳으려고. 젖 뗄 때까지만 있으려는데."

몇 해 전 유리카가 거듭된 유산으로 불임 선고를 받았을 때, 이자벨은 동생에게 후계 하나를 낳아 주겠다 약속했다. 수년 만에 돌아온 이유는 오로지 그 약속을 지키기 위함이었다.

"그런데 이자벨, 굳이 몰래 들어올 필요는 없지 않아? 왜 몰래 들어온 거야?"

"그것도 그렇네. 이자벨, 너 혹시……."

유리카가 눈을 가늘게 뜨며 이자벨을 노려보자 이자벨이 눈을 피했다.

"생부랑 문제 있어?"

"아니, 뭐, 문제랄 건 없는데, 걔가 좀 어려서 그런지 좀 귀찮게 하네."

"생부랑 문제가 있네, 문제가 있어. 그 아이가 내 아이가 되길 원한다면 생부 문제는 확실하게 정리하고 오는 게 좋을 거야. 난 양육권 놓고 진흙탕 싸움하기 싫으니까."

사실 이자벨이 뱃속에 파란을 품고 돌아온 것은 그레타와는 아무 상관도 없었다. 그레타는 5남매 중 제일 막내인 터라 후계니 뭐니 하는 것과는 거리가 멀었기 때문이다. 또한 유리카는 아이를 가질 수 없고 이자벨은 비록 가문을 잇지는 않으나 리에보의 적녀이니 이자벨의 아이를 유리카가 입양하는 것은 굉장히 상식적이고 이상적이었다. 이후의 복잡한 일들은 부모님과 당사자들의 몫이다. 그레타는 낄 필요도, 자격도 없다.

그럼에도 불구하고 이자벨의 귀환이 그레타에게 몹시 중요하게 다가온 것은 다름 아닌 유리카가 한 말 때문이었다.

이 언니는 꽃 같은 사내를 꺾는 방법은 알아도 범 같은 사내 위에 올라타 길들이는 방법은 알지 못한단다. 그건 네 큰 언니가 더 잘 알 것 같지만, 어디 살아 있기나 한 건지도 알 수 없어서.

유리카는 분명 이자벨이 '범 같은 사내 위에 올라타 길들이는 방법'을 알 거라고 말했다. 사랑의 콩깍지가 씐 그레타의 눈에 라가헨은 좀처럼 범같이 보이지 않았지만, 아무튼 꽃 같은 에드워드와 사랑에 빠진 유리카보단 훨씬 더 많은 것을 알 것이 분명했다. 더군다나 라가헨도 용병 생활을 했었고, 이자벨은 오래전부터 지금까지 계속 용병으로 지내고 있으니 그쪽 일도 잘 알지 않을까?

다음날 그레타는 이자벨의 방문을 두드렸다.

"들어와, 그레타."

"나인 줄 어떻게 알았어?"

"우리 집에서 그런 강아지 같은 걸음 소리를 내는 건 너밖에 없거든."

강아지 같은 걸음? 그게 뭐지? 그레타는 그에 대해 물어보려 했지만 이자벨이 한 발 더 빨랐다.

"유리한테 들었는데, 너 요즘 연애 사업 중이라며? 이리 와서 얘기 좀 해 봐. 너한테 직접 들으라면서 얘길 안 해 주더라. 한숨 푹푹 쉬던데."

"안 그래도 물어보고 싶은 게 있는데."

"상대가 누군데? 네 또래 애들은 내가 잘 모르지만 그래도 어느 정도는 기억하고 있어. 유리가 엄청 한숨 쉬던데, 혹시 아저씨나 유부남이나 그런 건 아니지?"

"아니야!"

"그럼? 그럼 누군데? 어떻게 만났는데?"

이자벨은 눈을 빛내며 막냇동생의 달아오른 얼굴을 응시했다. 그 눈빛이 얼마나 강렬한지, 이미 사용인들까지 리에보 가문의 모든 사람들이 그레타의 짝사랑 이야기를 익히 잘 알고 있었음에도 말하기 부끄럽다는 생각이 들 정도였다.

"아단티에 공작님이야."

"누구라고?"

"라가헨 솔 아단티에 공작님이라고."

"뭐 잘못 먹었니?"

심각한 얼굴로 그레타의 얼굴을 붙잡고 이리저리 돌려보던 이자벨이 깊은 한숨을 내쉬었다.

"도대체 왜? 너도 에드워드 같은 꽃돌이 취향 아니었어? 라가헨은 꽃돌이가 아니라 곰돌이잖아. 그냥 곰돌이도 아니고 곰! 흑곰! 엄청 큰 흑곰!"

"그게, 그러니까 말이야."

지난 초봄의 아얀 메추리 사건에서부터 오늘의 편지교류에 이르기까지 그레타는 쉬지 않고 이야기를 늘어놓았다. 이자벨은 지루한 기색 하나 없이 아주 진지하게 봄 새싹처럼 피어난 동생의 짝사랑 일대기를 들었다. 모든 이야기를 들은 이자벨이 눈을 질끈 감고 으음, 으음, 하는 소리를 냈다.

"그래서, 결론적으로 네가 나에게 원하는 게 뭔데?"

"범 같은 사내 위에 올라타 길들이는 방법!"

의기양양한 목소리로 그레타가 외쳤다.

이윽고 방 안에 이자벨의 호탕한 웃음소리가 가득 찼다.

"그 라가헨을 길들이겠다니, 너도 리에보는 리에보구나!"

이자벨 리에보는 말했다.

"사랑이란 말이다, 그레타."

당당하고 자신만만한 얼굴로.

"당기고 당기는 것뿐이야."

"당기고 당기라고?"

"사람들이 말하잖아. 밀고 당기기를 잘해야 한다고. 그런데 그것도 사람마다 다 다르거든. 특히 너처럼 둔탱이 곰탱이를 좋아하는 경우에는 더 달라. 곰탱이들은 암만 당겨도 잘 안 당겨지는데 한번 밀면 쭉 밀려나거든. 그러면 쉽게 회복할 수가 없어. 그러니 당겨! 당기고! 당기고! 당기고! 또 당겨!"

"어떻게? 뭘 해야 당기는 건데?"

"계속 편지도 쓰고 선물도 보내고, 만나서 얘기도 해야지."

"편지는 계속 쓰는데, 무슨 이유가 있어야 만나지."

시무룩해진 그레타가 입술을 비죽였다.

"이러니 네가 순진한 거야. 만날 이유가 있어서 만나는 게 아니란다. 만날 이유를 만들어서 만나는 거지. 사랑은 쟁취하는 거야, 그레타. 기다리는 게 아니야! 만날 이유가 생기길 기다리다간 라가헨 그 자식은 황태자 그 새끼가 정해 준 여자랑 결혼할 거야!"

"결혼을?!"

"그래! 라가헨 솔 아단티에는 황태자 놈의 말이라면 뭐든 따르는 바보거든. 그 뱀 같은 황태자라면 이미 맞선 후보 목록 같은 걸 만들어 놨을걸?"

"맞선 후보 목록!"

"라가헨이 올해 몇 살이지? 나보단 어렸던 것 같은데."

"스물아홉이셔."

"그럼 올해까지가 네가 라가헨에게 덤빌 수 있는 마지막이라고 생각해야 해. 아단티에라는 이름이 얼마나 쓸모가 많은 이름인지는 너도 알지? 황태자 그 뱀 같은 놈, 아단티에를 자기가 열심히 만들어 놓고 써먹을 생각을 안 하겠니. 지금은 아마 라가헨이 '저는 혼인에 관심이 없습니다.' 이러면서 거절하고 있는 거겠지. 그것도 서른이 넘으면 소용도 없을 거다. 강제로라도 결혼시킬걸. 그러고도 남을 새끼니까. 그러니 그레타. 당기고, 당기고 당겨야 해. 라가헨 그 녀석은 아무 생각도 없을 거야. 지금 편지 답장하고 있는 것도 편지를 받았으니 답장을 한다, 딱 그 정도일 거고. 그러니 그 사람 덜 된 놈을 네 걸로 만들려면 쉬지 않고 당기라 이 말이야. 알았어?"

그 길로 뛰쳐나가려던 그레타가 문득 찾아온 의문에 다시 몸을 돌렸다.

"근데 이자벨, 공작님을 알아? 너무 잘 아는 사이인 것처럼 말해서. 태자 전하야 어릴 적에 교류한 적이 있는 걸로 아는데, 공작님은……. 설마?"

이자벨은 용병. 오래전부터. 비슷한 시기 대 마물 전쟁. 아단티에 공작님 참전. 황태자 전하 참전. 이자벨도 참전?

이자벨이 그레타의 어깨를 덥석 잡았다.

"그레타. 이것은 너와 나 사이의 비밀이다. 아버지가 무덤 들어가시기 전까지 비밀이야. 아버지가 나 참전한 거 알면 탈수 직전까지 울 거고, 그럼 어머니가 날 죽도록 팰 거고, 참전 안 하기로 약속하고 출가한 거 파기될 거고, 그럼 나는 다시 여기 불려 올 거고…….”

"공작님께 드릴 훌륭한 선물을 상납하지 않는다면 제가 이 비밀을 누구에게 털어놓게 될지 너무나도 궁금하군요, 이자벨 리에보 씨."

이자벨 리에보는 리차드 리에보 다음으로 그레타에게 약점을 잡힌 리에보가 되었다. 이자벨에게 다행인 점은, 그가 바로 얼마 뒤 따뜻한 남부에 있는 리에보 영지로 내려간다는 점이다.

편지 교류를 통해 획득한 라가헨이 더위를 많이 탄다는 정보를 바탕으로 이자벨이 구해 준 선물은 그레타가 처음 본 나뭇잎이었다.

"이런 걸 선물로 줘도 돼?"

"더위 많이 타는 사람이 용병 생활을 했다면 이만한 선물은 없을걸. 이런 거 쓸 일 없는 나도 가끔은 일부러 찾을 정돈데."

이자벨의 설명을 들은 그레타는 큰맘 먹고 다디안 나무 이파리를 포장했다. 만나러 가겠다는 엽서와 함께. 답장은 어김없이 빨랐고, 근 한 달 만에 사모하는 아단티에 공작님을 만나러 가게 된 그레타는 가슴이 쿵쾅거렸다.

"이자벨, 정말 공작님이 수락하실까?"

"그럴 거야. 그레타, 거기 귤 좀 줄래?"

"벌써 입덧 그런 거 있어? 귤만 엄청 먹네. 여기. 근데 내가 걱정하는 건, 공작님이 활을 못 쏘신다는 거야."

"그게 뭔 상관이야. 활잡이는 네 역할인데."

"그건 그렇지만……."

"오히려 팔 한 짝 있고 없고를 신경 안 써주는 게 라가헨한테는 편할 거야. 팔 한 짝 없이도 사는데 불편한 거 하나도 없는 사람을 괜히 이것저것 신경 쓰고 쓸데없이 배려하는 게 더 안 좋아. 너만 해도 생각해 봐."

귤 하나를 더 까며 이자벨이 말을 이었다.

"네가 책 세 권을 드는 걸 보고 어떤 사람이 와서 '오, 영애께선 팔이 가늘고 연약한 여성분이시니 제가 이 책을 들어 드려야겠군요. 당장 이리 내!' 하면 기분이 좋을 것 같아? 책 세 권 정도는 너끈하게 들 수 있는데. 괜한 참견은 오히려 무례가 된단다."

"상대가 누구냐에 따라 다를 것 같긴 하지만……. 확실히 그다지 좋을 것 같진 않다. 근데 비유가 너무 구리다."

"대충 알아들으면 됐지. 아무튼 라가헨도 그래. 솔직히 라가헨 정도 되면 창을 던지거나 대충 칼을 던져도 활 쏘는 사람들보다 더 파괴적인 결과물을 낼 수 있어. 괜한 걱정하지 마. 그냥 당당하게 나가, 너는 나랑 간다! 너에게 거부권은 없다! 나는 제안하고, 너는 수락한다!"

"알았어!"

"그래, 다녀와!"

씩씩하게 방을 나서는 그레타를 보며 이자벨은 아직 납작한 배를 토닥였다.
"네 막내 이모가 저렇게 순수하단다, 꼬마 리에보야."

20.

방을 나설 때와 마찬가지로 씩씩하게 기사단장 아단티에 공작의 집무실에 도달한 그레타는 마치 기다렸다는 듯이 열리는 문에 눈을 동그랗게 떴다.
"오랜만에 뵙습니다, 리에보 영애."
크고 멋진, 곰, 아니 아단티에 공작이 서 있었다.
"제가 온 걸 어떻게 아셨어요?"
"발소리가 들렸습니다. 들어오십시오."
'놀라우신 공작님은 귀도 밝으신가 보다' 그레타는 속으로 고개를 주억거렸다. 라가헨은 그레타의 발소리가 도도도도 하고 강아지 뛰는 발소리 같아서 다른 사람들과 쉽게 구분할 수 있었다는 말은 하지 않았다.

집무실에는 그레타와 라가헨 단둘만이 있었다. 제스파는 이미 10분 전 라가헨에게 쫓겨났다. 꼭 이곳에 함께 있고 싶다고, 미혼 남녀가 단둘이 방에 있는 건 아주 좋지 않다고 제스파가 박박 우겨보았지만 라가헨은 집무실 문을 조금 열어 둘 것이니 닥치고 꺼지라고 정중하게 말해 주었다. 잠시 적막이 흘렀다.

고민하던 그레타는 이자벨이 말해 준 '당기고 당기라!'를 되새겼다.

"잘 지내셨나요, 공작님?"

"물론입니다."

"혹시 보내드린 선물은 마음에 드셨나요?"

그레타가 보내 준 선물이 꽤 여러 가지여서 라가헨은 그레타가 지칭하는 선물이 무엇일지 잠시 생각했다.

"다디안 나뭇잎이라면 만족스럽게 잘 사용하고 있습니다."

"다행이에요. 공작님께서 만족스러우셨다면 기뻐요."

그레타는 내심 안도의 한숨을 쉬었다. 이자벨이 자신만만하게 골라 준비해 준 선물이었지만 나뭇잎을 선물로 보내는 것이 올바른 것인지에 대해 무척 걱정스러웠기 때문이다. 그러나 연장자의 지혜는 언제나 가치 있었다.

자, 이제 당겨 올 차례다.

"공작님."

"예."

"곧 있을 로루스 사냥대회에 저와 함께 출전해 주시겠어요?"

"황제배 여름 로루스 사냥대회 말씀이십니까?"

마침 라가헨은 코앞으로 다가온 로루스 사냥대회 경비 계획과 관련된 일을 하고 있었다. 거의 다 마무리되어 가고 있었고, 그날의 경계 경비 및 호위 계획에는 기사단장인 자신도 포함되어 있었다.

"혹시 기사단 일로 그날 바쁘신가요?"

몇 시간 동안 열심히 짜 놓은 계획표가 있었다.

"아닙니다. 바쁘지 않습니다."

"그럼 저와 함께 로루스 사냥대회에 참가해 주시겠어요?"

수락하면 몇 시간 동안 짜 놓은 경계 경비 계획표를 처음부터 다시 만들어야 한다. 당연히 거절해야 한다. 그러나 라가헨의 입에서 나온 말은 달랐다.

"예. 그러겠습니다."

그레타가 활짝 웃었다.

꽃망울이 터지는 모습 같다, 라가헨은 생각했다.

왜 수락했을까? 모르겠다. 그냥, 그래야만 했다.

그러고 싶었다.

여름
Summer

1.

로루스 사냥대회.

예가헨 제국 최고의 사냥대회를 꼽아야 한다면, 사람들은 너나 할 것 없이 모두 황제배 로루스 사냥대회를 꼽을 것이다. 그만큼 로루스 사냥대회는 예가헨 제국의 사냥대회 중에서 제일 유서 깊었다.

로루스는 독수리보다 훨씬 거대한 덩치에 강력한 힘을 가진 발로 어린이 정도는 가볍게 낚아채 가는 비행형 마물이다. 무리 지어 생활하는 로루스는 독성을 띠는 배설물로 숲과 땅을 상하게 했다. 그래서 황실에서는 로루스의 유해성과 위험성을 많은 이들에게 알리기 위한 방법 중 하나로 사냥대회를 개최하기 시작했다.

매해 여름마다 로루스 서식지 인근에서 개최되는 로루스 사냥대회의 독특한 점은 바로 반드시 2인 1조로 참여해야 한다는 점이다. 이것은 로루스 사냥 방법에 기인한 특징이다. 박쥐 같은 날개를 가진 로루스는 날개를 팔처럼 자유롭게 쓸 수 있고 무척이나 영리한 데다, 머리부터 다리까지는 단단한 깃털을 마치 갑옷처럼 빈틈없이 두르고 있어 사냥이 쉽지 않다.

로루스 사냥법은 다음과 같다.

첫째, 약점인 날개를 화살로 꿰뚫어 땅으로 떨어뜨린다.

둘째, 땅에 떨어진 로루스가 정신을 차리기 전에 목을 친다.

말은 간단하지만 로루스는 땅에 떨어지더라도 자유로운 다리와 인간의 팔처럼 다채로운 활용이 가능한 날개, 그리고 두개골도 손쉽게 부숴 버리는 강력한 부리가 남아 있어 혼자 잡으려 하다 사망하는 경우도 심심찮게 있다. 그래서 몇 년 전부터 2인 1조 규칙이 생기게 됐다.

사냥의 목적은 반드시 사람을 이롭게 하기 위함이어야 한다. 먹어 배를 불리거나 해를 끼치는 짐승을 없애기 위해서만 사냥해야 한다는 예가헨의 수렵 정신에 따라 로루스 사냥대회의 목적 또한 기부에 있다.

황제배 로루스 사냥대회에서 우승한 조는 각자의 이름이 새겨진 트로피를 받고, 로루스 부속물 판매 대금과 참여자들의 기부금을 우승자의 이름으로 '로루스 피해 구제청'에 기부하게 된다. 그 금액이 어마어마해서 매해 우승자는 일약 스타가 되곤 했다.

당연하게도 명예를 좋아하는 모든 귀족들이 가장 활약하고 싶어 하는 최고의 사냥대회였으며, 그해 우승자가 누가 될지는 초미의 관심사였다.

이번 여름, 사람들의 관심사에 새로운 인물들이 등장했다.

"아단티에 공작님이 출전하신다고?"

"세상에. 활잡이는 그럼 누구래?"

"봄에 아얀 메추리 사냥대회에서 2등 했던 리에보 가문의 막내 기억나나?"

"아, 그 곰과 싸워 이겼다는 영애?"

"맞아. 그 영애가 공작님께 파트너가 되어 달라 했다더군."

"그 영애가 활을 무척 잘 쏜다고 사냥대회 나갔던 사람들에게 들었던 것 같긴 한데."

"아무렴, 리에보인데. 신궁의 집안이지 않은가."

"맞네, 황실 음악대에서 일하는 내 둘째가 리에보 장남과 친분이 있는데, 그 조용한 장남마저도 활이면 백발백중이라고 하더군."

"그 장남이라는 이안 리에보 실존 인물이었나? 나는 한 번도 본 적이 없어서 거짓말인 줄 알았는데."

"이 사람도, 농담은 참. 아무튼 둘째가 이안 리에보에게 듣기로는 집안에서 막내가 제일로 활을 잘 쏜다고 하더라니까. 제1기사단에 있는 차남도 막내에겐 활로 한 수 접어 준다더군."

"거참 놀랍네. 하지만 이번 대회는 로루스 사냥대회 아닌가. 아무리 실력이 좋아도 여자인데, 잘 해낼 수 있을까? 완력이 충분해야 할 텐데."

"그건 직접 대 봐야 아는 문제지. 게다가 목을 치는 건 공작님이 하시지 않겠나. 이번 대회는 무척 기대되는군. 공작께서 사냥대회에 직접 출전하시는 건 이번이 처음이라 더욱 기대가 돼."

"맞네, 맞아. 나는 이번에 공작님팀에 돈을 걸어 볼 걸세."

덕분에 황실에서 일하는 리에보 가문의 젊은 두 형제는 고통에 시달렸다.

"이안! 이안! 네 막냇동생이 아단티에 공작님과 로루스 사냥대회에 나간다는데 그게 진짜야?"

리에보 가문의 장남이자 가문의 셋째 이안 리에보, 아버지를 닮아 소심하고 유약한 그는 자신에게 몰리는 관심이 고통스러웠다. 그는 오늘만 해도 서른여덟 번째 듣는 질문에 속으로 눈물을 흘리며 고개를 끄덕였다.

"동생이 그렇게 활을 잘 쏜다는데, 진짜야? 너도 활이면 어디 가서 지진 않잖아."

"그레타가 더 잘……."

"아니, 동생이 너보다 활을 훨씬 잘 쏜다고? 그것도 가문 내 일인자라고? 기사단의 궁수부대를 지원했다면 신궁의 환생이라는 별명이 붙었을지도 모른다고? 이거 이거 정말 놀랄 일이로군."

이안과의 대화 방식에 익숙한 동료가 그의 말을 알아서 확대 해석하는 사이 문이 열렸다.

"오, 이안. 아단티에 공작님과 자네 막냇동생이……."

"그, 그마안!"

서른아홉 번째 질문을 하러 콘트라베이스를 들고 뛰어오는 동료를 본 이안은 결국 사랑하는 바이올린을 품에 안고 눈물을 글썽이며 도망쳤다. 그사이 리차드는 다른 의미로 고통받고 있었다.

"자네가 동생보다 활을 못 쏜다는 이야기를 들었는데."

"그, 그건 사실입니다만."

"리차드, 자네가 가문 내에서 활로는 꼴찌라는 이야기를 들었다네, 사실인가?"

"그건 아닙니다만."

"리차드, 우리 제1기사단은 일반인에게 뒤처지는 것을 용납할 수 없다. 동생보다 못한 자네에겐 오늘부터 하루 300발씩 활을 쏘는 추가 보충 훈련을 명령한다."

"아니, 부단장님, 그게 무슨 소리세요. 저 활 잘 쏴요. 진짜 잘 쏜다고요. 제가 이번에 1기사단 1등이었잖아요."

"잔말 말고 실시!"

아단티에 공작과 리에보 백작 영애의 로루스 사냥대회 출전에 대한 소문은 당연히 사교계에도 도달했다. 사교계에서는 이 소문이 '비운의 영웅과 미녀' 정도의 이야기로 각색되고 있었다.

"정말 상상도 못 한 조합이에요. 리에보 영애와 아단티에 공작님이라니!"

"혹시, 그게 아닐까요?"

"그거라니요?"

"리에보 영애께서 지난봄에 곰과 싸워 이기셨다고 했잖아요.

혹시 아단티에 공작 전하께서 곰과 싸우는 영애의 모습을 보고 한눈에 반하신 거 아닐까요? 그래서 로루스 사냥대회에 출전을 제안하신 거죠."

"보통은 반대 아닐까요? 아무리 생각해도 리에보 영애보단 공작님께서 곰과 싸워 이기실 가능성이 높아 보이는걸요."

"곰이 불쌍해요. 아단티에 공작님은 곰보다 더 무섭게 생기셨어요."

"리에보 영애께서는 신궁이라고 하던걸요. 빠르고 정확하게 급소를 쏴서 곰을 이긴 걸지도 몰라요. 무려 리에보라고요!"

"맞아요. 신궁! 제 동생도 봄에 사냥대회에 다녀오고 나서는 리에보 영애께 궁술을 배워 보고 싶다고 했어요."

"그럴 수도 있겠군요. 그럼 정말 두 분 사이에 그렇고 그런 감정이?"

"이건 정말 최고의 스캔들이에요. 팔을 잃은 비운의 야수, 아니 아니 영웅과 젊은 여인이라니!"

"그것도 팔을 잃어 쏠 수 없는 활을 대신 쏴 주는 백발백중의 아가씨라니!"

"리에보 영애께서 그 백발백중의 실력으로 공작님의 마음을 쏜 게 틀림없어요!"

"아아, 리에보 영애께서 사교계에 잘 안 나오신다는 게 너무 아쉬워요. 다음 티파티에 초대해 봐야겠어요."

"리에보 영애가 참석하신다면 저도 꼭 초대해 주세요."

대화의 진위 여부를 가려 줄 수 있는 관계자가 누구 하나 자리하고 있지 않았기 때문에 그들은 마음껏 상상의 날개를 펼쳤다.

얼마 뒤 정말로 티파티 초대장이 리에보 백작가로 도달했지만, 사교계에 좀처럼 익숙해지질 않는 그레타는 정중하게 거절의 답변을 보냈다. 그 또한 스캔들의 일부가 되었다.

"세상에, 여러분. 리에보 영애께서 로루스 사냥대회를 위해 특훈에 돌입하셨대요. 그래서 이번 파티에 참석할 수 없다고요."

"공작님을 꼭 우승시켜드리고자 특훈까지! 낭만적이에요."

"이번 로루스 사냥대회를 꼭 관람하러 가야겠어요."

2.

황태자비궁의 응접실에선 황태자 부부와 아단티에 공작의 티타임이 한창이었다. 테이블에는 셋이 즐기기엔 과할 정도로 많은 양의 다과가 준비되어 있었다. 이것은 오로지 아단티에 공작, 라가헨을 위해 특별히 준비된 것이었다.

라가헨은 사실 엄청난 대식가인데, 귀족적 이미지 때문에 외부에서는 남들만큼만 먹고 있었다. 황태자 부부는 그가 얼마나 많이 또 잘 먹는지 알고 있어 셋이서 티타임을 가질 때면 항상 많은 양의 다과를 준비해 두고는 했다.

라가헨은 황태자 부부가 자신을 어떤 눈으로 쳐다보고 있는지 전혀 관심이 없는지 천천히 느긋하게 멈추지 않고 음식을 입에 넣고 있었다. 하필 점심을 다른 귀족들과 함께하느라 적게 먹어서 여전히 허기졌다.

"라가헨. 지금 그렇게 먹을 때가 아니지 않나. 지금 이 히테리아 전역이 자네의 사냥대회 출전 소식으로 들끓고 있다네."

"제가 그간 사냥대회에 한 번도 출전하지 않은 건 사실이지만, 그게 그만큼 화제가 될 일입니까?"

순진무구한 물음에 황태자 하옐이 이마를 짚었다.

"물론 자네가 처음으로 사냥대회에 나가는 것 자체만으로도 사람들은 무척이나 열광하고 궁금해하긴 할 테지만, 자네가 다름 아닌 그레타 리에보 영애와 함께 출전한다는 게 중요한 부분이지. 자, 말해 보게."

"무엇을 말씀이십니까."

하옐이 음흉하게 미소 지었다.

"그레타 리에보 영애와 무슨 사이인가."

사실 하옐은 이미 지난번의 은밀한 공조 건으로 제스파를 통해 그레타 리에보와 관련된 라가헨의 일거수일투족을 보고받고 있었다. 그러나 둘이 나누는 편지 내용이나 라가헨의 마음까진 알지 못했다. 그건 제스파가 알아내지 못한 영역이었기 때문이다. 아쉽게도 보고받는 내용은 언제나 빈약했다.

"무슨 사이라니, 무슨 말씀이신지 모르겠습니다."

"모르긴! 그레타 리에보 영애는 자네에게 무슨 의미인가?"

이글이글 타오르는 눈빛에 라가헨은 시선을 피하며 다과를 입에 넣었다. 사과파이가 무척 맛있었다.

"아니, 무엄하게 자꾸 내 말 무시하고 먹을 거냐 먹으면 진짜 배 터질 때까지 먹기만 하는 형벌을 내려 버릴 거야!"

"아단티에 공작을 너무 함부로 대하지 말라고 누누이 말씀드렸죠, 전하!"

"아니, 이리스. 당신은 답답하지도 않아?"

눈앞에서 황태자 부부가 자신을 놓고 이러쿵저러쿵 시답잖은 말다툼을 나누기 시작했다. 이 정도는 일상이었기 때문에 라가헨은 그들에게서 신경을 끄고 잠시 생각에 잠겼다.

그레타 리에보 영애.

처음 만난 건 약 석 달 전 초봄, 곰 앞에서. 바보가 아니고서야 주변 사람들이 자신에게 뭘 기대하고 있는지 모를 수 없었다. 사람들은 그레타 리에보 영애와 자신이 마치 동화 속 공주님과 왕자님쯤 되길 바라는 것 같았다. 서로 사랑에 빠져 행복하게 살았습니다, 같은.

라가헨은 머리에 꽃밭만 가득한 사람들의 생각을 도저히 이해할 수 없었다. 어떻게 평생을 좋은 것만 보고 사랑받고 자랐을 젊고 아름다운 여성을 포장만 새로 바꿔 낀 걸레짝이나 다름없는 자신에게 대 보려는 생각을 하는 걸까. 더군다나 그레타 리에보 영애와 자신은 여섯 살이나 차이 난다. 그들이 하는 생각이 얼마나 터무니없는지 라가헨은 그들의 사고방식을 도저히 이해할 수가 없었다. 그런 생각을 하는 사람들을 데려다가 앞으로는 아무 생각을 하지 못하도록 뇌를 꿰매 버리고 싶을 정도였다.

게다가 라가헨은 확실하게 알고 있었다.

"그레타 리에보 영애는 제 팬입니다."

"뭐?"

"그레타 리에보 영애는 제 첫 번째 여성 팬입니다. 전하께 배운 바 그대로, 그레타 영애께 최선을 다해 잘 대해 드리고 있습니다."

하옐은 도대체 이놈이 자신에게서 뭘 배웠다는 건지 이해할 수가 없었다. 담담한 라가헨을 바라보다 두 손바닥에 얼굴을 묻은 그는 웅얼거렸다.

"다 내 잘못이야. 내가 사회화를 잘못 시켰어."

"예. 다 전하 탓입니다. 아신다니 다행이네요."

"이리스, 당신은 누구 편인 거야?"

태자비 이리스는 남편의 칭얼거림을 무시하고 라가헨에게 말했다.

"공, 그간 남성 팬들이 많았지요? 처음으로 여성 팬이 생기니 어떠한가요? 뭔가 다른 점은 없나요?"

"많이 다릅니다."

"어머, 어떤 부분이요?"

첫 번째 여성 팬 그레타 리에보는 지금껏 그가 만나 온 수많은 근육질의 팬들과는 무척 다르다. 그러나 구체적으로 무엇이 다른지 생각해 본 적이 없었다. 라가헨은 미간을 찌푸리며 생각에 잠졌다. 입에 과자를 배달하는 손놀림을 멈추지 않은 채 한참을 생각하던 그는 간신히 말했다.

"매우 일상적인 내용을 편지에 씁니다. 대련 요청을 하지 않습니다. 편지지에서도 좋은 냄새가 납니다."

"그리고요?"

"작습니다."

"편지를 자주 주고받는다고 들었는데, 그건 어떤가요? 공께선 편지를 쓰는 걸 즐기지 않으시는 걸로 알고 있는데."

"답신을 쓰는 건 어렵습니다만······."

눈을 아래로 내린 라가헨은 목덜미가 화끈거리는 기분이 들었다.

"편지를 읽는 것은 나쁘지 않습니다."

3.

붉은 깃발이 올라왔다.

"또 명중이에요, 아가씨!"

"아가씨 최고!"

구경하고 있던 사용인들이 모두 환호성을 질렀다. 저 멀리 놓인 과녁의 중심부는 그들의 눈엔 보이지도 않았지만 그레타의 활은 한 치의 오차도 없이 중앙을 맞히고 있었다.

"어이, 그으레타 리에보 씨?"

"벌써 퇴근했어, 리차드?"

"퇴근을 한 게 아니라 출근을 안 했어. 오늘부터 휴가다. 그나저나 넌, 진짜. 내가 너 때문에 얼마나 고생했는 줄 알기나 해?"

"또 그 소리. 네가 활을 나보다 못 쏘는 걸 나더러 어떡하라고!"

리차드는 솟구치는 울화를 간신히 가라앉혔다. 더군다나 지금은 이럴 때가 아니다.

"너 근데 진짜 괜찮겠어? 마물 한 번도 안 잡아 봤잖아."

"그래 봤자 엄청 크고 못생긴 메추리지!"

"메추리 아니라고!"

온 가족이 도대체 무슨 생각인 건지, 평생을 평화로운 도시에서만 살아온 막내가 갑자기 마물 사냥대회에 나간다는데 말리는 사람이 하나 없었다. 심지어 그 심약한 아버지마저 '우리 딸이라면 할 수 있어!'라며 응원하는 게 아닌가. 리차드는 아버지가 일평생 로루스 실물을 본 적이 없어서 그레타와 똑같은 생각을 하고 있다는 것에 전 재산을 걸 수 있었다.

그레타는 활을 무척 잘 쏜다. 너도나도 활 좀 쏜다는 예가헨 제국민들 중에서도, 가장 활을 잘 쏜다고 자부하는 리에보 가문 사람들 중에서도 제일 잘 쏘는 게 맞다.

활로만 두고 보면 용병 생활 하는 큰 누나 이자벨과 기사인 자신도 댈 수 없을 정도로 월등히 뛰어났다. 매일 새벽에 운동하는 것이 싫다고 질색하지만 않았다면 아마 황실궁수부대장 루카스 닌델라 경은 애저녁에 실직했을 것이다.

그레타가 또래 여성들보다 몸 쓰는 일을 훨씬 좋아해 운동도 꾸준히 했고, 활을 쏠 때만큼은 말도 안 되는 집중력과 힘을 보여 주고는 했지만…….

어릴 적 한 해에 한 번씩은 한 달 가까이 침대 밖으로 못 나올 정도로 아프던 모습이나, 자신의 꿀밤에 정신을 잃고 쓰러지던 모습이나. 아끼는 말 자라가 마음먹고 고집을 부리면 꼼짝도 못 하는 모습이나. 아무튼 리차드에게 얘는 정말 어디 갖다 써야 하는지 걱정스러울 정도로 연약한 게 맞다. 그런 애가 마물 사냥이라니. 마물은 메추리를 잡는 것과는 정말 거리가 멀었다.

"이 정신 나간 집에서 너를 생각해 주는 건 나뿐인 줄 알아라."

"뭐라는 거야, 기분 나빠."

"잘 들어. 메추리는 그냥 네가 활 쏴서 맞추면 픽 하고 죽었겠지만 로루스는 달라."

"나도 어떻게 잡는지 알아."

"그래도 들어! 어차피 단장님이 파트너인 이상 네가 땅에 떨어진 로루스한테 다가갈 일은 없겠지만, 그래도 위험은 줄여야 할 거 아냐."

그레타는 평소와 달리 진지한 리차드의 모습에 까불거리려던 입을 다물었다. 리차드가 한쪽 팔을 펼치더니 말을 이었다.

"로루스의 날개는 사람 팔다리나 다름없어. 떨어지고 나서도 기고 할퀴고 다 할 수 있다 이거야. 발이 하나뿐이지만 팔까지 총

세 개나 다름이 없어서 작정하고 움직이면 엄청 빨라. 그래서 네가 맞혀야 하는 곳은 바로 여기."

그가 가리킨 곳은 팔과 몸통 사이 중간의 허공이었다.

"날개에서 이 부분이 제일 약해. 화살로 맞히면 대개 그쪽은 아예 쓰질 못해. 그러니까 거길 맞혀. 떨어진 뒤에는 절대 다가가지 말고. 괜히 멋진 척하려고 허세 부리면서 '제가 목을 쳐 볼게요' 이런 짓 할 생각하지 말라고. 네 힘으로는 목을 한 번에 칠 수도 없거니와 자칫 잘못하다간 오히려 공격당할 수도 있으니까. 그리고 혹시라도 양 날개 모두 움직일 수 있는 녀석이 빠르게 다가와서 널 공격하려 한다면……."

말을 하던 리차드가 눈을 부릅떴다.

'그런 일이 있다면 내가 단장님이고 뭐고 반드시 죽일 거지만…….'

"빠르게 굴러서 다리 밑을 지나서 뒤로 이동해. 그리고 단장님 뒤에 숨는 거야."

"공작님 뒤에 숨는다니, 하나도 안 멋있잖아! 내가 멋지게 지켜 줘야 반하실 텐데."

"마물 앞에서는 멋이고 뭐고 찾다가 죽는 거야. 알았어?"

리차드의 잔소리는 그레타가 결국 도망쳐 버릴 때까지 계속되었다.

짙은 어둠이 내린 깊은 밤.

어둠 속에서 무언가를 손에 쥔 남자가 입꼬리를 부드럽게 휘며 미소 지었다. 천사처럼 아름다운 남자는 손에 쥐고 있던 것을 책상 위에 올려놓았다. 그것은 작은 주머니였다. 남자는 만족스럽게 낮은 웃음을 흘렸다.

"늦지 않게 손에 넣다니, 운이 좋았어."

알 수 없는 향기를 풍기는 작은 주머니에는 예가헨 황실의 상징, 금빛 독수리가 정교하게 수놓아져 있었다.

"이번에는 반드시 성공하겠어."

알 수 없는 열망으로 가득 찬 두 눈이 달빛을 받아 번뜩였다.

4.

드디어 사냥대회의 날이 밝았다.

그레타는 위풍당당한 모습으로 자라를 타고 사냥터에 도착했다. 이날을 위해 손가락이 닳도록 특훈을 거듭했다. 보통이라면 파트너와 함께 사냥터로 향했겠지만, 라가헨이 경비 총책임자로서 기사단과 함께 누구보다도 먼저 사냥터를 점검해야 했기에 그레타는 혼자 가야 했다. 물론 엄밀하게 말하자면 혼자는 아니었다. 작년부터 철저하게 계획해 아주 바쁜 이 시기에 휴가를 얻어낸 리차드가 함께였기 때문이다.

열심히 일하는 동료들 틈에서 사복을 입은 채 여유로운 리차드의 모습에 그레타가 혀를 찼다. 리차드는 벌써부터 사냥대회와 함께 열리는 작은 축제 준비로 분주한 가판대를 눈으로 훑으며 이따가 뭐부터 먹을지 체계적인 계획을 세우고 있었다.

"너는 아주 못된 기사야, 리차드. 어떻게 상사와 동료들이 모두 고생하는데 혼자 휴가를 내서 띵가띵가 놀 수 있는 거야?"

"직장인의 고통을 알지 못하는 백수는 조용히 해라. 내가 이날을 위해 얼마나 열심히 일했는지 알기나 해? 그리고 이건 다음 주부터 있을 원정 훈련을 위한 큰 그림이라고. 황제배 사냥대회 경비 업무가 얼마나 힘든 줄 알아? 그거 끝나자마자 원정 훈련 가면 죽음이야, 죽음. 넌 이 오라비가 두 달이나 원정 훈련을 가서 고생할 걸 알면서도 걱정은 안 되냐?"

"그래, 그래. 어련하시겠어요."

그레타가 비아냥거렸지만 그러든지 말든지 남들 일할 때 쉬고 있다는 게 마냥 좋기만 한 리차드는 콧노래를 흥얼거렸다.

"그레타, 너 오늘 꼭 1위 해라. 지난번에 아얀 메추리도 곰만 아니었으면 1등 했을 걸 고작 2등이나 하고 말이야. 이왕 이렇게 된 거 1위 해. 리에보의 명예를 더는 실추시키지 마라."

"너였으면 입상도 못 했을걸?"

"너는 이 오라비를 너무 우습게 보는 버릇이 있어. 고쳐야 할 아주 나쁜 버릇이야."

둘은 남매답게 한참을 티격태격했다.

거대한 흑마 데빈을 탄 라가헨이 그들을 향해 다가오고 있었다. 라가헨은 새벽부터 사용인들의 손에 붙들려 한껏 꾸민 모습이였다. 심지어 그의 말 데빈마저 털과 갈기에 평소보다 더 윤기가 흐르고 있었다. 불행하게도 전날 데빈이 계획에 없던 목욕을 당한 탓에 무척이나 기분이 상했다는 사실을 아는 건 멀리서 라가헨을 노려보고 있는 제스파뿐이었다.

머리 색처럼 칠흑같이 짙은 검은색 사냥복을 입고 근육질의 윤기 나는 군마 위에 올라탄 라가헨의 모습은 같은 남자인 리차드가 보아도 눈이 휘둥그레질 정도로 근사했다. 위엄이 넘치는 그 모습은 그야말로 '영웅 아단티에'라는 이름에 걸맞아 보였다. 기사단에서는 단 한 번도 볼 수 없는 모습이었다. 리차드는 평소 수수한 모습이던 그가 그레타를 만나는 날이 될 때마다 공작새가 꼬리 깃 펼치듯이 잔뜩 힘을 주고 나타나는 것이 너무나도 재미있었다.

리차드는 다가오는 라가헨을 넋 놓고 숨도 못 쉬며 바라보고 있는 동생의 등을 몰래 툭툭 쳤다. 그레타가 '나의 공작님' 앞에서 바보 같은 모습을 보이기 전에 자세를 정비하지 않으면 돌아가서 밤새 울지도 모른다.

"어서 정신 차려라."

그사이 그레타 앞에 다가온 라가헨이 인사했다.

"영애, 안녕하십니까."

"네, 네."

"리차드 경."

"예, 단장님. 안녕하십니까."

"비록 경은 오늘 휴가지만 유사시엔 명예로운 기사로서의 본분을 행해 주길 바라."

"여부가 있겠습니까, 단장님."

"영애, 참가자 대기열은 저쪽입니다. 경은 나중에 보지."

"아하하, 그럼 저는 이만!"

라가헨의 매서운 눈초리가 리차드를 훑었다. 사냥대회 참석을 위해 경비계획을 다시 짤 때 리차드의 부재 때문에 무척이나 골머리를 앓았기 때문이다. 그걸 모를 리 없는 리차드는 머쓱하게 웃으며 도망쳤다.

사랑하는 사람의 치명적인 아름다움 때문에 입은 크나큰 정신적 충격에서 겨우 벗어난 그레타는 주인들보다 사이가 훨씬 좋은 데빈과 자라를 보며 내심 한숨을 내쉬었다. 앞으로 계속 얼굴 볼 일을 만들어야 하는데, 볼 때마다 이렇게 떨려서 어떡하지. 그레타의 근심 어린 얼굴을 다르게 해석한 라가헨이 말했다.

"로루스는 사납지만 사냥 자체는 어렵지 않으니 너무 염려 마십시오. 부족하지만 저 또한 최선을 다하겠습니다."

'아니에요, 내 모든 근심의 근원은 당신의 얼굴이에요!'

그레타는 속으로 외쳤다.

"네. 로루스 사냥을 해 본 적은 없지만 꼭 제가 우승시켜드릴게요, 공작님!"

"예. 감사합니다."

라가헨은 그레타의 의욕 가득한 말에 조금 당황했다. 보통 승리를 가져다주는 역할은 그의 몫이었기 때문이다. 그러나 생각해 보니 로루스 사냥에 있어 가장 핵심적인 역할을 하는 건 활잡이다. 활잡이 역을 맡은 리에보 영애가 우승을 '가져다주는' 것은 올바른 표현이었다.

참가자 대기열 앞에 도착했을 때, 누군가 라가헨을 불렀다.

"아단티에 공작 전하!"

고개를 돌리자 아름답고 완숙한 여인이 반가움을 감추지 못하며 라가헨을 향해 다가오고 있었다. 그레타는 타는 듯이 붉은 머리칼을 가진 이 아름다운 여인을 곧바로 알아보았다. 최고의 여전사로 유명한 티타니아 백작이었다. 그레타가 아는 바대로라면 티타니아 백작은 대 마물 전쟁에 참전해 대단한 활약상을 남겼다. 그러나 티타니아 백작은 끔찍한 전장을 누비고 다닌, 마흔을 앞둔 베테랑답지 않게 그저 아름답기만 했다. 입고 있는 셔츠는 근육 때문에 터질 듯이 팽팽했지만.

"공작께서 출전하실 줄은 몰랐습니다."

티타니아 백작은 라가헨에게 존대하고 있었지만 말투는 무척이나 친근하고 허물없었다.

"백작. 오랜만이군."

"수도에 올라온 건 공작의 작위 수여식 이후로 처음이니 오랜만이긴 하지요. 그나저나 날려 먹은 팔 한 짝 되찾기라도 하셨나 봅니다. 생전 안 나오던 사냥대회에 다 참여하시고."

티타니아 백작의 말에 그레타는 깜짝 놀랐지만, 라가헨은 담담했다.

"불행히도 여전히 비어 있다네. 오늘 활잡이는 이쪽 영애분이시고. 그레타 리에보 영애시네. 이쪽은 티타니아 백작입니다."

라가헨이 굳은 얼굴을 한 그레타를 소개했다. 서로를 당황한 얼굴로 바라보던 티타니아 백작과 그레타 중 먼저 정신을 차린 건 티타니아 백작이었다.

"리에보라고, 아, 세상에. 실례했네요. 로아나 티타니아예요. 그레타 양, 만나서 반가워요."

"만나서 영광입니다, 티타니아 백작님."

티타니아 백작 로아나는 호기심 어린 눈으로 그레타를 유심히 살폈다. 애써 노력해 보았지만 그레타는 불편한 기색을 조금도 숨기지 못했다.

"왜 그러시나요?"

"리에보의 막내시죠? 올해로 나이가 어떻게 되시나요?"

"스물셋입니다."

로아나는 그로부터도 한참이나 그레타를 보며 '어머, 어머'를 멈추지 않았다. 영문을 알 수 없는 그레타가 불편한 기색이 역력해지자 라가헨이 입을 열었다.

"자네 행동이 충분히 무례하다는 건 자네도 알겠지, 백작."

"기분 상했다면 미안합니다, 영애. 그나저나 우리 잠시 얘기 좀 나눌까요, 공작?"

"영애, 잠시 실례하겠습니다."

라가헨과 로아나가 그레타에게 양해를 구하고 자리를 옮겼다. 그레타에게 목소리가 들리지 않을 정도로 멀어지자 로아나가 호들갑을 떨었다.

"라가헨, 이 도둑놈."

"무슨 소리지."

"여섯 살이나 어린 여자애를 홀랑 잡아먹으려고? 팔도 한 짝 날려 먹은 주제에!"

"무슨 뜻인지 이해하지 못하겠다, 로아나."

"둘이 연애하는 거 아냐?"

로아나의 물음에 라가헨이 오히려 눈을 동그랗게 떴다.

"연애?"

"너. 리에보 영애. 둘이."

"연애라니, 당치 않다. 리에보 영애는 나의……."

"나의?"

"팬이다."

"뭐?"

"말귀를 못 알아듣는 건 여전하군. 그레타 영애는 내 팬이다, 로아나. 초봄 아얀 메추리 사냥대회 때 곰에게 잡아먹힐 뻔한 걸 구해 드렸는데 그 일로 내 팬이 되셨다. 그간 팬레터를 보내시다 이번에 로루스 사냥대회에 함께 출전하자고 하시기에 수락했어."

라가헨은 무척 진지했다. 반면 로아나는 말문이 막혔다.

"보통 선물은 팬이 주지만 가끔은 반대로 주기도 해야 한다고 황태자 전하께서 말씀하셨지. 이런 걸 팬서비스. 그렇게 부른다고 하시더군."

로아나는 저 멀리 떨어져 있는 그레타를 보았다. 안절부절못하며 이쪽을 힐끔힐끔 바라보는 모습이 딱 그냥 애가 탄 짝사랑녀의 모습이었다. 그에 반해 이쪽은 어떠한가. 라가헨의 얼굴은 순진무구, 결백, 저는 아무것도 몰라요.

"황태자 전하께선 알고 계시나?"

"물론이다."

그 말을 들으니 더욱이 한숨이 나온다.

"이 한심한 새끼."

"로아나, 나는 이제 너보다 신분이 높다. 예를 갖추도록."

"으스대는 꼴 하고는. 어휴, 한심한 새끼. 굴러들어 온 복도 걷어차는 새끼."

로아나는 한눈에 상황을 파악할 수 있었다.

그레타 리에보는 라가헨을 짝사랑하는데, 라가헨은 그레타 리에보의 순정이 순수한 팬심인 줄 착각하고 있다. 소름 끼치는 황태자가 무슨 생각으로 리에보가 라가헨의 옆에 부대끼는 걸 허락하고 있는지는 모르겠지만.

답답한 마음에 로아나가 라가헨의 가슴을 주먹으로 툭 쳤다.

"좀 잘해 봐라, 꼬맹아."

"뭘 잘해 보라는지는 알 수 없지만 나는 꼬맹이가 아니······."

"넌 언제까지고 내게는 꼬맹이다. 이렇게 답답한 꼬맹이로 클 줄은 몰랐지만. 그나저나, 더 이상 환상통은 없고?"

"없다."

"그래, 그럼 됐다. 일단 회포는 나중에 풀도록 하지. 저기 네 파트너가 기다리시니. 내 파트너도 저기 있네."

라가헨이 고개를 끄덕이고는 그레타에게로 말머리를 돌렸다.

그가 자신에게 다가오는 것만으로도 얼굴이 환해지는 그레타는 딱 저 어린 나이에서만 느낄 수 있는 풋풋함과 사랑스러움이 가득했다. 조카가 살아 있었다면 아마 그레타 정도의 나이였을 것이다. 로아나는 딱 봐도 마냥 사랑만 받고 자란 게 분명한 그레타가 왜 하필 저런 목석 같은 데다 채 사람이 되지 못한 것에게 마음을 준 건지 이해할 수 없었다. 게다가 생긴 것도 꽤나 무시무시하지 않은가. 리에보 가문의 여자들은 대대로 가냘픈 남성이 취향인 걸로 아는데.

로아나는 라가헨을 아꼈지만 그와는 별개로 남자로서의 라가헨에 대한 평가가 무척 박했다. 곁에 두고 애인 삼기엔 그는 정말 너무나도 남녀 관계에 대해 무지했다. 아니, 그냥 인간관계 자체에 대해 무지했다.

'쟤는 진짜 아무것도 모를 텐데!'

갑자기 그레타가 조카처럼 느껴진 로아나는 안쓰러움에 한숨만 푹푹 내쉬었다.

그레타는 멀리 떨어져서 라가헨과 이야기를 나누는 티타니아 백작을 보았다. 나이보다 성숙해 보이는 라가헨의 외모와 티타니아 백작의 젊고 아름다운 외모 때문에 둘은 마치 동년배로 보였고, 무엇보다 잘 어울리는 한 쌍처럼 보였다. 둘은 무척이나 스스럼없었고, 그레타로서는 알 수 없는 유대감을 가지고 있었다.

티타니아 백작이 라가헨의 가슴을 장난스럽게 툭 치는 것이 보였다. 그레타는 꿈도 꿀 수 없는 접촉이었다. 대개의 경우 무척 무례한 행동이었다. 그러나 라가헨은 익숙한 듯 보였다.

'부러워. 질투나.'

전쟁을 함께 겪은 이들끼리 돈독한 유대감을 형성하는 것은 당연했다. 더군다나 그레타는 라가헨과 공감대를 형성할 수 있는 기회가 아직 없었다. 티타니아 백작을 향한 질투는 무의미하고 주제넘기까지 한 것이었다.

'그래도, 그래도 질투나.'

생각하는 대로 마음먹을 수 있다면 얼마나 좋을까. 그랬다면 사는 것이 지금보다 몇 배는 더 쉬웠을 텐데.

그레타가 속에서 휘몰아치는 못된 마음과 싸우는 사이 라가헨이 다시 돌아왔다.

"영애, 기다리게 해 죄송합니다."

"아니에요."

그의 얼굴을 본 순간 그레타의 마음속에 질투는 사르르 녹아 흔적도 없이 사라졌다. 그 자리는 쿵쾅거리는 심장 고동으로 채워졌다. 아팠다. 누군가가 가슴을 주먹으로 세게 치는 것 같았다. 심장이 마치 입 밖으로 튀어나오려 애라도 쓰고 있는 것 같았다. 그레타는 문득 이런 생각이 들었다.

이렇게 심장이 쿵쾅거리는데 평생을 사랑하면서 사는 건 얼마나 힘든 일일까?

5.

올해 황제배 로루스 사냥대회에 참가한 조는 총 60명, 30조였다. 매해 25개의 참가 조를 받았던 것과 달리 올해는 다섯 조나 더 늘었다. 이는 로루스 전문가들의 관측 결과 작년보다 로루스의 수가 1.5배가량 늘어났기 때문이다.

사냥터로 지정된 곳은 로루스들이 매년 돌아와 터를 잡는 암몬 절벽지대 근처의 지노베라 숲이었다. 많은 야생동물이 서식하는 지노베라 숲은 암몬 절벽에 서식하는 로루스들의 주된 사냥터였으니 로루스를 사냥하기엔 최적의 장소였다. 오늘, 그동안 숲의 최상위 포식자로 군림하던 로루스들은 사냥꾼에서 사냥감으로 전락할 것이다.

말을 타고 대기하고 있는 참가자들 앞에 오늘의 현장 총괄을 맡은 제1기사단의 부단장이 섰다. 그가 헛기침으로 목을 가다듬고 확성기에 대고 말했다.

"참가자 여러분, 잠시 안내 말씀 드리겠습니다. 안전을 위해 붉은 끈을 연결한 울타리 너머로 넘어가지 마십시오. 울타리 너머로 갈 경우 암몬 절벽과 너무 가까워져 로루스 떼의 표적이 될 수 있습니다. 그리고 여러분께 방금 나눠드린 소지품을 확인해 주십시오. 두 개의 신호탄과 황실 마법부 직원들이 오늘을 위해 열심히 준비한 마법 물약이 들어 있습니다."

그가 신호탄을 높이 들었다.

"이 신호탄은 구조신호용이니 각자 하나씩 들고 계시고, 구조가 필요한 위험 상황이 생길 경우 이곳을 위로 향하여 여기 이 끈을 빠르고 강하게 당겨 신호를 보내시면 됩니다. 바닥을 향해 쏘시면 구조하기 힘듭니다! 사람을 향해서도 쏘시면 안 됩니다. 위험합니다. 구조신호를 쏠 경우 곧장 기권 처리된다는 점 잊지 마시기 바랍니다."

이번에는 물약병을 들었다.

"그리고 이 물약. 이건 사냥한 로루스의 발톱에 발라주십시오. 사냥 시간이 모두 종료된 뒤 마법사들이 사체를 대신 수거할 것입니다. 사냥한 로루스의 며느리발톱을 모두 수거해서 들고 다니는 것이 다수의 로루스 사냥에 방해가 된다는 지속적인 민원을 반영하여 황제 폐하의 칙명하에 이번에 새로 개발된 특별한 마법 물약이니 분실하지 마시고. 꼭 로루스의 며느리발톱에 발라주세요."

그가 주머니에서 회중시계를 꺼냈다. 이제 시작까지 얼마 남지 않았다.

"물약병의 물약은 지금으로부터 15분 후부터 마법 효과가 발

휘하도록 설계되어 있으며, 사냥 종료 시간이 끝나는 즉시 효능을 잃게 됩니다. 혹시 꼼수 쓰실 생각하지들 마십시오. 사냥 시간은 물약의 효과가 시작되는 15분 후로부터 총 다섯 시간입니다."

째깍. 분침이 이동했다. 오전 11시 45분.

"그럼 지금부터 이동하시겠습니다. 건투를 빕니다!"

관객들의 함성이 울려 퍼졌다. 축제의 하이라이트, 사냥물의 정산이 끝난 뒤의 시상식이 시작되기 전까지 관중들은 참가자들의 사냥 과정을 볼 수는 없지만, 그들은 사냥 시간 동안 지노베라 숲 앞의 들판에 가득 준비된 다양한 축제를 즐길 것이다.

일찍 영업을 시작한 가판대에서 산 음식을 입에 밀어 넣고 있던 리차드는 수십 명의 참가자들이 말을 달려 숲으로 사라지는 모습을 눈에 담았다. 그 틈에서 재주 좋게 그레타와 라가헨을 찾아낸 그는 둘의 모습이 사라질 때까지 응시했다.

'별일 없겠지, 뭐.'

리차드는 다시 음식으로 고개를 돌렸다.

───

그레타와 라가헨도 사냥하기 좋은 위치를 선점하기 위해 지노베라 숲 안으로 향했다. 참가자들은 각자 미리 조사한 사냥 포인트로 흩어졌다. 어디선가 내가 먼저 왔다느니 자리를 비켜달라느니 하는 언쟁이 들리는 것도 같았다. 그레타와 라가헨은 좀 더 숲

깊숙한 곳으로 향했다.

"공작님, 사냥 포인트는 어디로 정하셨나요?"

"암몬 절벽 쪽으로 갈 것입니다. 울타리 근처에 괜찮은 자리가 있습니다."

아단티에 공작, 그가 누구인가. 바로 이 사냥대회 경계경비의 총책임자, 제1기사단의 단장 아닌가! 그는 참가자 그 누구보다도 이 지노베라 숲에 대해서 가장 잘 알고 있었다. 심지어 그는 사전 답사까지 여섯 차례나 했다. 그는 자신만만했다. 경쟁이 심하지 않고 사냥이 용이한 포인트를 일곱 군데나 외워 뒀으니까.

누가 들었으면 치사하다 했을 수도 있겠지만, 원래 인생이란 다 불공평한 것이다. 굳이 덧붙이자면 그는 그것이 치사한 행동으로 여겨질 것이란 생각조차 못 했다. 라가헨이 이끄는 대로 깊은 숲속을 향해 들어가던 중, 숲 전체를 울리는 기괴한 비명 소리가 들렸다. 로루스의 비명이었다.

"벌써 사냥을 시작한 조가 있나 봐요."

괜히 초조해진 그레타가 말했다. 반면 라가헨은 담담했다.

"그런가 보군요. 좋은 포인트를 잡은 조가 있는 모양입니다."

그래 봤자 그가 봐둔 포인트보단 못할 것이다. 어차피 사냥은 다섯 시간 동안 진행된다. 초반에 운 좋게 몇 마리 잡은 것은 충분히 따라갈 수 있다.

"저희는 조금 더 깊이 들어가야 합니다."

지노베라 숲은 수목이 빽빽해 말이 다니기 편한 곳은 아니었지만 자라와 데빈은 주인이 불편하지 않도록 능숙하게 길을 걸었다. 나뭇잎 사이로 내리쬐는 여름 햇살이 반짝이며 라가헨을 비추고 있었다. 뒤따라가며 넋 놓고 그 모습을 바라보던 그레타는 문득 아까 대기열에서 보았던 티타니아 백작을 떠올렸다.

붉고 탐스러운 머리칼. 매혹적인 외모. 훈련으로 다져진 근육질의 아름다운 몸. 티타니아 백작은 팔방미인 같았다. 그의 곁에 있던 라가헨의 모습은 마치 그림처럼 아름답게 잘 어울렸다. 괜히 주눅 드는 기분이었다.

"공작님. 티타니아 백작님은 사냥에 능하시나요?"

"함께 사냥을 해 본 적이 없어 로아나의 사냥 실력은 알지 못하나, 활잡이가 데이먼이라면 분명 우승 후보 중 하나일 것입니다."

공작님께서 백작님의 이름을 불렀다. 로아나라고……. 저 목소리로 내 이름을 불러 주시면 얼마나 좋을까. 마음속에서 따로 노는 생각을 갈무리하고 그레타가 말했다.

"데이먼이라는 분은 누구신가요?"

"로아나의 남편입니다. 마물 전쟁에서 다리를 다치기 전까진 황실궁수부대의 대장을 맡고 있었습니다."

"어머, 그렇군요! 남편이시군요!"

라가헨은 그레타의 목소리가 갑자기 밝아졌다는 걸 알아차렸지만 이유는 알 수 없었다.

"전 궁수부대 대장, 제가 이겨 드릴게요! 걱정 마세요, 공작님!"

"감사합니다."

군인들 사이에서는 역대 최고의 궁수부대 대장이었다는 칭송을 받는 데이먼이다. 평생 수도와 아카데미에서 편안하게 지낸 여자가 그를 이기겠다니. 우스울 정도로 당혹스러운 발언이었다. 다른 이들이 그런 말을 했다면 헛소리로 일축했을 것인데, 이상하게 그레타에겐 아무 말도 할 수가 없었다.

팬의 마음을 상하게 할 수는 없으니까, 라가헨은 아무도 묻지 않았지만 자신의 행동을 설명했다.

이윽고 그들은 사냥 포인트에 도착했다. 몇 번 붉은 울타리를 보았을 정도로 암몬 절벽에 가까운 위치였다. 커다란 나무 앞에 멈춰선 라가헨이 말에서 내리며 말했다.

"도착했습니다."

그레타도 그를 따라 말에서 내렸다. 라가헨은 나무 옆에서 이리저리 움직이다 멈춰 섰다. 그 순간, 라가헨에게 빛이 쏟아졌다. 이게 바로 아름답고 사랑스러운 사람에게서 난다는 후광 효과인가. 그레타는 심장이 쿵쾅거리며 입 밖으로 튀어나오려는 것을 간신히 눌러 담았다.

"영애, 여기 서 보십시오."

화들짝 놀라며 그의 말대로 그가 섰던 곳에 서 고개를 들자 빼곡하게 차 있던 나뭇잎과 가지 사이에 난 여백이 보였다. 그 사이로 햇빛이 들고 있었다. 라가헨이 빛나 보였던 것은 아름다움의 후광 효과가 아니라 그냥 햇빛을 받았기 때문이었다.

"이틈으로 로루스가 보이면 활로 쏘아 떨어뜨리면 됩니다."

"네!"

라가헨은 쉽게 말했고 그레타는 쉽게 대답했지만, 사실 말처럼 쉬운 일은 아니었다. 로루스의 비행 속도는 꽤나 빠른 편이었고, 나뭇가지 사이의 여백이 상당히 넓다 해도 보통 사람들이 로루스를 저격하는데 필요한 정도에 비하자면 너무 좁았다.

두 팔을 가졌을 때의 라가헨 자신을 기준으로 생각한다면 완벽한 사냥 포인트였지만 대개의 경우 말도 안 되는 위치였다.

그때 저 멀리서 검은 점이 보였다. 그레타의 비상한 시력이 검은 점의 윤곽을 확인했다. 로루스였다. 라가헨도 놓치지 않고 사냥감을 포착했다.

"보이네요."

그레타는 말없이 활과 화살을 꺼냈다. 오늘만을 위하여 특훈을 통해 길들여 놓은 로루스 사냥 전용 고급 활 세트 제품이었다.

'지금 여기서 최고로 멋있는 모습을 보여 줘야지. 최고가 될 거야. 꼭 최고가 돼서, 이 남자가 나한테 풍덩 빠지게 할 거야!'

살면서 단 한 번도 느껴 본 적 없는 강한 열망을 느끼며 그레타가 활시위를 당겨 하늘 위의 괴조를 겨냥했다. 표적은 거대했다. 높이 날고 있어 작아 보였지만 그레타에게는 충분히 큰 과녁과 다르지 않았다.

그레타는 숨을 멈췄다.

강한 탄성과 함께 그레타의 화살이 허공을 가르며 빠르게 질주했다. 그리고 곧 고막을 긁어대는 끔찍한 비명이 숲을 가득 메웠다. 나무에 숨어 있던 새들이 깜짝 놀라 날아올랐다.

화살은 정확하게 로루스의 오른 날개를 꿰뚫었다. 거대한 몸뚱이가 낙하하기 시작했다. 이윽고 쿵, 땅을 울리는 소리와 함께 녀석이 추락했다.

"이동합시다."

재빨리 말에 올라탄 둘은 서둘러 로루스를 향해 달렸다.

가까이에서 본 로루스는 생각했던 것보다 더욱 거대했다. 아주 큰 독수리 정도를 생각했는데, 독수리의 두 배 정도는 될 법했다. 그레타 따위는 단번에 찢어 죽일 수 있을 것 같았다. 그레타는 그제야 자신이 마물을 직접 대면한 게 처음이라는 사실을 체감했다.

'세상에, 어마어마하게 크잖아!'

그레타가 살면서 처음 본 실제 마물의 기괴하고 거대한 모습에 놀라고 있는 사이 라가헨은 검을 뽑아 들고 고통에 몸부림치며 바르작거리는 로루스를 향해 다가갔다. 화살은 정확하게 로루스의 오른 날개 중앙에 바람구멍을 남기고 관통했다. 가장 얇고 치명적인 부위였다. 용병들 사이에서는 활로 로루스를 떨어뜨릴 때 가장 권장하는 부위였다. 이 부위가 뚫릴 경우 로루스는 한쪽 날개를 완전히 쓰지 못하기 때문이다.

'노리고 쏜 거라면 놀라운 솜씨로군.'

그렇게 생각하며 라가헨은 능숙하게 로루스의 등 뒤로 올라타 단칼에 목을 쳤다. 붉은 피가 쏟아지며 눈이 하나뿐인 거대한 대가리가 퉁퉁 튕겨 데구르르 굴러갔다. 그레타의 발 앞으로. 데굴

데굴 툭.

 전날 밤. 제스파는 라가헨을 곁에 불러 놓고 말했다.
 "공작님, 공작님, 절대 잊지 마십시오. 리에보 영애는 공작님께서 여태까지 봐 오셨던 여타 여성분들과 다르십니다."
 제스파의 말과는 달리 그레타 리에보 영애는 그가 평소 생각하던 '여성'의 이미지와 다르지 않았다. 자신의 상관이 하나도 이해하지 못했다는 걸 곧장 알아차린 제스파가 가슴을 팡팡 쳤다.
 "여태까지 공작님께서 봐 오신 여성분들은, 용병 아니면 기사. 아니면 마법사. 아니면 적어도 피와 살이 튀는 전장 위를 누비며 부상병들을 치료하던 치료사 및 성직자였습니다. 그러나 리에보 영애께선 다르시다 이 말씀입니다."
 "어떤 점에서?"
 "리에보 영애께서는 피 튀기는 살육의 현장을 보신 적이 없으십니다. 꽃처럼 자라신 그분의 삶에 있어 살생이란 기껏해야 메추리를 잡는 것 정도다, 이 말입니다. 제 조사 결과 영애께서는 로루스 사냥대회에 나가시는 게 이번이 처음이십니다. 아마 마물을 직접 대면하신 적이 없으실 것이라고요."
 "그래서?"
 "그러니 공작님께서 끔찍하게 못생긴 무시무시한 마물들로부터 영애를 지키셔야 하고, 로루스 목을 치실 일이 있어도 피가 가능한 한 덜 튀게! 혹시라도 첫 번째 사냥감의 목을 잘라서 영애께 드리거나, 들고 있으라거나 그래서는 안 된다고요!"

메추리를 잡는 것과 로루스를 잡는 것의 차이를 좀처럼 알 수 없는 라가헨은 잠시 혼란에 빠졌다. 메추리나 로루스나 크기만 다르지 똑같이 날개 달린 것인데? 더군다나 목을 치든 활로 쏘든 죽이는 건 똑같지 않나? 리에보 영애는 메추리를 엄청 잘 잡던데, 로루스도 잘 잡지 않을까?

"리에보 영애처럼 평범한 삶을 살아온 어린 여성분은 크게 충격을 받으실 수도 있으니 주의하세요. 아시겠어요?"

"아, 알았다."

대답을 들었지만 성에 안 차는 건지 제스파는 라가헨이 결국 짜증을 낼 때까지 그로부터 한참이나 그를 쫓아다니며 귀찮게 했다.

그랬는데…….

라가헨의 눈에는 메추리 대가리의 확대 버전 정도인 로루스의 대가리가 그레타의 발을 툭, 건드렸다. 로루스의 피가 콸콸 쏟아져 그레타의 신발에 튀었다.

제스파가 귀에 딱지가 없도록 말하던 것이 라가헨의 머릿속을 스쳤다. 그레타 리에보 영애가 충격을 받을지도 모른다는 생각에 당황한 라가헨이 황급히 생을 마감한 로루스의 등에서 내려왔다.

"영애, 제가 치워 드리겠습니다."

"아뇨, 괜찮아요."

그레타가 로루스의 머리통을 발로 뻥 찼다. 머리통이 워낙에 커서 몇 바퀴 구르다 멈췄다.

"옷을 버릴까 봐 걱정해 주신 거죠? 감사해요!"

"예, 그렇습니다."

로루스의 등에서 내려온 자리에 우두커니 서 있는 라가헨에게 다가온 그레타가 물었다.

"물약, 제가 칠할까요?"

"아닙니다, 영애. 제가 칠하겠습니다."

제스파를 가만두지 않을 것이다. 녀석이 여태까지 여성에 대해 무슨 편견을 가지고 살아왔는지 이제야 알았으니 그 삐뚤어진 사고방식을 기필코 고쳐 주고 말 것이다.

로루스의 발톱에 물약을 칠한 뒤 다시 사냥 포인트로 되돌아오며 그레타는 내심 숨을 몰아쉬었다. 로루스의 머리가 데굴데굴 굴러와 발끝을 친 감각이 선명했다. 기대했던 것보다 엄청 크고 무서운 머리통이었다. 사냥경력이 긴 그레타는 피 흘리는 동물의 사체에는 익숙했지만 눈이 하나밖에 안 달린 거대한 새에는 익숙하지 않았다. 하나뿐인 거대한 눈과 마주치는 것이라면 더욱!

갑자기 소름이 돋아 저도 모르게 으악 하고 비명을 지를 뻔했지만 그레타는 꾹 참아 냈다. 겁에 질려 꼴사나운 비명을 지르는 건 하나도 멋있지 않으니까!

'공작님께 꼭 가장 멋진 모습을 보여 줘야 해!'

그것은 바로 사랑의 힘이었다. 호기롭게 머리통을 발로 차 버린 그레타는 머리통이 엄청 무겁고 단단해 발이 얼얼했지만 내색하지 않았다.

6.

사냥 포인트로 되돌아온 라가헨이 그레타에게 물었다.

"날개 중앙을 노리신 겁니까?"

"네. 리차드가 거길 노리라고 알려 줬어요."

전직 궁수부대 대장 데이먼도 로루스의 날개 중앙만을 맞히는 데에는 상당한 실력이 필요하다고 말했다. 현직 궁수부대 대장인 루카스 닌델라도 비슷한 의견을 가지고 있을 것이다. 솔직하게 말하자면 라가헨은 오른팔이 있을 적에도 로루스 날개 중앙을 맞혀 본 역사가 없었다.

"궁술 실력이 무척 뛰어나십니다."

그레타는 곧장 뺨을 붉혔다.

"제가 활을 좀 잘 쏘긴 해요."

어쩌다 보니 잘난 체하는 사람이 되고 말았다. 그러나 라가헨은 그저 진지하게 고개를 끄덕였다.

"예. 무척 훌륭하신 솜씨입니다."

그레타가 속으로 민망해하고 있든 말든 라가헨은 다소 진지하게 그레타의 궁술 실력을 평가하고 있었다.

'사냥만 하기엔 아까운 솜씨다.'

궁수부대를 담당하고 있지는 않지만 그가 맡고 있는 기사단도 모두 기본적인 궁술 훈련을 받고 있었고, 그들은 궁수부대원들만큼은 아닐지라도 훌륭한 솜씨를 지니고 있었다. 하지만 그들 중 누구라도 운이 아니고서야 단번에 로루스의 날개 중앙을 꿰뚫지는 못할 것이다.

"한 번 더 날개 중앙을 맞혀 보실 수 있으십니까?"

"물론이에요."

그레타는 두 손을 불끈 쥐었다.

때마침 식사 거리를 찾아 지노베라 숲을 방문한 로루스 한 마리가 눈에 띄었다. 그레타는 눈을 부릅뜨고 활을 겨냥했다.

'꼭, 꼭 성공할 거다. 그래서 재수 없는 잘난척쟁이가 아니라 그냥 잘난 사람이라는 걸 증명하고 말 테다.'

'그레타 리에보는 여기서 이러고 있을 인재가 아니다.'

라가헨은 아주 진지하게 생각했다.

벌써 여섯 마리째. 그레타는 로루스가 보이는 족족 녀석들을 활로 쏘아 떨어뜨렸다. 그것도 정확하게 날개 중앙을 맞혀서. 한두 마리를 그렇게 잡은 것도 아니고 여섯 마리 모두를 말이다. 그리고 지금까지 그레타는 단 여섯 대의 화살만을 사용했다.

"물약은 제가 칠할게요!"

"네."

콧노래를 부르는 그레타의 얼굴만 보면 소풍을 나온 평범한 귀족 아가씨 같았다. 그러나 지금 그레타는 목이 날아간 채 피를 콸콸 쏟으며 죽어 있는 마물의 사체 옆에 쪼그려 앉아 며느리발톱에 물약을 칠하고 있었다. 단순히 궁술 실력만 놓고 본다면 대 마물 전쟁에서 혁혁한 공을 세운 참전용사이자 전직 궁수부대 대장 데이먼보다 그레타의 실력이 훨씬 뛰어날 것이다. 라가헨은 생각했다. 정말이지 아무리 생각해 봐도…….

'궁수부대에서 인재를 놓쳤다.'

반면, 그가 무슨 생각을 하고 있든지 간에 그레타는 신이 났다.

'하나라도 잘못 쏠까 봐 걱정했는데, 진짜 다행이다.'

일단 보여 줄 수 있는 최고로 멋진 모습을 보여 줬다. 활도 잘 쐈고, 목 잘린 괴물 새도 하나도 안 무서운 척했고, 징그러운 거대 며느리발톱에 물약도 직접 칠하는 용감한 모습도 보여 줬다. 여태까지 라가헨과 관련되어 마음대로 된 것은 거의 아무것도 없었는데, 오늘만큼은 계획대로 술술 풀리는 것 같았다.

더군다나 큰 검을 들고 완벽하고 절제된 동작으로 로루스의 목을 치는 사랑하는 공작님의 모습을 마음껏 지켜볼 수 있다는 점도 너무 행복했다. 그레타는 심장이 너무 쿵쾅거려서 살짝 어지러울 지경에 이르자 깊은 한숨을 내쉬었다.

"피곤하시다면 잠시 쉬시겠습니까?"

사냥 때문에 피곤하진 않았지만 잠시 쉬며 배를 채우는 것도 필요했다. 그리고 식사 시간이란 자고로 이야기꽃을 피우며 남녀가 서로 교제하기에 가장 합당한 시간이 아닌가! 일례로 라가헨은 함께 식사를 한 뒤 그레타의 편지 교류 신청을 수락했다.

그레타는 의뭉스럽게 웃으며 고개를 끄덕였다.

7.

검에 묻은 피를 닦기 위해 안주머니에서 손수건을 꺼낸 라가헨은 제스파를 혼내줘야겠다고 생각했다. 하필 그것은 그레타가 선물해 준 검 손수건이었던 것이다. 검을 닦지 않을 수는 없었다. 마물의 피가 묻었으니까. 검을 잘 관리하는 것은 기사와 용병을 막론하고 모든 칼잡이들의 본분이니까. 하지만…….

'프리미엄인데!'

같은 문양의 프리미엄 검 손수건이 하나 더 있었지만 수제품인 만큼 테두리에 수놓인 넝쿨의 디테일이 모두 달랐다. 그래서 소중하게 그의 컬렉션 진열장에 넣어두었던 것인데! 아단티에 공작저에는 제스파가 아니고서야 그의 진열장을 건들 만큼 간 큰 사람이 없었다. 어디선가 제스파의 웃음소리가 들려오는 것만 같다.

슬프게도 손수건보다는 검이 더 소중했다. 라가헨은 좀처럼 내키지 않는 손길로 간신히 손수건 위에 검날을 올렸다.

"그거, 혹시 제가 선물해 드린 건가요?"

"그렇습니다."

"잘 사용하고 계신다니 기뻐요. 고민을 많이 했었거든요."

라가헨의 타들어 가는 속을 알지 못하는 그레타는 그저 기쁜 마음에 말갛게 웃었다. 그 모습에 라가헨은 솟구치던 분노가 누그러졌다. 그러고 보니 오래전 황태자로부터 그런 이야기를 들은 적이 있었다.

"팬들이 준 선물은 잘 사용해 줘야 한다네. 자신이 준 선물이 소중하게 다뤄지고 의미 있게 쓰인다는 걸 알면 더욱 기뻐하거든."

그래, 리에보 영애는 내 팬이시다. 그러니 손수건을 잘 사용하는 모습을 보여드리는 게 진정한 팬서비스다.

라가헨은 진심을 담아 말했다.

"무척 마음에 듭니다."

"아주 기뻐요!"

그레타의 두 뺨이 달아올랐다. 심장이 정신없이 뛰었다. 그런 줄 모르는 라가헨은 어느새 마음속의 분노가 씻은 듯 사라진 건 알아차리지 못하고 열심히 검을 닦았다. 이후 품 안에 평소 사용하는 밋밋한 검 손수건 한 장이 더 있었다는 사실을 뒤늦게 알아차리고 속상해하게 되지만, 나중 일은 미뤄 두자.

그사이 그레타는 가방에서 도시락을 꺼냈다. 리에보 백작가에서 삼십 년을 근무한 주방장의 특제 샌드위치였다. 그는 사냥 중엔 먹기 편한 샌드위치가 최고라며 많은 양의 샌드위치를 준비해 주었다. 너무 많지 않느냐는 그레타의 질문에 주방장은 당당하게 말했다.

"아가씨. 공작님께선 덩치 큰 기사님이십니다. 리차드 도련님이 드시는 양을 생각하세요. 오히려 부족할 수도 있답니다."

잠시 리차드의 비상식적인 식사량을 생각해 본 그레타는 고개를 끄덕이고 주방장이 준비해 준 샌드위치를 전부 챙겨 가방에 넣었다. 사냥을 위한 60발의 화살보다 도시락이 더 무거울 지경이었다. 물론 고생은 자라가 해 주었다.

어느새 그레타와 라가헨의 돗자리 위엔 다양한 종류의 엄청난 양의 샌드위치가 펼쳐졌다.

그걸 본 라가헨은 몹시 당황했다. 그는 아무것도 준비하지 않았기 때문이다. 심지어 이런 걸 대신 챙겨 줘야 할 집사 오빌과 보좌관 제스파마저 아무 말이 없었다. 당혹감을 느끼며 라가헨은 제 본분을 잊은 녀석들을 반드시 혼내주겠다 생각했다.

"어서 드세요, 공작님."

"저는……. 아무것도 준비하지 않았습니다, 영애."

"공작님 몫까지 준비한 거예요. 저희 집 주방장이 요리를 잘해요. 입맛에 맞을지는 모르겠지만 한번 드셔 보세요."

그렇다면 그레타는 왜 라가헨의 몫까지 도시락을 준비한 것일까? 그 뒤에는 제스파와 리차드의 공조가 있었다. 제스파는 리차드에게 은밀하게 연통을 넣어 공작님이 사냥대회 중에 드실 건 아무것도 챙겨 드리지 않을 거라 알렸다. 눈치 빠른 리차드는 그레타에게 말했다.

"기사들은 경비 업무 중에는 웬만해선 아무것도 안 먹어. 음식에 독이나 약을 탔을 수도 있으니까. 단장님은 그런 게 습관이 되어 있어서 먹을 걸 안 챙겨 오실 테니까 네가 단장님 몫까지 챙겨 가면 돼."

그 결과 라가헨은 빈손으로, 그레타는 샌드위치 한가득을 들고 오게 된 것이다. 당연히 거짓말이었다. 항상 배고픈 라가헨은 공작위에 오른 뒤로는 한 번도 끼니를 걸러본 적이 없었다. 아침, 간식, 점심, 간식, 저녁, 야식까지 다 챙겨 먹었다.

"여기요. 어차피 저는 혼자 다 먹지 못해요."

"감사합니다."

라가헨은 그레타가 주는 샌드위치를 받아들었다.

"입맛에 맞으세요?"

"예. 맛있습니다."

그레타는 끊임없이 라가헨의 입으로 들어가는 샌드위치를 넋 놓고 바라보았다. 지난번 로뜨레스토에서 함께 식사할 때 그의 식사량은 보통 사람들과 다르지 않았다. 그날 돌아가 라가헨이 야식을 저녁 식사 때 먹은 양보다 훨씬 많이 먹은 것을 알 길이 없는 그레타로서는 놀라는 것이 당연했다.

'어쩜 저렇게 잘 드실까!'

샌드위치가 하나둘 마법처럼 라가헨의 입으로 사라지는 모습마저 너무 우아하고 멋있었다. 먹는 모습이 정말 복스러웠다. 같은 집에서 그레타에게 많이 먹는다고 구박받던 리차드가 들었다면 땅을 치고 억울해할지도 모르지만…….

"영애께서는, 사냥대회가 끝나면 무얼 하실 계획이십니까?"

갑작스럽게 들어온 질문에 그레타는 머리를 빠르게 굴렸다. 공작님이랑 말을 타러 나가고, 공작님이랑 조용한 식당에서 식사를 하고, 공작님이랑 공연을 보고, 공작님이랑 이야기를 나누고 싶다고 말할 수는 없었다.

질문의 저의부터 파악하지 못한 그레타가 어버버 입만 벙긋거리자 오히려 라가헨이 당황했다.

"곤란한 질문이었다면 죄송합니다."

"아, 아뇨. 곤란하지 않아요!"

그레타는 이어 조금 큰 목소리로 외치듯이 말했다.

"아직 아무 생각이 없습니다!"

"아직은 계획이 없으십니까?"

"아직은 그래요."

"그렇군요."

그렇다면 궁수부대에 입대하는 것도 괜찮지 않을까.

여태껏 누군가에게 무엇인가를 권유해 본 적이 없는 라가헨은 이 말을 도무지 어떻게 꺼내야 할지 알 수 없었다. 다짜고짜 본

론만 말해도 된다면 편할 텐데, 라가헨은 아직 첫 번째 여성 팬 그레타 리에보를 대하는 것이 서툴렀다. 라가헨이 속으로 무슨 말을 해야 할지 고민하는 사이 그레타가 자신감 없이 말했다.

"사실 아카데미를 졸업한 지 거의 반년이 지났는데도 아직 아무것도 하고 있질 않아요. 다른 친구들은 가문을 잇거나, 공부를 계속하거나, 사업을 하거나 하면서 벌써 자기 길을 찾아 떠났는데. 저는 딱히 하고 싶은 게 없어요. 계속 고민을 하고 있긴 한데, 잘 모르겠어요."

그레타가 넋두리처럼 늘어놓은 말이 끝나자 적막이 흘렀다. 갑자기 민망함이 몰려온 그레타는 샌드위치에 집중하는 척했다.

라가헨은 다람쥐처럼 샌드위치를 야금야금 열심히 입에 욱여넣는 그레타를 한참이나 조용히 바라보다 입을 열었다.

"저는 배운 것이라고는 몸을 쓰는 것, 검을 쓰는 것뿐이었습니다. 다른 선택을 할 수 있으리란 생각을 하지 못했습니다. 그보다는 다른 선택지가 있다는 사실조차 알지 못했습니다. 주제넘은 말일지도 모르겠지만 영애께서는 당장의 앞날을 걱정할 필요가 없으시고 아직 어리시니, 너무 조급해 마시고 잠시 이런저런 것을 경험하며 방황하는 시간을 갖는 것도 괜찮지 않겠습니까?"

그가 희미하게 미소 지었다.

사실 이 미소는 황태자의 가르침에 맞게 '스타로서 팬에게 주는 현실적인 조언'을 완성한 스스로에 대한 대견함에 절로 지어진 미소였으나, 그레타의 눈에는 세상에서 제일 훌륭하고 멋있고 지혜로운 연장자의 현명한 미소처럼 보였다.

"그러다보면 행복하게 할 수 있는 일을 찾을 수 있을까요?"

"그건 잘 모르겠습니다. 저는 한 번도,"

라가헨은 미간을 찌푸렸다.

"한 번도 살면서 행복하다고 생각해 본 적이 없어서."

담담한 목소리였다.

그 말을 순간 그레타는 살면서 처음으로 진짜 슬픔을 느꼈다. 영혼 깊숙한 곳에서 용암처럼 부글부글 끓어오르다가, 종기가 터지듯 툭 터져 나와 힘없이 흘러내리는 슬픔은 가슴을 몹시 아프게 했다.

사랑하는 사람이 행복하지 않다는 말을 들었을 때 이렇게 슬퍼진다고 왜 누구도 말해 주지 않은 걸까. 하물며 서로 오가는 마음도 되지 못한 반쪽짜리 사랑인데도 이렇게까지 아플 수 있다는 걸 왜 누구도 가르쳐 주지 않은 걸까. 사랑이라는 마음을 알기 전보다 슬퍼할 일이 하나 더 늘어날 수도 있다는 걸 왜 누구도 알려 주지 않은 걸까. 눈물이 날 것 같았다.

하지만 지금 눈물은 내 몫이 아니었다. 다시금 마음을 굳게 먹은 그레타가 씩씩하게 말했다.

"그럼 뭐 이제 알아 가면 되죠! 행복이 뭔지. 사실 저도 진짜 진짜 행복하다는 게 뭔지는 아직 잘 몰라요. 공작님 말씀대로라면 저도 공작님도 아직 젊어요. 그리고 당장 내일 하루를 걱정할 필요도 없고요. 행복 그까짓 게 뭔지 이제부터 좀 알아보려고 방황하면 어때요."

그레타가 샌드위치를 하나 더 내밀었다.

"자, 일단 잔뜩 드세요. 행복의 시작은 배부름에서 오는 거니까요."

"감사합니다. 영애."

라가헨은 보일 듯 말 듯한 미소와 함께 샌드위치를 받았다.

힘써 짜낸 조언이 좋은 결과를 낸 것 같아 무척 만족스러웠다. 샌드위치를 더 먹을 수 있다는 것도 좋았다. 확실히 그레타의 말대로 행복의 시작은 배부름에서 오는 걸지도 모르겠다. 비록 그는 자기 몫으로 배분된 어마어마한 양의 샌드위치를 해치우고 그레타의 것까지 모두 빼앗아 먹는대도 배부르지 않을 테지만.

8.

식사를 마친 그들은 다음 포인트로 이동하기로 했다. 라가헨이 예상했던 것보다 그레타의 궁술 실력이 뛰어난 덕인지 첫 번째 포인트에서 로루스를 여섯 마리씩이나 잡았지만, 로루스는 몹시 영리한 편이라 보통 한 포인트에서 두세 마리를 잡으면 많이 잡은 걸로 쳤다. 그들은 한 포인트에서 과할 정도로 많은 로루스를 잡았다.

이동한 지 얼마 되지 않아 그레타의 눈에 작지만 아주 화려한 주머니가 들어왔다. 얼마나 고급스러운 물건인지 한눈에 알아볼 수 있을 정도로 화려했다. 그레타의 밝은 눈이 주머니에 수놓인 황금빛 독수리를 포착했다. 황금빛 독수리 문양은 오로지 황실의 물건에만 사용할 수 있는 것이었다.

"공작님, 잠시만요."

그레타는 말에서 내려 주머니를 주워 들었다. 혹시나 했는데 역시나, 황실의 물건이 확실한 것 같았다. 라가헨이 그레타의 곁으로 다가왔다.

"무슨 일입니까, 영애."

"이거 혹시 황자 전하의 물건이 아닐까요?"

이번 사냥대회에 2황자가 참여했다는 사실을 익히 잘 알려져 있었다. 늦둥이로 태어난 데다 무척 사랑스러운 외모를 가진 2황자는 예가헨 제국 전 국민이 모두 사랑하는 국민 남동생이었다. 미래의 지도자인 황태자의 행보와는 다른 의미로 2황자의 행동은 하나하나가 이야깃거리가 되었다. 대개는 '국민 남동생의 귀여운 사고'였다.

"2황자 전하 것이 맞는지 한번 열어 볼까요?"

그레타가 순진하게 물었다. 물론 주머니가 정말 황태자의 것인지 확인하려면 열어 보는 게 제일이었다. 황실에서 만드는 옷이나 주머니 같은 것은 안감에 위조할 수 없는 특별한 각인이 새겨져 있기 때문이다.

그러나 라가헨은 주머니를 보는 순간 아주 불길하고 걱정스러워졌다. 그는 사고뭉치 2황자의 실체를 잘 알았다. 2황자가 세상에 '귀여운' 사고뭉치로 알려질 수 있었던 건 그의 주변에 있는 많은 사람들이 (특히 아버지인 황제와 형인 황태자가) '끔찍한 사고'가 될 수 있는 것들을 제때 무마해 준 덕이었지, 결코 사고 규모가 작아서가 아니었다. 라가헨은 잠시 고민하다 그레타에게 손을 내밀었다.

"혹시 모르니 제가 열어 보겠습니다."

조심스럽게 주머니를 받아 열자 새하얀 가루가 보이고, 이내 낯설지 않은 향이 그의 코를 찔렀다. 그는 황급히 주머니를 조여 닫았다.

"제기랄. 이동해야 합니다, 영애."

그의 얼굴이 무섭게 일그러졌다.

주머니 속에 든 것은 독특한 향이 나는 가루였다. 삶의 대부분을 마물과 부대끼며 지낸 라가헨은 그것이 무엇인지 잘 알았다.

렉조디아. 마물을 유혹하는 렉조드 꽃을 특수가공한 가루로 용병들은 이것을 조심성이 많은 마물을 사냥할 때 사용했다. 토벌전에서는 이 주머니처럼 렉조디아를 넣은 향낭을 만들어 적당한 수의 마물들을 유인하기도 했다. 그만큼 렉조디아는 적절하게 사용하면 전혀 문제 될 것이 없었다.

그러나 문제는 상황 그 자체에 있었다. 우선 로루스는 보통 위험한 마물이 아니다. 그런 마물이 서식하는 곳에서 렉조디아를 사용하는 것만 해도 미친 짓인데, 심지어 황제까지 참석한 사냥대회에 이렇게 대량으로 가루를 들고 오는 정신 나간 인간이 있을 줄이야! 주머니를 연 순간 빠져나간 향을 로루스는 놓치지 않았을 것이다. 이 근처에서 유독 로루스가 많이 발견된 이유가 바로 이 향낭 때문이었을지도 모른다.

서둘러야 한다. 곧 로루스가 떼로 몰려들 것이다.

"그걸 도대체 어디에 떨어뜨리신 겁니까!"

"모르겠어."

"얼마나 위험한 물건인지는 알고 계신 거 맞으세요? 간수 잘하셨어야죠!"

"미안해."

하라는 사냥은 안 하고 숲속을 이리저리 헤매며 두리번거리고 있는 이들은 2황자 아시엘과 그의 절친한 친구이자 사냥대회 파트너, 카롤 백작의 둘째 아들 로벤이었다.

"이게 잘못된다면 나는 형님을 실망시키고 아바마마를 실망시키고, 백성들이 실망하고, 나라가 무너지고 사회가 무너지고……."

"그런 생각 마시고 빨리 찾아보세요. 누가 그걸 열어 보기라도 했다간 정말 보통 큰일이 아니란 말입니다. 전하께선 태자 전하와 황제 폐하를 실망시키는 것으로 끝나실지 모르겠지만 저는 진짜 목이 날아갈지도 몰라요!"

아시엘이 사고를 많이 쳐 보긴 했지만, 지금까지는 기껏해야 문화재를 무너뜨리거나 국보를 조금 훼손시키는 정도에서 그쳤다. 개중에 가장 위험한 사고라고 해 봤자 지난봄 사냥대회에서 잠든 곰을 사냥해 보겠다고 나섰다가 엄한 사람이 잡아먹힐 뻔한 일 정도였다. 다행히도 아시엘이 저지르는 사건 사고는 언제나 '귀여운 늦둥이 황자 전하의 실수'로 무마될 수 있는 것들이었다. 아직까진.

'누가 열어 보기라도 하면 정말 대참사가 벌어질 텐데.'

렉조디아는 엄격하게 통제되고 있는 약물이다. 아시엘이 하도 졸라 어렵사리 구한 것인데, 만일 이것 때문에 다른 사람을 다치게 하기라도 했다간 이번엔 황제와 황태자라도 무마시켜 주기 어려울 것이다.

아시엘이 수없이 친 사고에도 불구하고 귀여운 국민 남동생 위치를 사수할 수 있는 것은 그가 친 사고로 인한 피해가 거의 재산 피해에 한정되어 있었기 때문이다. 무표정한 얼굴과 달리 로벤은 나름 초조한 상태였다.

"어떡하지."

거의 울기 직전인 아시엘이 발을 동동 구르며 징징거리던 그때였다. 두두두두 말 달리는 소리가 들리더니 지척에 두 사람이 나타났다. 바로 아단티에 공작과 그의 파트너 리에보 영애였다.

"워어, 데빈."

황급히 멈춰선 아단티에 공작의 흑마가 두 앞발을 들어 허공에서 휘저었다. 말이 어찌나 큰지 말굽 두 개가 원래 자리로 돌아오는 것인데도 소리가 엄청났다.

"황자 전하?"

"공작? 공작이 여긴 웬일인가?"

"전하. 아단티에 공작께서도 대회에 참가하셨잖습니까."

"아, 맞다, 그랬지."

"전하, 지금 이러실 때가 아닙니다. 지금 당장……."

"공작! 그 향낭!"

아시엘은 아단티에 공작 라가헨의 손에 들린 주머니를 보고 외쳤다. 바로 그가 애타게 찾던 주머니였다.

"그건 내 물건일세. 찾고 있었는데, 고맙네."

"전하. 제가 방금 렉조디아가 든 이 주머니를 열었습니다. 빨리 대피하지 않으면 로루스가 떼로 몰려들 겁니다."

"뭐라고?"

"어서 말에 올라타십시오!"

라가헨이 윽박질렀지만 아시엘은 머리가 하얘지면서 아무 생각도 할 수 없었다. 정확히는 아무런 생산적인 생각을 할 수 없었다. 이내 아시엘이 울음을 터뜨렸다.

성인이라고 믿기 힘들 정도로 유아적인 행동에 라가헨은 한숨을 내쉬었고, 로벤은 익숙하게 그를 달래 말 위에 올렸으며, 그레타는 저런 모자라 보이는 행동도 눈부시게 예쁜 얼굴로 하니까 마냥 귀엽기만 하다는 사실에 충격을 받았다. 리차드가 저랬다면 그레타는 당장에 얼굴을 긁어 버렸을 것이다.

　로벤의 노력으로 아시엘은 간신히 말에 올라탔다. 그들은 그제야 이동할 수 있었다. 그러나 잠시간의 머뭇거림도 로루스 떼가 먹잇감을 찾기에는 충분한 시간이었다. 저 멀리 하늘에서 검은 점이 보였다. 로루스의 비행 속도는 빠르다. 안전한 곳으로 완전히 이동하기 전에 따라잡힐 것이다. 라가헨은 숲의 한가운데 있는 공터에 도착하자 데빈을 멈춰 세우고 말했다. 거대한 흑마가 자꾸만 달리지 못하게 방해하는 주인에게 항의하듯 짜증 가득한 울음소리를 냈다.

　"로루스는 제가 유인하겠습니다. 세 분은 이대로 쭉 달려 이동하십시오."

　"공작. 내가 바보 같은 짓을 하는 바람에."

　"전하. 지금 그렇게 울 때가 아닙니다. 저희가 공작님을 방해하지 않으려면 얼른 이동해야 합니다."

　라가헨이 데빈의 등 위에서 훌쩍 뛰어내리더니 주머니에서 신호탄을 꺼내고 말고삐를 그레타에게 쥐여 주었다.

　"데빈을 함께 데리고 가주십시오. 로루스는 말에게 너무 위험한 마물입니다."

　"공작님, 하지만……."

　"어서 가십시오!"

　라가헨이 하늘 위로 구조신호탄을 쏘아 올리고는 왔던 방향으로 달렸다. 붉은빛이 선명하게 하늘 위로 솟구쳤다.

네 마리 말이 라가헨을 등지고 숲을 향해 달렸다. 어느새 가까워진 로루스 떼가 먹음직스러운 인간의 머리 위에서 빙빙 선회하기 시작했다.

9.

로루스 사냥대회 축제의 주역은 바로 음식이다. 귀족들의 눈에 띄고자 하는 실력 좋은 요리사들 중 사전에 시험을 통과한 이들만이 이 축제에 가판대를 낼 수 있었다. 때문에 전국의 내로라하는 훌륭한 요리사들이 모두 모였다. 리차드는 곧 있을 원정 훈련에서 맛있는 음식을 못 먹을 것을 생각하여 이날만을 기다렸다. 한동안 음식 생각만 해도 신물이 올라올 정도로 먹어 댈 계획이었다. 계획대로 있는 힘껏 먹어 대고 중간중간 일하는 동료들 앞에서 먹을 것을 흔들며 놀리던 중이었다.
"구조신호다!"
숲 저 멀리에서 붉은 신호탄이 올라왔다.
"뭐야, 시작한 지 얼마나 됐다고 벌써 구조신호래? 어떤 머저리들이지?"
그 머저리들에 자신이 존경하는 단장님과 밉살스러운 동생이 포함되어 있다는 사실을 알 리 없는 리차드는 바쁘게 움직이는 동료들을 뒤로하고 메추리 꼬치 가판대로 향했다.

"로루스 사냥대회니까 메추리를 먹어야지."

로루스는 메추리가 아니라고 외쳤던 지난날의 모습은 까맣게 잊어버린 모습이었다.

그레타는 자라의 말고삐를 당겨 멈춰 세웠다.

"자라, 잘 갈 수 있지?"

그레타는 말 등에서 뛰어내리고는 데빈과 자라의 엉덩이를 한 대씩 세게 때렸다. 똑똑한 말들이니 어디로 가야 할지 알 것이다. 아시엘과 로벤이 그레타의 부재를 알아차렸을 때는 이미 늦은 뒤였다.

굳은 얼굴로 입술을 깨물고 뒤돌아선 그레타는 검을 뽑아 든 채 하늘 위의 로루스 떼를 노려보는 라가헨을 보았다. 그도 로루스도 아직 그레타가 되돌아오고 있다는 사실을 알아차리지 못한 것 같았다. 홀로 공터에 서 자신을 노리는 수많은 괴조들 아래 선 라가헨의 모습은 제국의 영웅처럼도 보였고, 외톨이 용병처럼도 보였다. 그러나 그 모습을 보고 그레타가 생각한 것은, 다름 아닌 그의 곁에 있고 싶다는 것이었다.

'공작님이 화내실지도 모르지만.'

원거리 무기가 없이 하늘을 나는 마물을 상대하는 것이 미친 짓이라는 사실을 모르는 사람은 없다. 그리고 그레타는 대표적인 원거리 무기, 활에 있어서는 누구에게도 뒤지지 않는다.

'저 남자한테 필요한 건 나야!'

그레타는 라가헨을 향해 뛰었다. 라가헨은 금방 그레타의 기척을 읽고는 한 번도 보지 못한 무서운 얼굴로 소리쳤다.

"영애, 대체 왜!"

대답하지 않은 그레타는 라가헨의 곁에 서서 하늘을 향해 시위를 당겼다. 그 순간 그레타는 자신이 겁에 질렸다는 사실을 인정하기로 했다.

몰려온 로루스는 대충 보아도 서른은 넘는 것 같았고 하나하나가 무척이나 거대했다. 녀석들은 그레타와 라가헨의 머리 위를 독수리처럼 빙글빙글 돌며 기괴한 울음소리를 내고 있었다. 그레타는 녀석들의 그림자에만 스쳐도 마치 사신의 낫이 목에 닿은 것처럼 간담이 서늘해졌다.

선회하는 로루스 떼에서 눈을 떼지 않으며 라가헨이 말했다.

"위험한 선택을 하셨습니다. 영애."

그의 목소리는 약간의 긴장감 때문에 평소보다 더 낮았다. 혼자였다면 부상을 피할 수는 없더라도 살아남을 자신이 있었다. 그러나 누군가를 지켜내는 것은 어려웠다. 이 많은 비행형 마물들 사이에서 라가헨은 그레타를 지킬 수 없다. 그에게는 검을 쥘 팔 하나밖에 남지 않았으니까. 그러니 그레타는 스스로를 지켜야 한다.

"날개를 쏘아 떨어뜨리십시오. 놈들이 접근하기 전에 한 놈도 빠짐없이 모두 쏘아 떨어뜨리셔야 합니다. 영애께서 하셔야 합니다."

라가헨은 활을 쏠 수도 없고, 지금은 던질 창도 없다. 둘 모두가 안전하기 위해서는 그레타가 활을 쏴야 한다. 앞서 잡은 여섯 마리의 로루스의 날개 중앙을 정확하게 맞춘 그레타의 실력이라면 충분히 할 수 있다. 휘하 기사들의 능력치를 평가하는 기사단장의 머리로 계산한 결과였다. 그레타 리에보는 할 수 있다.

"영애께선 하실 수 있습니다."

그레타에게 라가헨의 목소리는 평소와 다름없이 진지하고 평온하게 들렸다.

"네, 할 수 있어요. 그래서 온 거예요."

그레타는 깊은숨을 몰아쉬었다. 온몸의 떨림이 조금 잦아드는 기분이었다. 화살을 시위에 걸고 로루스 떼가 하늘에 그리고 있는 띠를 향해 겨누었다. 손끝이 떨린다. 숨을 멈춘다. 이내 떨림이 멈춘다.

그레타의 화살이 비명 같은 소리와 함께 허공을 가르며 날아올랐다. 한 녀석이 괴성을 지르며 떨어졌다. 그 소리가 신호가 되어 로루스들이 일제히 강하하기 시작했다. 그 모습에 그레타가 움찔하자 라가헨이 명령했다.

"멈추지 말고 쏴!"

그레타가 다시 화살을 뽑았다. 강하하는 로루스들을 향해 활을 쏘았다. 떨어뜨린 로루스들이 하나, 둘, 셋, 그리고 네 마리째 되었을 때였다. 가장 먼저 지상에 가까워진 로루스 한 녀석이 거대한 발톱을 펼치며 검은 그림자와 함께 그레타의 머리를 움켜쥐려 했다.

그레타가 숨을 들이켜며 움츠러든 그 순간, 녀석의 다리가 잘려 나갔다. 피가 분수처럼 튀어 그레타의 온몸을 적셨다. 다리가 잘린 녀석이 비명과 함께 다시 날아오르자 그레타는 눈을 부릅떴다. 마치 훈련된 군인처럼 그레타는 빠르게 화살을 뽑아 들어 녀석의 날개를 명중시켰다. 화살은 날개를 관통해 뒤에 있던 로루스의 날개 끝에 꽂혔다. 두 녀석이 동시에 그레타 앞에 떨어지자 라가헨이 빠른 속도로 둘의 목을 쳤다. 그리고 곧장 그들을 향해 기어오는 추락한 로루스들을 처리하기 시작했다.

그레타는 동료 몇을 잃고 다시 하늘로 올라간 로루스들을 향해 활을 쏘았다. 그레타가 쏜 화살은 난장판 속에서 쏘았다고 믿을 수 없을 만큼 완벽한 명중률로 놈들의 날개를 꿰뚫어 떨어뜨렸다. 하늘에 남은 로루스가 서넛 되었을 무렵, 그레타는 겨우 하늘에서 눈을 떼고 숨을 헐떡였다.

긴장 때문에 필요 이상으로 힘을 주었더니 팔이 덜덜 떨렸다. 머리가 웅웅 울리는 기분이었다. 그레타는 숨을 몰아쉬며 주변을 둘러보았다. 그리고 말을 잃었다. 주변은 온통 피바다였다. 그레타가 떨어뜨린 로루스들은 하나같이 목이 잘린 채 피를 쏟고 있었다. 그럼에도 아직 몇 마리 남은 로루스들이 성한 날개 하나와 다리, 그리고 거대하고 날카로운 부리를 무기로 라가헨을 향해 달려들고 있었다. 온통 피를 뒤집어쓴 라가헨은 마치 날개라도 달린 양 빠르게 그 사이를 오가고 있었다.

그레타가 잠시 넋을 놓고 그 광경을 보던 중이었다.

"영애, 조심하십시오!"

그레타의 등 뒤로 거대한 그림자가 졌다. 전신에 소름이 끼쳤다. 뒤를 돌아보자 어느새 은밀히 접근한 로루스가 그레타를 노리고 있었다.

"영애!"

라가헨이 급히 방향을 돌려 그레타를 향해 뛰었다. 그러나 그가 아무리 속도를 낸들 그레타의 바로 등 뒤에서 아가리를 벌린 로루스만큼 빠를 수는 없었다. 라가헨이 절박하게 외쳤다.

"안 돼!"

끔찍한 겉모습만큼이나 끔찍한 로루스의 입안의 모습에 그레타의 머릿속에 주마등 같은 것이 스쳐 지나갔다.

그레타의 주마등은 라가헨을 처음 만나 사랑에 빠진 순간부터 시작이었다. 곰 앞에 선 그가 얼마나 멋있었는지, 처음 만난 그날 그가 얼마나 아름다웠는지, 선물을 주러 간 날 얼마나 설렜는지, 함께 밥을 먹을 때 어떤 대화를 나누었는지, 그에게서 처음으로 편지 답장을 받았을 때 얼마나 기뻤는지……

'주마등은 날 때부터 모든 순간을 보여 준댔는데…….'

주마등을 세 바퀴 정도 다시 돌린다고 해도 그레타가 라가헨에 대해 추억하고 회상할 만한 것은 많지 않았다. 그러나 한 가지 확실하고 강렬한 기억이 떠올랐다.

'오늘 멋진 모습 보여 줘서 나한테 반하게 해야지. 그런데 여기서 죽으면 멋진 모습은 하나도 못 보여 주잖아!'

"앞으로 굴러!"

어디선가 리차드의 목소리가 들린 것만 같았다.

그레타는 빠르게 몸을 숙여 로루스의 다리 밑으로 몸을 굴렸다. 조금 늦은 탓에 부리 끝이 팔뚝을 스치며 살이 찢어졌지만 그레타는 아픈 줄도 몰랐다. 멋진 모습을 보여 줘야 한다는 생각에 사로잡힌 그레타는 빠르게 녀석의 등 뒤에 서 곧장 화살 두 발을 쏴 두 날개를 제압했다. 그리고 바로 이어 녀석의 목이 날아갔다. 솟구치는 피 분수 너머로 라가헨의 얼굴이 보였다.

"영애! 괜찮으십니까?"

잘려 나간 머리통이 있던 자리에서 피가 분수처럼 마구 솟구치고, 그 너머에는 온통 붉은 피를 뒤집어쓴 거대한 남자가 서 있었다. 누가 보더라도 기괴하기 짝이 없는 상황이었음에도 그레타의 눈에는 지난봄 곰의 앞을 가로막고 선 그를 보았던 순간만큼 아름답고 멋있게만 보였다. 심장이 쿵쾅거려 입 밖으로 튀어나올 것만 같았다. 누군가가 그레타의 생각을 읽었다면 이건 사랑이 아니라 정신병이라고 말했을지도 모르겠다.

"네, 괜찮아요!"

"상처가……."

라가헨은 그레타의 상처 난 오른쪽 팔뚝을 보았다. 팔뚝 살이 찢어진 것은 꽤 심해 보였다. 급하게 구른 탓에 얼굴 이곳저곳 작은 찰과상도 있었다. 그의 말을 듣고서야 상처가 생겼다는 걸 알아차린 그레타는 갑자기 엄청나게 아파졌지만 힘겹게 미소 지었다.

"심하지 않아요. 괜찮아요."

"꽤 깊게 찢어진 것 같습니다. 마물의 피가 상처 안에 들어가면 감염될 수도 있으니 빨리 소독을 해야 합니다."

그때, 마치 기다렸다는 듯이 여러 개의 말발굽 소리가 들려왔다. 구조신호를 보고 달려온 기사단이었다.

"구조대입니다. 이제 괜찮습니다. 잘 버티셨습니다."

"공작님 덕분인걸요."

10.

현장에 도착한 기사들은 아연실색했다. 공터 전체에 목이 잘린 로루스들이 즐비했고 잘린 목에서 흐른 피가 웅덩이가 될 정도로 온통 피바다였다. 동족의 피 웅덩이를 헤치며 인간을 향해 기어가는 몇 마리의 남은 로루스들까지, 대 마물 전쟁이 한창이던 전장의 한복판에 다시 돌아온 것 같은 끔찍한 향수를 불러일으키는 장면이었다. 그들은 곧장 정신을 차리고 남은 로루스들을 처리하며 라가헨과 그레타에게 다가갔다.

그들의 단장, 라가헨 솔 아단티에의 꼴은 그야말로 가관이었다. 온통 피에 젖은 모습은 구국의 영웅이 아니라 피에 미친 살인마 같은 모습이었다. 머리칼과 사냥복이 검은색이 아니었다면 더욱 무서웠을 것이다. 라가헨은 평소에도 강한 카리스마와 범접할 수 없는 분위기를 풍기고 있었지만 피에 젖은 탓인지 오늘은 유독 무섭게 느껴졌다.

"괜찮으십니까, 단장님!"

"영애께서 다치셨다. 속히 응급처치를."

기사 하나가 구급약으로 그레타의 상처에 일차적 처치를 하는 사이 라가헨과 구조대의 대장을 맡은 기사 미카엘이 잠시 대화를 나누었다.

"이렇게 많은 로루스라니, 어떻게 된 일입니까?"

"사고가 있었다."

"사고라니요?"

"황자 전하와 관련된 사항이라는 점만 알아두고 나머지는 조용히 처리하도록."

미카엘은 바로 납득했다. 우리 사고뭉치 황자 전하께서 또 뭔가 귀여운 수작을 부리려다 사고를 치셨구나.

"예. 황자 전하의 안전을 먼저 확인하겠습니다."

라가헨은 고개를 끄덕였다.

그사이 응급처치를 끝낸 그레타가 라가헨에게 다가왔다.

"공작님은 상처 치료 안 하세요?"

"저는 괜찮습니다."

응급처치를 위해 피를 닦아내자 그레타의 몸에 난 상처들이 선명히 들어왔다. 그의 몸에도 이런저런 상처들이 조금 나긴 했지만 워낙 험한 인생을 살아온 터라 이 정도는 상처 같지도 않았다.

하지만 이곳저곳 입은 타박상과 찰과상 때문에 피가 배어 나오고, 팔뚝엔 붕대를 칭칭 감아 놓은 그레타의 모습은 마치 죽기 직전의 치명상을 입은 것처럼 심각하게만 보였다. 물론 라가헨의 눈에만 그렇게 보였다. 라가헨은 그레타에게 고개를 숙였다.

"정말, 죄송합니다. 제가 부족하여……."

"이게 왜 공작님 탓이에요. 이건……."

무엄하게 2황자 전하 때문이라고 말할 수는 없던 그레타는 눈을 한 번 데룩 굴리고 말을 이었다.

"이건, 그냥 사고인걸요."

"그러나 경계경비의 총책임자는 접니다. 무슨 이유에서건 사고가 발생했고, 영애께서 이렇게나 다치셨습니다. 진심으로 사과드립니다, 영애."

"많이 다친 것도 아닌걸요. 공작님도 많이 다치셨어요."

"아닙니다. 저는 거의 다치지 않았습니다. 영애께서 도와주시지 않았더라면 달랐겠지만……."

그레타는 주머니에서 손수건을 꺼냈다. 누차 말했듯 라가헨의 꼴은 빈말이라도 괜찮다고 할 수 없을 정도로 엉망이었다. 로루스의 목을 쉬지 않고 쳐내느라 온몸에 피를 뒤집어쓴 탓에 마치 '연쇄살인마 잭'이나 '학살자 초퍼'의 모습이 이럴까 싶을 정도였다. 이곳저곳 상처가 난 것 같은데 상처에서 피가 나고 있기는 한 건지 구별할 수도 없었다.

"얼굴을 닦아 드릴게요."

"괜찮……."

사냥의 흥분이 미처 가라앉지 않아 전에 없이 용감한 상태인 그레타가 그의 거절을 무시로 거절하며 얼굴을 닦아 주었다.

금세 새하얀 손수건이 붉게 물들었다.

"불행한 사고였어요, 공작님. 그리고 누구도 크게 다치지 않고 끝났고요."

"영애께서 많이 다치셨습니다."

"낙마해서 팔다리가 하나씩 부러진 적도 있는데, 이 정도는 별 거 아니죠."

"하지만 제가 향낭을 열어 보지 않았다면 일이 이렇게 되지 않았을 겁니다."

"제가 먼저 열어 보려고 했는걸요."

계속된 위로에도 라가헨의 미간은 좀처럼 펴질 줄을 몰랐다.

"그렇게 제게 미안하세요?"

"예."

"그럼, 앞으로 그레타라고 불러 주세요. 리에보 영애 말고요."

그레타는 짓궂게 웃으며 말했다. 라가헨은 잠시 그레타의 장난스러운 미소를 넋 놓고 바라보았다. 가슴이 간질간질한 느낌이

들었다. 어린 짐승이나 갓난아이를 보았을 때 가끔 느끼는 것이었다. 이게 뭘까. 무슨 느낌인 걸까. 도무지 알 수 없었지만 한 가지 확실한 건, 그가 지금 그레타의 말이라면 무엇이든 고개를 끄덕이고 말 거라는 것이었다.

"예. 그러겠습니다, 그레타."

그 순간 그레타의 두 뺨이 마치 꽃물 들인 듯 붉게 물들었다. 두근, 라가헨의 가슴이 일평생 단 한 번도 느껴 본 적 없는 방식으로 뛰었다.

라가헨은 그때 자신이 웃고 있었다는 걸 알지 못했을 것이다. 그리고 저 멀리 휘하 기사 미카엘이 피가 덜 닦인 얼굴로 웃고 있는 자신의 단장을 보고 공포에 떨었다는 것도 알지 못했을 것이다.

11.

그레타와 라가헨이 구조신호를 쏘아 올리기 전까지 잡은 로루스는 총 여섯 마리였다. 고작 한 시간 만에 잡은 수였다. 역대 로루스 사냥대회 1위의 평균 사냥 숫자는 열다섯 마리에서 열일곱 마리 사이였으므로 만일 그 속도 그대로 계속 사냥할 수 있었다면 분명 1등 자리는 그들의 것이 되었을 것이다.

라가헨이 직접 참여한 사냥대회는 이번이 처음이었다. 그만큼 그레타는 라가헨에게 꼭 1등을 안겨 주고 싶었다. 자신이 있었다.

라가헨은 실망감과 아쉬움을 숨기지 못하는 그레타를 보았다. 어쩐지 입이 바싹 마르고 초조해지는 기분이 들었다.

"그레타, 사고가 아니었다면 분명 1위를 했을 것입니다."

"네. 그래서 너무 아쉬워요. 공작님을 꼭 일등 자리에 올려 드리고 싶었는데."

"마음만으로도 감사합니다."

"그럼 이제 경비 업무를 보러 가시나요?"

그럴 생각이었다. 2황자와 관련하여 분명 뒤처리할 일이 한두 개가 아닐 테니까. 그러나 라가헨의 입이 꾹 다물어졌다.

라가헨을 올려다보는 그레타의 촉촉한 두 눈은 햇빛을 받아 붉은빛으로 반짝이고 있었다. 감출 수 없는 속상함이 묻어 나오는 두 눈.

문득 저 눈가를 만져 보고 싶다는 생각이 들었다. 그럼 저 속상함이 좀 줄어들까.

"아뇨, 그레타."

심장이 다시 한번, 두근, 이상하게 뛴다.

"대회가 끝나려면 아직 시간이 남았습니다. 남은 시간 저와 함께 축제를 돌아보시겠습니까?"

"네!"

그레타가 눈을 초승달처럼 휘며 함박웃음을 지었다.

그때 라가헨의 귀 끝이 아주 조금, 티 나지 않을 만큼 아주 조금 달아올라 있었다는 건 아무도 몰랐다.

메추리 꼬치를 열일곱 개째 먹고 있던 리차드는 동료 기사가 전해 준 이야기를 듣고 입을 떡 벌렸다. 입 안에 있던 메추리가 툭, 바닥에 떨어져 데굴데굴 굴렀다. 그러나 먹을 것에 신경 쓸 겨를 따윈 없었다.

"그, 그레타아악!"

그는 먹다 남은 꼬치마저 집어 던지고는 동료가 말해 준 곳으로 달리기 시작했다.

그레타가 로루스 떼에게 공격을 당했다니. 수십 마리의 로루스에게 공격을 당하는 일은 기사들도 상상하고 싶지 않은 상황이다. 리차드는 사지가 조각난 그레타를 상상하고는 눈시울을 붉혔다.

매일 싸우고 티격태격하지만, 이러나저러나 리차드는 그레타의 오빠였다. 리차드는 저 멀리 엉망진창이 된 그레타를 발견하고 왈칵 눈물을 쏟을 뻔했다.

"이게, 이게 무슨 꼴이야."

공작님께 잘 보여야 한다며 새로 준비한 예쁜 사냥복은 원래 색을 거의 찾을 수 없을 정도로 피로 물들어 있었다. 그레타의 얼굴에도 덜 닦인 피가 보였고, 급하게 응급처치를 한 상처들이 이곳저곳 가득했다.

그레타가 이렇게 다친 것은 말 위에서 곡예를 해 보겠다고 허튼짓을 하다 대차게 낙마해 사지 중 두 개가 부러졌을 때 이후로는 처음이었다. 리차드는 상대적으로 무척 멀쩡한 자신의 상관, 라가헨을 향해 고개를 홱 돌렸다.

"어떻게, 단장님이 제 동생을! 어떻게, 어, 어떻게!"

말도 잘 안 나왔다. 안 그래도 그레타에게 계속 미안해하고 있던 라가헨은 리차드가 대충 무슨 말을 하려는지 알아들었다.

"경. 미안하네. 내가 부족해 그레타가 다치고 말았네."

"그렇죠, 단장님이 부족해서 그럴, 뭐라고요? 그레타라고요?"

단장님의 입에서 나온 낯선 호칭에 리차드는 눈을 동그랗게 떴다. 눈을 몇 번이고 끔뻑끔뻑하며 그레타와 라가헨을 번갈아 가며 보았다. 그리고 리차드는 동생이 불타는 눈빛으로 자신에게 전하는 메시지를 읽었다.

'닥치고, 당장, 꺼져.'

"중간에 사고가 있었네. 자세한 내용은 이후 조사가 끝난 뒤 알려 주도록 하겠네. 그러나 내 잘못이라는 사실은 변하지 않아. 나 때문에 그레타가 많이 다쳤……."

"아니에요. 그렇지 않아요. 리차드, 나 많이 안 다쳤어."

그레타가 황급히 팔을 휘저었다.

"그냥 로루스 밑으로 구르면서 좀 타박상을 입은 것뿐이야."

"그레타. 팔뚝의 상처는 충분히 심합니다."

둘은 부쩍 가까워 보였다. 아단티에 공작의 얼굴만 봐도 바짝 긴장하던 그레타는 어느새 꽤나 자연스럽게 그와 대화하고 있었다. 덕분에 좀 충격에서 벗어난 리차드는 그제야 그레타의 상태가 나쁘지 않다는 걸 알아차렸다. 상처가 여러 군데 많이 있었지만 모두 깊지 않았다.

"리차드. 나는 공작님이랑 축제를 좀 돌아보기로 했어."

리차드는 콧구멍이 벌렁거리려는 것을 애써 참았다.

"단장님도 너도 지금 상태가 좀 좋지 않으니 각자 피를 씻고 옷을 갈아입는 게 먼저일 것 같습니다."

"그렇네. 이 모습이라면 사람들이 모두 놀랄 테니까."

그렇게 리차드의 외조를 받은 그레타와 라가헨은 꽤나 말끔한 모습이 되어 돌아왔다.

"자, 그럼 두 분, 제가 축제를 안내해 드리겠습니다."

리차드는 그레타와 라가헨의 분위기가 전보다 말랑해졌다는 것과 그레타가 눈을 부라리며 얼른 사라지라고 위협하고 있는 것을 알았지만 일부러 축제 가이드를 자처하며 그 둘 사이에 꼈다. 이미 축제 부스 전체를 돌았던 그는 제 손바닥처럼 곳곳을 안내했다.

그레타는 공작님과 단둘이 시간을 보낼 수 있는 기회를 앗아간 리차드를 아까 그 로루스 떼에게 던져 주고 싶었지만, 솔직히 리차드 덕에 축제를 편히 즐길 수 있는 것 또한 사실이었다. 더군다나 리차드는 특유의 능글거리는 성격으로 그레타와 라가헨 사이에서 한두 마디씩 대화가 오갈 수 있도록 끊임없이 떠들었다.

라가헨은 리차드가 추천하는 음식을 모두 다 먹었고, 리차드는 한 번도 먹은 적 없는 것처럼 다시 먹었다. 그레타는 덩치 큰 두 남자가 겨울잠을 대비하는 곰처럼 끊임없이 먹는 모습을 보고 입을 다물지 못했다.

"다음 주에 원정 가니까, 단장님도 미리 많이 드셔 놓으세요."

심지어 리차드의 말에 라가헨이 진중한 표정으로 고개를 끄덕이기까지 했다.

"그레타, 그건 맛이 없습니까?"

라가헨은 그레타가 달콤한 소스에 버무려진 닭고기를 몇 조각 먹지 않고 들고만 있는 것을 보고 물었다. 라가헨은 매콤한 소스가 버무려진 것으로 사 벌써 다 바닥이 보이고 있었다.

"맛은 있는데 배가 불러서요."

"단장님. 신경 쓰지 마세요. 얘는 원래 조금 먹어요."

그레타도 여자치고는 많이 먹는 편에 속했지만 이 남자들은 뱃속에 뭔가 다른 게 들은 모양이다. 곤란한 얼굴을 하고 있는 그레타를 잠시 바라보던 라가헨이 포크를 들어 그레타의 닭고기를 집어 먹었다.

"맛있어요, 공작님?"

"예."

"다 드세요."

순간 라가헨의 두 눈이 감동에 젖은 것 같아 보였다고 하면 착각일까.

"감사합니다."

그레타는 축제가 끝날 때까지 두 남자가 끊임없이 음식을 먹는 모습을 지켜봐야 했다. 기대했던 두근두근한 데이트와는 거리가 멀었지만, 나쁘지 않다고 그레타는 생각했다.

12.

이번 로루스 사냥대회의 1위 자리는 티타니아 백작 부부가 차지했다. 그들은 무려 열여덟 마리의 로루스를 사냥해 역대 최다 사냥 기록을 경신했다.

2황자 아시엘이 렉조디아를 사용한 탓에 생긴 사건은 조용히 무마되었다. 그것을 발견한 사람이 아단티에 공작이 아니었다면 일을 조용하게 마무리하긴 어려웠을 것이다. 대외적으로는 로루스 떼가 이상행동을 보인 때에 하필 근처에 있던 것이 아단티에 공작의 조였던 것으로 알려졌다. 운도 지지리 없다고 사람들이 혀를 찼지만, 그들이 떼로 몰려든 어마어마한 숫자의 로루스를 거의 다 잡아 비공식적으로 1위나 다름없다는 소문 또한 함께 퍼졌다.

모든 행사가 끝나고 라가헨은 리에보 남매와 함께 리에보 백작저 앞까지 왔다. 순전히 그레타에 대한 미안함 때문이라고 라가헨은 스스로에게 그렇게 말하며 리차드의 만류에도 꿋꿋이 그들을 데려다주었다.

"그레타. 마물에게 입은 상처는 완전히 나을 때까지 계속 살펴야 합니다."

"네, 걱정 마세요."

그레타는 다친 팔을 흔들며 힘차게 답했다. 순간 엄청나게 아팠지만 꾹 참았다. 계속 안 아픈 척했는데, 갑자기 아픈 티를 내는 것은 하나도 멋지지 않다. 그레타가 복식호흡으로 숨을 들이켜는 것을 본 리차드는 속으로 혀를 찼다.

"공작님, 오늘 즐거웠어요. 감사해요."

즐거운 것이 무엇인지 잘은 모르겠다. 그러나 라가헨은 그레타와 함께 있는 시간이 싫거나 괴롭지 않았다.

"저 또한 즐거웠습니다."

그렇게 말하는 라가헨은 희미하게 웃고 있었다.

저물어 가는 태양이 만든 붉은 노을이 그의 미소 위에 얹어졌다. 붉게 물든 그 희미한 미소는 그레타의 가슴에 불꽃으로 내려앉아 지난봄 새싹처럼 피어난 작은 불씨를 키우고, 활활 타올랐다.

사랑. 그레타의 가슴속에서 타오르는 불꽃의 이름이다.

"리차드. 나 지금 미모사가 된 것 같은 기분이야."

떠나는 라가헨을 보며 그레타는 울 것 같은 얼굴로 말했다.

"뭐? 너 혹시 머리도 다쳤어?"

"살짝만 건드려도 움츠러드는 미모사처럼 나도 공작님의 말 한마디 한마디에, 작은 행동 하나하나에, 온통 정신이 없어져."

라가헨이 사라진 노을에 젖은 길 너머를 넋 놓고 바라보며 그레타가 말했다.

"사랑을 하면 좋은 것만 있는 줄 알았는데, 왜 나는 더 연약해지는 걸까."

지난봄부터 이미 리차드가 알던 그레타는 반쯤 사라졌다. 아무래도 이젠 남아 있던 반까지 홀라당 날려 먹은 것 같다. 리차드는 흐린 눈으로 시선을 돌렸다.

13.

"카롤 백작에게 전해 들었는데, 리에보 영애가 거의 신궁이라더군. 마치 조안나 리에보가 다시 태어난 것 같다고."

"저도 아들 녀석이 기사 아닙니까. 그 녀석이 말하길, 그 자리에 있던 로루스 시체 중 어느 녀석 하나 날개가 꿰뚫리지 않은 것이 없었다고 하더군요. 확인된 것만 무려 서른네 마리였답니다."

"서른네 마리요? 이번 1위가 열여덟 마리 잡지 않았습니까? 그 정도면 사실상 비공식 기록 경신 아닙니까?"

"구조신호만 아니었다면 분명 1위를 하셨을 텐데, 공작께서 리에보 영애의 안전을 위해 어쩔 수 없이 선택하신 것이겠지요."

"그나저나 리에보 영애는 요즘 뭐 하고 있답니까? 혹시 진학한다든지."

"진학은 안 하지 않겠습니까? 진학할 거였으면 애초에 아카데미에 남았을 테니까요. 그건 왜요?"

"우리 막내 녀석이 올해 일곱인데, 리에보 영애의 활 솜씨가 그렇게 훌륭하다 하니 궁술 교사를 부탁드려볼까 하고요."

"오호? 그거 괜찮은 생각이군요."

대화를 나누던 귀족들이 각자 상상의 나래를 펼쳤다. 신궁의 후예 그레타 리에보에게 교육받은 우리 아들! 생각만으로도 가슴이 웅장해지는 기분이었다.

"그러고 보니 그 얘기 들으셨습니까? 아단티에 공작 전하와 리에보 영애 사이가 심상치 않다는."

"저도 들어본 적 있습니다만, 그래도……."

"그렇죠. 리에보 후계 문제가 있으니……."

"태자 전하께서 지금까지 묵과하고 계신 것은 아무 사이도 아니라는 뜻 아닐까요?"

"하기야, 태자 전하시니까요."

"예, 태자 전하시니까요."

머릿속에 방긋방긋 사람 좋은 얼굴로 웃는 황태자 하옐을 떠올린 그들은 하나같이 몸을 부르르 떨었다.

사교계의 티파티.

"들으셨어요? 아단티에 공작님과 리에보 영애께서는 불가피하게 기권하신 뒤에 축제를 즐기셨대요."

"맞아요, 저도 봤어요."

"어머어머! 직접 보신 거예요? 어떠셨어요?"

"가까이서 보니 공작님이 더 무섭게 생기셨더라고요."

"아니, 그거 말고요. 리에보 영애와의 분위기요!"

모두의 시선이 몰린 영애는 계속된 재촉에 사냥대회 축제에서 보았던 둘의 모습을 더듬어 보았다.

"아단티에 공작님께선 특유의 그 무시무시한 얼굴을 하고 계셨고, 리에보 영애께선 그냥 가끔 사교계에 얼굴 비추실 때 보여주시던 쾌활한 모습 그대로였어요. 특별한 분위기 같은 건 없었는데……."

"아아, 그럴 리가!"

모두가 실망을 숨기지 못했다. 최고의 로맨스를 상상하고 있었는데 말이다. 그때, 한 영애가 말했다.

"그러고 보니 공작님께서 리에보 영애를 그레타라고 부르셨어요!"

"벌써 이름 부르는 사이인가 봐!"

"두 분 정말 결혼까지 하게 되는 거 아닐까요?"

갑자기 정적이 흘렀다.

"그건 어렵지 않나……?"

"적어도 연애는 가능하지 않을까요?"

"맞아. 연애하는 사이에 후계 문제도 해결될 수도 있고요."

"꼭 그렇게 되면 좋겠어요."

"그러게요. 저도 아단티에 공작님과 리에보 영애가 잘됐으면 좋겠어요."

14.

로루스 사냥대회 이후 리차드는 매일같이 한숨을 내쉬었다. 그 곁에서 그레타도 함께 한숨을 내뱉었다. 기사단의 훈련 중 가장 고되다는 원정 훈련. 두 달을 꼬박 고생해야 하는 이 훈련은 누구라도 피하고 싶은 생지옥이었다. 리차드는 그 생지옥에 제 발로 걸어 들어가야 하는 당사자였고, 그레타는 그 생지옥의 담당자를 사랑하고 있었다. 그가 곧 떠날 생각에 우울했다.

'로루스 사냥대회 때 분위기 정말 좋았는데.'

라가헨이 그레타의 이름을 부르게 되었고, 함께 축제까지 즐겼다. 그런데 그 느낌 그대로 이어갈 수가 없다. 이어갈 수가 없는 수준을 넘었다. 원정 훈련을 떠나야 할 라가헨과 그의 흑마 데빈을 위해 딱 부담스럽지 않을 정도의 작은 선물을 준비했건만 그를 만날 수도 없었다. 꼭 직접 주고 싶은데.

"하아, 빌어먹을 원정 훈련이 빨리 끝나서 공작님이 빨리 돌아오시면 좋겠다."

리차드가 그 말을 듣더니 인상을 팍 찌푸렸다.

"그게 아니라 아예 천재지변이 일어나서 훈련을 못 가게 되면 좋겠다고 해야지. 두 달 계획으로 짠 훈련이 빨리 끝난다니, 그쪽이 더 끔찍해."

몸을 부르르 떤 리차드는 이내 다시 우울감에 젖어 한숨을 내쉬었다.

"빌어먹을 원정 훈련!"

제스파는 이를 바득바득 갈았다. 원정 훈련은 너무 싫었다. 얼마나 싫은지 치가 떨릴 지경이었다. 원정 기간 동안 아단티에 공작의 빈자리를 그가 메워야 한다. 단승 작위에 영지도 없는 명예직인 아단티에 공작은 대대로 내려오는 가업과 영지가 있는 귀족들만큼 할 일이 많은 건 아니었지만 기사단장 자리에 앉은 황태자의 측근으로서 해야 할 일은 상당했다.

'평소에도 대부분을 내가 했지만.'

서류 업무를 하는 것은 괜찮다. 그는 아주 똑똑하고 영민하고 천재적인 인재니까. 하지만 아단티에 공작이 얼굴을 비춰야 할 다양한 자리에 대신 참석하는 것은 고역이었다.

대외적으로 무척 과묵하고 진중한 성격으로 알려져 있는 라가헨 본인의 경우 조용히 밥만 먹고 하는 말에 고개만 적당히 끄덕여 주다 나오면 된다. 하지만 보좌관인 제스파는 매번 그대로 붙들려 도망도 못 쳤다. 당장 내일부터 두 달을 내리 그러고 살 생각을 하니 너무너무 끔찍했다.

더욱이 화나는 점은 또 있었다. 그의 손에 들린 편지. 바로 리에보 영애 그레타로부터 온 것이었다.

로루스 사냥대회에서 이름을 부르고 함께 축제를 거닐던 두 남녀의 모습을 떠올린 제스파는 눈물이 앞을 가리는 기분이었다. 처음으로 라가헨 솔 아단티에의 삶에 핑크빛 아우라가 맴돌고 있었다. 그런데 당사자는 그 아우라를 걷어 내고 저기 저 마물이 바글거리는 오지로 원정 훈련을 가야 한다니. 이 첩보를 전해 들은 황태자 하옐마저 책상을 치고 하늘을 향해 뭐라 뭐라 넋두리를 했다는데, 정작 라가헨을 업무에서 배제시켜 주지 않은 걸 보면 황태자가 라가헨을 아끼는 건 말뿐인 게 분명했다.

"공작님. 리에보 영애께서 보내신 편지입니다."

하기 싫다는 기색이 역력한 얼굴로 훈련 계획서를 들여다보던 라가헨은 고개를 번쩍 들고는 손을 뻗었다. 그의 손에 언제나와 같은 밀색 편지 봉투가 들렸다.

"뭐라고 하십니까? 영애께서 뭐라고 하셔요?"

라가헨은 말해 주기 싫었지만 앞으로 고생할 제스파가 가엾게 느껴져 선심 쓰듯 답했다.

"줄 게 있다는군."

"뭘까요? 그게 뭘까요?"

제스파를 흘겨본 라가헨이 편지지를 꺼냈다. 한참을 빈 편지지를 노려보던 라가헨은 간신히 한 문장을 적었다.

오늘 밤 리에보 백작저 앞으로 가겠습니다.

편지지의 크기에 비해 너무도 빈약한 내용이었지만 그 한 문장을 짜내기 위해 최선을 다한 라가헨은 조심스럽게 편지 봉투를 마감하고 제스파에게 건넸다. 말하지 않아도 대답하지 않아도 해야 할 일은 정해져 있었다.

15.

"세상에, 리차드, 공작님이 오늘 밤에 저택에 들르신대!"

툭. 리차드는 우울감에 젖은 채 타성적으로 입에 욱여넣던 과자를 떨어뜨렸다.

"밤에, 저택에?"

"응. 내가 드리고 싶은 게 있다고 편지했더니 받으러 오시는 건가 봐."

잠시 못된 생각이 스쳐 간 머리를 퍽퍽 친 리차드는 다시 과자로 손을 뻗었다. 미혼의 젊은 여성이 있는 저택에 미혼의 결혼 적령기 남성이 늦은 밤에 방문하는 것은 그다지 권장하지 않는 행동이다. 대개 밤에 찾아간다는 건 은밀하고 뜨거운 단둘만의 시간을 의미하기 때문이다.

그러나 상대는 목석 같은 아단티에 공작. 원정 훈련 때문에 바쁜 그가 용건이 있어 잠시 들른다는데 뭐라고 할 수 있는 사람은 거의 없다.

'밤에 절대 밖에 안 나가야지.'

리차드는 앞으로 두 달 동안 질리게 봐야 하는 상사의 얼굴을 마지막 자유의 날 밤에까지 보고 싶지 않았다.

그레타는 초조함 반, 설렘 반으로 두근거리는 가슴을 끌어안고 해가 지기를 기다렸다. 테이블 위에는 작은 주머니 두 개가 준비되어 있었다. 스스로 어지러움을 느낄 정도로 빠르게 쉬지 않고 테이블 주변을 빙글빙글 돌던 그레타는 노크 소리에 황급히 달려 나갔다.

"아가씨, 아단티에 공작 전하께서 저택 정문에 도착하셨습니다."

사용인이 챙겨 준 숄을 걸친 그레타는 주머니 두 개를 집어 들고 저택 앞으로 향했다. 멀리서 거대한 흑마와 남자의 실루엣이 보였다.

"늦은 밤에 방문하게 되어 죄송합니다, 그레타."

자신의 이름을 부르는 저음의 목소리에 그레타는 심장이 쿵 하고 내려앉으며 순간 꿀 먹은 벙어리가 되고 말았다.

"그레타?"

"아, 아니에요. 안녕하셨어요?"

"예. 상처는 괜찮습니까?"

"네, 아주 멀쩡해요."

그레타가 여전히 욱신거리는 팔을 휘휘 저었다.

"전하고 싶은 물건이 있다는 편지를 받았습니다."

언제나 용건만 간단히. 라가헨은 자신의 행동원칙에 맞게 본론으로 들어갔다. 다행히 그레타도 언제나 용건만 간단히가 생활화되어 있는 사람이었다.

"여기, 공작님과 데빈을 위해 준비한 작은 선물이에요. 원정훈련에서 조금이나마 도움이 되었으면 해서요."

라가헨은 말없이 그레타가 건네주는 주머니 두 개를 받았다.

"하나는 자라가 좋아하는 유우지 각설탕이고 하나는 다디안 나뭇잎이에요. 꼭 필요한 건 아니겠지만, 그래도 도움이 되었으면 해요."

"감사합니다, 그레타."

"조심히, 다녀오세요."

그레타는 라가헨의 푸른 눈이 조금 크게 뜨이는 것을 보았다. 가슴이 철렁했다.

"고맙습니다."

이대로 돌아가려는 듯한 라가헨의 모습에 그레타가 황급히 그를 붙잡았다.

"공작님, 혹시!"

하루 종일 준비한 계획에는 없던 말이었지만, 그레타는 언제나 그랬듯 순간의 감정에 충실했다. 거절당하지 않을까 하는 두려움에 온몸이 오그라들 듯 긴장되었지만 말 한마디 못 해 보는 것보다는 나왔다.

"다녀오시면 저와, 그러니까, 저랑 자라랑, 데빈이랑, 공작님이랑 같이 켄타로 들판에 가지 않으실래요? 물론 피로를 다 풀고 나서, 한가하실 때요."

달빛이 내려앉은 그레타의 얼굴을, 라가헨은 한동안 가만히 바라보았다. 물음에 대해 이어지는 침묵이 부드러운 거절을 대신할 수 있다는 생각을 할 수 있을 정도로 예민하지 못했기 때문에, 둘 사이의 침묵은 한참이나 이어졌다. 이윽고 라가헨의 입이 열렸다.

"예. 그러도록 하겠습니다."

너무 긴 침묵에 거절당한 것이라 생각하고 있던 그레타는 터져 나오는 미소를 감추지 못했다. 달빛 아래 피어난 꽃 같았다.

갑자기 숨이 막히는 기분이 든다.

라가헨은 황급히 고개를 돌리고 데빈의 등 위에 올라탔다.

"그럼 다녀와서 뵙겠습니다, 그레타."

"조심히 다녀오세요!"

그것이 라가헨 솔 아단티에가 여름 하늘 아래 본 그레타 리에보의 마지막 얼굴이었다.

16.

텔레포트 게이트를 통과하는 것은 언제나 기분 나쁜 일이었다.

라가헨은 온몸을 감싸는 마나와 뒤틀리는 듯한 감각이 싫었다.

울렁거리는 속을 침묵으로 다스리고 있는 라가헨에게 부단장이 다가왔다.

"단장님. 인원 파악 끝났습니다."

"가지."

여름 원정 훈련. 매해 있는 이 훈련은 기사들의 마물 대항 능력과 환경 적응 능력을 향상시키는 것이 목적이다. 그러나 사실 이 훈련은 토벌전이다. 대 마물 전쟁 이후 토벌전이라는 말만 들어도 벌벌 떠는 제국민들의 마음을 불안하게 하지 않기 위해서 원정 훈련이라는 그럴듯한 표현을 쓰는 것뿐이다.

대 마물 전쟁은 끝났으나 인간과 마물 간의 영역 다툼은 여전히 현재진행형이다. 북에는 젤리타 설원, 남에는 부르마토 산악지대. 특히 이 두 곳은 말하자면 이 대륙에 남은 마물들의 최후의 보루와도 같다고 말할 수 있을 정도로 마물의 수가 많았다.

"올해는 릿트마옴 목격담이 한 건 있습니다."

"피해 규모는?"

"마을 인근까지 내려왔다가 그대로 돌아가서 릿트마옴에 의한 피해는 없었습니다. 오히려 니벨로타 피해가 큽니다. 지난겨울이 온난했던 탓인지 개체 수가 많이 늘었습니다."

"보급은 없다고 알리도록."

니벨로타는 오지로 불리는 이곳 부르마토 산악지대 전역에 서식하고 있는 마물로 떼를 지어 다니며 먹을 수 있는 건 닥치는 대로 먹어치운다. 잡식성이라 마을에 들어오면 곡식까지 먹어치우기 때문에 작고 연약한 주제에 끼치는 피해가 컸다. 다음 여름까지의 피해를 줄이려면 부르마토 전역의 니벨로타를 학살하다시피해야 할 것이다.

이미 어릴 적부터 마물들과 부대끼며 살아온 라가헨은 원정이 고되다고 느낀 적이 한 번도 없었다. 그러나 이번에는 달랐다.

황태자의 명령에 불복하고 싶은 마음이 든 건 처음이었다.

'가기 싫다.'

이유는 알 수 없었다. 그냥 원정 훈련이 가기 싫었다. 산에서 노숙을 하는 것도, 보급을 제때 받을 수 없어 제대로 된 음식을 먹을 수 없는 것도, 두 달 내내 쉬지 않고 마물들을 사냥하는 것도 다 괜찮은데, 그냥 싫었다.

라가헨은 도저히 찾을 수 없는 이유를 탐색하는 걸 포기했다.

그렇지만……. 이대로 히테리아에 돌아가고 싶다.

데빈은 여태까지 단 한 번도 먹어본 적 없는 어마어마한 고급 각설탕의 맛에 눈이 돌아갔다. 라가헨이 각설탕이 든 주머니를 닫아 잠그자 불만스러운 투레질을 한 데빈이 주둥이로 그의 어깨를 툭툭 쳤다.

'더 줘.'

명확한 의사 표현이다.

"그만 먹어. 나중에 또 줄게."

천상의 맛이 멀어지는 것을 본 데빈이 답지 않게 눈가를 촉촉하게 물들였으나 라가헨의 마음을 돌리기에는 어림도 없었다. 그는 데빈을 몇 차례 쓰다듬어 달래 준 뒤 막사로 돌아갔다. 기사단장이자 구국의 영웅이 머무는 막사답게 그의 몫의 침상은 상당히 편안했다.

첫 번째 진지를 갖출 때까지 그들은 아무 문제 없이 이동할 수 있었다. 중간에 겁 없는 니벨로타 한 무리를 만나 사냥하고 로루스 몇 마리를 쏘아 떨어뜨리긴 했지만 그 외에는 평탄했다. 진지를 구축하고 막사를 세우는 일은 모두 부하들이 하는 일이니 라가헨은 매서운 눈으로 혹여 열심히 삽질을 하는 부하들을 노리는 마물이 없나 둘러보기만 하면 됐다.

침상에 걸터앉은 라가헨은 품 안에서 작은 종이 한 장을 꺼냈다. 원정 훈련을 떠나기 전 그레타가 준 다디안 나뭇잎이 든 주머니에 함께 동봉된 작은 쪽지에는 단 한 줄만이 쓰여 있었다.

건강히 돌아오시길 바라며. 그레타.

라가헨은 쪽지에 밴 다디안 향기를 맡았다. 안주머니에 넣어 놓은 탓에 다디안 향은 많이 연해졌지만 기분이 훨씬 좋아졌다. 다시 한번 쪽지의 내용을 눈에 담은 라가헨은 내용이 너무 짧아 서운하다 느끼고는 저도 모르게 헛웃음을 터뜨렸다.

'서운하다니.'

여태 그레타가 보낸 편지에 대해 그가 적은 답신은 이와 비슷했다. 그 짧은 답장을 쓰기 위해 라가헨은 매번 몇 시간씩 고민해야 했지만 짤막한 답신에서 그 노력을 느끼기란 쉽지 않을 것이다.

'그래도 서운했을까.'

어쩐지 초조한 기분이 들었다.

그레타가 웃고 있었다. 라가헨은 그 곁에 앉아 있었다. 그들은 풀밭 위에 앉아 샌드위치를 함께 먹고 있었다. 라가헨은 그레타의 얼굴을 바라보았다. 흐릿하다. 그레타가 어떻게 생겼더라? 그레타의 얼굴은······.

"단장님!"

큰 소리에 라가헨은 숨을 들이켜며 벌떡 눈을 떴다. 자신을 깨운 목소리를 따라 고개를 돌리자 놀란 얼굴을 한 리차드 리에보가 보였다.

리차드 리에보. 그레타의 형제. 라가헨은 잠이 덜 깬 눈으로 리차드를 샅샅이 살폈다. 갈색 머리. 아 맞아, 그레타도 저런 색의 머리카락을 가지고 있었지. 갈색 눈동자. 비슷한 것 같다.

기분이 팍 상한 라가헨이 퉁명스럽게 말했다.

"무슨 일이지?"

"밖에서 여러 번 불렀는데 답이 없으셔서 들어왔습니다. 죄송합니다. 릿트마옴이 갑자기 전방의 1조를 습격했습니다. 2조와 3조가 함께 대응 중이지만 고전 중입니다. 부단장님께서 단장님을 모셔오라 하셨습니다."

"가겠다."

갑작스럽게 라가헨의 매서운 눈길을 한 몸에 받은 리차드는 그가 고개를 돌리자 한숨을 내쉬었다. 순간 죽는 줄 알았다. 그러나 그 생각은 라가헨이 몸을 일으키자 씻은 듯이 사라졌다. 기사단장이자 영웅 아단티에 공작의 맨몸이 드러났다. 온몸에 끔찍한 흉터들이 가득했다. 압권은 오른팔이 사라진 자리였다.

큰 덩치와 위압감 때문에 옷을 입고 있을 때는 그에게 팔 하나가 없다는 사실을 그다지 인식하지 못하고는 한다. 그러나 이렇게 벗은 채 끔찍한 흉터가 남은 오른쪽 어깨를 보니 그가 대 마물 전쟁의 막을 내린 영웅이라는 사실이 체감되었다.

"가지."

"아, 예. 말을 준비해 두었습니다."

말을 타고 빠르게 격전지로 향하는 와중에도 라가헨은 목덜미가 서늘하고 기분이 좋지 않았다. 리차드에게 길고 풍성한 갈색 머리를 씌우는 상상을 했더니 무척 속이 안 좋아졌기 때문이다.

'제기랄.'

짜증이 솟구쳤다. 그레타의 얼굴이 생각나지 않는다.

그제야 라가헨은 자신이 그레타의 얼굴을 샅샅이 살펴본 적이 없다는 것을 깨달았다. 아무리 머리를 뒤져 보아도 미소, 인상, 색깔, 발소리, 몸짓, 습관, 느낌 따위만이 강렬하게 남아 있을 뿐이었다. 조각난 이미지만 머릿속을 떠돈다. 타인의 얼굴을 주의 깊게 보지 않는 것은 오랜 습관이었지만 오늘따라 유독 신경 쓰였다. 마치 아주 중요한 것을 잃어버린 기분이 들었다.

"괜찮으십니까?"

"괜찮다. 서두르지."

그 기분을 잊기 위해 라가헨은 데빈의 배를 차 속도를 올렸다.

릿트마옴은 대 마물 전쟁 이후 거의 씨가 마른 마물이었다. 거대한 멧돼지의 모습을 한 릿트마옴은 웬만한 활과 검으로는 뚫지 못하는 두꺼운 가죽과 4개의 엄니, 더럽고 포악한 성정, 그리고 동종 마물의 고기도 마다 않는 식성 때문에 무척이나 위험했다. 대 마물 전쟁으로 마물의 수가 대폭 줄기 전에는 사람들이 산속에서 릿트마옴에게 잡아먹히는 일이 드물지 않았다.

강도 높은 훈련을 받은 기사들은 처음 만나는 릿트마옴을 상대로도 큰 부상 없이 잘 대처하고 있었다. 그러나 약점을 공격하기 위해 머리끝까지 화가 난 릿트마옴의 배 밑으로 굴러 들어갈 용기를 내기란 쉽지 않았다. 기사들 중에 격렬하게 움직이는 녀석의 눈을 명중시킬 수 있을 정도로 훌륭한 사수가 있는 것도 아니었다.

"저 돼지 새끼, 미치겠네 진짜! 지가 들이받아 놓고는."

"야, 네가 저기 굴러 들어가 봐."

"미쳤냐? 네가 가."

검을 들고 자기네들끼리 티격태격하는 기사들과 그 뒤에서 활을 쏘는 기사들이 보였다. 그들이 쏜 화살 중 운 좋은 몇 개가 릿트마옴의 눈가를 맞혔지만 오히려 화를 돋웠다. 어이가 없어진 라가헨이 이마를 짚고 한숨을 푹푹 내쉬는 부단장에게 다가갔다.

"오셨습니까, 단장님!"

"왜 이 모양이지?"

드물게 라가헨의 목소리에서 선명하게 짜증이 묻어나는 걸 알아차린 부단장이 한숨 섞인 목소리로 말했다.

"책에서 보고 훈련장에서 연습한 것만으론 릿트마옴을 상대하기엔 역부족인 것 같습니다. 이번에 온 기사들 중에는 전쟁을 경험한 이들이 하나도 없기도 하고. 릿트마옴이 거의 멸종 직전에 다다른 것도 큰 영향을 미치고 있는 것 같습니다."

"멸종 직전이든 이미 멸종을 했든, 저따위로 행동하면서 죽지 않길 바라는 건가."

"안 그래도 지켜보다 안 될 것 같으면 제가 나서려 했습니다."

라가헨이 말에서 내렸다.

"됐다. 내가 하마."

"직접이요? 오랜만에 좋은 구경 하겠네요."

라가헨은 말을 타고 달려오는 내내 기분이 나빴다. 아무리 생각하고 머릿속을 헤집어 봐도 그레타의 얼굴이 생각나지 않는 탓이었다. 한 번씩 리차드의 얼굴을 쳐다보며 더듬더듬 헤매 봐도 그가 찾을 수 있는 그레타의 얼굴은 물에 빠진 수채화처럼 흐릿했다.

진지하게 그레타의 얼굴을 기억해 낼 필요성을 느끼고 있는 라가헨은 지금 저 시끄러운 돼지 새끼 한 마리에 할애할 시간이 없었다.

"창."

부단장이 라가헨에게 창을 건넸다.

"비키라고 해."

"예, 예. 모두 물러서!"

리차드 리에보가 대신 큰 소리로 외치자 릿트마옴을 근거리에서 상대하고 있던 기사들이 황급히 굴러 멀어졌다. 자칫하면 거대한 엄니에 들이받힐 수도 있었지만, 그 엄니보다는 창을 든 상관의 낯이 훨씬 더 무시무시했다. 기사들이 빠르게 굴러 릿트마옴에게서 멀어진 그 순간, 라가헨이 왼손으로 든 창을 던졌다. 창이 릿트마옴의 머리통을 꿰뚫었다.

곳곳에서 경악 어린 감탄사들이 터져 나왔다. 라가헨은 부단장에게 말했다.

"알아서 처리하게."

"예. 오늘 저녁은 돼지고기로 해도 좋겠네요."

말 등에 올라탄 라가헨이 갑자기 말머리를 돌리더니 리차드에게 고개를 돌렸다. 그와 눈이 마주친 순간, 리차드는 등골이 서늘해지며 입안이 바싹 마르는 기분이 들었다.

섬뜩한 안광이 빛나는 푸른 눈은 사람의 것이라기보다는 짐승의 것에 가까워 보였다. 물론 그는 단지 그레타의 얼굴을 열심히 찾아 헤매고 있는 중에 불과했다.

"리차드 경. 엄니만 뽑아서 내게 갖다 주게."

라가헨이 왔던 것보다 빠르게 사라지자 기사들이 릿트마옴의 시체 앞에 옹기종기 모여 앉았다.

"창 하나 던져서 대가리를 뚫었어. 야, 이거 가죽은 그렇다 쳐도 두개골 두께 봐라. 이게 무슨 힘이야? 난 죽었다 깨어나도 이렇게는 못 한다."

"힘만 문제냐? 정확도도 미쳤어. 몸뚱이에 안 어울리게 엄청 빨랐는데 준비 자세도 거의 없이 바로 던져서 맞힌 거야."

"은퇴한 선배님들이 단장님 괴물이라고 괴물 괴물 노래를 불렀던 이유가 있었네."

현재 황실기사단에서 근무 중인 기사단원들 중 9할 이상이 전쟁을 경험해 본 적 없는 이들이었다. 대부분의 참전 기사들은 전쟁의 후유증으로 몸이나 정신이 온전치 못해 은퇴했다. 라가헨의 힘을 훈련과 대련 외에는 겪을 일이 없었던 기사들은 오늘 엿본 그의 어마어마한 실력에 경악했다.

"와, 우리 단장님 진짜 멋져."

"나 오늘부터 구국의 영웅 아단티에 회원이다. 오늘부터 단장님 팬이다."

"단장님을 아단티에 공작님이 아니라 단장님이라고 부를 수 있어서 행복해."

라가헨 솔 아단티에의 팬이 늘었다.

·

돌아온 라가헨은 몸이 좋지 않아 쉬겠다는 말만 남기고 막사로 돌아갔다. 끝내 그레타의 얼굴을 기억해 내진 못했지만 답지 않게 생각을 많이 했더니 머리가 지끈거린다. 딱히 앓을 일이 없는 라가헨은 두통에 면역이 거의 없는 터라 더욱 짜증 나고 신경이 곤두섰다. 원래라면 기사들에게 릿트마옴에 대해 설명하고 그들의 부족함을 채울 수 있도록 훈련을 진행해야 했지만 그럴 마음이 조금도 생기질 않았다. 부단장이 알아서 할 것이다.

침상에 걸터앉아 손바닥에 이마를 기대고 한참을 멍하니 있던 그는 베개를 가져와 끌어안았다. 베갯잇 속에 넣어둔 다디안 나뭇잎 향기가 그의 기분을 좀 나아지게 했다.

문득 그레타에게 편지를 받고 싶다는 생각이 들었다. 그레타가 보내는 일상의 이야기를 읽으면 두통도 가라앉고 기분도 좋아질 것 같다. 그러나 지금은 아주 급한 연락 외엔 주고받을 수 없는 깊은 오지에 있다.

안주머니에 넣어두었던 쪽지를 꺼내든 라가헨은 몇 번이고 몇 번이고 그 위에 쓰인 글을 읽었다.

건강히 돌아오시길 바라며. 그레타.

그레타. 그 글자 위를 엄지로 쓸었다. 그냥, 그러고 싶었다.

17.

원래 원정 훈련을 빙자한 부르마토 여름 정기 토벌은 고되다. 나름 훈련이 명목인 터라 실제로 마물을 토벌하는 중간중간에 훈련 일정이 끼어 있기까지 하니 기사들의 고생은 이만저만이 아니었다.
"근데 작년보다 좀 심한 것 같지?"
"너도 그래? 나 지금 숨 못 쉬는 것 같은 거 착각 아니지?"
"게다가 단장님 기분도 엄청 안 좋아 보여."
기사들의 이런 이야기에는 다 이유가 있었다.
"1조는 쉬고 2조 훈련이 끝나는 즉시 훈련에 들어간다. 3조 휴식. 4조 출발 준비."
본격적인 훈련 기간이 시작한 지 한 주가 지나고, 갑자기 라가헨은 전체 기사단을 4개 조로 나누더니 토벌, 휴식, 훈련, 휴식을 열두 시간씩 끊임없이 반복하는 지옥의 로테이션을 돌리기 시작했다. 휴식 중이라고 푹 쉴 수 있는 것도 아니었다. 휴식 중인 기사들은 토벌조가 가져온 마물들의 사체를 처리하고 부속물들을 채집하는 일과 식사를 도맡아 담당해야 했다. 사실상 기사들은 제대로 쉬지도 못하고 끊임없이 일해야 했다. 다만 더 힘든 일 덜 힘든 일을 반복하며 하는 것뿐이었다.

"단장님이 놀기만 했으면 증오하기라도 했을 텐데."

"같이 저러고 있는 게 더 무서워."

"사람이 아냐."

소름 끼치는 것은 단장인 라가헨은 거의 쉬지도 않고 계속 토벌을 반복하고 있다는 점이었다. 부하 기사들은 적어도 휴식 시간이라도 반복되었지만 그는 예정보다 적은 인원으로 토벌을 진행하기 때문에 유사시를 대비하기 위해서 자신이 함께하겠다고 선언했고, 그 뒤로 거의 쉬지 않고 마물을 도륙하고 있었다.

"잠은 주무시는 거 맞아?"

"몰라. 중간중간에 쪽잠 주무시는 것 같긴 한데, 우리 조 갈 때는 한 번도 못 봤어."

기사들은 토벌을 마친 1조와 함께 진지에 돌아오자마자 씻고 장비를 점검하고 끼니를 해결한 단장이 이렇다 할 휴식도 취하지 않고 곧장 4조와 함께 토벌을 나서는 모습을 보고는 몸을 부르르 떨었다.

3주째 로테이션을 돌고 있는 기사들도 죽을 지경이었는데, 3주째 제대로 먹지도 자지도 않고 마물을 사냥하고 있는 라가헨이 흐트러짐 하나 없는 것이 무서웠다.

4조에 포함된 리차드는 원정 첫날보다 확연히 날카로워진 라가헨의 기세에 아무 말도 하지 못했다. 그는 부르마토 산악지대의 모든 마물들을 결딴낼 기세였다. 그러나 더욱 무서운 것은 라가헨이 중간중간 이상할 정도로 매서운 눈빛으로 자신을 노려본다는 점이었다.

"단장님이랑 뭔 문제 있냐, 리차드?"

"아니, 없는데."

"근데 왜 저렇게 널 자꾸 쳐다보셔?"

"나도 모르겠다."

"무슨 일인지는 모르겠지만 원만히 잘 해결하길 바란다."

"아무 일도 없다니까!"

"혹시 네 동생이랑 잘된다던 소문, 그거 거짓말인 거 아냐?"

"그게 무슨 소리야?"

"사실은 동생이 아니라 너를 노렸……악!"

"뒤질래?"

주먹으로 헛소리를 지껄이는 동료를 응징한 리차드는 직진하는 리에보답게 라가헨에게 다가갔다. 물을 마시고 있던 라가헨은 다가오는 기척을 느끼고 리차드에게 몸을 돌렸다. 그의 날 선 기운이 살짝 누그러졌다. 뒤에서 동료 기사가 역시, 역시, 이러면서 고개를 끄덕이는 소리가 들렸다.

"단장님."

"무슨 일인가, 리에보 경."

"왜 자꾸 쳐다보세요?"

뒤에서 흥미진진하게 지켜보던 4조 기사들이 헉하고 숨을 들이켰다. 저렇게 단도직입적으로 물어볼 줄이야.

라가헨은 가까이 다가온 리차드를 말없이 응시했다.

리차드 리에보는 선이 굵고 강인한 인상이다. 기억하는 그레타는 작고 부드러운 인상에, 걸음걸이가 강아지 같았다. 리차드 리에보와는 다르다. 하지만 갈색 머리. 햇빛 아래 살짝 붉게 빛나는 갈색 눈. 분명히 그레타와 같은 색이다. 그 때문에 라가헨은 자꾸 리차드에게 시선이 갔다. 혹여 그레타의 얼굴이 떠오를까 해서.

"불쾌했다면 미안하군."

"아닙니다. 사실은 조금 부담스러웠어요. 제가 잘생긴 건 아는데, 자꾸 그렇게 쳐다보시면 단장님이 절 좋아하는 줄로 동료들이 오해합니다."

라가헨의 미간이 심하게 일그러졌다.

그 순간 모두가 깨달았다. 아, 일단 단장님이 리차드를 좋아하는 건 아닌 모양이다. 적어도 눈빛으로 사람을 죽일 수 있었다면 리차드는 지금 죽었을 테니까.

4조가 토벌을 마치고 진지로 돌아왔을 때 일이 터졌다.

"단장님! 미카엘 경이 탈영했습니다!"

전날 밤 더 이상 니벨로타 고기는 못 먹겠다고 땅을 치며 울던 기사 미카엘이 결국 사달을 낸 것이었다.

"탈영?"

"예. 미카엘 경이 너무 신출귀몰해서 세 시간째 찾지를 못하고 있습니다."

"세 시간? 훈련은?"

"아, 모두 중단하고 미카엘 경 수색에 동원했습니다. 해가 저물면 목숨이 위태로울 수도 있어서."

대 마물 전쟁에도 참전했던 부단장은 전장에서도 본 적 없는 라가헨의 얼굴에 한 걸음 주춤 물러섰다. 당장에라도 눈앞에 있는 대상을 찢어 죽일 것같이 무서운 얼굴이었다. 그의 두 눈에서 분노가 일렁이고 있었다.

"일정을 세 시간이나 지연시켰다고."

"금방 찾을 겁니다."

"내가 찾아오지. 모두 불러들이고 훈련 시작해."

그렇게 진지를 나간 라가헨은 두 시간 뒤 미카엘을 찾아왔다. 미카엘의 손에는 칡뿌리가 들려 있었고, 그는 무슨 일이 있어도 절대 칡뿌리를 손에서 놓지 않겠다는 일념으로 가득 차 있는 것 같았다. 기사들이 삽으로 열심히 다져놓은 훈련장 한가운데 칡뿌리를 손에 든 미카엘이 놓였다. 그는 벌벌 떨며 라가헨의 눈치를 보고 있었다.

"미카엘 경. 할 말이 있나."

"니벨로타 고기는 더는 못 먹습니다아!"

"그게 탈영해서 모든 훈련 일정을 어그러뜨릴 이유가 된다고 생각하나, 지금?"

"하지만, 이것도 다 먹고 살려고 하는 건데, 어떻게, 니벨로타 고기는 너무 맛이 없고, 배고프고, 흑……."

주춤주춤, 그들을 둘러싼 기사들이 물러섰다. 라가헨이 풍기는 섬뜩한 기운 때문이었다.

"지금부터, 누구라도 탈영을 생각한다거나, 무슨 사고를 쳐서 훈련 일정을 어그러뜨리면 이렇게 될 거다."

퍽! 라가헨의 주먹이 미카엘의 뺨을 쳤다.

그때부터 미카엘은 먼지가 나도록 맞았다. 얼마나 잔혹하던지, 구경하던 기사들이 덜덜 떨며 입을 틀어막을 정도였다. 부단장은 단호하게 말했다.

"잘 봐 둬라. 단장님이 정말 제대로 때리고 계신다. 영구적 손상이 일어나지 않을 정도로 힘 조절을 하고 계시는 데다, 정말 위험한 부위는 때리지 않으신다. 정확하게 미카엘 경을 고문하기 위한 구타라고 보면 돼. 저렇게 사람을 때리는 것도 엄청난 실력이 있어야 가능하다. 잘 보고 배워 두도록 해."

다들 속으로 저걸 본받고 배워서 어디다 쓰나 싶은 생각을 했지만, 한 가지 확실한 건 그날 이후로 누구 하나 고된 훈련 일정과 끔찍한 마물 고기 식단에 대한 불만을 표하지 않았다는 것이다.

18.

'그레타 리에보가 보고 싶다.'

원정 훈련 첫 주가 지나는 동안 라가헨은 결론을 내렸다.

그는 그레타 리에보가 몹시 보고 싶었다. 당장이라도 수도 히테리아에 돌아가 그레타 리에보의 얼굴을 보고 다시는 잊지 않게 머릿속에 새기고 싶었다.

사실 라가헨이 제대로 기억해 낼 수 있는 얼굴은 세 명 정도밖에 없었다. 황태자, 오빌, 제스파. 끝. 자주 보는 부하 기사들은 옷, 말투, 인상, 무기를 다룰 때의 특징 등으로 기억했고 만나는 귀족들의 신상 명세는 제스파가 일러 주기 때문에 그간은 문제점을 못 느꼈다. 그래서 이번에 처음으로 사람의 얼굴을 제대로 쳐다보지 않는 자신에게 화가 났다. 어떻게 하나뿐인 여성 팬의 얼굴을 기억해 내지 못할 수가 있는 건지.

'그레타 리에보가 보고 싶다.'

그는 자신의 유일무이한 여성 팬 그레타 리에보를 만나서 뭘 하고 싶은 것도 아니었고, 무슨 할 말이 있는 것도 아니었다. 그냥 얼굴이 보고 싶다. 그레타가 쓴 편지를 받고 싶다. 그 편지에 답장하고 싶다. 종알종알 이야기하는 소리가 듣고 싶다.

그 욕망을 인지하자, 훈련이 모두 끝날 때까지 두 달이나 기다려야 하는 것이 마음에 들지 않았다. 그래서 라가헨은 훈련 기간을 단축시키기로 결심했다. 이번 훈련 강도가 예년보다 지나치게 높았던 것은 오로지 라가헨이 자신의 여성 팬 1호 그레타 리에보를 빨리 만나고 싶었기 때문이었다.

라가헨은 내내 안주머니에 품고 다녔던 작은 쪽지 하나를 꺼냈다. 이름이 있는 곳을 얼마나 문질렀는지 종이가 조금 상했다. 종이가 더 상할까 봐 라가헨은 이름 부분을 더 만지지도 못했다.

종이에 배어 있던 다디안 향기는 모두 없어진 지 오래였다. 그러나 라가헨은 습관처럼 쪽지의 향을 맡았다. 향이 날 리 없건만, 향이 나는 것 같다.

그레타 리에보가 보고 싶다.

그레타가 보고 싶다.

그레타를…….

그러니 라가헨은 이 훈련을 빨리 끝내야 한다. 반드시.

기사들이 그의 생각을 알았다면 단체로 파업 시위를 벌였을 것이다.

황실 기사단이 부르마토 산악지대에 자리를 잡고 마물 사냥과 훈련을 지속한 지 벌써 한 달하고도 보름이 지났다. 피도 눈물도 없이 극악의 일정을 강제로 소화시킨 라가헨은 훈련 기간을 예정보다 2주나 단축시켰고, 그 결과 기사단의 모두가 피골이 상접해 있었다. 모두의 눈에는 광기 어린 안광이 번뜩이고 있었다. 6주 가까이 쪽잠만 겨우 자고 죽지 않을 만큼만 먹으며 쉬지 않고 부르마토 전역을 누빈 라가헨의 얼굴도 많이 상해 있기는 마찬가지였다.

"경들의 협조로 원정 훈련의 일정은 오늘로 마무리되었다."

오와 열을 맞춰 선 기사들 앞에서 라가헨이 이렇게 말했을 때, 기사들은 모두 울컥 눈물이 차오르는 것을 느꼈다.

"내 인생에서 제일 길고 끔찍한 시간이었다."

"무덤까지 가지고 갈 악몽이 완성됐어."

"우리 아들은 내가 이렇게 돈 버는 걸 알까?"

"하, 젠장. 그래도 이제 끝이야."

모두가 촉촉해진 눈가를 마구 문지르며 안도했다.

하지만, 그게 끝인 줄 알았는데 아니었다.

"마을까지 쉬지 않고 간다."

기사들 사이에서 비명과 탄식이 터져 나왔다. 그들은 말을 타고 일주일 걸릴 거리를 3일 만에 돌파해 부르마토 산악지대에서 가장 가까운 마을에 도착했다. 그야말로 끝날 때까지 끝나지 않는 지옥의 훈련이었다.

마을에 도착해 여관이란 여관에 주민들의 남는 방까지 모두 빌린 기사들은 오랜만에 문명의 향이 깃든 제대로 된 음식을 먹은 뒤

각자 할당된 방에서 널브러졌다. 동료들과 마찬가지로 막 누워서 몰려오는 잠에 몸을 맡기려던 리차드는 갑작스러운 부름에 화들짝 놀라 깨어났다.

"어이, 리차드. 단장님이 찾으신다."

"어? 왜?"

"몰라. 정신 차리고 갔다 와라."

지옥의 원정 훈련 동안 라가헨은 리차드에게 있어 여동생의 애인감으로 최악의 점수를 받았다. 훈련 기간이 얼마나 고통스러웠는지 지금은 라가헨 솔 아단티에의 꼴도 보기 싫었다. 동생이 짝사랑하는 대상인 데다 원래 존경하고 있던 상사라 항상 호감과 존경을 품고 있었는데, 이젠 진짜 싫다. 집에 돌아가면 순진한 그레타에게 사모하는 공작님이 얼마나 악마 같은 인간인지 낱낱이 알려 주겠다고 다짐했을 정도였다.

하지만 바로 곁에서 동료 기사 미카엘이 먼지가 나도록 맞았던 걸 기억하는 리차드는 지체하지 않고 라가헨이 머무는 방으로 찾아갔다.

"단장님. 리차드 리에보입니다."

"들어오게."

훈련이 끝나 긴장이 풀린 탓일까. 라가헨의 얼굴은 당장 어제까지 보았던 것과는 조금 달라 보였다.

훈련 내내 그는 무척이나 예민해서 톡 치면 당장이라도 터질 것만 같았다. 잠을 거의 안 자서 더 그런 것 같았다. 이전이었다면 귀찮아서 봐줬을 법한 작은 실수 하나하나마저 지적했을 정도였다. 더군다나 어찌나 분위기가 안 좋은지 아무도 다가가고 싶어 하지 않아 했다. 그나마 리차드에게는 조금, 개미 눈곱만큼 조금 유해서 기사들이 라가헨에게 말을 전하거나 하는 일을 모두 리차드에게 떠넘겼다. 그래서 더 싫었다.

"피곤할 텐데 불러서 미안하군."

"아닙니다."

"개인적으로 부탁할 게 있어."

"예, 무엇이든 말씀하십시오."

"이걸 그레타에게 전달해 주었으면 하네."

라가헨이 건넨 건 평범한 편지 봉투였다. 리차드는 그것을 받아들고 눈을 부릅떴다.

편지 봉투에는 '그레타에게'라고 적혀 있었다.

잘 보니 라가헨의 목덜미며 귓가가 조금 붉어져 있다. 리차드의 눈길을 슬쩍 피하기까지했다.

'이 인간, 설마…….'

"곤란하다면 내가 직접…….'

"아닙니다. 곤란하다니요. 돌아가는 대로 전달해 주도록 하겠습니다!"

"고맙네."

못마땅한 기색을 숨기지 못한 리차드가 방을 나갔다.

문이 닫히자 라가헨은 천으로 싼 릿트마음의 엄니를 꺼냈다.

첫날 기사단을 습격한 릿트마옴에게서 방금 나간 리차드 리에보가 수습해온 것이었다. 그중 작고 매끈한 엄니를 골라 단검으로 다듬고 조각했다. 손이 하나라 단단한 엄니를 조각하는 것이 정말 쉽지 않았다. 그는 틈날 때마다 한 손으로 엄니를 깎았다. 그레타에게 받은 선물에 보답하기 위해 만든 것이었다. 수도로 돌아가면 줄을 달아 장식품으로 만들 생각이었다.

그레타 리에보를 만나고 싶다. 그런데 만날 이유가 없었다.

릿트마옴의 엄니로 만든 장식품은 라가헨이 만든 '만날 이유'였다. 훈련은 끝이다. 내일이면 히테리아로 돌아간다. 그레타가 있는 곳이다. 만날 이유도 완성했다. 어쩐지 들뜨는 기분에 라가헨은 숙소에 들어가자마자 식사도 늦추고 편지를 썼다. 고민에 고민을 거듭한 끝에 겨우 적은 것은 고작 한 줄의 물음이었다.

그레타. 근시일 내에 만나 뵐 수 있겠습니까?

볼품없다. 성의 없다. 그렇게 말해도 부정할 수 없을 만큼 짧았지만, 그것이 라가헨의 최선이었다. 잠은 거의 자지 않고 가장 중요하게 생각하던 끼니마저 포기한 채 6주를 꼬박 고생하면서도 그저 그레타를 만나고 싶다고 생각하는 것이 라가헨의 최선이었듯이. 온몸을 짓누르는 끔찍한 피로에도 그 밤, 라가헨 솔 아단티에는 잠을 이루지 못했다.

원정을 떠났던 기사들이 가을을 몰고 히테리아에 돌아왔다.

19.

 매해 리차드가 원정 훈련에서 돌아오는 날이면 그레타는 꼭 집에 있었다. 두 달간 고생한 리차드의 귀환을 반겨 줄 만한 사람이 그레타밖에 없는 터라 암묵적인 약속처럼 되어 있었다. 리차드는 이번에도 당연히 그레타가 자신을 기다리고 있을 거라 생각했다.
 "어, 없다고? 그레타가 집에 없다고?"
 오자마자 '당신이 사랑한 아단티에 공작의 진실'을 주제로 일장 연설을 늘어놓고 라가헨의 편지를 인질 삼아 동생에게서 용돈을 뜯어낼 생각으로 가득 차 있었던 리차드는 실망감을 감추지 못했다. 더군다나 근 두 달만인데 반겨 주는 혈육이 하나도 없다는 사실에 무척이나 서운해졌다. 그러나 이어지는 소식은 그 모든 서운함을 날려 버릴 정도로 놀라웠다.
 "세상에, 그게 정말이야?"
 리차드 리에보는 주인을 만나지 못한 편지를 품에 갈무리하고 곧장 단장 라가헨을 찾아갔다. 리차드는 2주나 단축된 훈련에 대한 보고를 받고 어안이 벙벙해진 황태자를 만나고 나온 라가헨과 마주쳤다. 리차드는 라가헨이 주었던 편지를 내밀었다.
 "무슨 일인가, 리차드 경?"
 "단장님! 편지, 못 전해 드려요!"
 "그게 무슨……."
 "그레타가 수도에 없어요!"

그랬다. 그레타 리에보는 집에만 없는 게 아니라 아예 수도 히테리아에 없었다.

편지를 보낼 일도 없고, 편지를 보내도 답을 써 줄 이가 없어졌다. 사모하는 공작 전하가 원정 훈련을 떠나자 마음 한 곳에 구멍이 뚫린 듯 공허해졌다.

'사실은 모두 없었던 일이 아닐까.'

공작님과 편지를 주고받게 된 것도, 사냥대회에 함께 나간 것도, 공작님을 너무 좋아한 나머지 혼자 꿈을 꾼 것은 아닐까.

깊은 한숨만 나왔다. 사랑이란 게 이렇게 괴로운 것이던가!

라가헨은 히테리아를 떠났지만 그레타의 머리에서는 좀처럼 떠나지 않았다. 머릿속엔 계속해서 그의 얼굴, 몸짓, 표정, 말투, 그가 했던 말 따위가 쉼 없이 떠오르고 있었다. 오로지 그에 대한 정보로 꽉 들어차 고장이라도 난 것 같았다. 어찌나 보고 싶은지 숨까지 막히는 기분이었다. 그래서 그레타의 일상은 다소 엉망진창이었다. 밥을 먹을 때도, 승마를 할 때도 멍했다.

"아가씨, 숟가락은 입으로 넣으셔야죠!"

"아가씨, 아무리 자라라고 해도 말 뒤로는 절대 가시면 안 된다니까요!"

"아가씨! 화살을 거꾸로 쥐셨어요!"

그레타는 온통 제정신이 아니었다.

그렇게 그레타가 산송장같이 지낸 지 이틀 정도가 지났을 때였다. 친구 타라에게서 연락이 왔다.

"무슨 일이야, 먼저 연락을 다 하고?"

"망했어. 시간이 더 있을 줄 알았는데."

"뭐가?"

"데리온이 단식투쟁에 성공했어!"

갑작스럽게 연락한 타라의 이야기는 이러했다.

타라는 데비우스 변경백의 고명딸이다. 위로 아들만 둘인 집에서 잔뜩 사랑받고 자란 타라의 꿈은 고대어를 연구하는 학자가 되는 것이었다. 가문의 전폭적인 지원과 뛰어난 두뇌, 모든 것이 타라의 꿈을 응원하는 것 같았다.

그러나 문제는 큰오빠가 대 마물 전쟁에 참전하고 돌아오더니 자기는 모시고 싶은 사람이 생겨 작위를 잇지 않겠다고 선언한 뒤 집을 나가 버리면서 시작되었다.

뛰어난 마법사인 장남이 작정하고 숨어 버리자 별수 없이 차남 데리온 데비우스가 후계의 자리에 오르게 되었다. 그러나 그는 자신은 마법사가 아니라서 변경백으로서 영지를 지킬 능력이 되지 않는다, 나는 수의사가 되어 동물들과 함께 조용하고 안락한 삶을 살고 싶다 주장했다. 젤리타 설원의 마물들을 상대해야 하는 일을 막내딸에게 시키고 싶지 않은 변경백은 무조건 작위를 물려받을 준비나 하라 윽박질렀다.

"몇 년 잘 버티더니 결국 안 되겠는지 자긴 절대 백작 안 한다고. 자긴 수의사 할 거라고 아무것도 안 먹고 3주를 버텼어."

"진짜 대단하다. 그렇게 수의사가 하고 싶나?"

"어렸을 때부터 동물이면 정신이 나갔던 인간이라. 그래서 아버지가 날 그냥 후계자로 지정해 버렸어. 다음 주에 와서 작위 받으래. 아버지 건강 때문에 거절할 수도 없어. 작위를 비워 둘 수도 없고!"

타라가 책상을 쾅쾅 쳤다.

"너 마법도 수준급에 똑똑하니까 변경백 해도 잘할 거 같은데. 데리온은 맘이 약해서 기사단을 이끌거나 중요한 결정을 내리는 것도 힘들어할 것 같고."

"맞아. 변경백이 되어도 난 잘할 거야. 하지만, 내 연구는?"

"발표만 하면 끝이잖아. 다른 사람이 해도 되지 않을까?"

"넌 내가 변경백이 되길 바라는 거지? 그런 거지!"

"꼭 그렇다기보단 1번은 도망쳤고 2번은 솔직히 부족하고, 그러니 3번 타라 데비우스만 남으니까. 영지민들 입장에서도 네가 낫지 않을까."

"그건 맞아. 내가 우리 셋 중엔 최고지."

그레타는 타라가 데비우스 땅과 영지민들을 얼마나 사랑하는지 잘 알고 있었다. 타라가 고대어 연구자가 되고 싶어 했던 것도 고대에 이루어진 마물에 대한 연구서를 해독하기 위함이었고, 그것은 데비우스 영지를 침범하는 마물들을 지금보다 더 적은 피해로 막고 싶다는 마음에서 기원한 것이었다. 태생부터 아주 훌륭한 지도자감이다.

"그럼, 그레타. 일단 너 나랑 데비우스에 가자."

"뜬금없이 그게 뭔 소리야."

"변경백이 되면 가장 먼저 데비우스 궁수부대를 창설할 생각이었는데, 활을 쏠 일이 별로 없다 보니까 히테리아에 비해 데비우스는 평균적으로 궁술 실력이 무척 낮아. 기사들의 궁술 실력을 높이는 게 급선무야. 네가 강습을 하러 와라."

"너 이미 후계자였어?"

"아니. 데리온이 너무 일을 안 하길래, 내가 같이 이것저것 진행하고 있었거든."

방금 전까지 변경백이 되기 싫은 것처럼 굴던 건 거짓말이었는지, 타라는 이미 미래 계획까지 다 세워 두었던 모양이었다.

"아무튼 내가 기사들을 어떻게 가르쳐."

"아냐. 넌 할 수 있어. 솔직히 네가 조금 게을러서 그렇지 활 쏘는 것만 놓고 보면 황실궁수부대보다 나을 거야. 생각해 봐."

그때부터 타라의 열띤 웅변이 시작되었다.

그레타 너의 실력이면 황실궁수부대 대장 자리를 차지하는 것은 물론 더 나아가 활로 세계를 제패할 수 있다. 하늘이 내린 그 재능을 썩히고 있는 것이 가당키나 한가. 이 대륙에서 가장 많은 마물이 남아 있는 저 젤리타 설원 너머의 마물들을 무찌를 군인을 네 손으로 키워 우리 인간의 영역을 안전하게 지키자. 할 수 있다, 그레타 리에보. 너는 활로써 이 나라를 세운 초대 황제의 오른팔, 신궁 리에보의 후손이다. 아자아자, 그레타 리에보!

"훗, 내가 활이라면 최고긴 하지. 내가 맘만 먹었어 봐. 루카스 닌델라 경은 내 밑에서 구르고 있었을 거다 이거야."

"그래, 그레타. 와서 체계적으로 교습 좀 해 줘. 리차드도 너보다 활을 못 쏘는데, 여기엔 리차드의 반도 못 하는 사람들이 가득하다고 생각해 봐. 얼마나 심각해."

"그치만 타라. 데비우스는 너무 멀어. 나는 공작님과 떨어질 수 없는 몸이 되었어."

"아니야, 그레타. 떨어질 수 있어. 사실 너는 공작님과 아무 사이도 아니잖아. 너무 말이 심했다, 미안. 아무튼 아단티에 공작님은 지금 원정 훈련을 가셨잖아. 그 시간을 좀 능률적으로 쓰라는 거지. 어차피 황실에 궁수부대 창설 지원을 요청해놔서 겨울에 황실궁수부대가 데비우스에 올 거야. 실력 좋은 훈련 교관도 파견해 주기로 했어. 그 전에 잠깐 동안 기사들을 그럭저럭 쓸 만한 실력으로 만들어 놓는 게 목표니까, 너무 어렵게 생각하지 마. 네가 아카데미에서 궁술 교양 듣는 애들 과외 해 주던 거랑 똑같아."

"아카데미에서 학생들 한두 명 가르치는 거랑 목숨 걸고 싸우는 군인들을 양성하는 거랑 같니."

"그냥 대상이 아저씨가 되었다는 것이 다를 뿐이야. 넌 할 수 있어! 난 알아! 너를 못 믿겠으면 나를 믿어, 그레타 리에보."

타라의 설득은 계속되었다. 너만큼은 돈도 많이 주겠다. 의식주 모두 해결해 주겠다. 딱히 돈이 궁한 것도 아니고 멀고 추운 북쪽 끝 데비우스까지 가고 싶은 마음도 없던 그레타의 마음을 찌른 건 다름 아닌 이 말이었다.

"너 딱히 하고 싶은 일도 없잖아, 그레타. 계약서 쓰고 제대로 된 대가를 받으며 교습 일을 해보는 것도 좋은 경험이 될 거야."

"알았어, 생각해 볼게."

타라의 연락을 받기 전 그레타는 반쯤 제정신이 아닌 생활을 하고 있었다. 머릿속은 오로지 원정을 떠난 사랑하는 공작님으로 가득 차 있었다.

"잠시 이런저런 것을 경험하며 방황하는 시간을 갖는 것도 괜찮지 않겠습니까?"

얼마 전 사냥대회에서 그가 했던 말이 떠올랐다.

여전히 하고 싶은 건 없다. 궁술을 가르치는 일을 잘할 수 있을지, 재미있게 할 수 있을지는 잘 모르겠다. 하지만 이것 하나만은 확실하다. 해서 손해 볼 게 없다.

"할게, 타라!"

그레타 리에보에게는 직진뿐이다.

머뭇거릴지언정 후퇴하지 않는다. 그것이 사랑이든 도전이든!

20.

대 마물 전쟁 이후 대륙에서 마물은 더 이상 재앙이 아닌 위험한 자연현상 정도의 수준으로 격하되었다. 그러나 데비우스 영지에 맞닿아 있는 젤리타 설원은 오래전부터 인간의 손길이 전혀 닿지 않은 불모지였고, 마물의 개체 수가 예나 지금이나 다르지 않았다. 데비우스의 역할은 제국 내로 설원의 마물들이 침범하지 못하도록 막는 것이었다. 데비우스 변경백이 큰 적자에도 불구하고 강력한 마법사단을 유지하려 애써 온 것에는 그런 이유가 있었다. 이와 같은 막중한 책임을 잘 알고 있는 황실에서도 매해 데비우스에 지원금을 넉넉히 보내 주고 있었다.

그렇다면 왜 데비우스 백작가는 현재 적자를 거듭하다 빚더미에 앉게 되었는가. 바로 데비우스 변경백이 오랜 숙원인 외벽 건설에 돈을 쏟아부었기 때문이다. 그나마 다행인 건 빚은 모두 황실에 졌고, 황실은 데비우스를 등지지 않을 것이라는 것. 상환 기간도 넉넉히 20년이나 잡아 주었으니 사실상 눈감아 주기로 한 것이나 다름없었다.

그러나 아카데미에서도 인정한 불세출의 천재, 타라 데비우스는 도저히 자신이 물려받을 영지가 빈털터리인 꼴은 봐줄 수가 없었으니, 궁수부대를 창설해 돈 먹는 하마와 같은 마법사단을 갈아엎어 빚도 갚고 아버지의 숙원인 외벽 건설까지 해내기로 결심했다.

"외벽 건설? 그게 뭔데?"

"말 그대로 영지의 성벽 너머에 벽을 세우는 거야. 지금 있는 성벽도 튼튼하긴 한데, 겨울철 토벌전 때 아예 진지로 사용할 수 있는 안전지대를 설치해서 영지민들의 불안도 잠재우고, 토벌에서 좀 더 우위를 선점할 수 있게 하려는 거지. 궁극적인 목표는 그런 식으로 야금야금 설원을 정복해 나가는 거야. 내가 세운 일차적 목표는 외벽을 건설해서 거기에 사수로 구성된 경비조를 상주시키는 거야. 저렴하고 신속한 일차 대처가 가능하게."

"기존 기사단원들도 다들 활 정도는 쏠 줄 알지 않아?"

"데비우스의 수입원은 광산이야. 날씨가 너무 추워서 가축 이외에는 사냥감으로 삼을 만한 짐승이 적어서 사냥꾼이 거의 없어. 제국의 어떤 지역보다도 평균 궁술 실력이 떨어져. 계절마다 바뀌는 정신 나간 바람 탓도 있고. 그리고 나는 그냥 쏠 줄 아는 정도를 원하는 게 아냐. 진짜 쓸 수 있는 군인을 원하는 거야."

그렇게 그레타는 데비우스로 향했다. 초목이 돋아나는 짧은 여름을 제외하고는 덜 춥냐 더 춥냐로 계절이 나뉘는 제국 최북방에 위치한 데비우스 영지. 이곳은 한여름이라는 것을 믿을 수 없을 만큼 시원했다.

'데비우스 영지는 시원하니까 공작님이 피서 오시기 좋겠다.'

확연한 온도 차를 처음 경험한 순간 그레타가 가장 먼저 생각한 것이었다. 그레타가 데비우스 백작가의 저택에 도착했을 때, 작위 계승식은 이미 끝나고 황실에 통지서까지 보낸 뒤였다. 몸져

누운 아버지를 위해 계승식은 단출하게 치러졌다. 변경백 하기 싫다고 징징댄 건 거짓말이었나 싶을 정도로 타라는 이미 가문 내에서 단단한 입지를 가지고 있었다. 사실 장자가 도망친 뒤 데비우스 백작가의 모든 관련자들은 타라를 후계자로 점 찍어둔 것이나 다름없었다. 딸을 고생시키고 싶지 않은 변경백의 고집으로 괜히 둘째만 고통받았을 뿐이다.

"오, 백작님!"

"너까지 날 그렇게 부르면 운다."

"울면 난 도망칠 거야."

"안 돼. 계약서에 이미 도장 찍었어."

변경백의 자리에 오른 타라가 가장 먼저 시작한 새로운 사업은 궁수부대의 창설과 점진적인 마법사단의 축소였다. 그 계획에 있어 제일 중요한 인물은 충격적이게도 그레타였다.

"계약한 두 달 동안, 너는 미리 차출해둔 기사들의 실력을 백발백중으로 만들어둬야 해. 그리고 50명 정도를 새로 궁수부대원으로 모집할 거야. 기사단장 론파 경과 이야기해서 너는 심사 방법을 정하고 심사위원으로 참가해서 실력을 확인해 줘."

그레타는 타라가 자신을 꼬실 때 말한 것처럼 아카데미 시절 궁술 과외에 인원만 확장된 수준을 생각하고 몹시 가볍고 안일한 마음을 가지고 먼 북쪽 땅에 왔다. 그런데 갑자기 주어지는 이 막중한 임무는 무엇이란 말인가.

새 데비우스 변경백 타라 데비우스가 우락부락한 기사들 앞에서 일평생 활 쏘는 걸 취미로만 해 온 사회 경험 일자무식인 스물셋의 젊은 여성을 기사단장과 동등하게 대우할 것을 명령했을 때, 그리고 그 여성이 자신이라는 걸 체감했을 때 비로소 그레타는 뭔가 일이 심각하게 돌아가고 있다는 사실을 깨달았다.

"아무리 계약직이라도 이거 너무 막무가내인 거 아냐? 이거 중요한 거 아니었어? 나 그냥 완전 초짜들 교습만 하러 온 거 아니었냐고!"

"아냐. 데비우스 궁수부대 임시훈련대장 두 달 계약직이야."

악랄한 타라 데비우스는 엄청 긴 계약서의 가장 끝에 아주 작은 글씨로 명시된 문항을 보여 주었다. 친구가 자신의 뒤통수를 칠 거라 생각하지 않았던 순진한 그레타는 그냥 기간과 급여만 보고 서명을 해 버린 것이다. 계약서는 꼼꼼히 읽어봐야 한다는 어른들의 조언을 귀담아듣지 않은 그레타에게 그렇게 무거운 감투가 씌워졌다.

"타라, 내가 뭘 안다고 다짜고짜 사람들을 이끌어? 나 아카데미 반장 선거에 나가는 것도 싫어했던 거 알잖아."

"하지만 막상 당선되고 나서는 가장 열심히 했지."

"아니야, 이건 진짜 아닌 것 같아."

"위약금을 생각해, 내가 아직도 네 친구로 보이는 거냐!"

그레타 리에보는 저 스스로 잘하는 것 하나 없는 무능한 사람이며 하고 싶은 것도 하나 없는 게으른 인간이라고 종종 말하고는 했다. 그러나 말했듯이 타라 데비우스는 불세출의 천재다. 아카데미 시절 이미 그는 그레타 리에보에 대해 꿰뚫었다. 그레타 리에보는 인재다. 그것도 돈 주고는 구할 수 없는 어마어마한 인재.

그레타는 아카데미의 궁술을 담당하는 교수보다도 실력이 뛰어났고 그레타의 과외를 받는 학생들은 의지만 있다면 금방금방 실력이 늘었다. 힘들어서 못 견디고 도망간 학생들도 여럿 있었지만. 그때부터 이미 데비우스 궁수부대에 대한 계획을 세우고 있었던 타라의 마음속에 그레타는 아무도 발견하지 못한 진흙 속의 진주와도 같은 인재였다.

"일단 일주일 줄 테니까 기사단이랑 친해져. 모든 안내는 기사단장인 론파 아저씨가 해 줄 거야. 얘기 잘 나누고 훈련계획서랑 궁수부대 선발시험 계획서 작성해서 가져와."

"이 악덕 고용주."

"내 이름은 타라 데비우스, 악덕 고용주지. 너무 무겁게 생각하지 마. 직함만 좀 그럴듯하게 달아 놓은 거니까."

고용계약서에 이미 지장을 찍은 그레타는 도망칠 수도 없었다. 그 덕에 일주일 내내 론파를 비롯한 기사들과 대화를 나누고, 젤리타 설원의 마물들에 대한 책을 읽고, 지난 토벌전에 대한 기록과 관련 논문들을 찾아보고, 더 나아가 데비우스의 환경에서 실제로 활을 수십 발씩 쏴 보며 눈코 뜰 새 없이 바쁜 시간을 보내야 했다.

데비우스 기사단에서 활은 보조 무기에 불과했다. 사냥대회가 잦은 중남부와 달리 활을 쏠 일도 많지 않은 데다가 대개의 원거리

공격은 강력한 마법사단이 도맡고 있었다. 그것은 시시각각 변하는 북부의 강한 바람의 영향도 컸다. 좌표가 지정되는 마법에 비하면 활의 명중률은 처참한 수준이었다.

"이런 걸 어떻게 하는 거지? 죽을 거 같아!"

그레타는 언제나 담담한 얼굴을 하고서 무려 황실 기사단장씩이나 하고 있는 라가헨을 떠올리며 머리를 쥐어뜯었다. 단순히 기초적인 훈련 계획을 세우는 것조차 이렇게 어려운데 수많은 기사들을 통솔하고 여러 상황에 맞춰 그들을 적재적소에 이용하는 것은 얼마나 어려운 일일까.

그레타는 처음으로 명령만 따르면 되는 기사 1 신분의 리차드가 부러워졌다. 그리고 바로 얼마 전 백수의 신분을 저버린 채 이곳에 오기로 결심한 자기 자신을 원망했다.

"하지만 그래도 잘 해내야 해. 이왕 이렇게 된 거, 멋진 사람이 될 거야. 제일 멋진 사람이 되어서 공작님이 돌아왔을 때 나한테 반하게 만들 거야!"

그레타의 모든 원동력은 라가헨 솔 아단티에를 향한 사랑에서 나오고 있었다.

결론적으로 말하자면 타라 데비우스는 천재였고, 그의 사람 보는 눈은 틀리지 않았다. 그레타는 단 일주일 만에 궁수부대로 차출된 기사들의 궁술 수준을 확인하고, 데비우스 영지의 계절별 바람의 변화에 따른 훈련계획서와 선발시험 계획서를 가져왔다.

"난 너를 믿고 있었어, 그레타. 계속 열심히 해 줘."

"고마워."

"진짜 이렇게까지 잘해 줄 거라고는 기대 안 했는데, 너무 훌륭해! 그레타 리에보, 너는 이 타라 데비우스가 인정한 인재다. 이건 보너스. 가서 기사 아저씨들이랑 회식이라도 해."

"감사합니다, 사장님!"

악덕 고용주에게 칭찬을 받은 그레타는 순진하게 감격했지만 사실 타라는 음흉한 생각을 하고 있었다.

'그레타가 아무 경력도 없고 경험해 본 게 없어서 다행이야. 안 그랬으면 이렇게 싼값에 고용하지 못했겠지.'

여태 돈을 벌어본 적 없는 그레타는 몰랐지만 그레타와 같은 실력자를 초빙하려면 지금 주는 돈의 세 배는 더 줘도 모자랄 것이다.

오랫동안 데비우스 기사단을 도맡은 기사단장 론파가 놀랄 만큼 그레타의 통찰력은 뛰어났다. 타라는 리에보 가문에서 애를 너무 싸고돌아서 이렇게 훌륭한 재능을 펼치지 못할 뻔했다고 생각하며 혀를 찼다. 오히려 그 덕에 앞으로 쑥쑥 발전할 그레타의 값을 후려쳐 여기까지 데리고 올 수 있었던 것이기도 했지만 말이다.

그렇게 시간은 빠르게 흘러가고 어느새 살을 에는 듯이 차디찬 바람이 불며 새파란 하늘과 함께 데비우스에도 가을이 찾아왔다.

가을
Autumn

1.

'이건 취업 사기야.'

그레타는 생각했다. 하지만 더 생각을 이어 갈 수는 없었다.

"리에보 대장, 11시 방향!"

"봤어."

곧장 활시위를 당긴 그레타는 11시 방향에서 뛰어오는 마물 육손원숭이를 쏘았다. 빠르게 날아간 화살이 원숭이의 눈을 정확하게 꿰뚫었다. 기괴한 신음 소리를 내지르며 육손원숭이가 절명했다.

"2시 방향 두 마리 더 온다."

"제가 맡을게요."

총 열 세 마리의 마물을 쏘아 죽이는 데까지는 30분 정도가 걸렸다. 더 이상의 마물이 보이지 않자 그레타는 진땀을 흘리고 있는 마법사에게 물었다.

"탐지 한번 해 주실래요?"

"예."

마법사가 알 수 없는 주문을 외우자 그의 몸에서 약한 파동이 퍼져 나갔다.

"일단 탐지 범위 내에는 마물이 더 없습니다."

그 말에 그레타를 포함한 궁수경비조원들이 모두 자리에 주저앉았다.

"하아, 힘들었다."

"이제 가을 시작인데 벌써 이러면 어쩌자는 거지?"

"빨리 교대하자. 힘들어 죽겠다, 진짜."

그레타는 울분이 가득한 얼굴로 자리에서 벌떡 일어났다.

"역시 이건 취업 사기야. 나는 고용주에게 항의해야겠어."

"리에보 대장. 며칠 전에도 그 소리 해 놓고 까였잖아."

"시끄러. 이건 진짜 사기당한 거야, 사기!"

그레타 리에보. 무려 데비우스 궁수부대 임시훈련대장.

절친한 친구이자 몇 달 전 새로운 데비우스 변경백이 된 타라 데비우스의 꾐에 넘어가 멀고 먼 북쪽 끝자락에 갓 도착했을 때만 해도 그레타는 자신이 이렇게 힘하고 바쁜 생활을 하게 될 줄은 전혀 상상도 하지 못했다.

그레타는 아카데미 시절 화살을 시위에 거는 것조차 제대로 하지 못하던 재앙 수준의 재능을 가진 학생들도 가르친 경력이 있다. 심지어 그레타가 가르친 학생들 대부분은 궁술 교양에서 우수한 성적을 거두기까지 했다. 기본기가 잡혀 있고 훈련에 임하는 태도부터가 다른 데비우스 기사단원들을 대상으로 한 그레타의 강습은 대단한 효과를 거두었고, 예비 궁수부대원으로 발탁된 기사들의 실력은 일취월장했다. 힘들기는커녕 재미있기까지 했다.

'나 진짜 천재 강사인가?'

그렇게 생각하며 으스대기 시작할 무렵, 예기치 못한 일이 벌어졌다. 바로 젤리타 설원의 마물들이 데비우스 영지로 내려오기 시작한 것. 먹이가 부족한 겨울이 되면 마물들은 먹이 경쟁이 심한 젤리타 설원에서 데비우스 영지로 내려와 연약한 인간의 살을 탐했다. 매해 겨울마다 이뤄지는 젤리타 설원의 마물 토벌은 그쯤해서 이루어지는 연례행사와 같았다.

하지만 올해는 무언가 달랐다. 여름이 채 끝나기 전부터 마물들이 자주 모습을 드러내더니, 시간이 지날수록 영지로 내려오는 마물들의 숫자가 점점 더 늘어났다. 데비우스에서 평생을 나고 자란 기사단장은 물론이고, 전대와 현대 변경백 모두 처음 겪는 일이었다.

훈련을 위해 성벽 위에서 이따금 나타나는 마물들을 사냥하던 궁수부대원들이 그 변화를 가장 먼저 포착했다. 이것이 그다지 심각한 문제라고 생각하지 못했던 그레타는 자주 모습을 드러내는 마물들을 보며 단순히 강도 높은 실전 훈련을 하기 딱 좋겠다고 생각했다. 그에 기사단장 론파와의 합의 후 궁수부대원들을 다섯 개 조로 나누어 경비 업무에 투입시켰다.

그레타의 강습으로 궁술 실력이 대폭 올라있던 부대원들은 점점 늘어나는 마물들을 상대하며 풍부하게 실전 경험을 쌓을 수 있었다. 기대한 대로 아주 훌륭한 결과였다. 그러나 문제는 마물들의 출현 빈도가 너무 잦아졌다는 것이다. 덕분에 얼마 전부터는 외벽 건설 공사도 모두 중단해야만 했다.

"대 마물 전쟁도 아니고, 이게 뭐야."

그레타가 짜증스럽게 말했다. 근래 그레타는 눈 코 뜰 새 없이 바빴다. 이주 전 새로 뽑은 신규 궁수부대원들의 훈련과 더불어 경비조의 실전 훈련에 한 번씩 참가해 각 부대원들의 강점과 약점을 파악해 지도하는 것은 물론, 성벽을 향해 달려오는 마물들을 처리하는 일까지.

"타라 데비우스는 악랄해. 나처럼 아무것도 모르고 순진한 사람을 잡아다가 궁수부대 훈련대장을 시키질 않나, 추가수당도 안 주고 이렇게 험하게 굴리질 않나. 진짜 추워 죽겠어. 너무 싫어!"

아무리 가르치길 잘 가르치고 시키지도 않은 일까지 곧잘 해내는 훌륭한 일꾼이라고 한들, 그레타는 고작 스물 셋의 곱게 자란 사회초년생이었다. 때문에 그레타는 대체로 짜증이 나 있었다.

"리에보 대장. 3조 혼내 줘. 왜 교대 안 와?"

제니헨이 투덜거렸다. 제니헨은 궁수경비조 2조의 조장이다.

"경이 포바 경을 포박하면 내가 쏴 버릴게."

"좋아. 저기로 던지자."

"나도 돕겠습니다, 대장! 조장!"

"3조 타도!"

녹초가 된 2조 조원들이 한마디씩 거들었다. 그때, 마치 기다렸다는 듯이 3조 조장 포바와 조원들이 급히 달려오는 것이 보였다. 포바가 크게 외쳤다.

"아이고, 저희가 늦었습니다. 죄송합니다."

"교대 시간을 준수하지 않는 3조는 추가 근무!"

"중간에 노집사님께서 저를 불러서 대장을 불러오라고 지시를 내리시는 바람에 늦었습니다. 죄송합니다."

"집사님이? 나를?"

"예. 뭔가 영주님이 상의하실 일이 있다는 것 같은데요?"

그레타가 인상을 구겼다.

"불길하다, 불길해."

친구 타라는 너무나도 사랑스럽지만, 변경백 타라 데비우스는 악랄하고 교활한 악덕 고용주다.

"나는 먼저 가 볼게. 제니헨 경이 인수인계하고 2조는 쉬어요."

"알았어요."

"들어가세요, 대장!"

그레타는 성벽 밑에 마련된 간이 마구간으로 향했다.

"룰루, 가자."

애마 자라는 남부 태생이라 추운 북부에는 데려오지 못했다.

룰루는 타라가 직원 복지 차원에서 지급한 말이다. 곧장 데비우스 성으로 간 그레타는 타라가 기다리는 집무실로 향했다. 타라는 산처럼 쌓인 서류 속에서 헤엄치듯이 일하고 있었다. 완벽주의자인 타라는 전대 변경백이 앓아눕기 시작할 무렵부터 제대로 해결되지 않은 일들을 다 끄집어내 제대로 만들어 내고, 궁수부대 창설과 마법사단 축소 등 쏟아지는 일들을 해결하느라 데비우스 땅 전체에서 제일 바빴다. 그레타의 인기척을 느낀 타라가 여전히 서류에서 시선을 떼지 않으며 말했다.

"어, 왔어?"

"나 불렀다며? 무슨 일이야?"

"왜 전에 네가 론파 경이랑 같이 작성한 보고서 있잖아."

"마물 출현 빈도 보고서 말하는 거야?"

한 주 전, 그레타와 론파는 변경백의 명령으로 올해 나타난 마물들의 이상행동에 대해 집계한 자료를 예년까지의 정보들과 비교 분석하여 보고서로 작성했다. 마물의 움직임에 몹시 예민한 데비우스 변경백으로서 타라는 해당 보고서에 추가 자료를 첨부해 수도 히테리아에 보고했다.

"응. 히테리아에서도 심각하게 받아들였나 봐. 조사단을 파견할 거래."

"우와 조사단까지? 심각하긴 한가 보다."

"조사대장이 무려 루카스 닌델라 경이다."

"그게 나랑 무슨 상관이야?"

"닌델라 경께서 직접 오신 김에 궁수부대에 관해 조언을 해 주실 예정이야. 겨울로 예정되어 있던 훈련 교관 파견도 일정을 당겨서 이번에 같이 오기로 했어. 네가 임시훈련대장이니까, 궁수부대 관련해서는 네가 좀 맡아 줬으면 해."

그레타가 입을 떡 벌렸다.

"그렇게 중요한 일을 왜 나한테 맡겨. 계약직에게 너무 많은 책임을 몰아 주는 거 아니냐고!"

"현재 데비우스 궁수부대는 네가 책임자나 다름없으니까."

타라는 대수롭지 않은 말투로 말했다.

"사실 상황이 안 좋아서 겨울까지 네 계약을 연장하려고 했는데, 황실에서 일찍부터 훈련 교관을 파견해 준다니까. 남은 기간 동안 적당히 인수인계 정도만 해 주면 돼."

그레타의 계약은 두 달이었고, 계약기간은 이제 얼마 남지 않았다.

"언제 오는데?"

"오늘. 아마 곧?"

"야, 타라 데비우스!"

"미안. 말하는 걸 까먹었지 뭐야."

2.

루카스 닌델라. 그는 아마도 이 예가헨 땅에서 라가헨 솔 아단티에 다음으로 유명한 남자일 것이다. 왜냐하면 그가 바로 황실궁수부대 대장이자 수도방위군의 수장이기 때문이다.

활에 죽고 활에 사는 활에 미친 예가헨 제국민들은 황실 기사단장보다 황실궁수부대장을 더 높게 쳐줬다. 아단티에 공작이 팔을 잃지만 않았다면 지금 궁수부대장은 루카스 닌델라가 아니라 아단티에 공작이었으리라는 말이 공공연하게 나올 정도로 그 자리의 위상은 대단했다.

그러나 불행히도 루카스 닌델라는 명예와 실력보다는 가벼운 행동과 반반한 낯짝, 그리고 바람둥이로 더 유명했다. 루카스 닌델라가 황실궁수부대의 위신을 모두 깎아내리고 있다며 황태자가 이마를 짚은 일이 한두 번이 아닐 정도였다. 아마 신기에 가까운 궁술이 아니었다면 그는 일찍이 좌천되었을 것이다.

루카스 닌델라의 방정맞은 행동이 어떤 평가를 받든, 그는 궁술 실력이 월등히 뛰어나고 얼굴이 잘생겼기 때문에 인기가 많았다. 인기 많은 루카스 닌델라와 몇 명의 사람들이 데비우스로 향하고 있었다.

"으아아 튜워요! 루카스는 튜어!"

"대장님, 저희만 있는 것도 아닌데 부끄럽지도 않습니까?"

"괜찮아. 우린 친구인걸. 그렇지이?"

루카스가 후드를 깊게 뒤집어쓴 사내를 향해 애교 섞인 목소리로 말했다.

남자가 들은 척도 하지 않자 루카스가 거짓 눈물을 흘렸다.

"매정해. 미워잉."

"경, 대장님의 무례를 용서해 주십시오."

"신경 쓰지 마라. 익숙하다."

남자의 단호함에 니나는 다른 이에게도 말했다.

"학자님. 닌델라 대장님의 경박한 행동을 너무 신경 쓰지 마십시오. 그냥 머릿속에서 잊어버리십시오."

그들 무리는 루카스 닌델라와 마물 학자, 후드를 쓴 남자, 그리고 나머지 다섯 명의 궁수부대원들로 구성된 조사단이었다.

데비우스 변경백으로부터 보고서를 받은 황태자는 전문가 및 대신들과의 비밀스러운 회의 끝에 젤리타 설원의 마물들의 이상 행동에 대해 은밀히 조사하라고 지시했다. 확실치 않은 내용을 공론화하기에는 마물에 대한 일반 백성들의 트라우마가 여전히 심했기 때문이다.

"텔레포트 게이트 하나만 더 통과하면 데비우스입니다."

"벌써 이렇게 추운데 데비우스에 도착하면 바로 얼어 죽는 거 아닐까?"

일행이 각자의 말 옆구리를 찼다.

후드를 눌러 쓴 사내가 탄 말이 푸르릉, 투레질을 했다. 그의 검은 말은 아주 크고 몹시 멋있어서, 한 번 보면 절대 잊을 수 없을 것처럼 인상 깊었다.

· 🍃 ·

해질 무렵, 데비우스 성에 손님들이 도착했다.
"오시느라 수고 많으셨습니다. 타라 데비우스입니다."
"변경백께서 이렇게 아름다우실 줄이야. 더 빨리 오지 못한 게 아쉽군요."

루카스가 타라와 악수하며 능글맞게 웃었다. 타라는 싫은 티 한 번 내지 않고 미소를 유지했다. 황태자가 보낸 편지 말미에 '변경백이 닌델라 경을 너그러이 봐주었으면 좋겠다'는 우려 섞인 한 문장이 적혀 있었던 탓이다. 그게 아니더라도 타라는 루카스 닌델라의 경박함에 대해 익히 잘 알고 있었다.

"닌델라 경께서 직접 와 주신 것만으로도 충분한 영광입니다."
"아하하하하! 그렇게 말씀해 주시니 너무너무너무 기쁜걸요."

조사단 각각에게 따뜻한 방이 제공되었다. 타라는 다 같이 저녁 만찬을 가지려 했으나 루카스의 부탁으로 조사단원들은 각자 배정된 방에서 따뜻한 저녁 식사를 했다.

식사가 끝난 뒤 늦은 시각이 되어서야 드디어 변경백 타라 데비우스와 기사단장 론파, 데비우스 성의 마물학자 바톤, 궁수부대 임시훈련대장 명찰을 차고 있는 그레타와 수도에서 온 조사단원들이 한자리에 모였다. 조사단장을 맡은 루카스가 말했다.

"황태자 전하께선 이상행동의 원인을 규명한 뒤, 가능하다면 본 인원과 데비우스의 전력으로 문제를 해결하고 돌아오길 원하십니다."

타라가 고개를 끄덕였다. 이 상태가 계속 진행된다면 겨울 토벌 시즌이 어떻게 진행될지는 누구도 예상할 수 없었다.

"보고서를 올린 뒤 데비우스 자체적으로 진행한 조사 결과를 말씀드리겠습니다."

타라의 턱짓에 마물학자 바톤이 입을 열었다.

"현재 출현 빈도가 급증한 마물들의 종류는 육손원숭이, 렉시아, 호바이 등으로 젤리타 설원 먹이사슬 내에서 하위 계층을 맡고 있는 대표적인 종들입니다. 현재까지의 조사에 따르면……."

바톤의 말을 요약하자면 설원 너머 산중에 먹이사슬 하위 계층의 마물들이 감당할 수 없는 새로운 상위 포식 마물이 등장했을 가능성이 있다는 것이었다. 조사단원 중 한 명인 마물학자 페르비오르스도 그 말에 동의했다.

한참 동안 이어진 대화 끝에 조사단이 직접 산 안쪽으로 조사를 나가야 한다는 쪽으로 대화 내용이 기운 뒤에야 주제는 궁수부대로 옮겨갔다.

"예비 궁수부대의 임시훈련대장이 이분이신가요?"

루카스는 한자리 차지하고 있기에는 누가 봐도 너무 어린 그레타를 보며 고개를 갸웃했다. 마물 이야기를 들으며 내내 입을 꾹 다물고 있던 그레타가 화들짝 놀라며 말했다.

"네, 그레타 리에보입니다."

"리에보? 그 리에보요?"

"그 리에보가 뭔지는 모르겠지만, 신궁 리에보를 말씀하신다면 그 리에보가 맞습니다."

"지난 로루스 사냥대회에서 라가헨, 아단티에 공작이랑 파트너 했던 리에보가 아가씨예요?"

"어, 네? 네."

"세에에에상에에에에!"

여태까지의 심각하고 진지했던 분위기를 날려버리며 루카스가 호들갑을 떨었다.

"무슨 일이신지요, 닌델라 경?"

타라가 아주 딱딱하고 차가운 목소리로 호들갑을 끊어 버렸다.

"아하하하! 아무것도 아닙니다. 로루스 사냥대회에서 리에보 영애가 아주 훌륭한 솜씨를 뽐냈다는 이야기를 들은 바가 있어서. 아무튼 훈련 교관은 여기 머레이 경이 맡아 줄 겁니다. 실력이 매우 출중하고 가르치는 데에도 재능이 넘칩니다. 리에보 영애께서 내일부터 머레이 경과 아주 친밀하고 즐겁고 행복한 시간을 보내시면서 인수인계를 해 주시면 됩니다."

하루 편히 쉬며 긴 시간의 이동으로 다소 지친 몸을 회복시킨 뒤, 데비우스 기사단의 훌륭한 기사 몇과 궁수부대의 인원을 차출해 조사를 나가는 것으로 잠정 결론 짓고 나서야 긴 회의가 끝났다.

회의 내내 그레타는 가시방석에 앉은 듯 몹시 불편했다. 왜냐하면 후드를 뒤집어쓴 거대한 남자가 자신을 노려보는 것이 느껴졌기 때문이다.

'뭐지? 날 왜 쳐다보는 거야? 아는 사람인가? 아닌가? 내가 마음에 안 드는 건가?!'

얼굴이 전혀 보이지 않게 후드를 쓴 남자는 분위기까지 음침했다. 얼굴에 아주 무시무시한 흉터가 있다고 했지. 타라가 저자는 왜 불편하게 후드를 쓰고 있느냐 물었을 때 루카스가 한 답이었다.

'부담스러워. 저 사람이 머레이 경이 아니라 다행이다.'

그랬다면 인수인계하기 진짜 싫었을 것 같다. 파견된 훈련 교관 머레이 경은 꽤나 서글서글한 인상이라 성격이 좋아 보였다.

방으로 돌아간 그레타는 창밖을 바라보았다. 거센 바람이 창을 두들겨 덜컹거렸다.

"으아, 추워라."

냉큼 두꺼운 커튼을 친 그레타는 따뜻한 침대 속으로 들어갔다. 추위를 많이 타는 그레타를 위해 사용인들은 언제나 침대 속에 온열 아티팩트를 넣어 놓았다. 이불 속 가득한 온기에 몸이 노곤노곤해지며 잠이 쏟아졌다.

"하아, 이제 곧 있으면 수도로 돌아가는구나."

데비우스에서의 생활은 즐거웠다. 처음에는 낯선 환경에서 적응하는 것이 조금 어려웠지만, 하루가 다르게 쑥쑥 늘어나는 부대원들의 궁술 실력은 그레타를 자랑스럽게 했다. 생각한 것과 다른 막중한 책임감과 바쁜 일상 속에서 가끔 지치고 스트레스를 받기도 했다. 그렇지만 이 일을 하기로 결심한 것은 분명 잘한 선택이었다.

"사실 너는 공작님과 아무 사이도 아니잖아."

데비우스에 오기 전 타라가 했던 말은 그레타가 일에 집중하는 데 많은 도움을 주었다. 물론 정말로 그레타가 라가헨과 아무 사이가 아니라고 생각했기 때문은 아니었다.

'아직 아무 사이가 아닌데도 이렇게 감정에 휘둘린다면 연애 시작하고 나서는 내 생활이 더 없어질 테니까. 미리미리 내 일상과 사랑 사이의 균형을 맞춰야 해!'

일을 시작한 이후로 그레타는 라가헨을 생각하는 시간이 거의 없어졌다. 더 정확히 말하면, 그가 시도 때도 없이 찾아와 마음 문을 두드리는 데 집중할 여유가 전혀 없었다. 그것은 그레타에게 매우 긍정적인 변화였다. 매일 아단티에 공작님을 중얼거리며 넋을 빼고 다닐 때보다 훨씬 생산적인 인간이 되었으니까.

그래도 잠들기 직전, 하루 중 가장 내밀한 혼자만의 시간에는 그에게 문을 열어 주는 수밖에 없었다.

'공작님은 잘 지내고 계실까?'

매해 여름 원정은 괴물 같은 체력을 가진 리차드도 힘들다고 징징댈 정도라 조금 걱정스러웠다. 아마 그에게는 다른 생각을 할 여유가 전혀 없을 것이다. 자신은 고작 궁수부대 임시훈련대장 일을 하면서도 그를 생각할 여유가 많지 않은데, 무려 황실기사단장씩이나 되는 그에게 한가할 틈이 있을 리가 없었다.

'그래도 한 번쯤은 내 생각을 해 주셨으면 좋겠다.'

아니 한 번 말고 조금 더 생각해 주면 좋겠다.

'다디안 나뭇잎의 향을 맡을 때 한 번, 데빈에게 각설탕을 먹일 때 한 번. 그래, 딱 두 번이라도 좋아.'

그레타라고 이름을 불러주던 낮고 잔잔한 목소리가 다시 듣고 싶다.

별이 반짝이는 데비우스의 밤. 그레타는 차가운 바람이 부는 성 밖과 달리 따뜻하고 보드라운 산들바람이 부는 자신의 마음속 세상을 라가헨에게 활짝 열어 준 채 깊이 잠이 들었다.

3.

아침부터 궁수부대의 훈련장은 무척 분주했다. 오전 경비를 맡은 1조는 속상함을 감추지 못하며 성벽으로 향했고 나머지 부대원들은 앞에 선 그레타와 날렵한 인상의 30대 남자를 빛나는 눈으로 바라보았다. 잔뜩 기대한 그들의 앞에 선 그레타가 신나는 목소리로 말했다.

"여러분, 이분은 황실에서 데비우스 궁수부대에 파견해 주신 훈련 교관 머레이 경입니다. 무려 황실궁수부대 소속이십니다."

웅성웅성하는 소리가 퍼졌다.

"머레이 경께서 오늘 여러분들의 실력을 직접 확인하고 싶다고 하셨습니다. 우리 모두 힘차게 데비우스 궁수부대의 저력을 보여드립시다!"

"리에보 대장 멋지다!"

"대장, 나랑 결혼해요!"

군기라고는 눈곱만큼도 찾을 수 없는 모습에 그레타가 고개를 푹 숙였다. 임시라고는 해도 훈련대장씩이나 되는 멋진 직함을 달고 있었지만 그레타에게는 위엄이랄 게 없었다. 애초에 그레타는 그들을 부하보다는 학생이나 친구처럼 대했다. 마찬가지로 기사들도 그레타를 동생이나 친구처럼 대하고 있었다. 나이가 어리다는 점도 큰 영향을 끼쳤다.

"머레이 경, 죄송해요."

"이런 건 익숙합니다. 황실궁수부대와 다를 게 없네요."

"그런 말씀은 전혀 위로로 다가오지 않아요."

경박한 루카스 닌델라를 대장으로 둔 황실궁수부대에는 대장의 경박함이 전염병처럼 퍼져있는 터라 분위기가 이곳과 크게 다르지 않았다. 머레이는 굳이 그레타의 착각을 수정해 주지 않았다.

본격적인 실력테스트가 시작되고 난 후, 머레이는 놀랐다.

"데비우스는 마법이 주력이라 궁술로는 평균을 밑돈다고 들었는데, 이 정도면 훌륭한걸요?"

입단한 지 2주가 되지 않은 신규부대원을 제외한 기존 궁수부대원들의 실력은 상당했다. 황실궁수부대에 있는 북부 출신 대원은 파견 교관으로 떠나는 머레이에게 '대장님이 발톱으로 활을 쏘는 게 훨씬 나을 실력'이라며 북부인들의 활 솜씨를 후려쳤었다. 그 때문에 잔뜩 걱정을 했는데, 이게 웬걸?

"어머, 그래요? 사실 제가 처음 왔을 땐 정말이지, 휴."

그레타가 머레이에게 다가가 목소리를 낮춰 속삭였다.

"정말 엉망진창이었어요. 무슨 궁술 교양 듣는 아카데미 학생들 같았다니까요."

"정말입니까? 그렇다고 하기엔 너무 훌륭합니다. 저는 리에보 영애, 아니 리에보 훈련대장께서 말씀하신 궁술 교양 듣는 아카데미 학생들 수준을 생각하고 왔거든요. 훈련대장님의 실력이 정말 대단하신 것 같습니다."

"아니에요, 아니에요. 뭘 그렇게 띄워 주시고 그래요. 낯부끄럽게 훈련대장이라고 하지 마시고 그냥 그레타라고 부르세요."

머레이가 정색했다.

"그럴 순 없습니다. 리에보 훈련대장님이 오신 게 고작 두 달여밖에 되지 않았는데 부대원들 실력이 저 정도라니. 저기 신입 부대원들의 형편없는 실력에서 저만큼 성장했다는 것 아닙니까? 놀라운 일이죠, 제가 존경을 표할 수 있게 허락해 주세요. 하하하."

"아이참, 부끄럽게 자꾸 그러시네. 아무렴 머레이 경만 하겠어요, 제가. 무려 황실궁수부대에서 오신 분이신데. 호호호."

그레타와 머레이가 죽이 잘 맞게 떠들었다.

한참 잘 웃던 머레이가 갑자기 몸을 부르르 떨었다. 싸늘한 기운이 등골을 타고 올랐다.

"왜 그러세요, 머레이 경?"

"아무, 아무것도 아닙니다."

"추우세요? 온열 아티팩트 하나 빌려 드릴까요?"

그레타가 주머니에서 아티팩트 하나를 꺼내 내밀었다.

"아뇨. 훈련대장님께서 더 추워 보이시는데요."

그레타는 억지로 아티팩트 하나를 머레이에게 들려 주었다.

"데비우스 정말 춥죠? 얼마 뒤에 제 계약이 끝나는데, 그 전에 머레이 경이 오셔서 얼마나 다행인지 몰라요. 만일 타라, 아니 변경백님이 저더러 여기에 더 머물러 달라고 했으면 저는 머레이 경이 오시기 전에 얼어 죽었을 거예요. 산 채로 눈사람이 되었을지도 몰라요. 그거 아세요? 데비우스는 곧 있으면 지금보다 더 추워진대요. 이젠 더 껴입을 것도 없는데."

그때 제니헨이 둘의 대화에 끼어들었다.

"머레이 경. 리에보 대장은 저렇게 입고도 활 잘 쏴요."

"이렇게 입고요?"

머레이는 그레타의 옷차림을 훑었다.

적당한 두께의 코트를 입고 있는 머레이와 달리 그레타는 거의 굴러갈 듯 두껍게 입고 있었다. 매일 춥다고 노래를 불러 대며 한 겹 두 겹 껴입기 시작하더니, 얼마 전부터 궁수부대원들이 그레타를 '꼬마 곰 대장'이라고 부를 정도였다. 데비우스에선 한겨울에 어린아이들이나 입을 수준이었다. 그레타의 옷 안에는 머레이에게 내준 것 외에도 온열 아티팩트가 일곱 개나 더 숨겨져 있었다.

"이렇게 입고 활을 쏜다고요?"

그레타의 힘은 그다지 강해 보이지 않는다. 하지만 황실궁수부대에도 얇은 팔뚝에서 희한할 정도로 괴력을 쏟아 내는 이들이 있으니 그렇다 칠 수 있다. 하지만 그레타의 옷차림은 민첩성 따윈 저 멀리 갖다 버린 수준이었다. 저렇게 입고 활시위를 당길 수 있긴 한 건지 싶을 정도였다.

"못 믿으시는 것 같군요, 머레이 경. 우리 리에보 대장하고 열 발 대결하실래요?"

제니헨의 말을 들은 부대원들이 와르르 몰려왔다.

"리에보 대장, 데비우스 훈련대장의 진짜 실력을 보여 줘!"

"오, 리에보 대장이랑 머레이 경이랑 대결이다. 대결!"

그레타와 머레이는 부대원들의 계속되는 강요에 결국 열 발의 화살을 쏘아 가장 중앙에 가깝게 많이 쏜 사람이 이기는 지극히 전통적인 대결이 시작되었다.

그레타가 쏜 열 발의 화살은 모두 중앙에 꽂혔다.

"리에보 훈련대장님."

"네?"

"황실궁수부대에 입대하실 생각은 없으십니까?"

"그게 무슨 말씀이세요. 제 수준에 황실궁수부대라뇨."

"잘하면 루카스 대장보다 나을 수도 있을 것 같은데."

"제가 머레이 경보다 데비우스 바람에 익숙해서 그렇죠."

화기애애한 분위기가 계속 이어지는 궁수부대 훈련장에서 조금 떨어진 곳. 머리부터 발끝까지 드러나지 않게 후드가 달린 로브를 쓴 거대한 남자는 궁수부대의 임시훈련대장 그레타 리에보와 파견 온 훈련 교관 머레이 빌을 향해 시선을 고정하고 있었다.

그레타 리에보와 머레이 빌은 만난 지 얼마 되지도 않았는데 벌써 무척이나 친근해 보였다. 그레타 리에보가 머레이 빌 쪽으로 고개를 돌려 뭐라고 속삭이는 모습이 보였다.

으득. 남자의 이가 갈리며 섬뜩한 소리를 냈다. 그 순간 머레이 빌이 다시 한번 몸을 흠칫 떨었다. 그 모습을 잠시 지켜보던 남자는 거칠게 걸음을 옮겨 자리를 떠났다.

4.

이른 아침 성벽 경비를 나선 궁수경비조, 기사단장 론파와 함께 바깥 상황을 살피고 성으로 돌아온 루카스는 자신의 방 안에 앉아 있는 후드 쓴 남자를 발견했다. 히테리아에서 그와 함께 데비우스에 온 기사였다.

"방 안에서도 후드를 쓰고 있을 거야? 답답해!"

그에 남자가 다소 신경질적으로 후드를 벗었다.

"왜 그렇게 짜증이 난 얼굴이야, 라가헨?"

라가헨의 두 눈썹에 힘이 들어가 미간에 주름이 져 있었다. 그는 감정을 드러내는 일이 적은 터라 보기 드문 일이었다.

"무슨 일이야?"

"신경 쓸 것 없다."

"치! 그럼 왜 내 방에 있는데? 네가 기분 나쁜 티 못 감추고 실수라도 해서 '사실 저는 궁수부대원이 아니라 아단티에 공작이랍니다' 하고 들키기라도 하면 어쩌려고."

루카스의 장난기 가득한 말에 라가헨은 다시 한번 미간을 잔뜩 일그러뜨렸다. 은근한 짜증이 묻어나던 방금 전과 달리 이번엔 아주 노골적으로 불쾌감을 드러냈다.

"허튼소리 하지 말고 조사 계획이나 말해라."

"어제 안 들었어?"

"……."

"이상하네, 우리 라가헨."

"그딴 이상한 호칭 쓰지 마라."

날카롭게 말하면서도 은근히 시선을 피하는 푸른 눈동자에 루카스가 깔깔깔 웃었다.

"방금까지 성벽 위에 있다 왔어. 궁수경비조랑 페르 씨까지. 그런데 내가 생각했던 것보다 마물 출현 빈도가 높더라. 페르 씨가 그러는데 데비우스에서 조사한 대로 이전에는 없었던 위험한 마물이 설산에 있을 가능성이 제일 크대. 오늘 저녁까지 계속 지켜본 뒤에 내일 직접 조사하러 갈 거야."

"서두르는군."

"데비우스는 하루가 다르게 추워지니까. 더 추워지기 전에 가야지. 조사는 너랑 머레이 빼고 나머지랑 데비우스 기사단에서 토박이로 세 명, 머레이가 추천한 궁수부대원 세 명, 페르 씨랑 여기 마물학자 씨까지 갈 거야. 아, 마법사단 지원도 있어."

"잔뜩 몰려가는군. 그 훈련 교관은 왜 두고 가지?"

"머레이? 걔는 궁수부대 훈련 인수인계받아야 하니까 당연하지. 애초에 걔는 조사단이 아니라 훈련 교관으로 파견을 온 거니까. 왜?"

"……."

"왜? 왜? 뭐가 문젠데? 왜? 뭔데뭔데?"

루카스가 슬금슬금 다가와 라가헨의 옆을 얼쩡거렸다.

"시끄럽다, 루카스 닌델라. 훈련 교관은 잊어라. 그보다 내가 함께 가지 않아도 괜찮은가?"

언뜻 거만하게 들릴 만한 말이었지만 루카스는 아무렇지 않게 고개를 끄덕였다. 라가헨 솔 아단티에에겐 그 정도 자신감도 부족하다.

"일단 내일 나가는 건 원인을 찾는 게 목적이야. 만일 라가헨 네 힘이 필요할 정도의 마물이라면 마물학자들을 끼고 싸울 수는 없기도 하고."

"위험한 행동은 하지 마라."

그 말에 루카스가 헛웃음을 쳤다.

"너야말로 들킬 짓 하지 마. 네가 여기 있다는 거 들키면 전하가 나 혼낸다고 했단 말이야. 변경백에게는 내가 언질을 주긴 했지만, 알려졌다간 곤란해."

빛나는 외모와 달리 황태자는 무쇠 주먹을 가진 최전방 참전용사다. 그가 입고 다니는 아름다운 의복 속에는 무시무시한 강철 근육이 숨겨져 있었다. 대 마물 전쟁 최전방에서 황태자의 무자비한 주먹과 칼에 목숨을 잃은 마물들의 수는 셀 수 없이 많았다. 그에게 한 대 제대로 맞았다간 정말 머리통이 깨져 버릴지도 모른다.

· ✦ ·

라가헨 솔 아단티에. 그는 구국의 영웅이기도 했지만 평화의 상징이기도 했다. 마물과의 전쟁이 끝나고, 이제 마물은 인간을 사냥하는 사냥꾼에서 인간에게 사냥당하는 사냥감의 위치로 전락했다는, 인간 본위의 평화의 상징.

실제로 대 마물 전쟁 이후 대륙에서 마물들의 응집력은 사라지고 그 숫자는 대폭 줄었다. 하지만 오랜 시간 이 땅에 터를 잡고 지냈던 마물들이 단숨에 사라질 리 없었다. 매해 여름마다 원정 훈련 명목으로 토벌을 나가는 부르마토 산맥과 젤리타 설원과 같이 명백하게 마물의 영역으로 자리매김한 곳들은 여전히 남아 있었다.

부르마토 산맥과 젤리타 설원에 여전히 마물들이 들끓고 있음에도 예가헨 제국과 주변의 다른 소국들이 이제 마물의 시대가 끝났다고 믿을 수 있는 것은 다름 아닌 아단티에 공작의 존재 때문이었다.

아단티에 공작이 수도에 있다. 가장 강한 영웅이 평화롭고 조용하고 지루한 생활을 영위하고 있다. 어디선가 마물들이 다시 세력을 키워 인간을 위협하고 있었다면 아단티에 공작이 수도에 남아 있지 않을 거다. 그는 언제나 최전방에 서야 하는 영웅이니까.

아단티에 공작위를 받기 전부터 황태자의 곁에 머물며 일찍이 유명세를 탄 라가헨의 행보는 항상 주목받았다. 황태자 전하의 총애를 받는 최고의 용병 라가헨 솔이 지금 최전방에 있다더라, 그가 지금 후방으로 물러났다더라, 그가 지금 황태자 전하와 함께 승전고를 울리며 수도로 향하고 있다더라.

황태자 하옐은 라가헨의 신변에 대한 소문과 언론을 입맛대로 꾸며내며 대륙의 수많은 백성들의 마음을 안정시키거나 그들이 기꺼이 전쟁에 돈을 투자하도록 이끌어 내고는 했다. 전쟁이 끝난 뒤 라가헨은 마물의 세상이 끝나고 이제 이 땅에 평화가 도래했다는 상징으로써 이용되었다.

용병 라가헨 솔이 영웅 라가헨 솔 아단티에가 되어 히테리아에 입성한 후로 그는 부르마토 산맥으로 여름 원정을 떠날 때를 제외하고는 단 한 번도, 단 한 발자국도 히테리아를 벗어난 적이 없었다. 그만큼 대 마물 전쟁을 종결지은 아단티에 공작의 이름이 상징하는 평화의 힘은 강력했다.

바로 이틀 전, 황태자 하엘은 라가헨이 하는 말을 듣고 제 귀를 의심했다.

"어딜 가겠다고? 데비우스? 아단티에 공작, 자네 제정신인가? 휴가라면 얼마든지 줄 수 있다. 한 주가 뭐야. 한 달도 줄 수 있어. 그런데 데비우스라니, 그건 안 된다."

입을 꾹 다문 라가헨의 고집 서린 얼굴에 하엘은 이마를 짚었다.

"그래, 답답하겠지. 내내 이 땅 저 땅을 돌아다니던 네가 몇 년째 부르마토 외엔 아무 데도 못 가고 있는 것이. 하지만 데비우스라니."

톡, 톡, 톡, 톡.

황태자 하엘은 의자의 팔걸이를 검지로 치며 생각에 잠겼다.

'말 잘 듣던 저 녀석이 도대체 갑자기 왜 저럴까?'

일정한 간격으로 움직이는 검지가 내던 소리가 뚝 그쳤다.

"그러고 보니 리에보 가문의 막내딸이 데비우스에 있다지."

라가헨의 몸이 아주 미세하게 움찔한 것을 하엘은 놓치지 않았다. 여름 로루스 사냥대회 때 분위기가 좋았다더니 설마 그때 마음이라도 생긴 건가. 하엘은 당장이라도 웃음을 터뜨리고 싶었지만 힘껏 참았다.

"자네와 연이 좀 있지 않던가? 그레타 리에보 영애 말일세. 함께 사냥대회도 같이 나갔고 말이야. 요새는 좀 어떤가? 아, 대회 이후 바로 원정을 가느라 얼굴도 못 봤겠군?"

"전에 말씀드렸듯이 리에보 영애는 그저 제 팬일 뿐입니다."

하엘은 라가헨이 답을 하기 전 조금 머뭇거린 것이 무척 만족스러웠다.

"아, 그러고 보니 공작. 내가 이 말을 했던가? 얼마 전 데비우스에서 말이야."

시선이 마주쳤다.

"젤리타 설원의 마물들의 동향이 이상해졌다는 보고서가 올라왔다네."

"마물들의 동향이 이상하다니요?"

"예년과 전혀 다르게 여름부터 성벽 쪽으로 마물들이 내려오고 있다는 게야. 데비우스 변경백이 설원을 지키고 나서기 시작한 후로는 단 한 번도 없었던 일이지. 아무래도 예민한 문제인 만큼 빠른 조치를 위해 닌델라 경을 위시한 조사단을 파견하기로 했다네. 원래는 다음 주에나 보낼 예정이었는데, 자네가 원정을 일찍 끝내고 돌아온 덕에 예정보다 빨리 출발할 수 있게 되었지. 내일 곧장 출발하는 것으로 일정을 변경했어."

"저도……."

"안 돼. 아단티에 공작이 데비우스로 갔단 소문이 돌기라도 하면 백성들이 얼마나 불안해하겠나?"

라가헨의 어깨가 축 늘어졌다. 하엘은 언뜻 무표정해 보이지만 지금 라가헨이 몹시 시무룩해져 있다는 사실을 잘 알고 있었다. 하옐은 속으로 박수를 쳤다. 라가헨을 처음 만났던 십대 시절의 모습이 새록새록 떠올랐다. 그때의 라가헨은 이미 성장이 거의 끝나 겉모습은 지금과 다를 바가 없었지만 하옐의 기억 속에선 어린아이처럼 남아 있었다.

"하지만 솔 경이라면 다르겠지."

"예?"

"좋다! 오늘부터 아단티에 공작은 조사단의 조사가 끝날 때까지 휴가다. 여름 원정을 빠르게 끝내느라 지친 나머지 더위를 먹었다고 하자. 성의 없는 변명인 건 알지만 공이 더위에 약한 건 잘 알려진 사실이니 다들 납득할 거야. 아단티에 공작은 더위를 먹었으니 저택에서 칩거하며 쉬고, 그사이 기사 솔 경은 루카스 닌델라 경을 따라 젤리타 설원의 마물들의 동태를 조사하러 가도록."

하옐은 급속도로 밝아지는 라가헨의 얼굴에 볼 안쪽 살을 깨물었다.

'여기서 웃으면 안 된다! 절대!'

남들은 아단티에 공작이 무섭다고들 말한다. 살기 위해 몸에 두른 예민한 감각과 살생을 업으로 삼은 자가 피치 못하게 가질 수밖에 없는 섬뜩한 분위기, 타고나길 강건한 신체가 주는 위압감.

그러나 하옐의 눈에는 그 껍데기 너머에 숨은 언제나 배고프고 따뜻한 손길에 목마른 소년이 보였다.

뱀처럼 교활하게 이용할 수 있는 모든 것을 이용하며 자리를 지켜 온 냉혈의 황태자라도 결국 사람인지라, 제 손으로 거둬 올린 소년에게는 비교적 무를 수밖에 없었다. 그 소년이 이제 서른을 앞둔 털이 부숭부숭한 어른이 되었음에도 이토록 순진하게 좋아하는 모습을 보면 할 수 있는 한 모든 것을 쥐여 주고 싶어지니까. 그것은 나이 차이 많이 나는 동생 아시엘 황자에게 품은 애정과 많이 닮아 있었다.

결국 하옐은 라가헨에게 사탕 하나를 쥐여 주고야 말았다. 라가헨은 그걸 또 감사하다며 입에 넣었고, 하옐은 크게 웃음을 터뜨렸다. 하옐이 한쪽 뺨이 불룩한 라가헨을 보며 웃음기 가득한 목소리로 입을 열었다.

"그런데 공. 자네에게 묻고 싶은 게 하나 있네."

"예. 말씀하십시오."

"자네가 그랬지. 리에보 영애는 자네의 팬일 뿐이라고."

"예. 그렇습니다."

"리에보 영애가 순전히 자네를 동경하는 것이라면, 자네는 어떠한가? 자네는 리에보 영애에게 단지 구국의 영웅 아단티에 공작이고 싶은가?"

"……."

침묵이 흘렀다.

하옐이 우아하게 찻잔을 들어 한 모금을 마시고 다시 내려놓을 때까지, 라가헨은 끝내 아무 대답도 하지 않았다.

"라가헨. 내 너에게는 참 많은 빚을 졌지."

"당치 않습니다."

"적어도 네 오른팔만큼은 너에게 빚진 것이 맞다."

"……."

"그러니 무엇이든 걱정 말고 욕망하여라. 끝까지 생각하고 노력해도 안 되면 내가 네 손에 쥐여 줄 테니, 스스로에게 솔직해져."

"전하께서 말씀하시고자 하는 바를 알지 못하겠습니다."

그 대답에 껄껄 웃으며 벌떡 일어선 하엘이 라가헨의 머리를 마구 헝클어뜨렸다.

"데비우스로 가는 것에 대해서는 닌델라 경에게 내가 말해 두마, 라가헨. 조사단은 핑계니 너는 시원한 데비우스에서 맘 편히 쉬다 와."

"감사합니다, 전하."

그것을 끝으로 하엘은 라가헨을 내보냈다.

라가헨이 떠나고 얼마 뒤, 루카스 닌델라가 들어왔다.

갑자기 황태자 앞으로 불려 온 루카스 닌델라는 입술을 삐죽였다.

"이번 조사단에 라가헨이 함께 갈 것이다. 하지만 그 애는 그냥 내버려 둬. 네 힘으로 처리할 수 없는 수준의 마물이 있는 게 아니라면 말이야. 그쯤 되면 사태가 상당히 심각하다는 거겠지만."

루카스가 고개를 갸웃했다.

"그럼 걔는 왜 가요?"

"그래, 그 얘길 해야겠지."

루카스도 하엘의 이야기를 들은 뒤엔 함께 음흉한 웃음을 흘렸다.

"제가 잘 밀어 주겠습니다, 전하."

"그래. 자네가 적당히 찔러 보게."

5.

그레타의 얼굴이 기억나지 않는다.

라가헨이 여름 동안 겪은 이 기묘한 현상은 곧 그가 그레타를 보고 싶게 만들었다.

원정 훈련을 떠난 모든 기사들을 지옥으로 밀어 넣으면서까지 서둘러서 수도에 돌아왔으나 그레타는 수도에 없었다. 라가헨은 목적을 달성하지 못했다. 그레타를 보지 못했으니 그의 원정은 아직 끝나지 않았다.

그는 이 중요한 원정을 반드시 끝마쳐야 할 필요성을 느꼈다. 누구도 강제한 적 없고 요구한 적도 없었으나, 어쨌든 그랬다.

그레타를 만나면 얼굴을 천천히 자세히 들여다볼 거다. 절대 잊어버리지 않고 언제 어디서고 그레타 리에보의 얼굴을 떠올릴 수 있게. 팬레터까지 주고받는 하나뿐인 여성 팬의 얼굴도 기억 못 하는 건 부끄러운 일이니까.

황태자 하옐에게 전례 없는 떼를 쓰면서까지 데비우스에 온 것은 이곳에 그레타가 있기 때문이었다.

그레타가 있다. 바로 코앞에 있다. 그런데 다가갈 수가 없다.

'젠장. 들키면 안 되는데…….'

전날 저녁 회의 중에 라가헨은 좀처럼 그레타에게서 눈을 떼지 못했다. 아무리 그려 보고 또 그려 보아도 좀처럼 완성할 수 없었던 그레타가 바로 눈앞에 있었다.

방 안에 모인 이들이 진중하게 마물의 이상행동과 그에 대한 조사 방법 따위를 논하고 있는 와중에, 라가헨은 오로지 그레타의 얼굴만을 보았다. 처음으로 그 얼굴을 아주 세세하게 살펴보았다.

둥근 이마. 부드럽게 휘어진 눈썹과 눈물에 촉촉하게 젖은 긴 속눈썹. 빛을 받으면 붉게 반짝이는 갈색 눈동자. 자세히 보지 않으면 지나치기 쉬운 눈가의 작은 점 하나. 귀여운 콧볼, 꽃물이 든 듯 살짝 달아오른 두 뺨. 앵두처럼 작고 붉은 입술과 초조한 듯 입술을 핥는 혀끝. 수많은 정보들이 빠르게 입력되기 시작했다.

되새기고, 되새기고, 계속해서 되새겼다. 라가헨은 확신할 수 있었다. 다시는 이 얼굴을 잊어버리거나 기억하지 못하는 일은 없을 거라고. 이토록 아름다운 것을 잊어버릴 수 있을 리가 없으니까.

그레타의 순서가 되었다. 작고 도톰한 입술이 벌어지며 종달새 같은 목소리가 흘러나왔다. 입이 벌어질 때마다 작은 이빨과 붉은 혀가 엿보였다. 라가헨은 좀처럼 입가에서 눈을 떼지 못했다.

목덜미가 화끈거렸다. 귀 끝이 뜨거워졌다. 이어 온몸이 달아오르는 느낌과 함께 강렬한 공복감이, 지독한 갈증이 몰려들었다.

회의가 끝나기 무섭게 그는 도망치듯 자신의 방으로 돌아갔다. 내내 그레타의 얼굴을 넋 놓고 바라보고 있느라 회의에서 도대체 무슨 말이 오갔는지는 아무것도 듣지 못했다.

밤이 깊었음에도 라가헨은 잠이 들지 못했다.

바람이 창을 흔드는 소리가 전부인 적막한 어둠 속에선 쉬이 잡념이 찾아오고는 한다. 때로 그 잡념은 심상 세계에 불청객과 함께 찾아온다. 오늘도 라가헨의 심상 세계에는 손님이 찾아왔다. 손님의 이름은 그레타 리에보.

사실 그에게 보이지 않는 밤손님이 찾아오기 시작한 것은 지난 원정 때부터였다. 도저히 생각나지 않는 그레타의 얼굴을 그리고 또 지우고 다시 그리고, 끝내 완성하지 못하기를 반복하면서부터 그는 잠들기 전의 달콤한 시간을 그레타에게 넘겨주고 말았다.

두근두근. 그레타에 대해 생각할 때면 그의 심장은 평소보다 조급하게 굴었다. 다소 낯설지만 썩 나쁜 기분은 아니었다. 정체가 무엇인지는 잘 몰라도 두려움이나 불안감이나 긴장 따위의 익숙한 감정을 의미하지 않는 것만큼은 잘 알고 있었다.

그러나 오늘은 조금, 아니 많이 불편했다.

쿵쾅쿵쾅. 심장이 정신 나간 듯이 뛰었다. 그 기세가 어찌나 거센지 가슴께가 온통 뻐근할 지경이었다.

'그만 자야지.'

라가헨은 생각을 멈추고 눈을 감았다. 아니, 그러려고 했다. 하지만 자꾸 그레타의 얼굴이 아른거리며 심장이 마구 뛰었다. 천천히 심호흡을 하며 진정시켜보려 했지만 그레타의 얼굴이 떠오르면 다시 난동을 피우는 탓에 그의 노력은 아무짝에도 쓸모없었다.

"젠장. 미쳤군."

허기지고 갈증이 일었다. 라가헨은 꿀꺽 마른침을 삼켰다.

남자는 본능적으로 느꼈다. 이것은 음식으로는 도저히 해결할 수 없는 갈망이라는 것을.

라가헨이 벌떡 일어섰다.

지금 그가 느끼는 것은 아주 파렴치하고 부끄러운 것이었다.

여섯 살이나 어린, 아주 순수한 여성 팬에게 감히!

아니, 아니다. 이건 아무것도 아니다. 정말 아무 감정도 아니다.

애써 부정해보았지만 그날 밤 라가헨의 꿈은 온통 살색으로 물들었다.

다음 날 아침 눈을 떠 침대 위에 솟아오른 텐트를 본 순간 꿈속에서 있었던 일들이 새록새록 기억나면서 라가헨은 이루 말로는 표현할 수 없는 죄책감에 한참이나 시달려야 했다.

차가운 물을 한참이나 맞으며 죄책감을 겨우 씻어낸 라가헨은 파견 훈련 교관 머레이 빌의 뒤를 쫓았다. 거대한 덩치와 달리 그는 무척 날렵한 데다 기척을 죽이는 데 능숙해서 머레이 빌은 자신이 뒤를 밟히고 있다는 사실도 알지 못했다.

'저딴 허술한 녀석을 훈련 교관으로 보내다니. 루카스 닌델라의 안목은 역시 믿을 수 없군.'

냉정한 평가를 내린 라가헨은 자신의 실력이 너무나도 뛰어나다는 생각은 전혀 하지 않았다.

어느새 머레이 빌은 그레타와 만나 함께 걷기 시작했다.

그레타는 전날 저녁에 성안에서 보았던 가벼운 차림과 달리 겨울옷을 두껍게 껴입고 있었다. 약간 뒤뚱뒤뚱 걷는 것이 귀여웠다. 도대체 왜 귀여운 거지? 겉에 입은 코트는 회색이어서 지난봄에 만난 회색곰의 새끼 같아 보였다.

그 모습에 기분이 좋아지려던 것도 잠시. 그레타와 머레이 둘 사이의 거리가 점점 가까워지고 얼마 지나지 않아 귀엣말까지 하는 모습을 본 순간, 라가헨은 몹시 화가 났다. 저 머레이라는 형편없는 멀대 녀석을 당장 성벽 밖 설원 너머로 냅다 집어 던지고 싶었다.

얼마나 화가 나는지, 여름 원정 초반에 만난 시끄러운 릿트마옴이나 원정 일정을 몇 시간이나 늦춘 미카엘 녀석을 합친 것보다도 저 멀대 녀석이 더 싫었다. 라가헨은 저도 모르게 머레이를 향해 살기를 흘렸다. 멀대 녀석은 얼마나 글러 먹은 녀석인 건지 자신을 향한 살기도 제대로 잡아내지 못했다.

이게 무슨 유치한 짓이지. 갑자기 몰려온 부끄러움에 라가헨은 깊은 한숨을 내쉬었다.

'이건 하나뿐인 여성 팬을 빼앗기는 것에 대한 질투다. 다른 게 아냐. 다른 게 아니다.'

자기 자신을 속이기 위해 속으로 몇 번을 되뇌었다.

'젠장.'

헛짓거리다. 그레타가 저 멀대 녀석과 붙어서 대화를 나누는 꼴만 봐도 불을 삼킨 듯 속이 뜨거워졌다. 매서운 눈으로 멀대 녀석을 한 번 더 노려보며 응징의 살기를 꽂아준 라가헨은 홱 몸을 돌렸다. 라가헨은 재수 없는 루카스 닌델라의 면상이라도 봐서 잠시 그레타와 멀대 녀석을 잊어버려야겠다고 생각했다. 결과적으로는 루카스 닌델라가 재수가 없어도 너무 없어서 역효과가 났다.

아단티에 공작이 데비우스에 있다는 사실을 들켜서는 안 된다. 만일 아단티에 공작이 이곳에 있다는 걸 들켰다간 황태자 전하께서 화내실 거다. 절대 들키면 안 돼. 하지만 그레타와 이야기하고 싶다. 그레타를 가까이에서 보고 싶다. 조금만 더, 아주 조금만 더 가까이.

'그레타에게만 말하는 건 괜찮지 않을까?'

루카스 닌델라가 따로 언질을 한 터라 데비우스 변경백도 그의 정체를 알고 있다. 아는 사람이 한 명에서 두 명이 되는 것뿐이다. 그레타라면 분명 비밀을 지켜 줄 테니, 무슨 큰일이 날 것도 없다. 게다가 그레타와는 보통 사이가 아니라, 아주 긴밀한 팬과 스타의 관계 아닌가! 팬레터도 주고받고, 사냥대회도 같이 나갔던, 보통보다는 조금 더 긴밀한 팬과 스타의 관계!

'그래. 그레타에게만 말하자.'

라가헨은 결심했다.

6.

하루 종일 새로운 훈련 교관 머레이에게 인수인계 작업을 해주느라 온몸이 축축 늘어질 정도로 지친 그레타는 방으로 향했다.

방으로 향하는 복도가 깜깜했다.

'마력석이 다 됐나? 불이 다 꺼졌네.'

복도를 밝히는 마력등의 마력석은 소모품이어서 제때 갈아줘야 한다. 마력이 완전히 닳아 불이 꺼지기 전까지는 빛의 세기가 동일해서 마력석을 갈아야 할 때를 놓치는 일이 왕왕 있었다.

젤리타 설원에서 불어오는 거센 찬바람이 창문을 치고 지나가는 소리가 으스스했다.

'으으, 무서워. 얼른 가야겠다.'

서둘러 걸음을 옮기던 그레타는 문득 자신의 뒤에서 인기척을 느꼈다. 그것은 분명 자신을 따라오는 발소리였다.

데비우스 성은 안전하다. 그레타는 두 달 가까이 지내며 집이나 다름없어진 데비우스 성의 사용인들의 얼굴까지 모두 알고 있었다. 이렇게 음침하게 뒤따라오는 장난을 치는 이는 그레타가 아는 한 아무도 없었다.

마음을 굳게 먹고 몸을 돌린 그레타가 깜짝 놀라 숨을 들이켰다. 전날 회의실에서 아주 무시무시하게 자신을 노려보던 후드 남자가 바로 코앞에 있었다. 너무 놀라 심장이 쿵 떨어지는 기분에 그레타가 잠시 숨을 멈췄다가 비명을 내지르려 했다.

"쉿!"

입이 틀어막혔다.

"일부러 기척을 죽이지 않았는데, 놀라게 했다면 미안합니다."

남자가 후드를 벗었다.

새까만 머리카락, 푸른 눈, 눈썹에 난 작은 흉터, 남자다운 턱선. 단조로운 저음의 목소리.

"그레타, 조용히 하겠다고 약속하세요."

끄덕. 라가헨이 그레타의 입을, 아니 코 아래 전체를 덮고 있던 손을 뗐다.

"공작님?"

"예."

"여긴 왜, 어쩐 일이세요? 진짜 공작님 맞으세요? 진짜예요?"

그레타의 목소리가 높아졌다. 그러자 라가헨이 검지를 입가에 가져다 대며 말했다.

"쉿, 제가 데비우스에 온 건 비밀입니다."

"비밀!"

"예, 그러니 공작이라 부르시지 마시고……."

"이쪽으로 오세요."

"그래, 그레타?"

작은 두 손이 라가헨의 팔을 붙잡아 당겼다. 그 깃털처럼 가볍고 연약한 힘은 마치 강력한 마법처럼 라가헨을 이끌었다.

그레타의 손에 이끌려 도착한 곳은 다름 아닌 그레타의 방이었다. 방 안은 복도와는 전혀 다르게 포근한 온기로 가득 차 있었다. 타라가 추위를 많이 타는 그레타를 배려해 침대뿐만 아니라 방 전체에 온열 아티팩트는 물론이고 벽난로의 땔감도 전혀 아끼지 않았기 때문이다. 방 안에는 불이 켜져 있지 않았지만 타오르는 벽난로의 불빛 때문에 그다지 어둡지 않았다.

"여기 앉으세요."

라가헨이 앉자 그레타에겐 좀 큰 1인용 소파가 가득 찼다.

그레타는 라가헨에게 물 한 잔을 내주며 마주 앉았다.

이 순간이 너무 거짓말 같아서 그레타는 오히려 조금도 긴장되지 않았다.

"데비우스엔 무슨 일이세요? 그것도 비밀이라뇨?"

"아단티에 공작이 데비우스에 왔다고 하면 젤리타 설원의 마물에 관해 사람들이 필요 이상의 걱정을 할 수 있기 때문에 비밀리에 왔습니다."

그 말에 그레타가 눈썹을 치켜 올렸다.

"젤리타 설원에 마물이 많기는 하지만 마물은 어디에나 있는 걸요?"

"예. 그래서 여름 원정 때를 제외하곤 수도 밖으로 나가지 않습니다."

"세상에. 그럼 전쟁이 끝난 뒤로 여름 원정 외엔 계속 수도에만 계셨던 거예요?"

"예, 그렇습니다."

집 나가면 고생이라는 생각을 굳게 갖고 있는 그레타지만, 아무리 그래도 몇 년 동안 수도에만 머무는 건 생각만 해도 답답하다. 원정은 일인걸. 어느 멋진 곳을 가든지 그게 일 때문인 이상 재미있을 수 없는 법이다.

"설원 마물 문제가 생각보다 심각한가 봐요. 공작님께서 오실 정도면."

"전하께선 미리 대비하는 것이 좋다고 생각하십니다."

'설원의 마물 같은 것에 별로 관심이 없고, 그냥 당신이 보고 싶어서 왔습니다.'

라가헨은 저도 모르게 목구멍까지 솟구친 말을 삼켰다.

그 말은 팬이 스타에게 할 만한 말이었다. 스타가 팬에게 할 말이 아니라.

벽난로의 장작 타는 소리가 타닥타닥 방 안을 울렸다. 장작을 태우는 불빛이 넘실대며 그레타의 얼굴을 비췄다. 불그스름한 빛을 받은 그레타의 이마와 두 뺨, 코끝, 입술이 강조되었다. 라가헨의 두 눈이 정신없이 그레타의 빛나는 얼굴을 훑었다.

지난밤 꿈에서의 한 장면이 그의 뇌리를 스쳐 간다. 그레타를 눈앞에 두고 떠올리기엔 지나치게 무례한 장면들이 한꺼번에 와르르 지나갔다. 그가 마른침을 삼켰다. 갑작스레 목이 타는 기분에 황급히 테이블 위의 물을 들이켰다.

"더 드릴까요?"

"아닙니다, 괜찮습니다."

물을 마신다고 해갈될 게 아니다.

"공작님, 원정은 어땠어요? 원래라면 좀 더 이따가 돌아오시지 않나요? 많이 더우셨죠? 다디안 나뭇잎이 도움이 되었다면 좋겠는데……. 아! 데빈은 각설탕을 잘 드셨, 아니, 먹었나요?"

그레타는 머릿속에 떠오르는 그대로 거르지 않고 질문들을 쏟아내다 자신을 가만히 바라보는 라가헨의 눈빛에 슬그머니 입을 다물었다.

"제가 너무 정신없이 말했네요, 그죠. 오랜만에 뵈니까 너무 반가워서 그만……."

"저도 반갑습니다."

"네?"

"저 또한 그레타, 그대를 오랜만에 보아 무척 반갑습니다."

푸른 두 눈이 흔들림 없이 그레타를 바라보고 있었다.

그레타의 목덜미가 붉어졌다. 뜨거운 열기가 목에서부터 뺨을 타고 올라와 귀 끝을 달구고 얼굴 전체를 빨갛게 물들였다.

"저도 엄청, 엄청 반가워요, 공작님."

벽난로의 붉은 빛 덕분에 라가헨은 그레타의 얼굴이 새빨갛게 익은 것을 알아차리지 못했다. 다만 저 붉은 기가 도는 얼굴이 참 예쁘다고, 한 번 만져 보고 싶다고, 그렇게 생각했다.

내가 지금 무슨 생각을. 라가헨이 속으로 화들짝 놀랐다.

순식간에 목덜미며 귀 끝이 화끈화끈 달아올랐다.

"왜 그러세요?"

"시간이 많이 늦었습니다. 가 봐야겠습니다. 늦은 시간 방문하게 되어 죄송합니다, 그리고 밖에서 놀라게 해 드린 것도."

"아니요. 괜찮아요. 그런데 혹시 공작님께서 여기 계신다는 게 알려지면 안 되는 거면 내일부터는 다시 모른 척해야 하나요?"

그렇게 됐다간 그가 견디지 못할지도 모른다. 뭘 견디지 못한다는 건지는 스스로도 잘 모르겠지만.

"데비우스 변경백은 제가 와 있다는 걸 알고 있습니다. 내일부터는 솔이라 부르십시오."

구국의 영웅, 제국의 제1기사, 라가헨 솔 아단티에.

"라가헨 솔. 제 이름입니다."

용병 라가헨 솔.

"솔."

"예. 좋습니다."

무엇이 좋은 걸까. 라가헨은 그리 말해 놓고도 알 수 없었다.

"그럼 내일 뵙겠습니다."

그가 문을 열고 나가려는 순간, 그레타가 그의 옷자락을 살짝 잡았다. 어째서일까. 그레타의 힘은 깃털처럼 부드럽고 아주 연약했지만 매번 강력하게 라가헨을 붙들었다.

그레타를 향해 몸을 돌렸다. 두 입술을 앙다물어 양 뺨이 볼록해진 그레타가 무언가 잔뜩 결심한 얼굴로 그를 올려다보고 있었다.

"수도에선……."

그레타가 말했다.

"공작님의 이름을 허락해 주실 수 있나요?"

"……."

"공작님도 제 이름 불러 주시니까, 저도 라가헨이라고 부르고 싶어요."

그 순간 라가헨은 순순히 인정했다.

솔, 그리 불리는 것이 좋은 것은 단지 그레타가 불러 주기 때문이라는 것을.

"원하신다면 언제든지 불러도 좋습니다, 그레타."

자식을 버린 아비가 유일하게 남긴 흔적에 애정 따윈 애초부터 가지고 있지도 않았으니까.

라가헨은 미소 지었다.

7.

'심장이 터질 것 같아.'

침대에 누운 그레타는 심장이 전신에서 두근거리는 기분이었다. 결국 작게 비명을 지르며 팔다리를 바동바동 휘둘렀다.

여름 원정이 일찍 끝났다면 수도에선 엄청난 화제가 되었을 것이다. 데비우스에도 수도 소식을 알려 주는 신문이 매일 발행되지만 그레타는 신문을 즐겨 읽지 않았다. 바빠서 그럴 틈도 없었다.

'공작님이 데비우스까지 오시다니. 정말 꿈같아. 반갑다고 했어. 게다가 이름을 불러도 된다고.'

외사랑은 9할의 쓴맛에 1할의 단맛을 겨우 더한 짙은 초콜릿과 같다. 내내 쓰다가 한순간 느껴지는 강렬한 단맛에 취해 도저히 끊을 수 없는 쓴 초콜릿. 그 끝은 쓴맛에 지쳐 더는 손대지 않게 되거나, 아니면 초콜릿의 당도가 높아지거나 둘 중 하나뿐이다.

그레타의 착각이든 아니든, 라가헨이 의도했든 하지 않았든, 그가 던져주는 단맛은 느리지만 꾸준히 짙어지고 있었다. 그리고 지금, 그레타는 장담할 수 있었다. 중탕한 초콜릿이 가득 찬 욕조에 머리를 처박더라도 이보다 달콤하진 않을 것이라고.

고백하고 싶다. 공작님을 좋아한다고.

한참을 침대 위에서 데굴거리며 흥분을 가라앉히지 못하고 있던 그레타는 시원한 물을 들이켜며 마음을 안정시켰다.

"후, 진정해야지. 급할수록 돌아가랬어."

영지로 떠나기 직전 이자벨은 말했다.

"그레타. 라가헨 그 녀석을 예민하고 의심 많은 맹수라고 생각하렴. 그런 사냥감에겐 절대 어중간한 마음으로 활시위를 놓아서는 안 돼. 가장 완벽한 때, 지금이라면 잡을 수 있다, 그런 확신이 들 때까지 숨을 멈추고 기다려야 해. 당기고 당기라고 했다고 성급하게 굴지 말란 얘기야. 알았지?"

단내가 난다. 같은 곳을 보는지는 모르겠어도 대충 비슷한 방향을 보고 있는 것만은 확실하다. 그레타는 확신이 들 때까지 숨죽이고 기다릴 것이다. 기다리고 기다려서, 반드시 손에 넣을 것이다.

사랑은 쟁취하는 거니까.

그레타의 방을 나선 라가헨은 마치 도망이라도 치듯 빠르게 자신의 방으로 돌아갔다. 그는 돌림노래라도 부르듯이 반복해서 미쳤네 미쳤어를 중얼거렸다.

자꾸만 그레타의 얼굴이 눈앞에 떠올랐다. 벽난로의 불빛을 받아 붉게 빛나는 작고 예쁜 얼굴. 모양이 예쁜 이마와, 오뚝하고 예쁜 코끝과 보드라워 보이는 예쁜 두 뺨과 붉고 예쁜 작은 입술. 한구석도 빠짐없이 죄다 예쁜 그 얼굴에 손을 대고 싶다는 생각을 하고 나서야 그는 자신이 그레타의 침실에 와 있다는 사실을 깨달았다.

온몸에 열이 오른 순간, 지난밤 살색 꿈이 파노라마처럼 스쳐갔다. 그레타에게 몹시 큰 죄를 저지른 기분이 들었다. 질주하는 경주마처럼 미친 듯이 뛰는 심장 박동 소리가 그레타에게까지 들릴까 봐 겁이 날 지경이었다.

방으로 돌아오고 나서도 들뜬 가슴과 온몸에 오른 열이 가라앉을 줄을 몰랐다. 제스파도, 오빌도, 티타니아 백작 로아나도, 그리고 황태자 하엘도 지난 몇 달 동안 은근히 자신에게 그레타를 갖다 대려 한 것을 잘 알고 있었다. 한참이나 어린, 곱게 자란 귀족 여성을 댈 데가 없어서 자신에게 갖다 대느냐는 생각을 하며 코웃음을 쳤다.

단순히 팬일 뿐이라고, 아주 건전한 관계를 구축해 가는 그런 팬이라고 생각했는데 그의 속에서 샘솟고 있는 욕망은 건전이라는 단어와는 영영 떨어져 있는, 아주 끈적끈적하고 지저분한 것이었다. 무슨 욕망인지 생각을 되새기는 것조차 그레타에게 씻을 수 없는 죄를 짓는 기분이었다.

라가헨은 삶에서 아주 중요한 역할을 하는 시기를 음담패설과 온갖 저질스러운 일들이 벌어지는 저급 용병들 틈에서 구르며 보냈다. 그가 사춘기 시절 처음 경험한 여자는 매춘부였다. 때문에 그의 머릿속에 뿌리 깊게 자리한 남성과 여성의 관계란 대부분 사람들의 도덕적 관념에서 매우 멀리 벗어나 있는 것들이었다.

황태자 하엘의 오랜 교육 끝에 이제는 대중적인 옳고 그름을 분간할 수 있게 되긴 했다. 그래도 그가 '남녀 관계'라는 것을 생각할 때 가장 먼저 떠올리는 것은 따뜻하고 부드럽고 배려심 넘치는 정신적 유대감이 아니었다. 거칠고 질척질척하고 말보단 몸으로 대화하는 원초적인 관계였다.

"안 돼. 정신 차려야 해."

라가헨은 수년간 그에게 사회적으로 통용되는 상식과 더불어 다양한 도덕적 관념과 사회적 약속들을 주입시켜 준 제스파를 떠올렸다. 건전한 마음으로 자신에게 경애를 표하는 하나뿐인 여성 팬에게 어떤 욕망을 품고 말았는지 제스파가 알게 되면 무슨 소리를 할지 상상하니 조금 진정되는 것도 같았다. 그러나 이번에는 머릿속에 황태자 하엘의 물음이 스쳐 간다.

"자네는 리에보 영애에게 단지 구국의 영웅 아단티에 공작이고 싶은가?"

라가헨은 고개를 마구 흔들었다. 잊어버리자. 잊어버리고 잠을 자자. 그레타에게 구국의 영웅 그 이상이고 싶다 한들 무엇이 달라질까.
라가헨은 찬물 샤워를 몇 차례나 하고 나서야 겨우 잠들었다. 그러나 보람도 없이 그날 꿈도 역시 살색의 향연으로 물들어 아침까지 그를 괴롭혔다.

8.

조사단은 해뜨기가 무섭게 설원으로 향했다. 그들의 목적은 사흘 안에 조사를 마치고 돌아오는 것이었다.
그들이 떠나기 무섭게 그레타가 영주 집무실로 달려갔다.

"타라!"

"왜?"

"나, 오늘 오후 반차 써도 돼?"

"무슨 일인데?"

"공작님이랑 데이트!"

"아단티에 공작님께서 오신 걸 알고 있었어?"

타라는 놀라움을 감추지 못했다.

그레타가 아단티에 공작을 몹시 사모하는 것을 잘 알고 있었지만, 그의 소재는 황태자가 중요하게 여기는 사안인 만큼 비밀을 엄수할 거라 생각했다. 심지어 타라는 아단티에 공작의 얼굴도 보지 못하고 다만 루카스 닌델라에게 '저 사람은 사실 아단티에 공작이고, 그건 비밀임'이라는 얘기를 은밀히 전해 들었을 뿐이었다.

"어젯밤에 공작님이 말씀해 주셨어."

"어젯밤? 뭐야, 무슨 일이 있었던 거야. 시작부터 끝까지 사소한 것 하나 놓치지 말고 말해 봐. 어서어서."

"그러니까 어젯밤에 복도를 걷는데, 아 맞아. 복도에 등이 꺼졌더라. 마력석 교체해야 해."

"지금 그게 중요해? 그건 사용인 아무한테나 말하고, 어젯밤에 뭐? 무슨 일이 있었던 건데?"

그레타가 지난밤에 있었던 일들을 이야기했다.

"오랜만에 만나서 반갑다고? 진짜 그렇게 말했어?"

"그랬다니까. 심장이 터져 죽는 줄 알았어!"

이야기가 이어질수록 타라도 흥분했다.

"이름 부르라고 허락까지? 이야, 이건 진심이다."

"진심 맞아?"

"그래. 고백해. 들이밀어!"

"하고 싶다. 내 걸로 만들고 싶다."

"이거 쌍방이었던 거네. 너 혼자 짝사랑하는 줄 알았는데. 사냥대회 때 분위기 좋다고 한 것도 네가 허풍떤 줄 알았거든."

"와, 너무하네. 아무튼 사실 아직은 조금 불확실해."

"그 정도면 확실한 거 아냐?"

그레타가 고개를 저었다.

"공작님이 얼마나 친절하신데. 그냥 사람이 너무 착해."

타라가 들은 여러 가지 소문에 의하면 라가헨 솔 아단티에는 '차갑다.' '냉정하다.' '타인에게 조금도 관심이 없다.' 등의 수식어가 기본이었다. 친절하다거나 그와 비슷한 말은 어디에서도 들은 적이 없었다.

"아무튼. 나 어차피 이제 계약도 곧 끝나고 머레이 경도 오셨으니까 오늘 오후에 데이트하러 가도 돼?"

"그레타 리에보. 오후 반차를 허락받는 영예를 맛봐라!"

"타라 데비우스 최고다. 오전에는 열심히 일할게요, 고용주님."

그레타는 뒤도 안 돌아보고 뛰어나갔다. 그 모습을 보며 타라가 허탈하게 중얼거렸다.

"진짜 차였으면 좋겠다."

타라의 옆에는 산처럼 쌓인 서류 더미가 놓여 있고 서랍 안에는 결혼까지 생각했던 남자가 보낸 이별 통보 편지가 아직도 새것처럼 보관되어 있다.

"아, 진짜 차였으면."

잘됐으면 좋겠고 이미 잘된 것 같은데 그래도 차였으면 좋겠다.

· ❧ ·

라가헨은 늦잠을 잤다. 여름 원정 내내 거의 쉬지 못한 채 강행군을 이어가고, 돌아와서도 제대로 휴식을 취하지 못하고 곧장 데비우스로 왔다. 더군다나 이틀 연속으로 제대로 밤잠을 이루지 못했으니 당연한 일이었다.

그가 깨어났을 땐 해가 중천이었다.

늦잠을 잔 것은 어쩌면 꿈에서 깨지 않고 싶었기 때문일지도 모르겠다. 깨어난 순간 죄책감이 몰려오지만, 꿈속에서만큼은 달콤하니까. 어기적어기적 욕실로 향한 라가헨은 찬물로 샤워하기 시작했다. 어느새 그는 간밤의 격렬한 내적 갈등을 까맣게 잊기라도 한 듯 머릿속이 그레타로 가득 차 버렸다.

그레타가 보고 싶어. 결국 샤워를 하다 말고 벽에 머리를 박았다.

"젠장."

9.

라가헨은 궁수부대 훈련장에서 혼자 훈련을 진행하고 있는 머레이를 노려보고 있었다. 사용인은 분명 그레타가 아침에 늘 그랬듯이 궁수부대 훈련을 나갔다고 말했다. 그래서 곧장 훈련장으로 나왔건만, 훈련장에는 머레이 놈만 있었다. 도대체 그레타는 어디에 있는 것인가.

"솔!"

잘못 들은 줄 알았다.

옷자락을 잡아당기는 손길이 아니었다면 정말로 잘못 들은 셈 쳤을 것이다.

그는 화들짝 놀라며 뒤를 돌아봤다. 오늘도 아기곰처럼 두껍게 옷을 입은 그레타가 그의 로브 자락을 잡고 살살 당기고 있었다. 지나치게 깊이 생각에 빠진 나머지 그레타의 기척조차 알아차리지 못했다.

"그, 그레타?"

"뭐 해요? 바빠요?"

"아닙니다."

"그럼 우리 놀러 가요!"

"예?"

"어서요."

라가헨은 목줄 잡힌 개가 된 것처럼 그레타의 손길을 따라 순순히 걸었다. 그레타가 그를 데리고 간 곳은 마구간이었다. 자신의 말을 데리고 나와 조사단원들의 말이 있는 곳으로 향한 그레타는 깜짝 놀랐다. 거대하고 아름다운 흑마가 둘을 보고는 투레질을 했다.

"세상에, 데빈을 데려왔어요?"

그레타는 데빈에게 한 걸음 다가갔다. 데빈이 아는 척을 하며 주둥이를 들이밀었다.

"데빈을 한 번이라도 본 적 있는 사람이라면 솔이 누군지 모두 알아차렸을 거예요."

그런 생각을 하긴 했다. 그러나 웬만한 말들은 거구의 라가헨을 태우고 장시간 달리는 것을 기꺼워하지 않았다. 별로 친하지도 않은 말이 갑자기 높아진 업무강도에 씩씩대며 불만을 토로하는 모습을 보는 건 그다지 즐거운 일이 아니었다. 때문에 라가헨은 어딜 가든 데빈과 함께였다.

"수도 밖에선 데빈을 알아보는 이들이 거의 없을 겁니다."

"그렇겠죠?"

데빈의 콧잔등을 부드럽게 쓰다듬어 주자 데빈이 그레타를 끌어안는 것처럼 목을 감았다. 그레타가 꺄르르 웃으며 데빈의 목을 마주 끌어안았다. 그 모습을 보며 라가헨이 태어나서 처음으로 네 발 달린 짐승을 부러워했다는 건, 그레타에게도 데빈에게도, 그리고 라가헨 자기 자신에게도 비밀이다.

"데빈은 추위에도 강한가 봐요. 듀빌스 종은 추위에 너무 약해서 자라를 데리고 오지 못했거든요."

"잡종이라 그런지 더위도 추위도 그럭저럭 잘 견딥니다."

"맞다! 데빈이 각설탕을 잘 먹었나요?"

"예. 비싼 각설탕의 맛을 보더니 그 뒤로 편식이 조금 생겼습니다."

"이런, 죄송해요."

라가헨이 멋쩍게 웃는 그레타를 바라보며 말했다.

"아닙니다. 그레타 그대가 하듯이 저도 데빈에게 유우지 각설탕 정도는 먹여도 되겠다는 생각이 들었습니다. 말이 살면 얼마나 산다고."

그레타는 라가헨이 답지 않게 덧붙인 농담을 알아듣지 못했지만 저도 모르게 맑은 웃음소리를 내고 말았다. 원래 좋아하는 사람이 하는 말은 헛소리여도 재미있고 즐거운 법이니까.

그 청량한 웃음소리가 그의 가슴을 간질였다. 그는 마른침을 삼키며 간신히 고개를 돌렸다.

"솔은 데비우스가 처음이에요?"

"예."

"그럼 데비우스 구경시켜드릴게요! 오늘 쉬어도 된다고 영주님한테 허락받았거든요. 젤리타 설원 쪽으로 가면 멋진 풍경을 볼 수 있어요."

둘은 곧장 말을 타고 달려 성벽으로 향했다.

제국 최북방에 위치한 데비우스는 척박한 토지와 혹독한 기후로 인해 농사를 짓거나 목축을 할 수 없었고, 주 수입원은 풍부한 광물과 마물의 부산물이었다. 영주성이 있는 데비우스의 중심지, 데비우스는 광산 마을에 비하면 깨끗하고 정돈되어 있었지만 수도나 여타 남부 지역과 비교하자면 다소 거칠고 야성적인 모습을 하고 있었다. 따라서 보통 사람들이 아름답다고 말하는 풍경과는 거리가 멀었다. 그러나 저 북쪽 젤리타 설원 너머에서 인간은 가늠할 수 없는 긴긴 시간 자리를 지켜온 거대한 설산의 모습과 어우러지면, 데비우스의 풍경은 보는 이로 하여금 형언할 수 없는 감격을 느끼게 했다.

그레타는 처음 데비우스에 도착해 설산의 풍경을 보고 느꼈던 감동을 잊을 수가 없었다. 울컥 눈물이 솟을 것 같은 감격은 거대한 자연만이 줄 수 있는 것이었다. 이 아름다운 풍경은 데비우스 사람들의 자랑거리이기도 했다.

"산이 워낙에 커서 데비우스 어디서든 볼 수 있지만, 성벽 위에서 보는 게 제일 멋있는 것 같아요. 처음 봤을 땐 너무 아름답고 거짓말 같아서 그림을 보는 것 같았어요."

성벽 바로 옆 간이 마구간에 말을 넣은 뒤 그레타와 라가헨은 성벽 위로 향했다. 그레타는 유통기한이 얼마 남지 않은 데비우스 궁수부대 임시훈련대장의 막강한 권한을 맘껏 휘둘러 제일 높은 망루 위를 차지했다.

"어때요, 솔. 멋있죠?"

하얀 눈으로 뒤덮인 산은 손에 손을 잡은 듯이 길게 이어져 있었고, 높게 솟은 산봉우리는 하늘을 찌를 듯했다. 기대감으로 가득 찬 그레타와는 달리 그 광경을 보고도 라가헨은 별다른 감흥을 느끼지 못했다.

라가헨은 뒤로 한 발자국 물러섰다. 아기곰 같은 그레타의 뒷모습이 한눈에 들어왔다. 설산을 올려다보는 아기 회색곰 같다.

"그레타. 실례가 되지 않는다면 모자를 벗어줄 수 있습니까?"

"네? 모자를요?"

갑작스러운 부탁을 이해할 수 없었지만 그레타는 모자를 벗어 엉망이 된 머리칼을 대충 정리했다.

"공작님. 풍경이, 좀 별로인가요?"

"아닙니다, 그레타."

라가헨은 드러난 그레타의 얼굴과 그 등 뒤로 펼쳐진 높고 새하얀 산을 한참이나 바라보았다. 이 나라의 많은 곳을 직접 밟으며 수많은 풍경을 보았으나 단 한 번도 아름답다 생각한 적 없었다.

아마도 그가 보는 풍경이 언제나 어디 한 곳이 부족했기 때문이었던 걸지도 모르겠다.

"몹시, 아름답습니다."

지금에야 비로소 그의 풍경이 완성되었다.

"예. 참으로 아름답습니다."

라가헨은 힘겹게 그레타의 등 뒤로 펼쳐진 설산을 향해 시선을 돌렸다. 둘 사이로 찬바람이 불었다. 그레타는 몸을 부르르 떨며 황급히 모자를 다시 썼다.

반면 라가헨은 온몸이 뜨겁게 달아올랐다. 왜 이렇게 후덥지근한지 알 수 없었다. 그에게는 지금 차가운 북풍이 간절했다.

성벽 경비조의 대원 하나가 눈치 좋게 망루 위로 따뜻한 음료를 배달해 주었다. 둘은 음료를 손에 쥐고 설산을 향해 나란히 서서 이야기를 나누었다.

"이건 디푸라고 해요. 술에 뭔가 약초 같은 걸 잔뜩 넣고 끓여서 만든 음료인데, 도수가 무척 낮아요. 겨울에는 이걸 물처럼 마시는 사람이 많아서 거리에 돌아다니는 사람들 반은 취해 있대요. 다들 좋아해서 아무한테도 말을 못 했는데, 전 사실 별로 안 좋아해요."

그레타는 디푸를 좋아하는 궁수부대원들을 생각하며 작게 웃었다. 웃음소리가 듣기 좋다고 라가헨은 생각했다.

"데비우스엔 궁술 교습을 하러 오셨다고 들었습니다."

"리차드가 말해 줬어요?"

"예."

먼저 물어본 걸까, 아니면 리차드가 입방정을 떤 걸까? 그레타는 속 안에서 일어난 호기심을 견디지 못하고 물었다.

"공작님께서 리차드에게 물어보신 거예요?"

"아닙니다."

몰려오는 민망함에 그레타는 한 입도 대지 않은 음료로 시선을 돌렸다.

"리에보 경에게 편지를 전해 달라 부탁했는데, 그대가 수도에 있지 않다며 소식을 전해 왔습니다."

"편지를요?"

"예. 그레타, 그대를 만나고 싶다는 내용이었습니다."

"어, 왜, 왜요?"

어느새 두 사람의 시선이 마주쳤다. 라가헨은 다시금 허기와 갈증이 이는 것을 느꼈다. 그는 그레타의 모아진 입술을 응시하며 대답을 생각했다.

아무리 해도 그대의 얼굴이 생각나지 않더라, 그래서 몹시 보고 싶더라. 그대에게 주려고 작은 선물도 준비했다. 그러나 군침을 삼키고 혀로 입술을 적신 뒤에야 간신히 벌어진 입에서 나온 말은 다른 것이었다.

"그레타 그대가 원정에서 돌아오면 함께 켄타로 들판에 가자 말씀하셨잖습니까."

그걸 기억하고 있었구나. 그레타는 감동 받았다.

"궁술 교습 계약이 곧 끝나요. 히테리아로 돌아가면 같이 켄타로 들판에 가요."

"데비우스에선 더 일하지 않습니까?"

"사실 날씨가 더 추워지지만 않으면 계속 있고 싶을 만큼 사람들도 너무 좋고, 일하는 것도 재미있어요. 그런데 저한테는 너무 추워서 아쉽지만 안 될 것 같아요."

라가헨은 갑자기 데비우스의 혹독한 날씨가 매우 흡족해졌다. 역시 더운 것보단 추운 게 낫다.

"그레타, 그대의 실력은 뛰어나니 수도에서도 같은 일을 하실 수 있을 겁니다. 그대 정도의 실력이면 황실궁수부대에서도 환영할 겁니다. 내년에는 궁수부대 입단시험이 있으니 도전해 보시는 것도 나쁘지 않으실 겁니다."

"너무 띄워 주지 마세요. 부끄러워요. 그나저나 원정은 어떠셨어요? 다디안 나뭇잎이 도움이 되었다면 좋았을 텐데."

"예. 큰 도움이 되었습니다."

그대로 입을 다물려던 라가헨이 머뭇거리다 덧붙였다.

"올해는 지난해보다 유독 덥고 원정이 힘들었습니다. 그레타, 그대가 선물해 준 것들이 큰 도움이 되었습니다."

"도움이 됐다니, 정말 기뻐요. 리차드는 잘 지냈나요?"

"예."

그는 리차드 리에보 경에게는 별 관심이 없어서 잘 지냈는지는 모르겠다. 사지 멀쩡히 살아 돌아왔으니 원정에서도 잘 지냈겠지.

짧게 답하고 음료를 한 모금 마신 그가 살짝 미간을 찌푸렸다.

"저도 디푸를 썩 좋아하지 못할 것 같습니다."

"하하하, 그럼 좀 더 괜찮은 음료를 마시러 갈까요?"

10.

사람들이 가장 활발하게 활동할 오후 시간인데도 거리에는 사람들이 그리 많지 않았다. 데비우스는 혹독한 날씨 탓에 실내 생활이 발달했기 때문에 특별한 이유가 있는 게 아니라면 거리에서 시간을 보내지 않았다.

"조용하죠? 처음에는 적응하기 힘들었는데, 익숙해지니까 조용한 것도 괜찮더라고요."

사람과 부대끼는 걸 싫어하는 라가헨은 이편이 훨씬 나았다.

"어이, 꼬마곰 대장. 훈련 시간 아니야? 어디 가?"

"안녕하세요, 게포 씨."

그레타에게 말을 건 중년 사내는 라가헨 못지않게 가벼운 차림을 하고 있었다.

"거 옆에 큼지막한 분은 뉘시고?"

"아, 수도에서 오신 지인분인데 주점에 가려고요. 게포 씨는 어디 가세요?"

그는 손에 든 자루 하나를 들어 보였다.

"다르헨 녀석한테 갖다 줄 게 있어서. 그럼 잘 놀다 가슈, 꼬마곰 대장 지인 양반."

"다음에 봬요."

그 뒤로도 그레타는 여러 차례 데비우스의 주민들과 대화를 나누었다. 주민들은 그레타가 편한지 격 없이 대화하며 사탕이나 과자 같은 것들을 하나씩 쥐여 주었다. 그들이 라가헨에 대해 물을 때마다 그레타는 그를 지인이라고 소개했다.

지인. 아는 사람. 라가헨은 그 단어가 조금, 아니 무척 거슬렸다.

그레타와 그는 단순히 아는 사이가 아니었다. 무려 팬레터를 주고받는 사이였다. 팬과 스타, 그것도 아주 긴밀한 팬과 스타 사이였다. 누가 보더라도 지인보다는 조금 더 깊이 있는 관계라고 할 수 있지 않겠나.

그레타는 인사한 주민들이 하나씩 건네준 주전부리들을 주머니에 열심히 밀어 넣었다.

"죄송해요, 솔. 곧 수도로 돌아간다고 이것저것 챙겨 주네요."

"좋은 분들인가 봅니다."

"네, 다들 참 잘해 주세요. 이것 좀 드세요. 사탕이에요. 많이 달아서 한 번에 여러 개 못 먹는데, 엄청 맛있어요."

"감사합니다."

그레타와 라가헨은 사탕을 입에 하나씩 넣고 나란히 걸었다.

"카페가 많은 수도와 달리 데비우스에는 주점만 있어요. 커피 같은 음료도 같이 파는데 대부분은 술을 좋아해요. 타라, 그러니까 변경백 말이에요, 그 애 말에 따르면 날씨가 너무 추워서 데비우스 사람들은 기본적으로 항상 취해 있다고 해요."

그레타가 작게 웃었다.

"처음엔 농담인 줄 알았는데 날씨가 추워지니까 알 것 같아요. 진짜 술 없이는 얼어 죽을지도 모르겠어요! 그런데 정말 안 추우세요?"

"예, 저는 괜찮습니다."

"솔은 여름엔 꼭 데비우스에 와서 지내셔야 할 것 같아요. 아, 여기예요. 여기가 궁수부대원들과 자주 오는 주점이에요."

눈보라 주점. 이곳은 그레타와 궁수부대원들의 단골 주점이었다.

처음 데비우스에 와서 술만 마시면 언성을 높이고 몸싸움을 벌이는 거친 북부 사람들의 모습에 문화충격을 심하게 받은 그레타를 위해 궁수부대원들이 고르고 골라 선택한 곳이었다. 그레타는 아직도 그렇게 치고박고 언성을 높이는 게 싸우는 것이 아니라 친근하게 노는 것이라던 부대원들의 말을 믿을 수가 없었다.

이곳 눈보라 주점은 다른 주점에 비해 그런 소란이 거의 없었다. 아무리 거친 북부인들이라 한들 전직 데비우스 마법사단 출신의 바텐더에게 대들 용기가 없었기 때문이었다. 개업 초 여럿이 칼바람 속에 팬티 바람으로 쫓겨나 호되게 당하는 걸 본 주민들은 10년이 넘도록 결코 바텐더 빌레나에게 대들지 않았다.

주점 안은 조용했다. 술을 마시기엔 너무 이른 시간이기도 했고, 데비우스의 주점은 조금 더 추워져야 붐빈다.

"어, 꼬마곰 대장 왔네."

"빌레나 씨, 안녕하세요."

반갑게 인사하는 백발의 중년 여성 빌레나는 그레타의 뒤를 따라오는 후드를 쓴 장신의 사내를 위에서 아래까지 한 번 훑었다. 다소 무례한 행동이었지만 북부에서는 일상이었다.

"옆에는 누구야?"

"아, 수도에서 놀러 온 친구예요."

"이렇게 훤칠한 친구를 여태 감춰 뒀단 말이야?"

"감춰 두긴 누가 감춰 뒀다 그래요?"

"됐고 그 가죽 좀 벗고 앉아라. 보는 내가 답답해 죽겠네."

빌레나가 커다란 잔에 맥주를 채워 가지고 왔다. 맥주를 그레타와 라가헨의 앞에 한 잔씩 내려놓았다.

"술을 마시러 온 건 아니었는데……."

"그냥 마셔라. 곧 수도로 돌아갈 거라며. 선물이야."

"감사해요."

빌레나가 파는 맥주는 무척 맛있다. 그레타는 감사히 받기로 결심하고 라가헨에게 조심스럽게 물었다.

"솔, 술 마셔도 괜찮아요?"

"예. 괜찮습니다."

그런 그레타를 유심히 살펴본 빌레나가 장난기 가득한 목소리로 물었다.

"그레타, 그나저나 네가 좋아한다는 게 이 청년이야?"

"비, 빌레나 씨! 아, 아니에요."

바텐더 빌레나는 얼굴을 확 붉히는 그레타를 보고는 깔깔 웃었다.

이따금 시간이 날 때면 그레타는 이 주점에 와서 빌레나와 이야기를 나누곤 했다. 빌레나는 생각이 깊고 입이 무거워서 데비우스 사람들의 고민 상담을 많이 해 주었고, 개중에는 그레타와 같이 사랑 고민을 늘어놓는 이들도 드물지 않았다.

빌레나는 이곳 데비우스 땅에서 타라 다음으로 그레타의 애절한 짝사랑을 가장 잘 알고 있는 사람이었다.

"아니라고? 이 청년이 아니야?"

그레타는 소리 없는 아우성을 내지르며 가까스로 고개를 도리도리 휘저었다.

"아, 아니에요. 시, 시시시, 실례되는 말씀이에요."

빌레나가 짓궂게 웃었다.

"아니라고? 아쉽네. 이 청년, 팔 한 짝 어디 날려 먹었는가 모르겠지만 말이야. 그래도 몸이 아주 좋아. 응. 그레타, 남자는 몸이야. 특히 여기, 아래 말이야. 응. 아주 훌륭해. 네가 남자 보는 눈은 있구나. 내가 소싯적 남자 좀 데리고 놀아봐서 알아. 이 청년은 실하다. 분명해."

"빌레나 씨!"

"차라리 이 청년으로 갈아타는 거 어때?"

"그만하세요. 제발요."

그레타의 얼굴은 더할 나위 없이 붉게 물들었다.

"죄송해요, 솔."

"괜찮습니다, 그레타."

그가 들어본 온갖 지저분한 음담패설에 비하자면 바텐더의 말은 귀여운 농담 수준에 불과했다. 다만 기분이 썩 좋지는 않았다.

"좋아하는 분이 있으십니까, 그레타?"

"네에? 그, 그게, 아니, 그⋯⋯."

"곤란한 질문이었다면 죄송합니다."

"곤란할 게 뭐 있겠어. 이봐, 청년. 이 답답한 아가씨를 좀 어떻게 해 봐. 가끔 한 번씩 여기 와서 혼자 청승 떨면서 한숨을 푹푹 쉬고 왜 그러냐 그러면 보고 싶은 사람이 있어서 그렇다고 혼자 분위기란 분위기는 다 잡고. 지가 뭐 달리는 게 있다고 남자한테 매달리는지 몰라."

"빌레나 씨, 제발 그만하세요."

"청년, 들어봐. 그레타가 가문이 달려, 아니면 돈이 없어? 활을 어찌나 잘 쏘는지 저 나이에 궁수부대 훈련을 시키질 않나. 대단하지 않나?"

"예, 그레타는 대단합니다."

"상대가 누군지는 몰라도 진짜 머저리야. 적어도 둔탱이지."

"빌레나 씨, 제발요, 그만하세요."

그레타는 반쯤 울먹이고 있었지만 빌레나는 눈도 깜짝 안 했다. 반면 자신이 바로 그 머저리 둔탱이인지 모르는 라가헨은 어느새 빌레나의 말에 집중하고 있었다.

"네가 귀여우니까 멈출 수가 없는 거야. 아아, 이 아줌마는 그레타의 짝사랑의 대상이 부러워. 적어도 이 엿 같은 세상에 자기를 진짜로 사랑해 주는 사람 하나는 있는 거니까. 아, 사랑! 그 이름도 아름다워라!"

빌레나의 시선은 후드를 쓴 라가헨을 향해 있었다. 마치 그에게 말하기라도 하는 것처럼.

"사랑이란 게 무엇입니까?"

뜬금없이 돌아온 질문에 빌레나가 눈썹을 치켜 올렸다.

"이것 보세? 무슨 선문답하는 것도 아니고. 그건 사람마다 다르지. 네 질문은 어떤 맥주가 맛있느냐 묻는 거랑 똑같아. 나는 흑맥주를 좋아하는데, 내 입에 맛있다고 그게 모두에게 맛있겠나? 누군가는 나처럼 흑맥주를 좋아할 수 있겠지만 또 다른 머저리는 흑맥주는 쓰레기라고 망언을 내뱉을 수 있지. 특히 여기 데비우스 술돼지들은 뭘 좀 몰라서 흑맥주를 별로 안 좋아해. 하지만 난 뭐라고 하지 않아. 왜냐고? 입맛이 다르니까. 사랑도 그래. 그레타 저 귀여운 녀석이 하는 사랑이 꼭 정답은 아닐 거야. 그렇지만 꽤 괜찮은 사랑이라고는 말해 줄 수 있지. 왜냐면 사랑은 좋은 거거든. 따뜻하고 부드럽고 소중한 거야. 그레타가 하는 게 딱 그래."

"좋고, 따뜻하고, 부드럽고 소중해야만 사랑입니까?"

"갑자기 이게 무슨 대화람. 꼭 사랑이 그런 것만은……. 아니 그레타! 뭘 울랑 말랑 하고 있냐. 술이나 마셔!"

라가헨은 주머니에 손을 넣었다. 북풍에 식어 얼음처럼 차가워진 릿트마옴의 엄니가 잡혔다. 그레타에게 주기 위해 원정 기간 동안 하나뿐인 손으로 열심히 만든 것이었다. 만드는 동안 몹시 심취해서 집중했는데, 기회가 없어 전달하지 못했다. 오늘 만나면 줘야겠다 생각하고 가지고 나왔는데, 도대체 언제 줘야 하는 건지 알 수가 없어서 계속 주머니 속에 간직하고만 있었다.

"그레타."

"네?"

"그 사람을 많이 좋아하십니까?"

"네. 아주 많이요."

그 말에 할 수 있는 최선의 대답은 고작 이것뿐이었다.

"뜻대로 되신다면 좋겠습니다."

라가헨은 주머니에서 손을 빼고 맥주잔을 쥐었다. 이유를 알 수 없지만 엄니 따위를 꺼내서 건넬 수가 없었다.

이제야 북부의 싸늘한 바람이 느껴지는 것 같았다.

가슴께가 한없이 시린 기분이다.

11.

그 뒤로 주점에 손님 몇이 더 들어왔다. 빌레나가 라가헨과 그레타의 곁을 떠나자 잠시 침묵이 맴돌았다. 빌레나의 주책 때문에 견딜 수 없는 부끄러움과 민망함이 몰려온 그레타는 당장이라도 이 자리에서 뛰쳐나가고 싶었다. 그러나 동시에 이렇게 단둘이 앉아 술 한 잔을 마시고 있다는 사실이 믿을 수 없을 만큼 좋기도 했다.

'흑, 사랑이 시작된 줄 알았는데.'

그레타는 자신이 속마음을 숨기지 못한다는 사실을 잘 알고 있었다. 라가헨의 앞에서도 낯빛을 숨기지 못한 일이 수없이 많았다. 그러니 빌레나의 말대로 머저리 둔탱이가 아닌 이상 그레타의 마음을 그가 아예 모른다고 하면 거짓말일 것이다.

로루스 사냥대회에서도 분위기가 좋았고, 심지어 지난밤 직접 찾아와 나눈 대화까지 생각했을 때 분명 라가헨도 어느 정도는 마음이 있을 거라 생각했다. 하지만 저런 담백한 반응을 보인다는 건 아마도 정말 그가 둔하거나 자신에게 아무런 이성적 관심이 없다는 거겠지. 오전까지만 해도 마구 솟구쳐 있던 자신감이 바닥으로 뚝 떨어졌다.

'뜻대로 되신다면 좋겠습니다?'

좋아하는 사람한테 이런 말은 보통 안 하지 않나.

'하아, 역시 공작님이 너무 착하신 건가 봐.'

머리가 복잡하고 다소 침울해졌다.

라가헨의 시선이 좀처럼 자신에게서 떨어질 줄을 모른다는 사실을 알았다면 아마 그레타는 그런 생각을 하지 못했을 것이다.

그레타의 얼굴만 뚫어져라 보고 있던 라가헨이 갑자기 쳐지는 눈꼬리를 보고 물었다.

"그레타, 괜찮습니까?"

"네? 네, 물론이죠."

"기분이 좋지 않아 보입니다."

"아니거든요. 아주 좋거든요. 아주 최고거든요!"

"그렇습니까."

그레타는 황급히 말을 돌렸다.

"그럼요, 술은 괜찮죠? 디푸보다는 훨씬 낫죠?"

"예. 그렇습니다."

그렇게 그레타는 주제 변경에 성공했다.

변함없이 그레타가 묻고, 라가헨이 짤막하게 답하는 문답 형식이었지만 둘의 말은 끊임없이 이어졌다. 조금 바뀐 게 있다면 라가헨 또한 그레타에게 물어보는 것들이 생겼다는 것.

"데비우스에서 지내면서 설원의 마물을 보셨습니까?"

"네. 원정에서 보셨다는 니벨로타 그런 것들은 여기엔 안 사는 것 같지만요. 설원에 사는 마물들은 많이 봤어요."

"무섭지는 않으셨습니까?"

그레타는 잠시 생각했다.

"처음에는 조금 무서웠던 것 같아요."

설원의 마물들에 비하면 로루스는 초식동물이나 마찬가지였다. 거대한 몸집, 빠른 몸놀림. 생김새도 제각각이었다. 평범한 짐승과 비슷하게 생긴 것이 있는가 하면 정말 괴물이라는 생각이 들 만큼 기괴한 것들도 있었다.

"아, 육손원숭이는 정말 무서웠어요. 팔이 여섯 개 달렸는데, 성벽을 엄청 빨리 오르는 거예요. 얼마나 소름이 끼치던지. 실전 훈련 중이었어서 부대원들이 처리하길 기다렸어야 했는데, 너무 무서워서 못 참고 제가 쏴 버리고 말았어요."

정확하게 눈을 꿰뚫은 화살을 맞고 녀석은 절명했다.

"육손원숭이에 비하면 로루스는 무서운 것도 아니였어요."

"로루스가 무서우셨습니까?"

그 물음에 그레타가 살짝 낯을 붉혔다.

"사실 눈이 엄청 무섭게 생긴 데다 생각했던 것보다 더 커서 조금 놀랐었어요. 그래도 뭐 육손원숭이처럼 이상한 거에 비하면 로루스는 커다란 메추리 수준이죠. 하지만 역시 그때 1등 하지 못한 건 아쉬워요. 정말 자신 있었는데."

그레타가 무척이나 아쉬워했던 것은 그도 똑똑히 기억하고 있었다. 라가헨의 입이 제멋대로 움직였다.

"내년에 또 함께 출전하시겠습니까?"

그레타가 작게 숨을 들이켰다, 이내 눈을 휘며 웃었다.

얼굴에 빛이라도 나는 것 같았다.

두근두근. 심장이 요란하고 비정상적으로 꿈틀거렸다.

"정말이죠? 약속이에요!"

"물론입니다."

"내년엔 제가 꼭 일등 트로피를 손에 쥐여 줄게요."

활짝 웃는 그레타의 붉은 입술이 그의 시선을 사로잡았다.

목이 탄다. 라가헨은 잔에 남은 맥주를 한입에 털어 넣었다.

여전히 아무 소용없었다. 뱃속 깊은 곳에서부터 타들어 가는 듯한 갈증은 도저히 해갈되지 않았다.

라가헨은 답답한 후드를 쓰고 있다는 사실에 처음으로 안도했다. 지금 제 얼굴이 어떤 모습을 하고 있을지 도저히 장담할 수 없었으니까. 그때 주점 문이 벌컥 열리며 누군가가 뛰어 들어왔다.

"솔 경, 계십니까?"

궁수부대의 포바 경이었다.

"어? 포바 경?"

"아, 대장님. 루카스 닌델라 경이 솔 경을 빨리 모셔오라고 하십니다."

"오늘 아침에 나간 분이 벌써 돌아오신 거야?"

"예. 오시자마자 급히 솔 경과 나눌 이야기가 있으시다 하셨습니다."

그레타와 라가헨이 자리에서 일어섰다. 그때 빌레나가 말했다.

"포바 경. 거기, 솔 경이라는 분만 부른 거 아냐? 그레타는 안 가도 되지?"

"아, 예. 그렇습니다."

"그럼 그레타는 내 말 상대 좀 해 주다 가."

그레타가 빌레나와 라가헨을 번갈아 보았다. 냉큼 라가헨을 따라나서고 싶지만 자신의 권한 밖의 일인 것은 확실했기에 단지 성까지 함께 가는 것 외에는 할 일이 없었다. 머뭇거리는 그레타를 보고 라가헨이 말했다.

"그레타. 그대는 좀 더 시간을 보내고 오십시오. 나중에 뵙겠습니다."

라가헨은 빌레나에게 가볍게 목례하고 포바 경을 따라 주점을 나섰다. 문이 닫히고 잠시 일었던 소란이 가라앉자 눈보라 주점에 적막이 내려앉았다. 그레타가 깊은 한숨과 함께 털썩 자리에 앉았다.

"빌레나 씨 미워."

"술이나 한 잔 더 마셔라."

다시 채워진 잔을 그레타는 단번에 비워 버렸다.

"한 잔 더요!"

연거푸 맥주 석 잔을 들이켜는 그레타를 보며 빌레나가 깔깔 웃었다.

"아까 그 청년 맞지?"

"뭐가요?"

"네 짝사랑 상대. 척 보니 알겠던데."

"그걸 알면서 그래요? 어떻게 그래요, 빌레나 씨? 어떻게 나한테 그럴 수가 있어! 왜 빌레나 씨가 나 대신 고백하려고 하는 건데. 고백은 내가 해야 하는데."

"재미있잖아."

테이블 위에 뺨을 대고 엎드린 그레타가 칭얼거렸다.

"얼마나 부끄러웠는지 아세요? 진짜 빌레나 씨 미워."

벌써 취기가 올라온 그레타의 발음이 조금 뭉개졌다. 그 모습이 귀여워서 빌레나가 다시 한번 웃었다. 그러더니 그레타를 두고 창고에 들어갔다가 활 하나를 꺼내 들고 왔다.

"선물이니까 받아라."

"웬 선물이에요?"

"곧 수도로 돌아가잖니. 이별 선물이다."

"이별 선물이요? 무슨 영영 못 볼 것처럼 그러세요, 서운하게."

"선물 받아 가서 기억날 때 한 번씩 놀러 오라고. 얼른 가져가. 네 눈에 썩 좋은 물건은 아니겠지만 꽤 괜찮은 거야. 안 받아 가면 내가 서운해. 꼬마 곰 대장과 친구가 된 기념이야."

빌레나가 주는 활은 설산의 눈처럼 새하얗고 은은한 광채 같은 것이 났다. 한눈에 봐도 비상한 물건이었다. 부유하게 자라 웬만한 물건은 눈에 차지 않는 그레타가 봐도 뭔가 있어 보였다.

"근데 이거 엄청 멋지다. 진짜 이거 저 줘도 돼요?"

"아는 녀석의 유품이야. 어차피 나는 활을 쏘지도 못해서 창고에 처박아만 뒀던 거고. 그 녀석이 제일 아끼던 활에 내가 혼신의 힘으로 공들여 보존마법을 걸어 놨는데 창고에만 박혀 있는 건 좀 아쉽잖아. 살면서 그 친구만큼 활을 잘 쏘는 사람은 너 말고 본 적이 없어. 그냥 네가 가져가."

"감사해요. 소중히 잘 쓸게요."

신이 난 그레타가 괜히 빈 활시위를 당겨 보았다.

"그레타. 늦기 전에 고백해라."

"어떻게 고백해요. 아침까진 서로 좋아하는 줄 알았는데 아닌 것 같고. 고백했다가 차이기밖에 더 해요? 사냥을 할 때는 확실할 때 활시위를 놔야 하는 거예요. 아무렇게나 활을 쏘면 사냥감이 도망간다구요."

"요 귀여운 것아. 사랑은 사냥이 아니야. 타이밍을 재다가 영영 놓치게 된다."

"아닌 때에 고백해서 차이는 거나 타이밍 재다 늦어서 놓치는 거나 똑같잖아요."

빌레나가 그레타에게 준 흰 활에 시선을 고정한 채 말했다.

"그레타. 사랑에 실패하는 것엔 두 가지 경우의 수가 있어."

"뭔데요?"

"힘껏 사랑하고 나서 한 자락 미련도 남기지 않거나, 시작조차 하지 못해 후회와 미련에 빠지거나. 아직 어린 너는 잘 모를 수도 있지만, 인생이란 건 결국 피치 못하게 마주한 후회 더미 속에서 떠도는 거야. 그런데 사랑에 후회하고 미련을 남기면 몸 누일 나만의 안락한 쓰레기통 하나 남기지 못하고 유령처럼 떠돌게 된단다."

빌레나는 복잡한 감정이 가득한 눈으로 그레타를 향해 말했다.

"궁수부대를 가르치고 성벽 위에서 마물을 사냥하고 뚫린 입이라고 되는 대로 막 지껄이고 다니는 네가 뭐가 더 무서워서 좋아한다 말 한마디 못 하고 있는 거니."

"그거 칭찬이에요, 욕이에요?"

"굳이 따지자면 칭찬?"

"사실 여태까지 딱히 뭘 머뭇거려 본 적이 많지 않은 것 같은데. 그 사람한테만큼은 자꾸만 한 번씩 망설이고 걱정하게 돼요. 그냥 평소처럼 좋아해요, 이제부터 순순히 내 거 하시죠, 나랑 손 잡고 뽀뽀합시다! 하고 당당하게 말하고 싶은데, 그게 안 돼요. 진짜 다른 사람이 되어 버리는 것 같아요."

"사랑에 빠지면 사람은 변해. 그 변화가 꼭 내가 원하는 방향으로 생겨나지는 않는 법이야."

피식, 빌레나는 작게 웃었다.

"이십 년도 더 된 일이야. 어떤 남자가 나더러 좋아한다고 하더구나."

"우와. 아줌마의 사랑 이야기다."

"그래. 아줌마의 고릿적 사랑 이야기다."

"그래서요?"

눈을 반짝이며 그레타가 고개를 벌떡 들었다.

"고민이 됐지. 생각도 못 했거든. 그 녀석은 꽤 잘생긴 녀석이었고, 말했듯이 활도 잘 쐈다. 이 데비우스에서 보기 드문 사냥꾼이었지. 인기가 얼마나 많았는지 몰라. 그런 남자가 마법밖에는 모르는 시시한 여자를 왜 좋아하는지, 저게 진심이긴 한 건지, 계속 의심했지. 그래서……."

먼 곳을 바라보는 빌레나의 영혼은 잠시 스무 해 전 젊은 시절을 들여다보고 있었다.

"답을 주지 않았어. 기다리겠다고 하더구나. 그렇게 1년을 질질 끌었어. 그리고 아, 이 녀석이 진짜 나를 좋아하는구나. 나도 그를 좋아하는구나. 그런 확신이 들었을 때, 죽었지."

달콤한 사랑 이야기가 아니라 슬픈 이별 이야기였다니. 그레타는 어떻게 반응해야 할지 몰라 당황했다.

"시체도 발견 못 했어. 찾은 건 저 활뿐이었어."

그가 사냥을 나간 뒤 얼마 지나지 않아 갑작스럽게 눈보라가 몰아쳤다. 사흘, 나흘, 여드레를 지속한 유례없는 심한 눈보라였다. 빌레나는 걱정스럽게 매일 같이 하늘을 바라보았다. 그가 돌아오면 꼭 말해 줘야지. 나도 너를 좋아해. 하지만 그는 아무리 기다려도 돌아오지 않았다. 하루 이틀 사흘 나흘……

눈보라가 그치고 사람들이 그를 찾아 나섰을 때 발견된 것은 눈처럼 하얀 그의 활뿐이었다. 그 외에는 아무 흔적도 없었다.

빌레나가 담배에 불을 붙였다.

"매일을 후회했어. 좋아한다고, 나도 좋아한다고 딱 그 한마디만 할걸."

그레타가 눈물을 흘렸다.

"뭐야, 왜 네가 울어. 여기서는 내가 눈물을 찍으면서 얘기해야 하는 타이밍 아니야?"

"그치만 너무 슬프잖아요."

그렁그렁 눈물을 매단 그레타의 얼굴에 빌레타가 웃음을 터뜨렸다.

"아무튼 그 뒤로 데비우스를 떠나지도 못하고 마법사단 일에 집중하지도 못해서 일을 그만두고 여기에 주점을 차렸지. 시체가 발견되지 않았으니 살아 있지 않겠냐고 억지를 쓰면서 말이야. 그렇게 시간이 흐르고, 데비우스가 내 고향이 되고 내 집이 됐어."

"아직도 사랑해요? 그 사람?"

"글쎄. 그건 모르겠다. 음, 아닌 것 같아. 사랑이든 뭐든 감정이란 건 시간이 지나면 흐려지기 마련이거든. 내가 여전히 이곳에 있는 이유는 사랑보다는 미련이지. 습관이고."

"미련……."

"잘 들어라. 장래 유망한 젊은 마법사 하나를 데비우스의 흔한 주점 바텐더로 전락시킬 정도로 미련의 힘이 크다, 이 말이야."

"근데 저 이 활 받아도 되는 거 맞아요? 그 얘기 들으니까 이건 아닌 것 같은데. 귀신 나오는 거 아니에요?"

그레타가 떨떠름한 표정으로 활을 들었다.

"귀신 안 나와. 가져가."

"그래도 잊지 못할 추억 같은 거잖아요."

"나도 미련을 털어낼 때가 되지 않았니. 나이가 마흔이 넘었는데. 결혼이나 하려고."

"설마, 아줌마의 새로운 사랑 이야기? 빌레나 씨, 지금 현재 마음에 두고 있는 분이 있으십니까?"

"그런 거 없다."

"거짓말! 거짓말!"

그레타가 주먹으로 책상을 쳤다. 그레타가 한참 동안 조른 뒤에야 빌레나가 두 손을 들었다.

"그럼 너만 알려 줄게, 그레타. 비밀을 꼭 지켜야 한다."

빌레나가 그레타의 귓가에 뭐라 속삭였다.

"세상에, 진짜 진짜요?"

"그래. 진짜 진짜다."

"너무 낭만적이에요."

"내 낭만에 감탄하지 말고, 네 낭만이나 찾으라고. 그레타."

"도대체 어떻게 된 거예요? 네? 얘기해 주세요!"

그레타는 빌레나의 늦깎이 연애담을 안주 삼아 한참이나 맥주를 마셨다. 그렇게 해가 지고 나서야 알딸딸한 취기가 가득 돈 상태로 말과 나란히 걸어 저녁 늦게 데비우스 성으로 향했다.

12.

데비우스는 낮이 짧고 밤이 길다. 수도에서는 이제 막 가을이 익어가고 있을 지금, 데비우스에서는 저녁 여섯 시만 되어도 밤처럼 깜깜하게 어둠이 내렸다.

"술 마시지 말걸."

과음을 한 탓에 말을 탈 수 없어 그레타는 추위에 떨며 걸어가야 했다. 음주 승마는 예가헨 제국에서 엄격하게 금지되는 것이었기 때문이다. 하얗고 커다란 활을 등에 메고 가느라 걸리적거리기도 했다. 마실 땐 좋았지만 돌아갈 길을 생각하니 착잡해졌다.

그레타는 별이 쫑쫑 박힌 짙은 남색의 하늘을 올려다보았다.

"예쁘다아."

그레타는 목을 위로 꺾은 채 셀 수 없이 많은 별들 틈에서 유독 빛나는 별자리들을 짚어 가며 걸었다. 취한 상태로 위를 보며 걸으니 무척 어지러웠지만, 그게 또 재미있었다.

제자리에서 빙글빙글 도는 별들을 보며 웃음을 흘리던 그레타는 단단한 벽에 부딪혔다. 아니, 잡혔다.

"그레타. 괜찮으십니까?"

밤하늘 별 아래 남자가 서 있었다. 그레타가 너무나도 좋아하는 남자였다. 보는 것만으로도, 아니 생각하는 것만으로도 마냥 좋은 남자.

어떻게 한 사람이 이 세상에 있다는 것만으로도 기분이 좋아질 수 있을까? 이 남자는 어쩌면 사랑이 아니라 마법 비슷한 거 아닐까?

그레타는 무거운 머리를 바로 세웠다가 그대로 앞으로 떨어뜨렸다. 머리가 어찌나 무거운지 단단한 가슴에 이마가 툭 떨어졌다. 그의 외투에서 서늘한 기운이 이마로 스며들었다.

"그, 그레, 그레타. 괜찮으십니까?"

"소오올……."

"예. 접니다."

간신히 머리를 바로 세운 그레타가 배시시 웃으며 물었다.

"여기는 무슨 일이세요?"

"그레타, 그대가 돌아오지 않아서……."

"마중! 나오신 거예요?"

"예."

"히히, 고마워요. 기분 좋다."

"기분이 좋으십니까?"

"네에."

"왜, 기분이 좋으십니까?"

"솔이, 마중을 나왔으니까요."

그레타가 웃었다. 소리를 지르고 싶을 만큼 기분이 좋았다.

"그게 어째서 기분이 좋은 일입니까?"

"으휴, 솔. 솔은 질문이 너무 많아요. 가끔은요, 아하 그렇구나 하고 그냥 넘기기도 하고 그래야 하는 거예요. 아시겠어요?"

"예."

"그래도. 그래도 솔이 질문하는 건 좋아요."

그레타가 웃음이 가득한 얼굴로 라가헨을 올려다보며 말했다.

"왜입니까?"

"그냥 선물 받는 기분이에요. 선물 받는 건 좋은 거잖아요."

아무래도 누가 주먹으로 가슴을 엄청 세게 친 게 분명하다. 그러지 않고서야 이렇게 가슴이 아플 수가 없을 테니까.

중간에 루카스 닌델라에게 불려간 것이 무척 마음에 걸렸는데, 일이 끝나고 저녁 시간이 지났음에도 그레타가 돌아오지 않았다. 성 사람들의 눈치를 보니 누구도 그레타의 부재를 알아차리거나 걱정하는 것 같지 않았다.

일찍부터 어둠이 내려 마치 깊은 밤이 온 것만 같았지만 그레타는 좀처럼 돌아올 생각을 안 했다.

초조해졌다. 한동안 의자에 앉았다가 벌떡 일어났다 다시 앉앉다가 일어나 의자 주변을 빙빙 돌기를 반복하던 그는 결국 밖으로 나왔다. 낮에 갔던 길을 그대로 되짚어 그레타와 함께 갔던 주점에 가 보았으나 그레타는 이미 떠나고 없었다. 바텐더 빌레나에게 그레타의 행방을 묻자 다짜고짜 '그레타는 거짓말을 못 해'라는 알쏭달쏭한 말을 하는 게 아닌가. 빌레나는 그가 다시 한번 그레타의 행방을 묻고 나서야 길을 알려 주었다. 빌레나는 마지막에 이렇게 덧붙였다.

"빛나는 하얀 활을 메고 있으니 눈에 띌 거야."

라가헨은 빌레나가 가르쳐준 방향으로 서둘러 향했다. 얼마 가지 않아 그는 땅에 내려온 별빛을 보았다. 아니, 자세히 보니 그것은 달빛과 별빛을 잔뜩 머금고 반짝이는 하얀 활이었다. 곧장 알아볼 수 있었다. 그레타는 등에 별처럼 빛나는 흰 활을 메고, 두꺼운 장갑을 낀 손에는 말고삐를 잡고 비틀비틀 걸어가고 있었다.

"그레타."

"헤헤헤."

"그레타."

"히히히."

말 등에서 내려 그레타에게 다가가며 몇 번이고 불렀는데, 그레타는 하늘을 바라보며 혼자 배실배실 웃으며 비틀비틀 걸었다.

그레타는 아주 단단히 취해 있었다. 결국 다가가 어깨를 살짝 잡아 그레타를 세웠다. 그레타가 눈을 동그랗게 뜨며 그를 보다가 툭, 그의 가슴 위로 작은 머리통을 떨어뜨렸을 때, 그의 심장도 같이 추락하는 기분이 들었다. 그레타가 머리를 다시 들어 가슴에서 이마를 떼었을 때, 그는 아쉬움을 느꼈다.

그러나 취한 그레타와 대화를 시작한 뒤 라가헨은 아쉬움을 순식간에 잊어버렸다. 어린애처럼 방긋방긋 웃으며 살짝 꼬인 혀로 말하는 그레타는 무척이나 귀여웠기 때문이다. 심한 흉통이 몰려왔다. 정말이지 숨이 멎을 것 같다.

그레타는 그에게 몸을 기대고 고개를 들어 그를 올려다보고 있었다. 너무 귀엽고, 너무 예쁘고……. 그의 부족한 어휘력으로는 도저히 설명할 수 없는 모습이었다.

입안이 바싹 타들어 가는 듯했다. 심장이 세차게 뛰어 이 고동을 그레타가 느낄까 봐, 이 소리를 그레타가 들을까 봐 겁이 났다.

도망치고 싶다는 기분이 들면서도 그는 달빛과 별빛이 내려앉은 그레타의 얼굴에서 시선을 떼지 못했다.

"선물을 좋아하십니까?"

"당연하죠! 누가 싫어해요, 선물을."

"그렇다면……."

간신히 입을 뗀 그가 계속 주머니 속에 머물러 있던 것을 꺼냈다. 이것에 다른 의미는 없다. 단지 그간 받은 손수건이나 다디안 나뭇잎이나 각설탕 따위의 작은 선물에 대한 보답이다. 다른 의미는 없다. 그러니까 부디…….

"이것 또한 좋아해 주시겠습니까?"

"어어, 이게 뭐예요?"

"마물 릿트마옴의 엄니를 깎아 만든 것입니다. 원정을 떠나기 전 그대가 준 선물에 보답을 하고자 만들었습니다."

"직접 만드신 거예요?"

"부족하지만 그렇습니다."

"세상에!"

새된 목소리에 깃든 것은 분명한 기쁨이었다. 라가헨은 심장이 손톱만큼 작게 찌그러졌다가 다시 펴지는 기분을 느꼈다.

"우와, 엄청 예쁘다! 솔, 조각 배우셨어요?"

"아, 아닙니다."

그레타는 초점이 흐린 눈에 힘을 잔뜩 주고 조각된 글귀를 읽었다.

"달밤 아래 기도하네. 네가 평안하기를……. 빌라이헨의 노래 맞죠?"

"알고 계십니까?"

빌라이헨의 노래는 멀리 떠난 가족의 무사 귀환을 기원하는 민요다. 귀족 사회에 편입되기 전 라가헨이 들어본 유일한 노래이기도 했다.

"네에. 이자벨이 가끔 불러 줬어요."

그레타는 라가헨의 가슴팍 앞에서 꼬물거리며 엄니 조각을 만지작거렸다. 손끝에서 차갑게 식은 엄니의 온도가 느껴졌다. 진짜였다.

"마음에 드십니까?"

처음으로 그에게 선물을 받았다. 그것도 다른 게 아니라 직접 만든 선물이다. 물밀 듯이 감동이 몰려왔다.

"엄청, 흐윽, 엄청……."

"그, 그레타?"

갑자기 그레타의 두 눈에 눈물이 차오르더니 닭똥처럼 뚝뚝 떨어지기 시작했다.

"그, 그레타, 왜, 왜, 왜 우시, 우는 겁니까."

라가헨은 단언할 수 있었다. 지나온 모든 생을 통틀어 지금처럼 당혹스럽고 두려운 순간은 없다고. 아마 앞으로도 절대 없을 거라고.

"그레타, 우, 울지 마시고……."

그레타는 눈물을 뚝뚝 흘리며 어린아이처럼 대성통곡을 했다. 눈물이 한 방울 두 방울 떨어질 때마다 라가헨의 가슴에 바위가 쿵쿵 떨어지는 것 같았다. 당혹스러움이 너무 큰 나머지 눈앞이 하얗게 명멸하는 것 같았다. 누군가가 울 땐 도대체 어떻게 해야 하는 걸까. 하물며 내가 준 선물을 받은 직후 운다면? 어쩔 줄을 몰라 이러지도 저러지도 못해 길을 잃고 허공을 헤매던 그의 손이 간신히 그레타의 등 위에 안착했다.

"울지 마십시오, 그레타."

그리고 아주 오래전, 이제는 얼굴은커녕 이름조차 기억나지 않는 어린 동생을 달래 주던 그때처럼 그레타의 등을 살살 토닥여 주었다. 원래 누가 달래 주면 그치려던 눈물도 더욱 샘솟는 법이다.

선물 받고 대성통곡하는 게 죽고 싶을 만큼 부끄러웠지만 눈물이 멈추질 않았다. 그레타는 손으로 벅벅 눈물을 닦으며 울었다.

"그리 닦으면 얼굴이 상합니다."

이로 장갑 끝을 물어 벗은 그가 검지로 그레타의 상기된 뺨 위에 흐르는 눈물을 조심스럽게 훔쳤다. 그리고 품 안에서 손수건 한 장을 꺼내 축축하게 젖은 뺨을 살살 닦았다. 손끝에 닿은 그레타의 얼굴은 너무 말랑하고 연약해서 잘못 힘을 주었다간 뺨을 터 뜨릴 것만 같았다. 그레타의 눈물 젖은 뺨에 닿아 있다는 것에 심장이 떨리고 혹여 힘을 잘못 주어 뺨을 상하게 할까 봐 그는 온 신경을 다해 손에서 힘을 빼는 데 집중했다.

그사이 겨우 눈물을 그친 그레타는 이번에는 부끄러움에 눈물이 날 것 같았다. 얼굴이 새빨갛게 달아올랐다.

"이제 그쳤군요."

라가헨은 잠시 머뭇거리다가 그레타의 뺨에 손등을 살짝 가져다 댔다. 눈물에 젖었다가 찬바람에 식으며 뺨이 아주 차가웠다. 손등에 닿은 뺨은 차갑지만 부드럽고, 촉촉하고, 말랑해서 그대로 계속 닿아 있고 싶을 정도였다.

"바람이 찹니다, 그레타."

그레타가 운 이유도, 또 울음을 그친 이유도 알 수 없었다. 붙들고 답을 줄 때까지 물어보고 싶을 정도로 궁금했다. 하지만 안 그래도 추위를 많이 타는 그레타를 이대로 길 위에 세워 두어선 안 될 것이다.

"돌아가죠."

"네."

"조금 불편하시더라도 제 뒤에 타서 가시겠습니까? 다른 것이 아니라 많이 취하셔서 말을 타실 수 없으니……."

"좋아요!"

그레타가 냉큼 대답했다. 취한 상태에 잔뜩 울어 부끄럽기까지 했지만 이런 좋은 기회를 놓칠 수는 없는 법. 그레타는 라가헨의 뒤에 올라타 그의 옷자락을 붙들었다.

"그레타. 꽉 잡으십시오. 떨어지면 위험합니다."

망설이지 않고 그레타가 빈틈없이 라가헨의 등 뒤에 붙어 허리를 꽉 끌어안았다. 두껍게 입은 외투 때문에 그레타의 몸은 겨울 곰의 가죽처럼 푹신하게 느껴졌음에도 라가헨의 몸이 딱딱하게 경직됐다.

"출발하겠습니다."

간신히 말한 그가 천천히 말을 몰았다. 그레타의 말고삐를 함께 쥐는 것도 잊지 않았다. 좋아하는 남자의 등에 뺨을 대고, 허리를 끌어안은 채 별이 가득한 밤하늘 아래에 함께 말을 타고 있다는 사실이 정말이지 꿈같았다.

"꿈같다."

울음 뒤에 쏟아지는 졸음과 아직 남은 술기운에 정신이 몽롱한 그레타가 웅얼웅얼 중얼거렸다. 잔뜩 긴장하고 있던 라가헨은 그 작은 목소리를 놓치지 않았다.

"무엇이 말입니까?"

"그냥, 다요."

라가헨이 밤하늘을 올려다보았다. 짙은 남색 같기도 하고, 새까만 어둠 같기도 한 밤하늘에는 수많은 별들이 반짝이고 있었다. 처음으로 밤하늘이 아름다워 보였다. 어쩌면 그레타는 정말로 저 하늘에서 이 땅으로 내려온 별이 아닐까. 라가헨은 살면서 단 한 번도 해 본 적 없는 바보 같은 생각을 털어내며 물었다.

"그레타, 그대의 꿈속 세상은 이곳처럼 아름답습니까?"

"네."

사실은요, 꿈보다 지금이 더 아름다워요.

"저도 그런 꿈을 꾸어 보고 싶습니다."

"오늘 밤은 예쁜 꿈을 꾸세요. 제가 꿈 빌려 드릴게요."

그가 작게 웃었다. 맞닿은 등을 통해 진동이 느껴졌다. 그레타는 라가헨의 허리를 조금 더 세게 끌어안았다.

"감사합니다. 오늘은 좋은 꿈을 꾸겠군요."

"네. 꼭 좋은 꿈 꾸세요."

저는 이 순간이 꿈보다 아름답고 행복해서 너무 벅차오르는데. 당신에게도 그럴까요?

라가헨은 비몽사몽한 그레타의 등에서 활을 벗겨내 자신의 등

에 메고, 그레타를 한 팔로 안아 들었다. 그레타는 마치 깃털 베개처럼 가벼워서 안고 있는 것 같지도 않았다.

처음으로 솜사탕을 먹어 보았을 때가 생각난다. 구름처럼 생긴 솜사탕은 누르는 대로 모양이 바뀌고 입에 넣으면 사르르 녹으며 입 안 가득 달콤함을 채워 주었다. 그 단맛에 눈을 동그랗게 뜬 라가헨을 보고 황태자 하옐은 물릴 때까지 먹으라며 제 몫의 솜사탕을 쥐여 주었다. 그것이 아까워 손에 쥐고 있었다. 손의 열기로 솜사탕이 녹아 사라질 때까지.

그레타는 마치 솜사탕 같았다. 가볍고 달콤하다. 그레타의 목소리도 미소도 하는 말 한마디 한마디도 모두 달콤하다. 이대로 품에 안고 있으면 솜사탕처럼 녹아 사라지겠지.

오래전 그가 솜사탕을 손에 쥐고 먹지도 못한 채 망가뜨리고만 것처럼, 그레타도 그의 품에서 망가지겠지.

조심스럽게 침대 위에 그레타를 누인 라가헨은 작은 몸 위에 이불을 덮어 주었다. 방안의 테이블 위에 소리가 나지 않게 활을 내려놓은 그는 곧장 나가려다 멈칫하더니 다시 잠든 그레타의 앞으로 돌아왔다. 타닥타닥 소리를 내며 타들어 가는 벽난로의 빛이 따뜻하게 그레타의 얼굴을 비추고 있었다. 밤새도록 이 모습을 보고 있어도 지루하지 않을 것만 같았다.

"그레타."

라가헨은 작게 속삭였다.

"네."

꿈과 현실의 중간 어딘가에 있는 듯한 그레타가 웅얼웅얼 대답했다.

"그레타."

"에에……."

뭉개진 대답에 라가헨이 작게 미소 지었다.

"자네는 리에보 영애에게 단지 구국의 영웅 아단티에 공작이고 싶은가?"

아니요. 아닙니다. 저는 그 이상이고 싶습니다.

더는 주리지 않고 더는 목마르지 않음에도 그는 그레타를 보면 허기와 갈증을 느꼈다. 바라는 대로 욕망하는 대로 그레타에게 '그 이상'의 존재가 된다면 이 허기와 갈증이 사라질지도 모르겠다.

마음이라는 것은 얼마나 신기한지. 자각하지 못할 때는 없는 것 같다가도 알아차린 그 순간 걷잡을 수 없을 만큼 빠르게 자라 버린다.

그레타가 따로 마음에 품은 사람이 있든 말든, 만일 라가헨이 그레타를 '갖고 싶다'고 말한다면, 황태자 하옐은 무슨 짓을 해서라도 그레타를 그에게 쥐여 줄 것이다. 새장 안에 가두고 팔다리를 꺾어서라도 그렇게 만들어줄 것이다. 그러니 탐내지 말아야지.

그레타가 웃는 모습이 좋다. 그레타가 맑고 높은 목소리로 웃는 것이 좋다. 그레타가 있는 그대로 행복하면 좋겠다. 그 모습을 보는 것만으로도 라가헨 자신 또한 행복이란 것을 느낄 수 있을 것이다. 왜냐하면 지금 평안한 얼굴로 잠들어 있는 그레타를 보는 것만으로도 가슴이 벅차오르는 듯한 기분이 잔뜩 몰려오니까.

라가헨은 이 기분을 행복이라 부르기로 했다. 그러니 지금 라가헨 솔은 생에 처음으로 행복을 느끼고 있는 것이다. 단지 바라보는 것만으로도 행복한 사람을 저와 같은 인간이 욕심내는 것은 분에 넘치는 짓이다. 탐내지 말자. 욕심은 여기까지만 부리자.

그 이상을 탐내는 이 마음의 이름이 무엇인지 들여다보지 말자.

"그레타."

다시 한번 들릴 듯 말 듯 아주 작게 행복의 이름을 부른 뒤, 라가헨이 방을 나갔다.

그리고 잠시 후. 잠든 줄 알았던 그레타가 두 눈을 부릅떴다. 스르륵 자리에서 몸을 일으킨 그레타가 갑자기 음흉하게 웃음을 흘리기 시작했다. 그러고는 자신이 베고 있던 베개를 꺼내 마구 주먹으로 쳤다.

"좋아하는 거 맞네!"

13.

깊은 밤. 사시사철 눈으로 덮인 설원 위에 거대한 짐승의 그림자가 드리워졌다. 쿵쿵쿵.

짐승이 코끝을 움찔거리며 바람에 섞인 희미한 냄새를 찾았다.

낮에 맛본 보드라운 살과 피의 맛. 고작 한 입 겨우 맛본 정도였지만 처음 보는 짐승은 무척이나 맛있었다. 생각하는 것만으로도 입 안 가득 침이 고여 턱을 타고 흘러내린다. 뚝뚝 떨어지는 짐승의 침은 점성이 있고 악취를 풍겼다. 여태 먹었던 것들은 너무나도 맛이 없었다. 이제 입맛에 맞는 음식을 찾았으니 먹으러 가야지. 살을 뜯고 뼈를 끊고 흐르는 피를 핥아 먹을 것이다.

짐승이 울부짖었다.

· ✦ ·

잠과 술에 취해 있을 때는 용기가 솟구친다. 마치 꿈속에서는 강아지를 데려다가 장사를 시키는 것 같은 말도 안 되는 상상을 하면서 멋진 아이디어라고 고개를 끄덕일 수 있는 것처럼.

간밤 베개를 폭행하며 내 님의 마음에 불이 켜졌다고 환호하던 그레타의 자신감은 떠오른 아침 해와 함께 쪼그라들었다.

"하. 뽀뽀 안 해서 진짜 다행이다."

술김에 솟구친 자신감으로 뽀뽀라도 했다간 눈을 뜨자마자 수치심을 견디지 못하고 성벽의 망루 위로 올라가 몸을 던졌을지도 모르겠다. 선물 받고 눈물 뚝뚝 흘리며 대성통곡한 것만으로도 한계 수준의 수치심이 몰려오고 있는데.

똑똑

"누구세요?"

"그레타 님. 올라네입니다."

올라네는 데비우스 성의 하녀장이다. 그레타는 황급히 달려가 방문을 열었다.

"아침부터 무슨 일이에요, 올라네?"

"영주님께서 부르셨어요."

신속하고 정확한 올라네의 도움으로 빠르게 외출 준비를 마친 그레타가 타라의 집무실로 향했다. 타라는 마치 어제부터 책상에 있었던 것처럼 무척 피곤해 보였다.

"그러다 쓰러지는 거 아냐, 타라?"

"내가 쓰러지면 네가 대신 일해 줘야 해."

"뭐라는 거야."

"아니면 나 대신 빌어먹을 오빌 데비우스를 찾아오든지."

"그 부분은 내가 노력해 볼게."

잠시 시답잖은 농담을 나눈 뒤 타라가 말했다.

"어제 조사단이 일찍 돌아왔다는 건 알고 있지?"

"응."

그 때문에 라가헨이 중간에 돌아가야 했으니까.

"사건의 원인으로 추측되는 마물을 만났다가 조사단원 한 명이 좀 다쳤다. 다리를 물렸는데, 다행히 닌델라 경의 빠른 대처로 목숨에 지장은 없었어. 문제는 그 마물이 데비우스 쪽으로 올 수도 있다는 거야."

"마물이 데비우스로 온다고? 왜?"

"사람 맛을 봤으니까. 사람도 마물 고기는 죽을 것 같이 배고플 때 아니면 안 먹듯이 마물도 마물보단 사람 고기를 더 선호해."

타라의 설명이 이어졌다.

그레타가 사랑의 달콤함에 취해 해롱해롱하고 있던 지난 밤, 성벽에서는 난리가 났다. 평소의 두 배 가까운 양의 마물들이 몰려온 것이다. 새로운 데비우스 변경백의 마법사단 축소 정책에 반발하며 파업 시위를 이어오고 있던 마법사들마저 두 팔 걷고 나설 만큼 숫자가 많았다.

다행히 지난 두 달여간 그레타와 궁수부대의 노력으로 탄생한 경비조의 활약, 오랫동안 뿌리내린 삶의 터전을 잃을까 걱정한 마법사들의 도움으로 성공적으로 성벽을 수비했다.

"아침이 되면서 수가 줄었다고는 하는데, 오늘 네가 경비조 지원을 해줬으면 해. 원래는 머레이 경을 보내려고 했는데, 경이 자기보단 네가 나으니까 널 보내는 게 나을 거 같다고 해서."

"육손원숭이 많이 나왔대? 육손원숭이는 성벽을 너무 잘 타고 올라와서 무서워. 엄청 징그러워. 머레이 경이 낫지 않나? 경험도 많을 텐데."

그레타가 심각한 표정으로 말했다.

"마법사단 노조에서도 일부 도와주겠다고 했으니까 위험할 건 없을 거야. 그리고 아단티에 공작께서도 성벽 수비에 함께 하실 거야. 닌델라 경이 직접 부탁드렸거든."

"그렇다면 반드시 가겠습니다, 고용주님. 저는 조금도 두렵지 않습니다. 그리고 나도 새 활이 생겨서 얼른 써 보고 싶거든."

"새 활이 생겼다고?"

"응. 어제 빌레나씨가 이별 선물이라고 줬어. 엄청 옛날에 좋아하던 사람이 쓰던 거래. 유품이라더라."

그 말에 타라가 눈을 동그랗게 떴다.

"설마 유리 로베크의 활인가? 흰색이야?"

"어? 그걸 어떻게 알아?"

"로베크가(家)는 데비우스에서도 보기 드물게 대대로 사냥꾼 집안이었거든. 빌레나씨와 유리 로베크의 사랑 이야기는 데비우스 호사가들 사이에선 꽤 유명한 이야기이기도 하고. 론파 경 말로는 유리 로베크가 죽고 그 활을 탐내던 사람들이 많았대. 워낙 유서 깊은 물건인데다 빌레나 씨가 건 마법이 엄청나다고. 호기심에 직접 가서 본 적이 있는데, 다시 마법사단에 와달라고 무릎 꿇을 뻔했잖아."

"예사롭지 않다고 생각하긴 했는데, 그렇게 대단한 물건이야? 그런 걸 받아도 되는 걸까."

"유리 로베크가 죽고 나서 로베크가는 대가 끊겼어. 친인척도 하나 없고. 괜히 빌레나 씨가 유일한 유품을 간직하고 있었던 게 아니야. 이왕 받은 거 잘 써 줘. 론파 경이 그랬는데, 유리 로베크는 데비우스 역사상 전무후무한 최고의 명사수였대. 너 정도 되는 사람이 써준다면 유리 로베크도 저세상에서 기뻐할 거야."

그레타가 주먹을 불끈 쥐었다.

"내가 유리 로베크씨의 명성에 누가 되지 않게 입신양명할게!"

어딘가 어설퍼보이는 모습에 타라가 깔깔 웃었다.

"그나저나 그레타, 아단티에 공작님이 여기 계신다는 건 비밀인 거 알지?"

"물론이야. 잘 알고 있어."

타라가 잠시 시계를 확인했다. 아직 15분 정도 여유가 있었다.

"그럼 어제 있었던 일들을 소상히 보고해 보거라."

타라와 그레타는 한 시간 가까이 이야기를 하다가 결국 아침 식사를 집무실에서 함께 했다. 이후에도 계속 떠뜰다 노집사에게 혼쭐이 나고서야 각자의 업무로 돌아갔다.

집무실을 나온 그레타는 활을 챙겨들고 곧장 성벽으로 향했다.

성벽 위에는 평소보다 많은 사람들이 있었다. 마법사들과 궁수경비조는 물론이고 기사들까지 있었다. 멀리에서 그레타를 발견한 기사단장 론파가 다가왔다.

"리에보 훈련대장."

"론파 경!"

"그 활은……."

"빌레나씨가 선물해줬어요. 곧 수도에 돌아간다고 이별선물이라는 거 있죠. 타라가 엄청 대단한 사람의 유품이라고 그래서 조금 부담스럽기는 한데, 론파 경? 왜 그러세요!"

기사단장 론파가 갑자기 눈시울을 붉혔다. 바늘 들어갈 틈 하나 없이 빡빡하던 사십 대 아저씨의 촉촉해진 눈망울에 그레타가 몹시 당황했다.

"아닙니다. 유리는 제 친구였습니다. 리에보 훈련대장처럼 훌륭한 실력자가 자신의 활을 이어받는다면 그 녀석도 분명 기뻐할 겁니다. 그럼 전 잠시."

한참 어린 그레타의 앞에서 눈물을 참지 못하는 스스로가 부끄러웠는지 론파가 대답도 듣지 않고 황급히 사라졌다.

"예. 천천히 볼일 보시고 오세요."

잠시 이 활이 그렇게 대단한 건가 생각하던 그레타는 얼른 고개를 홱홱 돌려 주변을 살폈다. 그레타의 매처럼 밝은 눈이 후드를 입고 있는 거구의 사나이를 발견했다. 라가헨이었다. 그레타가 곧장 그를 향해 달려갔다.

"솔!"

"그레타? 그대가 왜 여기에……."

"당연히 일하러 왔죠."

아기곰처럼 잔뜩 껴입은 그레타가 해맑게 웃었다.

14.

전날 그레타와 함께 술집에 있는데 루카스 닌델라가 그를 불렀다. 불려간 자리에는 데비우스 변경백을 포함하여 조사단 전원이 모여 있었다. 그들의 얼굴은 무척이나 심각했다. 그도 그럴 것이 그들이 모인 곳은 치료실이었고, 그곳에는 다리를 심하게 다친 조사단원 한 명이 있었기 때문이다. 의사가 처방한 강한 진통제 때문에 조사단원은 반쯤 제정신이 아닌 상태였다.

라가헨이 도착했을 무렵 상처 치료가 거의 끝나 있었다.

"무슨 일로 불렀지."

라가헨의 물음에 루카스 닌델라가 말했다.

"혹시 케르베로스 기억나?"

"기억한다. 그게 나를 부른 것과 무슨 상관이지?"

"오늘 만난 마물 머리가 두 개였어."

"케르베로스는 머리가 세 개였는데."

"맞아. 하지만……."

여태까지의 모든 역사를 통틀어 머리가 세 개 달린 개과의 마물은 케르베로스 외에는 없었다. 정확히는 파충류 마물 이외의 마물 중에서 머리가 둘 이상 달린 마물은 오로지 케르베로스뿐이었다. 그리고 아직까지 그 어떤 마물학자도 케르베로스가 도대체 어떻게 왜 생겨난 것인지 밝혀내지 못했다.

마물학자 바톤이 침통한 목소리로 말했다.

"생긴 것은 설원 늑대의 모습과 거의 일치했지만, 머리가 두 개였습니다."

케르베로스의 탄생에 대해서는 하늘에서 뚝 떨어졌다는 설,

마계짐승설, 이계짐승설 등 많은 가설이 있었지만 여러 가지 가설 중에서 가장 많은 지지를 받고 있는 것은 바로 돌연변이설이었다.

어쩌면 개 과의 다른 마물에서 생긴 돌연변이가 자라고 번식해서 약한 마물들을 통솔할 수 있는 강한 힘을 갖게 된 것은 아닐까. 실제로 대 마물 전쟁의 케르베로스는 동남부에 주로 서식하던 개 과의 마물 딩고롱과 흡사한 부분이 많았다.

"밤새 백작님을 포함하여 데비우스의 모든 마물학자들이 모여 서적이란 서적을 모조리 살폈지만 데비우스에 머리 둘 달린 설원 늑대가 발견되었다는 기록은 없었습니다. 만일 케르베로스가 정말 돌연변이에서 탄생한 것이라면……."

"그런 것치곤 상처는 별로 심해 보이지 않는데."

라가헨이 말하자 환부를 붕대로 감던 의사가 답했다.

"예. 그렇습니다. 거대한 마물에게 당한 것치고는 심하지 않습니다. 후유증 없이 회복할 겁니다."

루카스가 말했다.

"마치 처음 보는 음식을 살짝 한입 깨물어 보는 것 같았어. 그리고 내가 활을 쏴서 눈을 맞혔더니 깜짝 놀라 도망치더라."

루카스 닌델라는 라가헨에게 설산으로 조사를 나갔을 때의 일을 요약해 주었다. 조사단은 설산 입구에서부터 도륙당한 마물들의 사체를 발견했다. 그들 대부분은 육손원숭이를 비롯한 먹이사슬 하위 개체들이었다. 문제는 그 사체들에게 먹힌 흔적이 없었다는 점이었다. 기껏해야 한입 뜯어먹은 정도였다.

"그건 순전히 유희 목적의 사냥이었어. 마물학자들이 곧바로 알아차릴 수 있었지."

마물학자들은 곧장 이와 같은 학살을 저지른 마물이 상당한 크기의 개 과 마물이라는 사실을 알아냈다. 특이한 점은 발자국은 한 개체의 것이었으나 물어뜯은 이빨은 적어도 두 개체의 것이라는 사실이었다. 그리고 여태까지 기록된바 머리가 두 개 이상 달린 개 과 마물은 오로지 하나뿐이었다. 케르베로스. 수년 전 대 마물 전쟁에서 수많은 마물들을 이끌고 인간들의 멸망을 꿈꾼 세 개의 머리를 단 강력한 마물.

녀석에게 지옥문의 파수견 케르베로스의 이름이 붙은 것은 전설 속 지옥의 수문견처럼 머리가 세 개였기 때문이지, 케르베로스라는 마물 종이 존재하는 것은 아니었다. 케르베로스는 전무하고 후무해야 하는 유일한 개체였다. 그래서 조사단원들은 모두 설마를 외치며 고개를 저었다.

사건은 얼마 뒤에 일어났다. 잠시 짝을 지어 주변에 널브러진 사체들을 살피며 모든 일의 원흉으로 의심되는 마물의 행적을 조사하던 중이었다. 눈 속에서 눈처럼 하얗고 거대한 늑대가 일어서더니 조사단원 하나의 다리를 와그작 물어 버렸다. 큰 비명 소리에 놀란 루카스가 그 모습을 보자마자 녀석의 머리가 둘이라는 사실을 알아차리기도 전에 활을 쏴 눈 하나를 맞혔다. 격통에 놀라 괴성을 지르며 몸부림치다 도망치는 마물을 보며 루카스 닌델라는 즉시 조사단에 귀환 명령을 내렸다.

"대 마물 전쟁에서 보았던 것처럼 크지는 않았어. 기껏해야 체고 3미터 정도에 불과해 보였어. 눈이 세 개나 남았는데도 놀라서 도망치는 걸 보면 여태까지 반격을 당해 본 적이 없는 것 같아."

루카스 닌델라의 진중한 목소리에 라가헨도 고개를 끄덕였다.

"확실히 크기도 작고, 지레 겁먹고 도망친 걸 보면 인간을 마주친 건 이번이 처음이겠군."

이 자리에 있는 사람들 중 머리가 여러 개 달린 마물을 직접 상대한 경험이 있는 건 라가헨뿐이었다. 루카스도 전장을 종횡무진한 참전용사 중 하나였지만 케르베로스는 먼발치에서만 보았을 뿐이었다.

"우리가 지금 걱정하는 건 녀석이 사람 맛을 보았다는 거야."

마물은 인간의 피와 살을 좋아한다. 모르는 사람이 신기할 정도로 익숙한 상식이다. 심지어 실험으로 증명까지 됐다. 해당 실험 내용은 오래전 익명으로 투고된 「육식성 마물의 인간 선호」라는 논문을 통해 확인할 수 있다. 이 논문에 기재된 실험은 실험 윤리를 하나부터 열까지 모조리 박살 냈다는 점과, 그럼에도 실험의 설계가 완벽하다는 점에서 예가헨 제국의 많은 사람들을 놀라게 했다. 황실에서는 아직까지도 그 논문의 저자를 수배하고 있다.

"그래서 나를 부른 이유가 뭐지, 루카스 닌델라."

기억하는지 모르겠지만 라가헨은 말이 길어지는 걸 영 좋아하지 않는다. 더군다나 그레타와의 시간을 방해받아 상당히 심기가 불편했다.

"그 마물을 사살할 때까지 네가 데비우스 성벽 경비에 함께 해 줬으면 해. 재수 없으면 녀석이 사람 맛을 제대로 보려고 데비우스로 올지도 모르니까."

"고작 그런 걸로 날 불렀다고?"

"이거 중요한 문제잖아. 안 그래? 이거 중요한 거지?"

루카스의 말이 옳긴 했다. 정말로 그들의 우려처럼 머리 둘 달린 설원 늑대가 케르베로스와 비슷한 종류일 경우 강력한 마법 저항력을 가지고 있을 가능성이 있었다. 그렇다면 남은 방법은 육탄전뿐이다.

이 자리에서 라가헨이 몹시 짜증이 난 이유를 짐작할 수 있는 사람은 타라 뿐이었다. 타라는 만족스러운 듯이 속으로 고개를 끄덕이며 루카스가 라가헨의 매서운 눈빛을 받아내는 걸 구경했다.

'역시 쌍방이었네.'

아무튼 이런 일이 있었다. 그래서 아침에 눈을 뜨자마자 성벽으로 올라왔다. 전날 망루 위에 있을 때와 비교하면 경계수준이 현저히 삼엄해졌고, 인원도 대폭 늘어 있었다. 소수지만 마법사도 몇 명이 보였다. 이 정도면 그가 없어도 머리 둘 달린 개 하나 정도는 알아서 막아내지 않을까 생각하고 있었다. 물론 최선은 그 머리가 둘 달린 설원 늑대가 데비우스로 오지 않고, 루카스 닌델라가 녀석을 사냥하는 것이지만.

"솔!"

라가헨은 잠시 당황했다. 전날 그가 듣기로 그레타는 오늘 오후 반차의 후폭풍으로 바쁠 예정이었고, 그중 많은 부분이 인수인계를 위한 서류 업무였다. 주점에서 지나가듯이 서류 작업은 싫다며 툴툴거렸던 걸 기억하는데.

"머레이 경보다는 제가 데비우스에 익숙하잖아요. 그래서 제가 오늘 경비 지원을 하기로 했어요. 밤새 마물이 많이 나왔다고 하던데요."

루카스 닌델라의 말처럼 돌연변이 설원 늑대가 데비우스로 올 경우 몹시 위험할 수도 있다. 그레타가 성벽 경비 업무에 동원되지 않는다는 사실에 그는 내심 안심하고 있었다.

'머레이 빌!'

무려 황실궁수부대의 훈련 교관이라는 직함을 달고서 어찌 이리 무능할 수가. 라가헨은 탄식했다.

가엾은 머레이. 이 모든 것은 머레이의 무능 탓이 아니라 천방지축 큐피트 루카스 닌델라의 농간이었다.

루카스는 라가헨을 조사단의 일에 끼워 넣을 생각이 없었다. 이리저리 알아보니 라가헨은 굳이 밀어줄 필요도 없이 혼자서도 리에보 영애와 잘 어울리고 있었다. 알아서 연애나 하라고 내버려두고 싶었으나, 무려 황태자 전하께 직접 하달받은 '데비우스 마물의 이상행동 조사 및 해결'과 '라가헨 솔 아단티에의 연애사업 조력'이라는 두 가지 임무 중 더 중요한 것은 명백하게 전자다. 더 중요한 목표 달성에 만전을 기하기 위해 훌륭한 기사의 손을 빌리기로 한 것이었다.

고민 끝에 루카스는 연애를 하는 건지 아닌 건지 조금 애매한 두 남녀를 붙여 놓기라도 해야겠다고 결심했다. 그렇게 머레이를 소환했다.

"너 말고 리에보 영애를 보내라고."
"예? 왜요? 저도 잘할 수 있습니다. 물론 리에보 훈련대장께서 저보다 나으신 건 맞지만, 그래도."
"잔말 말고 시키는 대로 하라니까. 이 눈치 없는 녀석아."
"대장님, 저도 진짜 잘할 수 있어요. 저도 머리 둘 달린 늑대 보고 싶어요."
"아, 좀! 걔 안 와!"
"올 수도 있다면서요."
"네 열정과 능력을 높이 평가한다, 머레이 빌! 근데 그냥 시키는 대로 해라."

머레이가 리에보 훈련대장을 저 대신 보내라 변경백에게 청할 때 얼마나 큰 고통과 눈물을 삼키고 있었는지 그 자신 외엔 아무도 몰랐다. 호전적이고 공 세우기 좋아하는 머레이 빌. 그는 무능하지 않다. 수도에 비하면 훨씬 위험한 데비우스에도 직접 자원해서 왔을 정도다. 그는 그냥 눈치가 조금 없을 뿐이다. 남들 다 아는 아단티에 공작과 리에보 영애의 묘한 핑크빛 소문을 혼자 모르고 있었으니까.

아무튼 그레타가 잠재적 위험이 가득한 성벽으로 오게 된 것은 루카스의 협박과 머레이의 눈물로 이루어진 공작의 결과였다. 그것을 알 리 없는 라가헨은 가엾은 머레이를 씹고 또 씹었다.

'그 멀대 자식은 마음에 드는 게 하나도 없군.'

라가헨이 머레이에게 몹시 박한 평가를 내리고 있던 그때, 그레타는 내심 안절부절못하고 있는 상태였다. 전날 밤 라가헨과 자신이 분명하게 같은 방향을 보고 있다고, 아마도 같은 곳을 보고 있다고 확신했다.

하지만 자고 일어나 정신을 차리고 보니 온갖 부끄러움이 몰려와 이런 모습을 보였는데 고백할 수 있는 정신나간 사람이 있을까 자신감이 떨어졌다. 타라는 '고백해!'를 외쳤고 그 앞에서는 자신도 똑같이 '좋아! 고백한다!'를 당당하게 외쳤지만 정작 그의 곁에 서니 자신감이 쪼그라드는 것 아닌가.

스물세 해. 그레타는 단 한 번도 고백해 본 적이 없다. 이전의 짧은 연애 경험에서 그레타는 고백을 받는 입장이었다. 하물며 지금의 감정과 비교하면 그때의 감정들은 사랑의 '사'자도 아까울 정도로 깊이 없는 것들이었으니 이렇게 애태워 본 적도, 안달 나 본 적도 없었다. 갑자기 아카데미 고등부 때 피터의 고백을 거절했던 것이 생각났다.

"한 달 전부터 널 좋아했어, 그레타."
"고맙지만 미안해, 피터. 나는 공부에 집중하고 싶어."

오, 피터. 정말 미안해. 너는 고작 한 달 만에 고백할 정도로 용기 있는 친구였는데. 피터는 그날 이후 실연의 아픔을 학업에 불태우며 순식간에 수석에 올랐다. 다시 생각해 보니 피터는 정말이지 용기 있고 똑똑하고 멋진 친구였다.

머리로는 잘 알고 있다. 사냥을 하려면 활시위를 놓아야 한다는 것을. 그러니 지금 숨 참고 침만 꼴깍거릴 때가 아니라 잡아다 붙들고 나랑 결혼해 줘……. 아니 '네가 좋아'를 외쳐야 할 때라는 것을.

그레타의 정신 상태를 표현해보자면, 너무 오랫동안 활시위를 당기고 사냥감을 겨냥하고 있느라 팔근육이 바들바들 떨리고 있는 상황이었다. 활시위를 놓을 최적의 순간을 찾기 위해서는 충분한 확신과 넘치지도 부족하지도 않은 용기가 필요하다.

그레타는 확신은 꽤나 있지만 용기가 부족했다.

그레타의 이글이글 불타는 시선을 느낀 라가헨이 물었다.

"그레타. 어디 불편하십니까?"

"아뇨, 불편하지 않아요."

머릿속에는 '고백해야지', '라가헨, 좋아해요!', '아니, 사랑해요!', '언제 고백하지?', '수도로 돌아가서 해야 하나?', '데비우스에서 할까?', '어떻게 고백하지?', '꽃다발을 준비해야 하나?', '레드카펫? 촛불?', '라가헨은 사람이 없는 걸 좋아하니까 조용히 진행해야 하나?' 등등 온갖 생각들이 가득 차 있었다.

그러나 라가헨에게 정말로 고백하는 상상을 하는 순간 위장이 뒤틀리는 것처럼 끔찍하게 긴장됐다. 단지 상상하는 것만으로도 개미처럼 쪼그라지는 듯한 그레타는 마치 하보리카 개인실에서 라가헨과 마주 앉았던 지난 봄날로 되돌아간 것만 같았다.

그레타는 라가헨에게 몸을 돌려 고장 난 장난감처럼 삐그덕 삐그덕 주먹을 쥐어 보였다.

"성벽 위에선 걱정 마세요. 제가 지켜 드릴게요, 솔."

그레타가 등에 메고 있던 하얀 활을 툭툭 치며 어제 빌레나에게 선물 받았다는 이야기를 했다. 다행히도 그 모습은 꽤나 의기양양해 보였다.

라가헨이 작게 웃음을 터뜨렸다.

"고맙습니다, 그레타."

괜히 민망해진 그레타가 큼큼 헛기침을 했다.

그레타라고 모르지 않는다. 마법사와 사수, 기사들을 모두 통틀어서 이 자리에 있는 사람들 중 라가헨만큼 강한 사람은 없다는 걸. 하물며 그레타는 라가헨이 수십 마리의 로루스 떼의 목을 거침없이 베어내는 모습까지 직접 목격했으니 말이다.

'진짜 멋진 모습 보여 줘야지. 아주 심장이 벌렁거리게 해 줘야지. 고백은 일단 멋진 모습을 잔뜩 보여 준 다음에 생각하자.'

그러나 아쉽게도 그레타가 활약할 기회는 없었다. 성벽 너머는 조용했다. 평소처럼 마물 몇 마리가 나타나긴 했지만 경비조의 사수들이 나갈 필요도 없이 마법사들이 심드렁한 얼굴로 불태워 버렸다. 그동안은 마법사단의 파업 때문에 마법사들이 활약하는 모습을 볼 기회가 없었던 그레타는 깜짝 놀랐다.

'전대 변경백이 여태 적자를 감수하면서도 마법사단을 유지한 이유가 있구나.'

간간이 흔한 마물들이 몰려오는 것 말고는 위험할 게 없었다.

'저게 뭐지?'

눈덩이 같은 것이 움직이고 있었다. 그레타가 매처럼 밝은 눈을 찡그려 가늘게 뜨고 그것을 노려보았다. 상당한 크기의 하얀 것. 저것은…….

"어? 늑대?"

그 작은 속삭임을 놓치지 않은 라가헨이 그레타의 시선을 쫓았다. 그레타만큼 눈이 밝지 않은 라가헨은 간신히 하얀 뭔가가 움직이는 것을 포착하는 게 전부였다.

"늑대가 보입니까, 그레타?"

"네. 저쪽 11시 방향……. 솔. 저 어떡해요? 술이 덜 깼나 봐요. 늑대 머리가 두 개로 보여요."

녀석이다. 루카스 닌델라와 길이 엇갈린 모양이었다. 생각해 보니 루카스 닌델라 그 녀석은 사냥감 추적에는 썩 능하지 않았다. 전장에서 이따금 마물을 추적할 때면 아무 생각 없이 자신을 따라다니기만 했다. 활만 잘 쏘고 전반적으로 무능한 루카스 닌델라 같으니라고. 쯧. 라가헨이 콧잔등을 찡그렸다.

"어? 뛴다, 뛴다!"

그레타가 외쳤다. 그 말에 성벽 위에 있던 마법사들도 녀석을 발견했다. 마법사들이 쏜 불화살 몇 개가 머리 둘 달린 늑대를 향해 쏘아졌다. 그러나 이전까지의 마물들과는 달리 녀석은 손쉽게 공격을 피했다. 몇 번의 공격과 회피가 반복되자 녀석은 성벽으로 더 다가오지 않았다. 마치 탐색이라도 하듯 일정 거리에서 어슬렁대며 두 개의 머리에 달린 한 쌍하고도 하나의 눈으로 각각 성벽 위의 사람들을 천천히 노려보았다.

라가헨은 녀석의 행동에서 오래전 자신의 손으로 죽였던 케르베로스의 잔상을 보았다. 녀석은 케르베로스에 비하면 훨씬 작고 행동 역시 조심스러움이 컸지만 눈에는 케르베로스의 세 개의 머리통이 달고 있던 여섯 개의 눈 속에 있던 것과 동일한 탐욕이 가득했다. 성벽 위를 살피던 녀석의 눈이 마법사들을 향했다. 자신을 공격한 주체가 누구인지 정확하게 파악한 것이 분명했다.

녀석과 시선이 마주친 마법사가 뒷걸음질 치다 뒤로 넘어졌다. 넘어지는 그를 잡으려던 동료 마법사들이 특유의 저주받은 균형감각을 발휘해 함께 우르르 넘어지는 그 순간, 녀석이 빠르게 질주하기 시작했다. 그 모습에 라가헨이 소리쳤다.

"그레타!"

그와 거의 동시에 반대쪽에 있던 론파가 공격신호를 내렸다. 성벽 위에 있던 모든 궁수경비조원들이 일제히 머리 둘 달린 설원 늑대에게 활을 쏘았다. 그레타는 그보다 더 신중했다.

평소보다 조금 강한 북동풍. 거대한 체구로 전력질주하는 늑대마물의 속도, 그 몸을 감싼 풍압. 궁수경비조원들이 쏜 화살이 바람에 경로를 이탈하거나 늑대의 두꺼운 가죽에 튕겨나가는 것이 보였다.

'지금!'

숨을 멈춘 그레타가 활시위를 놓았다. 화살이 시위를 떠나며 남긴 반동이 그레타의 하얀 활 전체를 부르르 떨게 했다.

그레타가 쏜 화살이 정확하게 늑대의 눈에 박혔다. 갑작스러운 고통에 울부짖던 녀석이 단 한 번의 실수도 없이 그레타를 찾아냈다.

녀석의 눈길이 그레타에게 닿은 순간, 그레타는 숨이 멎는 것 같았다. 여태 본 어떤 마물에게서도 느껴보지 못한 섬뜩한 무언가가 녀석에게는 있었다. 마법사들이 뒤로 넘어갈 만도 했다.

"그레타."

라가헨이 재빨리 그레타의 앞으로 한 걸음 나섰다. 넓은 등이 그레타의 시야에 가득 찼다. 순간 그레타를 사로잡았던 두려움이 눈 녹듯이 사라졌다.

"저런 마물과 눈이 마주치는 건 위험합니다."

그 사이 통증에서 벗어난 것인지, 아니면 그 통증에 적응한 것인지 거대한 늑대 마물이 눈먼 화살들을 뚫고 움직이기 시작했다. 뒤늦게 일어선 마법사들도 녀석을 향해 마법의 공격을 쏟아 붓기 시작했다.

"맞혔어!"

마법으로 만들어진 불화살 하나가 하얀 늑대의 몸에 적중했다.

"이게 무슨!"

그러나 녀석은 멀쩡했다. 털이 조금 그을린 듯했고, 조금 놀란 듯했지만 조금의 타격도 없는 것 같았다.

라가헨은 황급히 그레타에게 말했다.

"물러서십시오, 그레타."

"네?"

"지금 당장!"

라가헨은 알 수 있었다. 녀석은 아마 이렇게 생각하고 있을 것이다.

저 뜨거운 공격은 나에게 통하지 않아. 하늘에서 떨어지는 뾰족한 나뭇가지는 나에게 닿아도 아프지 않아. 오직 저기 하얀 걸 들고 있는 저것만이 날 아프게 했어. 그러니 저걸 먼저 죽여야겠다.

자신을 향한, 정확히는 자신의 등 뒤에 숨은 그레타를 노려보는 붉은 눈을 보면 알 수 있었다. 놈은 그레타를 노리고 있다.

그 생각을 한 순간 머리끝까지 열이 뻗쳤다.

거대한 설원 늑대가 뛰기 시작했다. 살짝 그을린 털을 휘날리며 달리던 늑대가 훌쩍 뛰어올랐다. 단번의 도약으로 십여 미터의 성벽만큼 높이 뛰어오른 녀석이 두 개의 아가리를 벌렸다.

라가헨이 살짝 자세를 낮춰 두 다리에 잔뜩 힘을 주었다. 허벅지의 근육이 부푼 순간, 그대로 달려 나가 흉벽의 타구를 밟고 뛰어올랐다. 힘찬 도약에 라가헨의 후드가 넘어가고 그 얼굴이 드러나는 모든 순간이 마치 아주 느리게 일어나는 것처럼 보였다.

벌어진 두 아가리 사이로 드러난 이빨이 흉흉하게 빛나며 라가헨을 물어뜯으려 했다. 그러나 이빨은 그의 몸에 닿지 않았다.

라가헨이 인정사정없이 녀석의 옆구리를 발로 차며 함께 성벽 밑으로 떨어졌기 때문이다. 거대한 설원 늑대의 몸이 추락하며 땅이 진동하는 소리가 울렸다.

"안 돼!"

그레타가 사색이 되어 성벽 밖을 내려다보았다. 다른 사람들도 성벽으로 몰려들기는 마찬가지였다. 어느새 라가헨과 설원 늑대는 자세를 바로잡고 서로를 노려보며 대치하고 있었다.

사람들은 드러난 라가헨의 얼굴을 보고 깜짝 놀랐다.

"세상에, 아단티에 공작님이잖아!"

설원 늑대는 기세가 줄어들지 않았다. 전날 루카스에게 눈을 하나 내주고, 방금 그레타에게 또 하나의 눈을 내준데다 상당한 높이에서 추락했음에도 무척이나 멀쩡했다. 기세가 줄어들기는커녕 오히려 불을 지핀 것 같았다.

두 개의 머리가 각각 잇몸을 드러내며 사납게 으르렁거렸다. 멀리서 지켜보는 것만으로도 오금이 저릴 정도로 무시무시했다. 그러나 라가헨은 그다지 큰 위협을 느끼지 못하고 있었다. 녀석과 케르베로스와의 몇 가지 공통점 때문에 기준을 수 년 전의 거대 마물 케르베로스로 잡았기 때문이다. 그 머리 셋 달린 마물에 비하면 이 녀석은 하룻강아지에 불과했다.

이렇게 보잘것없는 녀석이 감히 그레타를 넘보았다는 사실이 너무 화가 났다. 라가헨이 매서운 눈으로 놈을 노려보았다. 그의 몸에서 이루 말할 수 없는 강렬한 살기가 솟구쳤다. 온몸에 쏟아지는 날카로운 살기를 감지한 설원 늑대는 태어나 처음으로 느꼈다. 피식자로 전락하는 공포를.

여태 마주친 모든 것들은 먹잇감이자 장난감이었다. 하지만 지금은 달랐다. 맞서 싸우면 죽는다. 달아나야 한다. 하지만 달아날 수 없다. 뒤돌아서는 순간 죽을 것이다. 본능이 속삭이는 결과는 모두 죽음뿐이었다.

두 쌍의 귀가 뒤로 젖혀졌다. 꼬리가 다리 사이로 말려들어 가고 멀쩡히 남아 있는 두 개의 붉은 눈에 두려움이 들어찼다. 방금 전까지 하늘을 찌르던 흉흉한 기세는 어디로 갔는지 온데간데없었다. 두려움이 녀석을 더욱 공격적으로 만들었다.

라가헨은 명백히 패배자의 모습을 하고 있는 녀석을 응시했다. 머리통이 두 개라서 어느 쪽을 봐야 하는지 잠시 헷갈렸지만 그냥 오른쪽 머리통의 눈을 노려보았다. 어차피 두 쪽 다 잘라낼 테니. 팽팽한 긴장감이 감돌던 그때,

북풍을 가르고 날아온 화살이 정확하게 고작 둘 남아 있던 눈 하나를 꿰뚫었다. 라가헨은 자신도 모르게 뒤를 돌아보았다. 입을 앙다문 그레타가 춥지도 않은지 두꺼운 외투를 모두 벗어 던진 채 활을 들고 있었다. 눈처럼 하얀 활을.

15.

 라가헨이 머리 둘 달린 설원 늑대와 함께 성벽 아래로 추락하는 순간, 그레타는 세상이 멈춰버리는 것만 같았다. 목숨이 경각에 달린 것은 라가헨이었으나, 주마등을 본 것은 그레타였다. 그레타 인생의 두 번째 주마등이었다.

 어제, 그제, 이 짧은 사이에 일어났던 일들이 빠르게 그레타의 머리를 스쳐갔다. 이번 주마등에는 남은 평생 이 기억만 안고 산대도 행복하리라고 장담할 수 있을 만큼 가슴 떨리고 아름다운 기억들로 가득했다.

 성벽 아래 무사히 두 다리로 서 있는 라가헨을 보고 나서도 사정없이 떨리는 가슴은 진정되지 않았다.

 "대장, 리에보 대장! 괜찮아요?"

 어깨를 잡는 궁수부대원의 목소리에 그레타가 화들짝 놀라며 정신을 차렸다. 가슴이 떨리는 건 줄로만 알았는데, 온몸이 떨리고 있었다.

 "많이 놀랐어요? 괜찮은 거 맞죠?"

 "안 괜찮아."

 그레타가 단호하게 답했다.

 "예?"

 괜찮지 않다. 조금도! 사람들은 환호하고 있었다. 영웅 라가헨 솔 아단티에! 아단티에 공작님이야! 저 대가리 둘 달린 늑대 녀석,

꼬리를 만 걸 보라지!

모두가 라가헨의 승리를 굳게 믿고 있었다. 누구도 그가 다치거나 패배할 것이라는 염려는 하지 않는 것 같았다.

"너무 화가 나!"

그레타도 잘 안다. 라가헨 솔 아단티에는 영웅이다. 무려 대마물 전쟁을 승리로 이끈 영웅. 그에게 이 높은 성벽을 저 머리 둘 달린 조금 큰 늑대와 함께 뛰어내리는 것 정도는 하나도 위협적이지 않을지도 모른다. 머리로는 그걸 잘 알고 있었지만 가슴으로는 조금도 받아들일 수가 없었다.

그레타가 겉옷을 벗었다. 두꺼운 외투를 입고도 활을 쏠 수는 있지만 확실히 움직임에 방해가 많았다. 지금은 화살을 빗맞힐 수도 있는 아주 적은 가능성도 허락할 수 없었다. 활시위에 화살을 걸었다.

옷을 뚫고 들어오는 차가운 바람에 온몸이 얼어붙을 것만 같았다. 뺨의 살갗이 그대로 바람에 베여나갈 것 같았다. 그러나 그레타는 마치 가장 따뜻하고 기분 좋은 봄날 햇볕 아래에 서 있는 것처럼 부드럽게 활시위를 당겼다.

종전보다 바람이 더욱 거세졌다. 그레타도 이런 바람 속에서는 괜히 활을 쏘지 말라고 궁수부대원들에게 단단히 일러둔 적이 있었다.

"대장, 뭐 하는 거예요! 그러다가 공작님이 맞으면 어떡해요."

"아니. 절대 안 맞아."

왜냐하면 나는 정확하게 저 빌어먹을 강아지 녀석을 맞힐 거니까. 숨을 멈춘다. 활시위를 놓는다. 그 순간, 빠르게 날아간 화살이 정확하게 녀석의 눈 하나에 명중했다.

그때 그레타는 라가헨과 눈이 마주쳤다.

"라가헨, 앞!"

그레타가 빠르게 소리쳤다. 그러나 상대가 등을 돌린 찰나의 틈을 놓치지 않고 녀석이 달려들었다. 그레타도 그와 거의 동시에 화살 하나를 시위에 걸어 당겼다.

'더 빨리, 조금만, 더 빨리!'

세상의 모든 것이 느리게 느껴졌다. 자신의 움직임마저 너무 느리게만 느껴져서 너무 답답했다. 라가헨이 오른쪽에서 검을 뽑아 들며 마물을 향해 몸을 돌리는 것이 보였다.

'어딜 감히 내 남자를 건드리려고 해. 아직 고백도 못 했는데!'

지금 이 순간 라가헨이 아직 '내 남자'가 아니라는 사실 따윈 중요하지 않았다. 분노에 찬 그레타가 활시위를 놓았다.

라가헨의 검이 마물의 오른쪽 머리통을 단칼에 베어냈다. 그와 동시에 그레타의 화살이 마물의 왼쪽 눈에 남아 있던 유일한 눈 하나를 꿰뚫었다. 몸을 나눈 형제가 죽어 나가는 고통, 눈에서 몰려오는 통증에 마물이 끔찍한 비명을 질렀다. 마물의 균형이 흐트러진 틈을 놓치지 않고 라가헨이 뛰어올라 남은 목 하나를 마저 베어냈다.

조금만 더 있었다면 위대한 마물로 성장할 수도 있었을 돌연변이는 인간의 살점 한 번 제대로 맛보지 못하고 쓰러졌다.

정적이 흐르고 이내 성벽 위에서 환호성이 울려퍼졌다.

"아단티에 공작님 만세!"

"단신으로 머리가 둘 달린 마물을 잡았어!"

"마법사도 못 하는 걸 하네!"

성벽 위에서 환호하는 사람들을 보며 라가헨은 생각했다.

'큰일 났다. 황태자 전하께서 들키지 말라고 하셨는데.'

그러나 걱정은 성벽 위에 서 있는 그레타를 보자마자 눈 녹듯이 사라졌다. 그 순간 빛나는 하얀 활을 들고 서 오로지 자신을 응시하는 그레타의 모습이 가슴이 떨리도록 강하고 아름다워 보였기에.

안전을 위해 라가헨이 직접 마물의 심장을 꿰뚫어 사망을 재확인한 뒤 상황은 빠르게 정리되었다. 소식을 듣고 뛰어나온 데비우스 성의 마물학자들의 인도하에 마물의 사체가 연구실로 옮겨졌다.

라가헨은 사소한 상처를 치료하기 위해 곧장 의무실로 향했다. 사실 그는 조금도 다치지 않았지만 아단티에 공작을 사람들의 시선으로부터 지켜내기 위해 기사단장 론파가 내린 결정이었다. 그 때문에 라가헨은 그레타를 만날 틈도 없이 성벽을 떠나야만 했다.

루카스 닌델라와 함께 머리 둘 달린 설원 늑대를 찾으러 설산으로 향했던 조사단은 몇 시간 뒤 늑대의 흔적을 따라서 데비우스 성벽으로 다시 돌아오게 되었다. 조사 기간 내내 결국 헛수고만 한 꼴이 되어 버렸다는 걸 알게 된 조사단원이자 궁수부대의 유일한 상식인 니나헨은 루카스에게 몹시 화를 냈다.

"정말이지 대장님은 너무 무능하십니다. 다음번에 보직 이전 신청을 해야겠습니다. 저는 유능하신 구국의 영웅 아단티에 공작님 밑에서 일하고 싶군요."

"니나아, 니나 네가 없으면 궁수부대는 망할 거야. 안 돼!"

"망하든지요. 어차피 아단티에 공작님이 데비우스에 계신다는 것이 알려진 순간 수도로 돌아가면 우리 모두 모가지가 날아가는 거 아닙니까?"

"아냐, 방법이 있을 거야."

자신이 대답해 놓고도 자신이 없는지 루카스가 말꼬리를 흐렸다.

아단티에 공작이 데비우스에 있다. 그가 머리가 둘 달린 돌연변이 설원 늑대를 맨손으로 해치웠다. 여기까지는 괜찮았다. 그러나 문제는 그 후였다. 머리 둘 달린 늑대라고? 케르베로스랑 비슷하네. 케르베로스가 사실은 정말 돌연변이에서 태어난 게 아닐까. 그 사실을 숨기기 위해서 황실에서 몰래 아단티에 공작을 데비우스로 보낸 게 아닐까. 비약이라 볼 수도 있겠다.

하지만 아직도 음지에서는 머리 셋 달린 마물 케르베로스를 숭

상하는 이상한 사이비 종교들의 잔당들이 남아 있었다. 사람의 마음은 작은 조약돌에도 파문을 일으키고, 군중의 심리는 갈대처럼 쉽게 흔들린다. 황태자가 전쟁 중에도 언론 관리에 갖은 노력을 기울이고 전쟁이 끝난 지 몇 년이 지난 지금까지도 아단티에 공작의 소재를 철저히 관리하며 평화의 상징으로 이용하는 것은 그 때문이었다.

"내가 어떻게든 방법을 찾아볼게, 분명 살아남을 방법이 있을 거야."

"잘도 그러시겠습니다."

데비우스에는 무능한 루카스 닌델라와 그의 수하들 외엔 모두 다 행복해 보였다.

16.

"괜찮아, 그레타?"

"응. 괜찮아. 안 괜찮을 게 뭐가 있어, 내가."

"네 표정 때문에 그렇지."

타라의 말처럼 그레타의 얼굴에 뜬 표정은 전에 없이 심각했다. 혹여 어제 사건이 있은 뒤부터 아단티에 공작을 만나지 못한 것 때문에 그런 건가 싶었다.

"말했듯이 아단티에 공작님은 어디 한군데 다친 곳이 없어. 멀쩡하셔. 이목을 피하기 위해 의무실에 계신 거지."

"응. 알아."

"그럼 왜 그런 얼굴을 하고 있는 건데."

대체로 해맑고 고민이 있어도 속으로 혼자 삭히기 보다는 누군가에게 말하고 나누는 그레타가 말없이 심각해지는 일은 거의 없었기 때문에 타라는 조금 걱정스러웠다.

"고민 중이야."

"고민? 무슨 고민?"

"고백을 어떻게 해야 하는지."

"그게 그렇게 심각한 얼굴로 할 고민이야?"

타라가 허탈함을 감추지 못하고 웃음을 터뜨렸다.

그레타는 그레타 나름대로 무척 심각한 상황이었다. 머릿속에서는 십여 미터의 성벽에서 단숨에 뛰어내리는 라가헨의 모습과 그가 단신으로 마법공격도 통하지 않는 위험한 마물에 맞서는 모습이 반복해서 재생되었다. 같은 광경을 재차 떠올리는 과정에서 그 모습은 그레타의 기억에 사냥감의 앞에 선 맹수에서 사지로 내몰린 어린양으로 변해갔다.

"고백을 해야겠어."

그레타가 말했다.

라가헨 솔 아단티에는 영웅이다. 누구보다도 강한 영웅이다. 그러나 강한 사람이라고 다치지 않고, 죽지 않는다는 보장이 있을까? 예가헨의 백성이라면 누구라도 역대 아단티에 공작들이 모두

단명했다는 사실을 기억한다. 상상하는 것만으로도 살이 떨릴 정도로 무섭지만, 라가헨이 만일 그 전철을 밟는다면? 그것도 그레타가 고백 한 번 해보기도 전에 그렇게 된다면?

'평생 후회할 거야.'

전날 빌레나가 했던 말이 귓가를 맴돈다.

"매일을 후회했어. 좋아한다고, 나도 좋아한다고 딱 그 한마디만 할걸."

"라가헨이 나와 같은 마음이든 아니든, 내가 이렇게 다짜고짜 고백해서 내 운명의 사랑을 산산조각내고 말든. 나는 일단 고백해야겠어. 그래야 후회를 안 하고 살 수 있어!"

그레타가 벌떡 일어섰다. 당장에 의무실로 뛰어갈 기세였다. 타라가 황급히 그레타를 붙들었다.

"아냐, 멈춰. 그러는 거 아냐!"

"날 말리지 마. 누구도 날 말릴 수 없어. 고백할 거야. 너도 고백하라고 그랬잖아!"

"그랬지. 그랬는데 이렇게 고백하는 건 아니지. 기다려봐, 오늘 저녁에 만찬파티가 있는 거 알지? 거기 공작님도 참석하실 거야. 내가 데비우스 성 사용인들의 사랑이 이루어지는 최고의 명당들을 뽑아줄 테니까 만찬파티에서 분위기 딱 잡고 은근슬쩍 거기 가서 고백해. 너 지금 이대로 무작정 가면 후회한다. 고백 안해서 후회하기 전에 이따위로 고백한 걸 평생 후회한다고."

"그런가?"

귀가 얇은 그레타는 자신감을 잃고 도로 자리에 앉았다. 타라가 과할 정도로 눈을 빛내며 그레타의 손을 꼭 잡았다.

"너는 완벽하게 고백해야해. 알았어? 내가 철저하게 준비해 줄게. 이왕 고백할거면 성공 확률을 최대한 올려야지."

"그런가? 역시 그렇지? 이렇게 찾아가는 건 좀 아니지?"

"그래. 진정하고, 내가 일러 주는 대로 해."

자타공인 불세출의 천재, 타라 데비우스의 머릿속에 그레타는 상상하지 못하고 있는 일들이 스쳐가고 있었다. 자신의 친구가 속으로 음흉한 미소를 짓고 있다는 사실을 알아차리지 못한 그레타는 순진하게 안도의 한숨을 내쉬었다.

"타라, 넌 정말 좋은 친구야. 네가 아니었다면 난 내 일생일대 제일 중요한 일을 엉망으로 망쳤을 거야."

"친구 좋다는 게 뭐니."

· 🍃 ·

사실 타라는 몹시 머리가 아팠다. 마물들의 이상행동의 원인이었던 돌연변이 설원 늑대를 찾아냈고, 심지어 해결했다. 케르베로스 돌연변이설의 증거가 될지도 모르는 돌연변이 마물의 사체를 획득했다는 점도 연구자의 입장에서 무척 고무적이었다.

하지만 그 돌연변이 설원 늑대가 기어코 데비우스로 찾아왔고, 하필이면 그레타쪽으로 덤벼들었고, 하필이면 또 그 옆에 있던 게 아단티에 공작이었으며, 또 하필이면 그가 성벽 밖으로 뛰어내리며 후드가 벗겨질 게 뭐람. 벌써 아단티에 공작이 데비우스에 와 젤리타 설원의 머리 둘 달린 돌연변이 마물을 해치웠다는 소문이 퍼지고 있었다.

타라가 직접 나서 변경백의 권위로 나름 입단속을 시킨 덕에 아직 북부 밖으로는 나가지 못하고 있었지만 그것도 시간문제였다. 이 이야기가 수도와 제국 전역에 퍼지기 전에 수습하지 못하면 귀찮은 일들이 생길 수도 있다.

타라는 서둘러 아름답게 빛나는 하얀 활을 든 신궁 리에보의 현신, 그레타의 리에보가 그 악마처럼 무시무시한 돌연변이 마물을 해치우는 데 큰 공을 세웠다는 말을 퍼뜨렸다. 실제로 그레타가 강한 북풍 속에서도 정확하게 마물의 눈만을 골라 명중시킨 것은 성벽 위에 있던 궁수부대원들과 기사들을 중심으로 소문이 퍼져 나가고 있었다.

그러나 아단티에 공작과 돌연변이 마물에게 쏠린 관심을 돌리기에는 아직 화력이 부족했다.

'황태자에게 찍히는 건 곤란한데.'

타라는 자타공인 불세출의 천재지만 황태자는 우수한 두뇌와 교활함뿐만 아니라 정치판에서 닳고 닳은 경험이 있었다. 괜히 귀족들이 황태자 앞에서 설설 기는 시늉을 하는 게 아니었다. 더군다나 데비우스는 황실에 막대한 빚이 있다. 황실에 밉보이는 일은 어떻게든 피해야 한다.

"영주님. 닌델라 경께서 오셨습니다."

그리고 그 곤란함을 함께 공유할 상대가 있었으니, 바로 루카스 닌델라였다. 집무실에 들이닥친 루카스는 다짜고짜 무릎을 꿇으며 애절하게 외쳤다.

"도와줘요, 변경백!"

"예?"

"라가헨이 데비우스에 있다는 사실이 들킬 경우에 하엘 님이 내 머리통을 부순다고 하셨거든요."

루카스가 제 머리칼을 움켜쥐었다. 어지간히도 황태자가 무서운 모양인지 눈물까지 그렁그렁 매달고 있었다.

"하엘 님은 분명 왜 제때 해결을 못 해서 라가헨 정체가 들키게 했냐고 하겠지. 이 사달이 난 게 모두 다 내 책임이 되겠지. 그럼 하엘 님이 날 죽일 거야. 라가헨 이 자식, 조용히 처리할 수도 있는 걸 왜 사고를 쳐 가지고! 그냥 태평하게 연애나 할 것이지. 악, 변경백! 변경백도 이거 지금 불편하잖아, 이거 조금 아니고 많이 문제잖아요."

그 순간 타라의 머릿속에 좋은 생각이 떠올랐다.

"닌델라 경. 방법이 하나 있습니다."

"뭔데요?"

타라가 빙그레 미소 지었다.

"사람들은 사랑 이야기를 참 좋아하죠. 안 그런가요?"

"그렇죠. 설마!"

"예. 그 설마입니다. 그레타는 제가 맡을 테니, 아단티에 공작님은 경께서 맡아 주세요."

돌연변이 설원늑대와 아단티에 공작 간의 관련성을 흐리게 만들기 위한 불세출의 천재 타라 데비우스의 계책. 그것은 바로 아단티에 공작의 데비우스행을 다른 무엇도 아닌 낭만적인 사랑 때문인 것으로 포장하는 것이다.

여러분, 사실 아단티에 공작님은 사랑하는 그레타 리에보 양을 만나러 몰래 데비우스에 왔던 거고요, 젤리타 설원의 마물은 그냥 눈에 보이는 김에 툭 쳤더니 죽은 거랍니다. 그리고 그 녀석은 사실 신궁 리에보의 직계후손이자 놀라운 명궁인 그레타 리에보가 다잡은 거에 아단티에 공작님이 막타만 친 거고요.

원래 묻어 둬야 하는 중요한 사건이 터졌을 땐 자극적인 스캔들로 덮어 줘야 하는 법이다.

"라가헨 그 새끼는 고백 같은 거 할 만한 성격이 아닌데요."

"괜찮아요. 고백은 그레타가 할 거니까. 경께선 오늘 저녁 만찬 파티 자리에 아단티에 공께서 참석하게만 만들어 주세요."

작전명 '완벽한 고백'의 시작이다.

17.

그레타의 경우 타라가 딱히 노력할 필요도 없었다. 이미 고백하기로 혼자 마음을 먹었기 때문이다. 타라는 자신이 준비한 최고의 타이밍에 그레타가 고백하도록 종용하기만 하면 되는 것이었다. 그렇다면 루카스는 어떨까.

황태자 하옐은 루카스가 뭇 여성들의 사랑을 받는다는 사실에 근거해 그를 '연애사업 조력자'로 발탁했다. 타라는 그가 라가헨과 꽤나 오랜 시간 친분을 쌓아왔다는 것과 사실상 다른 선택지가 없었기 때문에 그에게 공조를 요청했다.

하지만 둘의 선택이 그다지 탁월한 것은 아니었다. 왜냐하면 루카스는 기본적으로 사람을 놀리고 괴롭히는 걸 좋아하는 악질적인 성격을 가지고 있고, 그가 제일 좋아하는 놀림 대상은 라가헨 솔 아단티에였기 때문이다.

"라가헨. 너 그레타 리에보 영애 좋아하지? 다 보여. 으휴, 이 엉큼한 자식. 어린 여자가 취향이었구나? 얌전한 고양이가 부뚜막에 먼저 올라간다더니. 사실 이 형은 다 알고 있었어. 머레이가 그러던데, 그레타 리에보 영애가 활을 나보다 잘 쏘는 거 같다고. 그래서 수도로 복귀하면 궁수부대 입단을 권유해 볼 생각이야."

"루카스 닌델라."

"어, 응?"

등골이 싸늘해졌다.

루카스는 저도 모르게 마른침을 꿀꺽 삼켰다.

"그 입, 다물어라."

"왜? 왜 다물어? 응? 왜 다물어야 해? 그레타 리에보 영애가 내 수하가 되는 게 마음에 안 들어? 막 질투가 나고 그래?"

"루카스, 닌델라."

짜증 섞인 목소리였다.

"요, 요 부끄럼쟁이. 나랑 같이 노는 거 좋아했으면서!"

"좋아하긴 누가……."

라가헨은 뒷목이 당겨오는 기분에 한숨을 내쉬었다.

"라가헨 넌 진짜 좀 솔직해져야 해. 하옐 님이 시키면 하기 싫어도 아무 말도 못 하고 꾹 참고. 지금도 그래. 누가 봐도 리에보 영애 좋아하고 있으면서 안 좋아하는 척하고 말이야. 여섯 살 나이 차이가 뭐 좀 죄책감 들어? 우리 매형이랑 누나랑 여덟 살 차이야. 매형이 나보다 어리다고. 하지만 우리 누나는 엄청 당당해. 남자는 젊은 게 최고라더라."

"시끄럽다, 루카스 닌델라."

"나는 서로 좋아하는 사람들이 삽질하고 있는 꼴 보는 게 제일 싫어. 아주 그냥 막 온몸에서 두드러기가 나."

그의 말대로 라가헨은 대 마물 전쟁 때 또래인 루카스와 자주 어울렸다. 훌륭한 인격 성장을 위해선 또래 집단과 어울리는 것이 중요하다던 황태자 하옐의 명령 때문이었다. 당시의 루카스는 지금보다도 더 천방지축이었다. 사람 대하는 것이 훨씬 더 힘들었던 그 시절, 라가헨은 쉴 새 없이 떠드는 데다 어디로 튈지 모르는 루카스가 무척이나 버거웠다. 결국 라가헨은 일찍부터 그를 적당히 무시하는 쪽을 선택했다.

하지만 불행하게도 빌어먹을 루카스 닌델라는 라가헨의 무시에 굴하는 그런 나약한 사나이가 아니었다. 하물며 자신의 머리통이 으깨진 수박이 되느냐 마느냐의 기로에 놓여 있는 순간에 라가헨의 무시 따위가 걸림돌이 될 수 있을 리가 없다.

"후회하지 말고 얼른 고백해. 지금은 리에보 영애가 널 꽤나 좋아하는 모양이지만 궁수부대에 입단하면 젊고 탱탱하고 아리따운 청년들이 가득하니까 이제 서른 줄 들어가는 늙다리 공작한테서 마음 떠나는 것도 금방이다? 너는 이미 나이에서부터 안돼. 나이부터 안되는 남자가 어린 아가씨한테 매력을 뽐내려면 아주 갖은 노력을 해야 해. 사실 수컷이란 게 다 그래. 암컷에게 선택을 받으려면 가장 화려하고 아름답게 꾸미고 구애의 춤을 춰야 하지. 너처럼 그렇게 목석처럼 가만히 있으면 암컷은 더 멋진 수컷을 찾아 훨훨 날아가는 거야."

라가헨의 손에 잡혔던 의자의 팔걸이가 부스러졌다.

"어어, 라가헨. 너 기물파손. 변경백한테 이를 거야."

"제발, 그 입 좀 다물어라, 루카스 닌델라. 아니면 나가!"

"아무튼 말이야. 지금 리에보 영애가 너 좋다고 방실방실 웃고 있는 지금이 적기라니까? 지금 고백해. 나랑 결혼해 줘요, 그레타. 사랑해요!"

"네 녀석이 무슨 생각을 하고 있는지는 알지만, 착각하지 마라. 그레타는 내 팬이다. 그리고 그레타는 따로 마음에 둔 사람이 있어."

루카스는 한숨을 푹 내쉬었다. 황태자가 라가헨의 이야기를 할 적에 몇 번이고 분통을 터뜨렸던 게 생각났다.

"옛날에 하엘 님이 나한테 너에 대해 당부하신 게 있어."

"전하께서?"

"응. 네가 뭔가 원할 때는 그걸 직접 말할 수 있게 도와주라고. 배가 고프면 배가 고프다고 말하고 목이 마르면 목이 마르다고 말하고 피곤하면 쉬고 싶다고 말할 수 있게 도와주라고. 네가 솔직해진다고 누구도 뭐라 안 해. 그러니까 솔직해져 봐. 너 리에보 영애 좋아하지?"

"……."

"너 데비우스 온 것도 리에보 영애가 여기 있어서 그런 거잖아."

맞는 말이라 할 말이 없다.

"엊그제였나? 네가 잠든 리에보 영애 데리고 들어오는 거 다 봤어. 좋아하는 티가 그렇게 나는데 왜 자꾸 모르는 척하는 거야?"

"티가 나나?"

"그래. 엄청 티 나. 그냥 눈에서 아주 꿀이 뚝뚝 떨어지는데 그걸 어떻게 모르냐?"

그의 말에 라가헨이 눈을 크게 떴다.

"너 정말 티가 하나도 안 난다고 생각하고 있었던 거야? 여러모로 너는 참 대단해. 그래도 네가 누구 좋아하고 이러는 거 보기 좋다. 나 진짜 이러다가 네가 말년에 외롭게 혼자 앓다 죽는 거 아닌가 싶었다니까. 내가 이래 봬도 오는 여자 안 막고 가는 여자 안 잡는 히테리아의 풍류남 아니냐. 여자에 대해 궁금한 게 있다면 무엇이든 물어봐."

실제로 루카스 닌델라는 매해 히테리아 사교계에서 진행하는 가장 인기 있는 남자 상위권 자리를 놓치지 않을 정도로 뭇 여성들의 사랑을 받고 있었다. 솔깃했다. 한 번 솔깃한 순간 덫에 걸려든 것이나 다름없었다. 라가헨이 머뭇머뭇 입을 열었다.

"그레타에 대한 얘기는 아니다."

"말해 봐. 뭔데 뭔데."

"선물을 받고 운다면 그 이유가 무엇이라고 생각하나?"

"선물이 뭐 징그럽고 끔찍한 거였나? 받고 울게."

라가헨의 얼굴이 심각하게 일그러졌다. 언뜻 화난 것 같아 보이지만 사실은 무척 시무룩할 때 나오는 표정이었다. 그것을 곧장 알아본 루카스가 크게 웃음을 터뜨렸다.

"리에보 영애가 네가 준 선물 받고 울었어? 뭐 줬는데? 리에보 영애라면 네가 니벨로타의 똥을 한 바가지 퍼다 줘도 좋아할 것 같은데. 아하하하!"

벌떡 일어난 라가헨이 주먹을 휘둘렀다. 루카스 닌델라가 쓰러졌다.

"이봐. 루카스 닌델라."

라가헨은 바닥에 쓰러진 루카스의 등을 살짝 흔들어보았다.

제스파가 정한 '라가헨 솔 아단티에의 행동철칙' 그 0번은 '사람에게 힘을 행사하지 않기'였다. 여름 원정 탈영 기사 미카엘을 응징할 때에도 그는 무척이나 이성적이고 합리적인 계산하에 폭력을 행사했다.

하지만 루카스의 뒤통수에 가해진 충격은 몹시 감정이 섞여 있어서 힘 조절을 못했다. 안 그래도 어제 이후로 그레타를 한 번도 보지 못해 예민해져 있는 차였는데 루카스 닌델라가 지나치게 자극을 해 버려서…….

라가헨이 당혹감 속에서 늘어진 루카스를 들어 의자에 앉히려 하던 그때, 노크 소리와 함께 니나헨이 들어왔다. 니나헨은 범죄 현장에 준하는 광경에도 놀라지 않고 한숨을 내쉬며 루카스의 상태를 살폈다.

"방에 처박아 두고 의원을 불러야겠네. 공작님께서 시끄러운 자리를 좋아하지 않으시는 건 알지만 대장님이 이 모양이시니 오늘 저녁 만찬 파티에는 공작님께서 대신 참석해 주셔야겠습니다. 오후에 사용인이 방문할 겁니다."

루카스를 둘러업은 니나헨은 대답을 듣지도 않고 방을 나섰다.

결론만 말하자면 루카스는 임무에 성공했다. 라가헨은 제 주먹에 뒤통수를 맞고 기절한 루카스를 대신해 반드시 저녁 만찬 파티에 참석해야만 하는 상황에 처했으니까.

'제기랄. 되는 일이 없군.'

사람들 앞에서 정체도 까발려졌다. 데비우스 사람들은 수도 사람들과 달리 적극적이라 밖에 나가기만 하면 사인을 해달라고 사람들이 몰려든다. 성밖에는 그를 취재하고 싶어 하는 북부의 기자들이 진을 치고 있다고 들었다. 그 와중에 루카스 닌델라를 기절시키기까지 해서 저녁 만찬 파티에도 참석해야 한다.

그레타가 보고 싶다. 라가헨은 한숨을 내쉬었다.

18.

북부의 문화는 중남부와 비교했을 때 다소 폐쇄적인 것처럼 받아들여지고는 했다. 자원이 부족한 탓에 호화롭고 다채로운 사교 파티보다는, 가까운 사이의 친인척이나 지인들끼리 저녁 식사를 겸하는 소규모 만찬 파티가 흔한 탓이었다. 혹독한 날씨로 인해 중남부에서처럼 정원 등의 개방된 공간을 활용하는데 제한이 크다는 점도 한 몫을 거들었다. 하지만 뚜껑을 열고 보면 북부처럼 친근하고 격 없는 곳도 드물었다.

오늘의 저녁 만찬 파티에는 변경백 타라 데비우스와 수도에서 온 조사단, 마물 학자들 몇 명과 일부 궁수부대원들까지 도합 서른 명 정도가 초대되었다. 파티의 명목은 '데비우스의 평화를 위협하는 설원 늑대를 처치해 주신 위대한 아단티에 공작님과 조사단의 노고에 대한 감사'였다.

만찬장 한쪽에는 작은 음악대가 듣기 좋은 선율을 배경음악처럼 연주하고 있었다. 격식이 없다는 말이 사실이었는지 일찍부터 와 있는 궁수부대원들의 복장은 편한 일상복이었다. 가장 차려입은 사람은 변경백이었으나 그 차림도 일반적인 수도의 파티를 생각하면 실내용 복장 수준이나 다름없었다.

라가헨도 나름 꾸민 상태였다. 그의 몸에 맞는 기성 정장 따위를 구할 수는 없었기 때문에 옷차림은 조사단원으로 위장한 옷차림 그대로였지만 머리를 조금 만지고 눈썹을 다듬는 등의 꾸밈을 당했다. 그것만 해도 충분히 답답했다. 라가헨은 만찬장을 쓱 훑고는 숨이 턱 막히는 기분에 작게 한숨을 내쉬었다. 수도에서와는 달리 연회장이 아니라 만찬장에서 이루어지는 파티였기 때문에 고작 서른 정도의 참석자와 이리저리 오가는 사용인들만으로도 아수라장처럼 느껴질 만큼 붐볐다.

"히테리아의 분위기와는 많이 다르지요?"

타라가 살짝 웃음기 섞인 목소리로 말했다.

"공께서 시끄럽고 붐비는 것을 선호하지 않는다는 사실을 닌델라 경으로부터 전해 들었습니다. 사실 참석하지 않으실 거라 생각했는데."

타라가 천연덕스럽게 거짓말을 했다.

"아닙니다. 환대해 주어 감사합니다, 변경백."

"말씀드린 대로 격식 없이 편한 자리입니다. 너무 부담 갖지 마세요. 그나저나 닌델라 경께선 괜찮으십니까?"

루카스는 의사의 극진한 치료와 보살핌 덕에 얼마 지나지 않아 정신을 차렸다. 하지만 생각보다 심각한 뇌진탕 때문에 의사는 그가 만찬 파티에 참석하는 것을 허락하지 않았다.

그 덕에 조사단 구성원들 중 가장 신분이 높은 아단티에 공작, 라가헨이 참석을 피할 핑계가 하나도 없었다. 하물며 마물을 처치한 당사자다. 반드시 참여해야만 했다. 정말로 싫었더라면 완강하게 참석을 거절하기라도 했을 텐데, 데비우스 변경백이 그레타의 친구라는 사실 때문에 그럴 수가 없었다.

"아, 저기 그레타가 있네요. 그레타와는 이미 아는 사이시죠?"
"예. 그렇습니다."

사람들 너머에서 그레타가 궁수부대원들과 대화를 나누고 있었다. 라가헨은 멍하니 그 모습을 바라보았다. 오늘따라 그레타는 유독 예뻐 보였다. 그레타는 사실 별이 아닐까, 어떻게 저렇게 은은하게 빛이 날 수가 있지. 그런 바보 같은 생각이 들 정도였다.

타라는 그런 라가헨을 보며 만족스럽게 고개를 끄덕였다. 오늘 그레타의 옷차림은 수수했지만 찰랑거리는 원피스를 입고 있었고, 가벼운 화장까지 하고 있었다. 꾸민 듯 안 꾸민 듯 최선을 다해 꾸몄다. 만찬장의 편안한 분위기에서 너무 튀지 않는 선에서 가장 예쁘게.

멀리서 시선을 느낀 그레타가 타라와 라가헨을 발견하고는 그들을 향해 다가오며 활짝 웃었다.

"라가헨!"

"그레타."

세상에나. 내 님은 오늘도 어쩜 이리 아름다우신지!

그레타는 라가헨의 미모에 감탄하느라 오늘 자신이 고백을 결심한 탓에 몹시 긴장해 있었다는 사실마저 까맣게 잊어버렸다.

뭐라 콕 집어 말할 수는 없었지만 평소보다 조금 가라앉아보이는 그의 모습에 그레타가 걱정 가득한 목소리로 물었다.

"괜찮으세요? 사실은 어디 다치셨던 건……."

"아닙니다. 괜찮습니다. 그레타, 다친 곳은 없으십니까?"

"전혀요. 마물을 상대한 건 라가헨이었잖아요."

타라는 어이가 없었다.

'와, 진짜 둘이 이러면서 짝사랑이라고 말했던 거야? 그레타 리에보, 너 진짜 바보구나?'

아단티에 공작은 큰 덩치와 무시무시해 보이는 분위기는 어디다 갖다 버린 건지 귀 끝이며 목덜미를 붉히고 있었고, 그레타는 양 뺨이 토마토처럼 달아올라 있었다. 시선도 제대로 못 마주치는 것이 누가 봐도 서로 좋아서 어쩔 줄 모르는 연인처럼 보였다.

고개를 절레절레 흔든 타라가 두 남녀를 내버려 두고 사람들 앞에 섰다.

"오늘은 그냥 공작님 핑계로 오랜만에 먹고 마십시다. 알아서들 노세요!"

수도 예법의 마스터 제스파가 보았다면 기겁했을 격식 없는 언행이었지만 그 자리의 누구도 신경 쓰지 않았다. 데비우스 사람들이라면 이런 식의 편안한 만찬 파티에 익숙했고, 수도 출신의 조사단원들은 대부분이 경박한 루카스 밑에 있는 황실궁수부대원이었기 때문이다. 고상한 귀족 가문출신인 수도의 마물학자 페르비오르스는 연구를 해야 한다며 애초에 참석을 안 했다.

마지막으로 남은 라가헨은 그레타와 핑크빛 기류를 뿜으며 수줍은 대화를 이어가려고 하고 있었다. 그러려고 했는데, 펜과 종이 따위를 든 사람들이 라가헨에게 몰려들었다.

"공작님, 사인해 주십쇼."

"공작님 어제 진짜 너무 멋있었습니다! 사인 좀!"

그 인파에 잠시 넋을 놓은 사이 그레타도 궁수부대원들에게 연행되었다.

"우리 꼬마 곰 대장, 이제 곧 수도로 돌아가지?"

"앗, 잠깐, 라가헨!"

"축하주다, 축하주!"

"어제 대장이 눈만 골라 맞히는 거 봤어? 진짜 최고였다고!"

"맞아. 우리가 쏜 건 눈가 근처엔 가지도 못했는데."

"막 눈처럼 하야얀 백궁(白弓)을 들고 서 있는데 와, 진짜 나는 무슨 신궁 리에보 부활! 이런 건 줄 알았다니까!"

"신궁 리에보가 맞지."

부대원들이 자신을 띄워 주자 그레타의 얼굴이 새빨갛게 달아올랐다.

"자자, 다들 잔 들어. 두 달 동안 수고해 준 우리의 임시훈련대장을 위하여!"

모두가 소리 높여 건배하고 술잔을 비웠다.

"꼬마 곰 대장. 내년 여름에 다시 와야 해."

"그냥 가지 말고 여기 있어라, 리에보 대장."

"싫어. 데비우스 너무 춥단 말이야."

라가헨은 기계적으로 사람들에게 사인을 해 주며 사람들 사이에 끼어 활짝 웃고 있는 그레타를 보았다.

그레타에게서 빛이 나는 것 같았다. 활짝 웃고 있는 얼굴은 봄꽃 같았고, 맑은 웃음소리는 마치 종소리 같았다. 그레타는 어느새 궁수부대원들 몇 명과 팔짱을 끼고 빙글빙글 돌며 춤을 추고 있었다. 다른 구석에서도 격식 없이 자유로운 북부의 분위기에 맞게 사람들은 신분 고하나 직위에 상관없이 마음만 맞으면 함께 춤을 췄다.

어느 테이블에선 늘상 그래왔듯 주량 대결이 시작되며 응원하는 소리가 울려 퍼졌다. 참가자 중 하나는 루카스 닌델라의 부하인 니나헨 경이었고, 다소 충격적이게도 대결의 심판은 변경백이었다. 곡을 연주하던 연주자들도 어느새 술에 취해 박자가 흐트러지거나 악기들이 제각각 따로 놀았으나 아무도 신경 쓰지 않았다. 자유롭고 즐거운 분위기 속에서 라가헨은 홀로 동떨어져 있었다.

빠르게 사인을 해 주고 인파를 헤치운 그는 시선을 피해 벽 근처에 몸을 붙였다. 그는 그림자 속에 숨은 자신의 모습에 속으로 조소했다. 그레타에게 마음을 품었다는 사실이 죄스러울 정도로 그는 어두웠다. 반면 그레타는 별처럼, 달처럼, 해처럼 빛나고 있었다.

저렇게나 빛나는 사람이 왜 내 팬이 된 걸까.

라가헨은 의문이 들었다. 오히려 그가 빛나고 당당한 그레타의 팬이 되는 쪽이 더 합리적이고 그럴듯하게 느껴졌다. 비록 그가 그레타에게 욕망하는 건 팬과 스타의 관계를 넘어서는 것이었지만.

그레타를 둘러싼 모든 사람들을 밀어내고 그 곁에 있고 싶다. 작은 손을 쥐고, 작은 뺨을 감싸고, 그 작은 몸을 끌어안고 싶다. 갈증과 허기가 사라질 때까지 그레타를 탐하고 싶다. 왜 이렇게 된 걸까. 그럴 수 없다는 걸 알면서 왜 이렇게 됐을까.

만찬장 가득한 노랫소리와 웃음소리, 왁자지껄 떠드는 모든 소리가 멀어지고 멀어지며 희미해졌다. 그에게 남은 것은 적막 속에 그레타의 미소, 얼굴, 몸짓 하나하나에서 나오는 아름다움. 순간, 눈이 마주쳤다. 그레타가 눈을 휘며, 붉은 입술을 벌리며 활짝 웃는다.

모든 것이 마치 꿈처럼 느리고 선명했다.

"라가헨!"

멈췄던 소리가 돌아왔다.

술을 좋아하는 북부인들답게 궁수부대원들은 금방 취했다. 누가 그레타인지 아닌지도 모르고 서로서로 꼬마 곰 대장을 찾으며 팔짱을 끼고 술잔을 돌렸다.

'좋아. 다들 코가 삐뚤어졌어. 이제 좀 안심이군.'

몇 마디 말도 제대로 못 섞어 보고 라가헨과 찢어지게 된 것이 억울했다. 그러나 그레타에겐 이 만찬 파티가 중요한 고백의 기회일지 몰라도, 다른 사람들에게는 먹고 마시고 즐기는 행복한 시간이었기 때문에 그들을 마구 물리칠 수도 없었다. 게다가 궁수부대원들은 정말로 그레타가 곧 떠난다는 사실에 아쉬워하고 있었다. 심지어 몇 명은 눈물까지 글썽이는 게 아닌가. 그런 그들에게 매몰차게 너희보다 중요한 일이 있으니 좀 비켜 달라고 말할 수가 없었다.

드디어 술에 취한 이들에게서 벗어날 기회를 잡은 그레타는 휙휙 고개를 돌리며 매처럼 날카로운 눈으로 라가헨을 찾았다. 사랑에 빠지면 시력도 좋아지는 걸까? 그레타는 단번에 라가헨을 찾았다.

어쩐지 그는 조금 우울해 보였다. 그러고 보니 그는 사람이 많은 것보다는 적은 것을 더 좋아하는 것 같았다. 아마 이 소란스러운 분위기가 편치 않을 것이다. 게다가 지금 그의 주변에는 아무도 없었다. 서로 연줄을 만들고 기 싸움을 하는 정치의 연장선이나 다름없는 수도의 연회에서였다면 그가 혼자 있는 일은 절대 없었을 것이다. 그에게 먼저 찾아와 이야기를 하고 한마디라도 듣고 싶어 할 사람들이 수없이 많을 테니까.

물론 라가헨은 낯선 사람들과 대화를 하느니 벽에 붙어 묵언 수행을 하는 쪽을 선호했다.

'낯선 파티에서 친구도 없이 혼자 있으면 얼마나 외로운데……. 나는 정말 바보구나. 무슨 일이 있어도 의지할 사람이 없는 라가헨을 혼자 두지 말았어야 했는데…….'

급류에 휩쓸리듯 인파에 쓸려갔던 주제에 뭘 할 수 있었겠느냐마는, 어쨌든 그레타는 강한 책임감을 느꼈다. 어차피 고백도 해야 한다. 그레타는 눈이 마주친 라가헨에게 활짝 웃어 주며 달콤하지만 도수가 꽤 높은 과일주를 두 잔 챙겨 그에게로 향했다.

"라가헨!"

"예, 그레타."

"이거 한번 마셔 보세요."

"감사합니다."

홀짝. 그레타가 술을 한 모금 마시며 말했다.

"그때요, 갑자기 울어서 죄송해요."

라가헨이 마시던 술을 뿜고 기침했다.

"괜찮으세요?"

"괘, 괜찮, 괜찮습니다."

선물을 받고 왜 우셨던 겁니까? 묻고 싶은 것은 명확했다. 하지만 말이 목에 걸리기라도 한 듯 좀처럼 나오질 않았다.

"선물이 뭐 징그럽고 끔찍한 거였냐? 받고 울게."

 루카스 닌델라의 말이 귓가에 울렸다. 그의 말이 틀렸다는 사실은 스스로가 잘 알고 있었다. 그레타가 보인 반응은 받은 선물이 싫은 사람이 보일만한 반응과는 명백히 달랐으니까. 그런데 왜 이렇게 겁이 나는 걸까. 심각한 얼굴로 침묵하는 라가헨을 보며 그레타가 초조함에 아랫입술을 살짝 깨물었다.
 먼저 용기를 낸 것은 그레타였다.
 "다시 본론으로 돌아오자면요, 그때 라가헨이 준 선물을 받고 운 것, 사과드리고 싶어요. 그때 많이 당황하셨죠?"
 라가헨의 얼굴이 하얗게 질렸다.
 "왜, 눈물을 보이신 것인지 여쭤봐도 되겠습니까?"
 화끈, 두 뺨이 달아올랐다.
 "너무 감동받았어요."
 "감동을 받을 만한 선물은 아니었습니다."
 "아니에요. 라가헨. 당신이 제게 처음으로 준 선물이었는걸요. 제게 선물을 줄 거라곤 전혀 생각을 못 해서 너무 감동받고, 너무 좋아서, 그래서 부끄럽게도 눈물이 났어요."
 그레타는 라가헨의 귀 끝이 붉어진 것을 보았다. 그 붉은 기운은 마치 그레타에게 신호를 알리는 붉은 깃발이 올라온 것처럼 보였다.
 활시위를 놓을 때다. 꿀꺽 침을 삼켰다.

"저, 하고 싶은 말이 있어요, 라가헨."

입술을 앙다물고 그를 올려다보며 말했다.

"말씀하십시오, 그레타."

"따로, 단둘이서요."

"예?"

"이리로."

긴장감에 침을 꿀꺽 삼킨 그레타가 라가헨의 옷소매를 잡아끌었다. 거절해야 하는데, 단둘이 있는 것은 좋지 않은데, 그렇게 생각하면서도 그의 다리는 순순히 그레타가 이끄는 그대로 따라갔다.

그레타는 신궁이 아니라 대마법사일지도 모르겠다. 만찬장을 나와 한적한 복도로 향한 그레타는 달빛이 쏟아지는 복도 끝 창가로 그를 데리고 갔다. 달과 별이 아름답게 빛나고 있었다.

"라가헨. 하고 싶은 말이 있어요."

대차게 마음먹은 것과는 달리 고민이 엄청났다.

무슨 말을 해야 하는 걸까. 어떻게 고백해야 하는 걸까.

하지만 그레타는 답을 내지 못했다. 내내 고민했지만 결국 그레타는 그 순간의 나에게 맡기자! 그 순간 생각나는 대로 말하자! 그렇게 결심했다.

창가에 선 그레타는 라가헨을 올려다보았다.

"말씀하십시오, 그레타."

"저는……."

지금 좀처럼 말이 잘 나오지 않는 것은 분명, 그의 어깨 위로 쏟아지는 달빛이 너무 아름다워서일 것이다. 그레타는 눈을 질끈 감고 말했다.

"저는, 라가헨을 알고 싶어요!"

더는 빨개질 수 없을 것처럼 붉어진 얼굴로 숫제 외치는 듯이.

"저를 알고 싶다는 게 무슨 뜻입니까?"

"제가 말하는 알고 싶다는 건, 라가헨이 무슨 음식을 좋아하는지, 무슨 책을 좋아하는지, 쉬는 날에는 뭘 하는지, 그런 걸 알아가고 싶다는 뜻이에요."

"그런 걸 왜 알고 싶으신 겁니까?"

그는 당황한 듯 보였다. 아니 조금 겁을 먹은 것 같기도 했다. 그레타는 그의 표정에 심장이 떨어질 것만 같았다. 무서웠다. 이렇게 두서없이 솔직하게 말하는 것이 올바른 선택인지 전혀 알 수 없었다. 그러나 과거의 자신을 원망하기에는 너무 늦어 버렸다.

차올랐던 용기가 바람 빠진 공처럼 쭈그러드는 것이 느껴졌다. 유려하게 말하지 못하는 자신이 부끄럽고 말을 더듬는 스스로의 모습에 도망치고 싶어졌다. 하지만 그레타는 이미 생각나는 것을 그대로 말하기로 선택했다. 그 끝에 무엇이 기다리고 있든지 간에 달려가는 수밖에.

"저는 라가헨이 좋아하는 걸 같이 하고 싶어요!"

대답이 없었다. 사정없이 흔들리는 푸른 두 눈을 보자 그레타는 제가 아주 큰 실수를 저지른 것만 같았다. 여태까지 쌓아온 모든 것을 망쳐 버린 것만 같았다. 하지만 이미 엎질러진 물은 주워 담을 수 없다. 그레타는 차라리 죄다 부어 버리기로 결심했다.

"라가헨이 좋아요. 당신이 저를 좋아해 줬으면 좋겠어요. 지금보다 당신을 더 많이 알고, 지금보다 더 많이 만나 함께 시간을 보내고 싶어요."

푸른 눈을 가진 외팔의 남자는 이제 당황하다 못해 완전히 넋이 나가 버린 것만 같았다.

"당신을, 사, 사랑해요!"

그레타의 마지막 말을 끝으로 끔찍하게 무거운 침묵이 내려앉았다. 숨이 멎어 버릴 것만 같았다. 그의 입이 몇 번을 달싹이다 벌어지는 것이 아주 느리게 보였다. 간신히 벌어진 그의 입에서 속삭이듯 작은 목소리가 흘러나왔다.

"그게 무슨……. 그레타, 그대는 좋아하는 사람이 있다고……."

"그게 당신이라는 뜻이에요, 라가헨."

"예?"

"그러니 대답하세요."

"무엇을 말씀이십니까?"

그레타가 그에게 성큼 다가섰다. 새빨갛게 달아오른 얼굴이나 살짝 눈물에 젖은 두 눈은 불안감과 흥분으로 가득 차 있었지만 앞으로 향하는 발걸음에는 망설임이 없었다. 라가헨이 주춤주춤 물러섰다.

"제가 좋은지 싫은지요. 저는 말했어요, 당신을 좋아해요. 아니, 사랑해요."

"왜 제게 그런, 그런 말씀을 하시는지 모르, 모르겠……."

성큼. 그레타가 한 걸음 더 다가섰다.

라가헨은 뒤로 물러서다 벽에 닿았다. 더는 물러설 곳이 없었다. 바로 옆 창문을 통해 쏟아지는 달빛이 라가헨의 표정을 숨김없이 밝혔다.

"제가 싫으시다면, 아니, 전혀 이성적인 마음이 없다 해도 괜찮아요. 다시는 귀찮게 편지하거나 만나 달라고 하지 않을게요. 하지만 제가 좋다면, 조금이라도 제게 호감이 있다면 지금 말해주세요."

"저는……."

당혹감에 떨리는 두 눈과 무슨 말을 해야 할지 몰라 벙긋거리는 입술, 붉어진 목덜미와 귀 끝.

그레타는 보았다. 라가헨은 범도 아니고 곰도 아니다.

그는 꽃이다. 여리고 겁 많은 꽃이다. 꽃을 꺾는 방법은 그레타도 잘 알고 있다.

"싫으면 저를 주먹으로 쳐도 좋아요."

그레타가 라가헨의 멱살을 틀어쥐고 그대로 당겼다. 늘 그랬듯 그레타의 힘은 가볍고, 그 무엇보다도 강했다.

라가헨의 얼굴이 그대로 끌려 내려왔다. 그레타의 얼굴이 가까워지더니 이내 닿았다. 말랑하고 작은 입술이 그의 입술 위에 닿았다. 그레타의 향기가 폐부 안에 가득 들어찼다.

달다. 단지 입술이 맞닿았을 뿐인데 향이 달고, 감촉이 달고, 그레타에게서 오는 모든 감각이 달다. 더 느끼고 싶어, 라고 생각한 순간 입술이 떨어져 나갔다.

토마토처럼 새빨개진 얼굴로 그를 올려다보며, 그레타가 말했다.

"어때요?"

그렇게 묻는 그레타의 목소리는 사정없이 떨리고 있었다.

허기가, 갈증이 몰려온다.

이러면 안 되는데, 이러면 안 되는데. 아, 모르겠다.

라가헨의 커다란 손이 그레타의 뒤통수를 파고들었다. 그의 입술이 그레타의 입술을 삼켰다. 입술만 닿았던 그레타의 귀여운 입맞춤과는 전혀 다른 짙고, 깊은 입맞춤이 이어졌다. 혀와 혀가 얽히고 숨과 숨이 섞였다.

거친 입맞춤에 숨이 차오른 그레타가 라가헨의 가슴을 통통 쳤다. 진한 아쉬움을 느끼며 라가헨이 간신히 입술을 떼어냈다.

살짝 부어 번들거리는 그레타의 작은 입술을 보자 허기와 갈증이 씻은 듯이 사라졌다. 그레타가 말했다.

"라가헨은 날 좋아하는 게 맞아요. 이래놓고 아니라고 하면 활로 쏴 버릴 거예요."

그제야 이성을 되찾은 라가헨이 흠칫 뒤로 물러섰다. 그레타의 눈꼬리가 매섭게 올라갔다. 라가헨이 그 눈빛을 피하며 가늘게 떨리는 목소리로 말했다.

"그대는 너무 어리고……."

"나이 차이 얘기 금지예요. 우리 아버지가 우리 어머니보다 일곱 살이 어리시거든요."

"나이가 아니더라도 저는 그대에게 좋은 사람이 될 수 없을 겁니다, 그레타."

"당신이 좋은 사람인지 아닌지, 그건 제가 결정하는 거예요."

"눈치가 없어 그대를 화나게 하고 답답하게 할 겁니다."

"서로 대화하는 방법을 익힐 때까진 그럴 수도 있겠죠."

"제게는 팔이 하나 없고, 활도 쏘지 못합니다."

눈을 피하며 그렇게 말하는 그는 마치 어떻게든 거절당할 이유를 찾으려고 애쓰는 것 같았다. 그레타는 두 손으로 라가헨의 뺨을 살짝 감싸 고개를 돌려 시선을 맞추도록 했다. 가벼운 손짓임에도 그는 도저히 거부할 수 없었다.

"괜찮아요. 저는 팔이 두 개씩이나 있는 데다가 활은 제가 제일 잘 쏘거든요."

그레타는 어째서인지 자꾸만 차오르는 눈물에 입술을 말아 물었다.

"저는 올바른 사랑이 무엇인지 잘 모르겠습니다."

"그건 둘이서 차차 알아 가면 돼요."

말없이 그레타를 내려다보던 라가헨이 물었다.

"그레타, 그대는 왜, 나를 좋아합니까?"

"그건 나도 잘 모르겠어요. 그냥 당신이라서, 라가헨이라서 좋은걸요."

그 말이 맹수의 가죽을 뒤집어쓴 사내의 가슴 속 깊이 숨어 있던 자라지 못한 소년에게 따뜻한 온기와 함께 깃털처럼 닿았다.

저도 모르게 모인 미간과, 찡하게 아파 오는 코끝, 그리고 뜨거워지는 눈가를, 라가헨은 느꼈다. 뜨거운 찻물을 단번에 들이켰을 때처럼, 식도가 타들어 가는 듯한 느낌이 올라왔다. 눈물이었다. 울음이었다. 너무 오랜만에 찾아와 고통처럼 느껴지는.

"정말입니까?"

"네. 정말이에요."

젖어 드는 목소리로 라가헨이 물었다.

"제가 당신을 안아도 되겠습니까?"

그레타는 환하게 웃었다.

"키스까지 해 놓고 일일이 허락받지 마세요."

그레타가 폴짝 뛰어올라 그의 목을 두 팔로 감싸 안자, 라가헨이 그레타를 세게 마주 안았다. 팔 하나로도 충분했다.

꼭 마주 안은 두 사람 너머로 밤하늘의 달과 별이 반짝반짝 내려앉았다.

마침내 한 남자와 한 여자의 두 손이 맞닿았다.

1.

"아버지가 데리러 올게. 여기서 기다리고 있어. 알았지?"

그 말을 하고 돌아서던 뒷모습이 마지막으로 보는 아버지의 모습이라는 걸 알았더라면 무엇인가 달라졌을까.

라가헨은 그렇지 않았을 것이라고 장담할 수 있었다. 그날이 아니었더라도 결국 아버지는 어디에든 아들을 팔았을 테니까.

'헨'은 '아이' 또는 '사람'을 의미한다. 그래서 평민들의 이름에는 '헨'으로 끝나는 이름이 많았다. 예쁜 아이 니나헨. 사랑스러운 아이 티니헨.

소년 라가헨도 그런 아이들 중 하나였다. 가난한 평민 소년. 다만 '라가'는 범을 의미하므로 평민에게 어울리지 않게 '범의 아이'라는 멋들어진 이름을 가졌다는 점이 조금 달랐다. 어머니가 그를 임신했을 때 커다란 호랑이 꿈을 꾼 이유일까.

그러나 거대한 이름과 달리 소년은 무척이나 작고 왜소했다. 너무 가난해 제대로 먹지 못한 탓이었다. 제국의 외곽, 변방 지역. 가진 것 없는 빈민들이 모여 사는 곳의 아이들은 대개 다 소년과 비슷한 처지였다. 작고 마르고 항상 배고팠다.

변방의 빈민촌에는 마물들이 수없이 몰려들었다. 이곳에는 해마다 늘어나는 마물들의 아가리에서 그들을 지켜 줄 벽도, 군인도 없었다. 빈민촌은 말하자면 마물들의 식량창고와 같았다. 갈 곳 없는 그들은 마물들을 피해 달아날 수도, 그렇다고 마물에 맞서 싸울 수도 없었으니까.

하루가 멀다 하고 마물들에게 잡아먹히는 이들이 생겼다. 그제는 옆집 아줌마. 어제는 앞집 살던 애. 오늘은 그 죽은 애의 동생. 내일은 또 누구일까.

소년도 그 평범한 비극을 피할 수는 없었다. 어머니와 어린 여동생이 죽었을 때 소년의 나이는 고작 여덟 살이었다. 동생이 몇 살이었는지는 기억나지 않는다. 겨우 엄마 아빠나 오빠 같은 말을 하면서 대개는 이해할 수 없는 말들을 혼자 지껄이던 정도로는 컸던 것 같다. 그 애를 꽤 예뻐했다는 것 외에는 그다지 기억나는 것이 없다.

어머니와 동생의 시체 위에 흙이 덮이는 것을 보며 소년은 아버지의 손을 잡고 울었다. 그러나 어린 소년은 그 크고 따뜻한 손이 저를 지켜 줄 아비의 손이 아니라 쓸모없어진 어린 새끼를 기꺼이 버릴 짐승의 손이었음을 알지 못했다.

아버지는 소년을 팔았다. 소년이 팔린 곳은 어떤 여관이었다. 재워 주고 먹여 주는 대가로 온갖 허드렛일을 다 시키기로 했다. 많이 먹지 않는 아이라고, 아버지는 여관주인에게 그렇게 말했다. 소년은 일주일 치 여관비와 맞바꾸어졌다.

"아버지가 데리러 올게. 여기서 기다리고 있어. 알았지?"

그 말이 거짓말이라는 사실을 어쩌면 소년은 이미 알고 있었을지도 모른다. 그럼에도 매일같이 아버지를 기다렸던 것은 아버지를 믿었기 때문일까, 다만 붙들 것이 그것뿐이었기 때문일까.

소년은 매일 아버지를 기다렸다. 솔직히 돌이켜보면 그 생활이 그렇게까지 나쁘지는 않았다. 일을 하다 실수하면 여관주인의 억센 손아귀에 따귀를 맞거나 발길질을 당하고, 질 나쁜 손님들이 소년을 괴롭히는 일들이 있기는 했다. 그래도 배곯지는 않았다. 하루에 두 번은 밥을 꼬박꼬박 먹을 수 있었다. 묽은 죽 따위였지만 하루도 빠짐없이 무언가를 먹을 수 있다는 것 자체가 소년에게는 놀라운 일이었다.

소년은 그 개밥 같은 것을 먹으면서 매일 생각했다.

'아버지가 올 때까지 기다릴 거야. 여기서 착하게 말을 잘 듣고 있으면 아버지가 데리러 올 거야. 아버지가 나를 데리러 올 거야.'

몇 달이 지나도록 아버지는 오지 않았다. 날이 갈수록 여관주인의 손찌검은 심해졌다. 여관주인은 아버지가 소년을 두고 떠나기 전에 돈을 벌어 돌아와서 배로 갚겠다는 약속을 했다고 말했다. 설마 자식을 버리겠나 싶어서 믿어 주었는데 사기를 당했다며 소년을 때렸다.

"애비도 버리는 자식이야, 너는. 네 애비는 안 와, 이것아! 이 쓸모없는 애새끼!"

여관주인에게는 단지 갈수록 나빠지는 주머니 사정에 분풀이할 대상이 필요했을 뿐이었고, 곁에 아주 연약해서 반항조차 하지 못하는 어린애 하나가 있었을 뿐이었다. 여관주인이 때릴 때면 소년은 몸을 잔뜩 웅크리고 고통을 참았다. 울면 더 맞는다. 말대꾸를 해도 더 맞는다. 그의 화가 풀릴 때까지 가만히 참아야 한다. 이렇게 심하게 맞는 날이면 밥을 조금 더 주거나 건더기 같은 것이 더 생기니까, 소년은 참을 수 있었다.

아버지가 올 때까지만 기다리면 돼. 아버지가 올 거야. 금방 올 거야.

아버지는 영영 오지 않았다.

1년쯤 지나자 여관주인은 소년을 팔아 버렸다.

사실 여관주인은 소년에게 못되게 굴었지만 그래도 소년을 어딘가에 팔아넘길 생각을 하지는 않았다. 돼지나 먹을 법한 걸 밥으로 줘도 군말 없이 일하는 소년은 꽤 나쁘지 않은 일꾼이었으니까.

어느 날, 여관을 찾은 용병단의 단장이 소년을 붙들었다. 소년의 어깨와 팔다리 등을 이리저리 만져 보고 살피더니 여관주인을 불렀다.

"이 녀석, 주인장 아들이요?"

"아닙니다. 부모 없는 고아인데 여기서 먹여 주고 재워 주면서 일을 시키고 있습니다."

"그럼 나한테 팔지."

"예?"

"이 녀석 말이야. 나한테 팔라 이 말이오."

여관주인은 노예 제도가 불법이 된 지 오래라는 것과 사람을, 그것도 어린아이를 매매하는 것이 엄격하게 금지되어 있다는 것 정도는 잘 알았다. 하지만 법은 멀고 돈은 가까운 법. 마물의 습격이 잦은 변방의 외곽 지역에선 온갖 불법들이 자행되기 마련이다.

"그동안 먹여 주고 재워 준 값이라고 생각해."

묵직한 돈주머니를 받아든 여관주인은 흔쾌히 소년을 용병에게 넘겼다. 그제야 소년은 기다림을 포기했다.

아버지는 영영 오지 않아. 드디어 소년은 현실을 받아들였다.

소년을 산 괴팍한 용병단장은 성격이 무척 이상했지만 사람 보는 눈이 좋았다. 그는 한눈에 왜소한 소년이 무골을 타고났음을 알아차렸다.

얼마 전 다리를 심하게 다친 단장은 용병으로서의 삶을 더는 이어갈 수 없게 되었다. 휘하의 용병들이 아직 그 사실을 알지 못해 단장으로 버티고 있었지만 그것이 얼마나 갈지 알 수 없었다.

그때 눈에 띈 것이 소년이었다. 그날부터 소년은 이름을 잃었고, 너, 거기, 애송이, 걸레 따위로 불리게 되었다.

단장은 이상한 사람이었다. 아주 괴팍하고 폭력적이었다. 그러나 소년은 단 한 가지 그에게 감사하게 생각하는 것이 있었다. 바로 그가 소아성애자가 아니라는 것이었다. 소년은 사람 취급을 당하지는 않았지만 단장의 삐뚤어진 비호 아래 성적 학대를 당하는 일만은 피할 수 있었다. 그게 얼마나 큰 행운이었는지는 정말 나중이 되어서야 알게 되었지만.

단장은 소년을 무척 아꼈다. 다만 그 방식은 짐승을 아끼는 방식이었다. 소년은 자주 굶고 자주 맞았다. 여관주인에게 맞을 때보다도 더 아팠다. 매일매일 배가 고팠다. 여관주인은 그래도 하루에 두 번은 냄새나는 묽은 죽 같은 것을 주었는데, 단장은 그렇지 않았다. 어느 날은 잔뜩 먹이고 어느 날은 내리 굶었다. 이틀을 굶기다가 한 번 밥을 줄 때도 있었고, 일주일 내내 밥을 잔뜩 줄 때도 있었다. 언제 먹을 수 있을지 알 수 없었기에 소년은 항상 배가 고팠다.

단장은 소년에게 몸을 쓰는 방법을 가르쳤다. 주먹과 발을 쓰는 방법, 검을 쓰는 방법, 활을 쏘고 창을 던지는 방법, 나무를 타는 방법, 말을 타는 방법까지. 그는 자신이 아는 모든 것을 가르쳤고 부하 용병들에게도 그러도록 시켰다.

기대치를 채우지 못하면 소년은 굶어야 했다. 굶어 힘이 없어서 다음 훈련을 제대로 하지 못하면 더 심하게 맞고 더 굶어야 했다. 소년은 악착같이 그가 제시한 모든 것들을 해내야만 했다. 단장의 안목대로 소년은 모든 것을 빠르게 배웠다.

소년에게는 사람다운 말을 하는 것도 허락되지 않았다. 단장은 그를 짐승으로 키우고 싶어 하는 것 같았다. 소년은 고개를 끄덕이는 것을 배웠다. 그것이 소년에게 허락된 유일한 의사 표현이었다. 말을 하거나 고개를 저으면 그날은 몹시 배고프고 많이 맞아야 했다. 때문에 소년은 오로지 끄덕이기만 했다. 그래도 이따금 소년은 단장의 눈을 피해 용병들이 부르는 노래를 흥얼거리고는 했다.

소년에겐 사람을 똑바로 쳐다보는 것 또한 허락되지 않았다. 긴 시간이 흐른 뒤 돌이켜 생각해 보면 용병단장은 그를 진짜 개로 만들어 복종시키고 싶었던 것 같다. 언제나 고개를 숙이고 명령을 이행하는 충성스러운 사냥개.

고개를 들어 사람의 얼굴을 제대로 보다 들켰다간 발길질을 당해야 했기 때문에 소년은 사람의 얼굴을 보지 않는 것이 습관이 되었다. 소년은 사람의 인상이나, 몸짓에서 나오는 특징들로 사람들을 구별하는 방법을 익혔다. 누가 덜 아프게 때리는지, 누구와 있을 때 밥을 조금이라도 더 먹을 수 있는지 따위를 알기 위해서는 사람을 구분하는 방법을 꼭 배워야만 했기 때문이다.

왜 도망치지 않았을까? 왜 도망칠 생각조차 못 했을까?

소년은 온갖 폭력에도 단 한 번도 도망칠 생각을 하지 못했다.

"너 같은 걸 받아 줄 사람은 나밖에 없다."

"왜. 힘들어? 그럼 나가. 나가서 노예시장에 팔려 가든지 마물 밥이 되든지 둘 중 하나는 할 수 있겠지."

"애미 애비도 없는 널 먹여 주고 재워 주고 가르쳐주는 건 나뿐이다."

"네가 있던 여관주인? 돈만 더 준다 그러면 어린애 좋아하는 변태 새끼한테라도 널 팔아 버릴걸?"

"난 널 절대 안 버린다."

소년은 너무 어렸다. 단장이 매일 그에게 속삭이는 말들은 얼마 지나지 않아 소년의 세계에서는 진짜가 되었다. 어머니와 여동생은 어느 날 갑자기 죽어 버렸다. 유일하게 남은 가족이었던 아버지는 소년을 버렸다. 1년 동안 함께 지냈던 여관주인은 돈주머니에 그를 팔아 버렸다. 아버지는 오지 않는다. 영원히.

말을 잘 듣고 시키는 대로 잘하면 덜 맞을 수도 있고, 밥을 조금 더 먹을 수도 있다. 적어도 다른 데에 또 버려지진 않을 것이다.

소년은 두려웠다. 또다시 모르는 곳에 버려질까 봐, 혼자 남겨질까 봐. 영영 배를 곯게 될까 봐. 추운 것과 배고픈 것은 무엇보다도 제일 무서웠다.

소년은 아무것도 알지 못했기 때문에 잠잘 곳과 먹을 것을 주는 어른이 필요했다. 아버지도 여관주인도 그를 버렸으니, 이제 그 어른은 단장이었다. 그가 아무리 소년을 학대해도 소년은 그를 떠날 수 없었다. 소년은 개가 되었다. 주인에게 발길질을 당해도 다시 기어와 꼬리를 치고, 주인이 먹다 뱉은 음식을 주워 먹는 개가 되었다. 그래야만 살 수 있었다.

몇 년 뒤 소년은 마물의 앞에 내던져졌다. 가진 것은 손에 쥔 낡은 칼 한 자루가 전부였다.

"저거 못 잡으면 넌 뒈지는 거야."

단장은 차갑게 말했다. 소년은 고개를 끄덕였다. 소년에게 허락된 대답이 그뿐이었기 때문이다. 소년은 마물을 죽였다.

단장은 웃었다. 훌륭한 사냥개의 탄생에 그는 박수를 쳤다.

소년에게 변화가 찾아온 것은 새로운 용병 하나가 용병단에 들어오면서부터였다. 남자는 소년에 대해 알게 된 뒤, 남몰래 찾아와 먹을 것을 주거나 동화책을 읽어 주었다. 소년은 남자로부터 세상을 배웠다. 떠듬떠듬 글을 배우고 사람 말을 배웠다. 그가 알려 준 세상에는 해님과 달님이 있었고 별님이 있었다. 맛있는 음식과 따뜻한 잠자리가 있었다. 다정한 사람들이 있었고 사랑받는 이들이 있었다.

"얘야, 네 이름이 뭐니?"

"……."

"내 이름은 말이야, 데빈이라고 해."

"데, 빈……."

"그래. 데빈. 네 이름은 뭐야?"

오랫동안 잊고 있던 소년의 이름. 너, 걸레, 애송이, 쓰레기 그런 것이 아닌 진짜 이름.

소년은 간신히 머릿속에서 자신의 이름을 끄집어냈다.

"라가……. 헨……."

"멋진 이름이네. 라가헨. 절대 잊지 마. 네 이름. 사람들이 널 뭐라고 부르든, 너는 라가헨이야. 범의 아이. 라가헨. 범은 절대 어떤 고통 속에서도 지지 않아. 꺾이지 않아. 맹수니까."

소년은 무럭무럭 자랐다. 소년의 속 안에서는 모르는 사이 짐승 하나가 같이 자라고 있었다. 데빈이라는 남자가 가르쳐 준 세상에 대한 이야기를 받아먹고 속 안의 짐승이 자라났다. 아무것도 몰랐다면 괜찮았을 텐데. 그냥 개로 살았을 텐데. 소년의 속에서 자라고 있는 짐승의 이름은 분노였다.

분노는 걷잡을 수 없이 커졌다. 하지만 소년은 분노를 다스릴 수 있는 방법을 알지 못했다. 그런 것을 가르쳐준 사람이 없었으니까. 소년은 벽에 머리를 박았다. 쿵. 쿵. 쿵. 이마가 터지고 피가 났다.

"이 미친 새끼가. 왜 이래?"

이마를 박지 말라고 호되게 맞았다. 온몸이 아팠지만 속에서 꿈틀거리는 짐승이 괴물이 되어서 오장육부를 괴롭게 비틀고 있었다. 그것을 토해내는 방법은 스스로 몸을 아프게 하는 것뿐이었다.

단장이 한 번만 더 머리를 박아서 시끄럽게 하거든 사지를 잘라 버릴 거라 협박하지 않았으면 소년은 스스로 머리를 깨뜨려 죽었을 것이다. 더는 자해를 통해 분노를 조절할 수 없었기에 소년은 악착같이 마물 사냥에 매달렸다. 마물을 죽일 때 잠시 동안은 속 안의 분노를 잊을 수 있었다.

이차 성징이 나오는 사춘기 무렵. 소년의 몸은 무럭무럭 자랐다. 항상 못 먹고 항상 맞고, 항상 좁은 곳에 웅크려 살았음에도 타고난 재능과 체질이 그를 키웠다. 단장의 주먹이 더는 아프지 않고 용병들의 발길질이 더는 고통스럽지 않아졌다.

소년의 몸이 이제 청년의 것에 가까워졌을 때, 단장은 소년을 사창가의 매춘부들에게 던져 줬다. 반반한 얼굴로 계집질이나 배워 보라는 것이었다. 소년은 그때가 가장 끔찍했다.

많이 맞고 많이 굶는 것도 아닌, 사창가에 내던져졌을 때가 제일 끔찍했다. 속은 어떨지 몰라도 몸은 다 자란 소년은 무척이나 매력적이었다. 거의 말을 하지 않았지만 건장한 체격과 용병들 틈에서 보기 힘든 멋들어진 외모. 더군다나 어리기까지. 지저분한 용병들이나 상대하던 변방의 매춘부들에게 그가 어떻게 보였을지는 뻔했다.

매춘부들 사이에서 소년은 트로피가 되었다. 소년은 이 여자, 저 여자에게 물건처럼 끌려다녔다. 그네들에게 이 아름다운 소년은 바닥으로 떨어진 비참한 인생의 나락에 찾아온 꿈속의 보물이었다. 고작 꿈일지라도 그것을 쥐면 이 나락에서 탈출하는 것만 같은 기분이 들게 하는.

그들은 소년을 몹시 탐냈다. 소년은 그들이 무서웠다. 그들은 입이 꾹 다물린 소년에게 의사를 묻지 않았다. 능숙하게 그 몸을 달아오르게 하고, 그 어리고 젊은 몸을 가졌다. 그리고 사랑을 속삭였다. 그들이 사랑한 것은 소년이 아니라 소년을 통해 꾸는 꿈이었으나, 소년으로서는 알 길이 없었다. 아무도 가르쳐 주지 않았다.

"사랑해, 사랑해. 사랑해, 라가헨."

소년은 처음으로 제 이름이 역겹다고 생각했다.

단장의 명령 때문에 사창가를 벗어날 수 없고, 할 줄 아는 것이라곤 고개를 끄덕이는 것밖에 없는 소년은 한 달을 넘게 사창가를 굴러다녔다. 그곳에서 소년은 사랑을 배웠다.

사랑이란 아주 아프고 고통스럽더라도 상대의 몸을 탐하는 것이었다. 그것이 잘못되었다고 알려 주는 어른은 아무도 없었다.

그 이후 소년은 한동안 밤마다 악몽을 꿨다. 악몽 속에는 많은 것들이 나왔다. 사정없이 그를 폭행하는 단장도 있었고 매정하게 그를 버리는 아버지도 있었다. 그러나 가장 끔찍한 것은 그를 탐내며 사랑을 속삭이는 여자들의 모습이었다. 소년은 그를 고통스럽게 하는 끔찍한 느낌이 수치심이라는 사실을 알지 못했다. 아무도 가르쳐 주지 않았다. 소년은 수년간 악몽을 꾸었다.

소년은 단장에게 있어 아주 중요한 짐승이었다. 어느 마물 앞에 내던져놔도 소년은 거침없이 마물을 썰어 버렸다. 훈련을 빙자한 고문이 만든 소년의 육체와 타고난 재능, 그리고 소년 안의 괴물은 그것을 가능하게 만들었다. 소년은 단장의 미친개로 알려졌다. 단장은 부유해졌고 그의 용병단은 이름을 날렸다.

그러나 날이 갈수록 소년이 벽에 머리를 찧어 대는 일이 많아졌다. 벽에 머리를 박으면 사지를 잘라 버리겠다는 협박도 듣지 않았다. 단장은 그에 대해 더는 신경 쓰지 않았다. 원래 갇혀 사는 짐승은 이상한 행동 한 가지 정도는 하는 법이니까. 마물만 잘 잡으면 어떻든 상관없다.

2.

대 마물 전쟁이 발발했다.

근 20년 동안 마물의 숫자가 급속도로 증가하며 인간의 존망을 위협하게 된 원인이 세 개의 머리를 가진 괴이한 마물이라는 사실이 밝혀졌다. 그 마물에게는 전설 속의 지옥견의 이름이 붙어 케르베로스라고 불렀다.

높은 지능과 강한 통솔력을 가지고 마물들을 한데 모은 케르베로스에 대항하기 위해 황실에선 강한 군대를 보냈다. 수많은 용병들이 참전했다. 단장도 참전을 결정했다. 그에게는 케르베로스 못지않게 훌륭한 짐승이 있었고, 이 짐승을 이용한다면 전공을 세우는 것도 어렵지 않을 터였다.

단장의 생각대로 용병단은 금방 이름을 날렸다. 소년의 놀라운 무위와 실력에 대한 이야기는 최전방에서 전쟁을 이끄는 사령관 황태자의 귀에도 들었다. 황태자는 소년을 불렀다. 소년은 단장과 함께 황태자를 알현했다.

"이 자가?"

"아, 예. 라가헨이라고 합니다."

"라가헨이라. 이름다운 실력이군. 어떤가, 라가헨. 내 밑으로 들어올 생각은 없나. 물론 용병단장, 인재를 빼 오는 것이니 그대에게도 크게 사례하도록 하지."

있어서는 안 되는 일이었다. 다리 병신에 나이가 들어 용병으로서는 퇴물이나 다름없어진 그에게 긴 시간 공들여 만든 이 짐승은 밥줄이었다.

"라가헨 이 녀석은 제 말이 아니면 듣지 않습니다. 어릴 적에 제가 거둬 기른 녀석인데, 머리가 좀 좋지 않아서."

"흠, 그런가. 그래도 생각해 보게."

다행히도 황태자는 그들을 순순히 보내 주었다.

며칠 뒤 황태자는 진영 내를 살피던 중 소년을 발견했다. 소년은 말을 묶는 기둥에 머리를 쿵쿵 찧고 있었다. 이마가 터지고 피가 흐르고 있는데도 멈추지 않았다.

"이보게, 이름이 라가헨이라고 했던가. 자네 뭐 하는 건가. 당장 멈추게."

소년은 멈추지 않았다. 소년이 머리를 찧고 몸을 아프게 하는 것은 속 안에 살고 있는 괴물 때문이었다. 아픈 건 싫었지만 속에서 분노를 솟구치게 하는 괴물이 그가 머리를 찧게 만들었다. 그것은 스스로 멈출 수 있는 것이 아니었다. 황태자는 소년의 상태가 제정신의 범주에 놓을 수 있는 곳을 벗어나 있다는 사실을 금방 알아차렸다. 단장이 머리가 좋지 않다고 말했는데, 그것이 사실인가 싶었다.

"라가헨. 멈춰."

우뚝. 소년이 멈춰 섰다. 황태자는 소년이 명령을 듣는 것에 익숙하다는 사실을 깨달았다. 그것이 누구의 명령이든 간에. 소년은 벽에 머리를 다시 박고 싶어 안절부절못하는 것 같았지만, 그래도 참았다.

"라가헨. 이마가 아프지 않느냐."

"……."

"대답해."

명령하자 소년이 떠듬떠듬 말했다.

"아픕니다."

소년은 고개를 푹 숙이고 있었다. 황태자는 소년의 턱을 잡아 얼굴을 들었다. 내리깐 소년의 두 눈에는 아주 복잡한 감정들이 소용돌이치고 있었다. 두려움, 불안, 그리고…….

품 안에서 손수건을 꺼내 이마에서 흐른 피를 닦아 주며 황태자가 말했다.

"라가헨. 그대처럼 훌륭한 용병이 다치면 쓰나. 그대에게는 기대가 커. 몸을 소중히 하게."

높으신 분들이 용병단의 짐승에게 관심을 갖는 것을 목격한 사람이 있었다. 그는 데빈이었다.

깊은 밤, 데빈은 소년을 막사에서 데리고 나왔다.

"라가헨, 잘 들어. 내가 시키는 대로 해야 해."

소년은 고개를 끄덕였다. 끄덕이는 것만이 그가 할 수 있는 일이었다.

"어제 본 황태자 전하 기억하지? 멋진 옷을 입고 뒤에 사람들이 따라다니던 높으신 분 말이야. 그 사람에게 가서 이렇게 말해."

데빈은 소년의 얼굴을 붙들어 자신을 보게 했다.

"도와주세요."

새까맣게 죽은 소년의 푸른 눈을 응시하며 데빈이 말했다.

"따라 해. 도와주세요."

"도와, 주세요."

"도와주세요."

"도와, 주세요."

"도와주세요."

"도와주세요."

데빈은 소년을 세게 끌어안았다. 데빈보다 소년이 훨씬 컸기 때문에 오히려 소년에게 매달린 모양이었다.

"미안, 미안하다. 정말, 미안하다. 라가헨. 정말 미안해."

데빈은 울고 있었다. 소년은 울어 본 적이 거의 없어서 그가 왜 우는지 알 수 없었다. 데빈은 소년에게 곱게 접힌 종이 묶음을 건넸다.

"자, 아무에게도 들키지 않게 어제 본 황태자 전하께 가서 말해. 도와주세요. 그리고 이 종이를 건네. 알았지?"

"도와, 주세요."

"그래, 그렇게 말하는 거야. 자 여기, 빵 줄게. 이거 줄 테니까 시키는 대로 잘해야 해. 단장이 시킨 일이야. 다녀오면 빵을 더 줄게."

데빈은 소년에게 빵을 하나 쥐여 주었다. 소년은 항상 배가 고팠다. 곧장 입에 빵을 욱여넣은 소년은 의심 없이 고개를 끄덕였다.

"가, 어서! 가! 아무에게도 들키지 말고."

용병들이 머무는 막사와 황태자가 있는 곳은 거리가 멀었다. 소년이 황태자에게 도착하기 전에 단장이 그의 부재를 깨달으면 모든 것이 수포가 될 수도 있었다. 데빈은 막사로 돌아갔다. 그의 손에는 예리한 단검 한 자루가 들려 있었다.

소년은 뛰어났다.

들키지 않게.

데빈이 명령했다.

황태자에게.

데빈이 명령했다.

도와주세요.

데빈이 명령했다.

소년은 뛰었다.

들키지 않게 황태자가 머무는 막사에 도착했다.

갑자기 소년이 막사 안으로 뛰어 들어왔을 때 황태자는 놀라지 않았다. 그의 곁에는 유능한 마법사와 기사들이 있었다. 그들이 소년을 향해 칼을 겨누었다. 소년은 놀라지 않았다.

소년은 구겨진 종이 뭉치를 쭉 뻗었다. 그리고 말했다.

"도와, 주세요."

소년은 데빈의 마지막 명령을 이행했다.

· ·

소년이 건넨 종이 뭉치는 데빈이라는 남자가 쓴 편지였다. 그 편지 안에는 용병단장이 그동안 저지른 숱한 악행들이 적혀 있었고, 소년이 살아온 인생이 적혀 있었다. 황태자가 편지를 읽는 동안 할 일이 없어진 소년은 눈에 보이는 기둥에 가 머리를 쿵쿵 찧어 댔다. 기사들이 놀랐지만 황태자가 기사들이 움직이지 않도록 저지했다.

"꼴에 그것도 아비라고."

편지를 다 읽은 황태자는 비웃음을 금치 못했다. 소년은 그들이 옷을 벗기고 바닥에 앉혀도 가만히 있었다. 누군가가 자신의 몸을 함부로 대하는 것이 너무나도 익숙해 보였다.

"몸이 참, 많이 상했네요."

벗긴 소년의 몸에는 많은 흉터들이 있었다. 그들은 그것이 다양한 폭력의 흔적임을 쉽게 알아보았다.

"라가헨, 고개를 들어 나를 봐라. 내 얼굴을 봐."

소년은 고개를 들었다. 바들바들 떨리는 두 눈으로 황태자를 보았다. 그의 앞에 황금빛 찬란한 머리칼을 가진 아름다운 남자가 있었다.

"너를 때리고 굶기고 괴롭게 했던 이들은 모두 죽었다. 내게 와라. 내게 온다면 누구도 너를 때리지 못하게 할 것이고, 평생 네가 누울 따뜻한 잠자리를 줄 것이다. 네가 원한다면 언제라도 배불리 먹을 수 있게 해 주겠다. 너를 가장 귀한 자리에 올려 주마. 다시는 네가 벽에 머리를 박지 않아도 되게 해 주마. 내 너를 사랑해 주마."

소년은 아름다운 남자가 하는 말이 무슨 뜻인지 잘 알아듣지 못했다. 그가 알아들을 수 있는 것은 때리지 않는다, 배불리 먹게 해 준다는 말뿐이었다. 아름다운 남자는 멍하니 있는 소년의 머리를 부드럽게 당겨 품에 안았다.

"라가헨. 나는 너를 내 몸처럼 귀히 여길 것이다."

당황하던 소년은 머리를 쓰다듬고 등을 토닥이는 부드러운 손길에 가만히 몸을 맡겼다. 어쩌면 버림받은 소년에게 필요한 것은 그뿐이었을지도 모르겠다. 그 따뜻함이 거짓이든 진실이든 더는 중요하지 않을 것이다.

이미 죽은 어머니의 품도 이보다 따뜻하지는 않을 테니까.

사자머리 용병단이 어느 날 독이 든 버섯을 단체로 잘못 먹고 하룻밤 사이 모두 죽었다더라 하는 소문이 돌았다. 흔하지는 않지만 이따금 있는 일이라 아무도 신경 쓰지 않았다.

아버지는 먼 길을 돌고 돌아 다시 아들을 찾으러 돌아왔지만, 너무 늦어 버렸다. 소년에게 아버지는 없는 사람이었다. 소년은 새 주인을 만났고, 그렇게 구국의 영웅 라가헨 솔 아단티에가 탄생했다.

3.

라가헨이 다른 사람들처럼 생활할 수 있게 되기까지 어려움이 많았다. 숟가락을 써서 밥을 먹는 방법도 잊었다. 그야말로 짐승 같았다. 전쟁 중에 그를 가르치는 일은 고됐지만 황태자는 손수 그를 가르쳤다. 밥을 먹고 말을 하고 스스로 씻는 법까지 모두 직접 가르쳤다.

라가헨은 마치 어린아이 같았다. 황태자는 몸뚱이만 자란 가엾은 어린아이를 진심으로 아끼고 보살펴 사람으로 만들어 냈다. 그가 꽤나 영민했다는 점이 불행 중 다행이었다.

"배가 고픕니다. 밥 주세요."

라가헨이 처음으로 먼저 스스로 배가 고프다고 말했을 때 황태자는 감격해서 눈물을 흘릴 뻔했다.

"먹고 싶은 건 다 주마. 여기, 다 먹어라!"

전장에서는 물론 막사에서까지 매시간을 붙어 지내며 황태자는 라가헨의 속 안에 분노라는 괴물이 자라고 있음을 알게 됐다. 가엾게도 라가헨은 겁이 많고 천성이 선해 그 분노를 남에게 드러내는 것을 두려워했다. 어쩌면 학대에 길들여진 결과물일 수도 있었지만 그가 이런 살육의 현장보다는 촌부가 되어 농사일을 하며 사는 것이 훨씬 행복했으리라는 것은 확실했다.

라가헨은 그 분노를 마물들을 잔인하게 도륙하는 것과 자해하는 것으로 겨우겨우 견뎌내는 것 같았다. 자해를 멈추게 하는 것은 어려운 일이었지만 황태자는 지난한 노력 끝에 그의 분노를 자기 자신에게서 바깥의 대상으로 돌리도록 하는 데 성공했다.

그 과정에서 황태자는 라가헨의 강인한 정신력에 감탄했다. 변방에서, 전장에서 그가 본 수많은 참상 중 학대받은 약자들이 없었을까. 라가헨은 그가 본 그 어떤 이들보다도 오랜 시간 폭력에 노출되어 있었음에도 손꼽히게 멀쩡한 정신 상태를 유지하고 있었다. 라가헨의 영혼만큼은 범이었을지도 모르겠다고, 이따금 황태자는 생각했다.

라가헨은 특히 마물들을 도륙하는 일을 잘했다. 몇 차례 함께 전장에 나간 황태자는 용병단장이 왜 라가헨을 철저히 이용했는지 이해했다. 정말이지 완벽한 사냥개였다. 황태자는 별수 없이 이 충성스러운 사냥개를 사랑하게 됐다. 그리고 다정함을 겪어 본 적 없는 짐승은 따뜻한 새 주인에게 풍덩 빠져 버렸다.

라가헨은 황태자에게 무척이나 충성스러웠다.

충성스러웠기에 황태자는 그의 팔 하나를 자를 수 있었다.

라가헨 솔 아단티에의 오른팔은 케르베로스에게 준 것이 아니다. 라가헨 솔 아단티에는 스스로 제 오른팔을 잘라 냈다.

라가헨은 너무나도 강했다. 그 일신의 힘으로 기사단 한 개를 능히 상대할 수 있을 정도였다. 황태자 자신이 그를 영웅으로 만들고자 했지만 그가 기대했던 것보다 라가헨은 너무 강했다.

수도 히테리아로 돌아가면 순진하고 충성스러운 라가헨을 이용하려는 독사들이 바글거릴 터. 당연한 일이었다. 웬만한 인물이었다면 황태자는 망설임 없이 전쟁이 끝남과 동시에 죽였을 것이다. 사냥이 끝난 뒤 사냥개는 솥으로 들어가는 법이다.

라가헨 전대의 아단티에 공작, 파인트 아단티에의 말로가 어떠한가. 세상에는 전장에서 입은 부상의 후유증으로 앓다 죽었다 알려져 있지만, 실상 그는 오르덴 왕국과의 전쟁이 끝나고 고작 일 년 뒤 황제가 내린 독배를 들고 죽었다. 애당초 명예뿐인 아단티에 공작위가 가진 역할이 그러했다.

황태자는 라가헨이 아까웠다. 라가헨은 맹목적으로 충성스러웠고, 그와 같은 재능에 이와 같은 충성심을 가진 인재를 다시 얻는 것은 불가능했다. 더욱이 그는 라가헨을 진심으로 사랑했다. 투자할 가치가 없었다면 결코 쏟지 않을 정성이었다지만, 라가헨은 그가 직접 제 손으로 기른 어린 개였고, 말을 가르치고 걸음마를 가르친 어린 동생이었다.

그를 죽이고 싶지 않았다. 곁에 두고 싶었다.

황태자는 충성스러운 사냥개에게 솔직한 심정을 말했다.

"팔 하나를 자르면 족하시겠습니까."

라가헨이 이렇게 말할 줄 알았으니까.

"그걸로 족하다."

황태자는 진심으로 라가헨을 사랑했다. 다만 라가헨보다 제국과 권력을 더 사랑했을 뿐이다. 그가 다른 백성들보다 라가헨을 조금 더 사랑하는 것처럼.

라가헨 솔 아단티에는 케르베로스의 아가리에 스스로 오른팔을 집어넣어 검사로서 가장 중요한 무기를 버렸다.

･ ･

라가헨은 제 삶이 조금 나아졌을 뿐, 목줄 잡힌 개의 신세라는 사실이 변하지 않았다는 걸 잘 알고 있었다.

황태자는 천재적인 군사(軍師) 제스파 갈레이아와 대마법사의 반열에 오른 오빌 데비우스를 감시역으로 붙여 놓고 자신의 일거수일투족에 관심을 두고 있다. 사자머리 용병단의 단장이 라가헨에게 목줄을 채워 놓았다면, 황태자는 그를 넓은 우리 안에 가두어 놓았다. 아마도 그는 죽을 때까지 황태자의 우리 밖으로 나갈 수 없을 것이다.

그렇지만 동시에 황태자가 진심으로 자신을 아끼고 있다는 것도 잘 알고 있다. 처음 맛본 다정함, 그가 주는 끝없는 음식과 따뜻한 잠자리, 폭력 없이 부드러운 접촉. 황태자가 준 모든 것은 진심이었고, 그 진심은 라가헨을 황태자의 곁에 붙들기에 충분했다.

그는 황태자의 곁에 있고 싶었다. 그가 주는 안락함 속에 있고 싶었다. 그가 주는 다정함과 그가 주는 애정을 계속 갖고 싶었다. 그의 곁에서 삶은 윤택해졌다. 얻은 것에 비하면 오른팔 하나는 저렴한 것이었다. 그는 분노를 표출하는 방법을 몰라 벽에 머리를 박아 대던 배고픈 소년에서 모두가 고개를 숙이는 위치에 올랐다.

황태자는 약속대로 그를 귀하게 여겼고, 누구도 그를 평민 출신이라 함부로 하지 못하게 대놓고 비호했다. 외팔임에도 영광스러운 제1기사단장의 자리에 앉을 수 있었던 것도 황태자의 압력 때문이었다. 그렇다고 라가헨이 행복해졌느냐 묻는다면, 그것은 아니었다.

라가헨은 행복하다는 게 무엇인지 그는 자신의 상태를 이렇게 밖에는 표현할 수 없었다. 지쳐 버렸다. 도대체 뭐에 지친 것인지 스스로도 모르겠지만, 지쳤다고. 그 외에는 찾을 수 있는 말이 없었다.

그는 지쳤고, 이제는 주변의 모든 것들이 귀찮았다. 여자를 만나 보라 종용하는 황태자도 귀찮았고 매일같이 일어나 수련을 하는 것도, 황실에 출근해 기사들을 훈련시키는 것도 귀찮았다. 가끔은 화가 났다. 버린 오른팔 대신 왼손잡이로 전향하기 위한 훈련을 할 때는 속에서 울분이 솟구치곤 했다. 왜 이렇게 힘든 일을 다시 해야 하는 건지 억울했다. 그동안 그는 다시 벽에 머리를 박고는 했다. 그 모든 것을 참고 인내한 것은 그것이 해야 하는 일이기 때문이었다. 황태자가 그러기를 바랐기 때문이었다.

그에게는 여전히 시키는 것 외에는 할 수 없었던 과거의 삶의 흉터가 진하게 남아 있었다. 우리 안에 갇힌 짐승은 결국 병에 걸리는 법이다.

아무것도 인상 깊지 않고 아무것도 즐겁지 않고 하물며 슬프거나 화나지 않는다. 다만 정말로 귀찮았다. 그 권태가 속 안의 분노를 잠재웠다. 들끓는 분노에 일일이 반응하는 것마저 귀찮았으니까. 그의 속 안에 있는 모든 것이 멈춰 버린 것만 같았다.

눈보라 치는 겨울의 한복판에 서서 가만히 얼어붙어 가는 것만 같았다. 그러던 중 처음으로 인상 깊은 것이 나타났다.

곰 앞에서 포효하는 여자. 그 여자는 이따금 생각이 났다. 그냥 드물게 인상이 깊게 남았구나, 그렇게 생각했는데 그 여자가 준 인상이, 일상에 일어난 작은 파동이 여기까지 오게 될 줄이야.

"행복이 무엇인지, 저는 잘 모르겠습니다."

라가헨은 자신이 이렇게 말했을 때 그 여자가 어떤 얼굴을 하고 있었는지 기억한다. 그 여자는 당장이라도 울 것 같은 얼굴이었다.

이내 그 여자는 언제 그랬냐는 듯 활짝 웃었다.

"그럼 뭐 이제 알아 가면 되죠. 행복이 뭔지!"

어쩌면 바로 그 순간이었을지도 모르겠다. 그 여자의 미소가 머릿속에 깊이 새겨진 것은. 아마도 그때부터였을지도 모르겠다. 그 여자와 더 가까워지고 싶어진 것은.

라가헨은 가끔 평범하게 사는 사람들을 보며 저렇게 살고 있는 스스로를 상상해 보고는 했다. 평범하게 연애를 하고 평범하게 결혼해서 평범하게 아이를 낳고 살아가는 인생. 그의 상상 속에서 그 인생은 언제나 절망적으로 끝났다.

상상 속의 아내는 어린 시절 만난 사창가의 매춘부들처럼 사랑을 속삭이며 그를 가지려 든다. 그 끔찍한 사랑이 속 안에서 자고 있던 분노라는 괴물을 다시 일깨우면 그는 상상 속에서 아내를 죽인다. 또는 어느 날 그는 자식을 이름 모를 곳에 팔아 버린다. 아버지와 똑같은 사람이 된다. 상상 속의 모든 결혼생활은 파국이었다.

그가 아는 사랑은 소유하는 것이고 지배하는 것이고 함부로 하는 것이다. 그의 몸을 가지며 탐내며 사랑을 속삭였던 모든 여자들이 그랬다. 무력한 그를 욕심껏 가졌고 뜻대로 지배하려 했으며, 그렇게 되지 않을 때면 망가뜨리고자 했다.

사랑은 역겹고 무서운 것이다. 라가헨은 사랑을 하고 싶지 않았다. 자신처럼 무시무시한 사람이 사랑을 했다간 결국 상대를 완전히 망가뜨리는 피투성이의 끝밖에 없으리라 믿었다. 황태자와 주변인들의 교육, 그리고 전쟁과 기근과 고통이라고는 한 번도 없었던 것 같은 수도에서의 생활을 통해 자신이 알고 있는 사랑이 무언가 잘못되었다는 사실을 깨달았다.

내가 알고 있던 것이 틀렸구나. 내가 알고 있던 건 사랑이 아니었구나. 하지만 단 한 번도 올바른 의미에서의 사랑이 무엇인지 진지하게 생각해 보거나 그것을 탐낸 적이 없었다.

그는 아비에게 버림받을 정도로 사랑스럽지 못한 아이였고, 가장 밑바닥에서 짐승으로 자라 왔으며, 이제는 괜찮은 감투를 쓴 외팔이 짐승이었다. 그는 단언컨대 누군가에게 사랑받을 수 있을 만한 사람이 아니었다.

그러기에 누군가가 자신을 좋아할 거란 생각을 해 본 적이 단 한 번도 없었다. 마찬가지로 자신이 누군가를 좋아할 수 있을 거란 생각도 해 본 적이 없었다. 하지만 그레타 리에보가 좋다.

그 이름을 부르고, 그 목소리를 듣고 두 뺨에 닿고 싶다. 작은 입술에 입을 맞추고 그 숨결을 훔치고 싶다. 그레타 리에보를 가지고 싶다. 터져 나오는 욕망을 있는 그대로 분출하고 싶다. 라가헨은 자신에게 사랑을 속삭였던 사창가의 여인들이 자신에게 했던 모든 것들을 고스란히 그레타 리에보에게 행하고 싶어 하는 자신을 보았다.

사랑을 속삭이는 이들의 모습은 아름답다. 황태자비와 황태자가 서로를 사랑하고 아끼는 모습을 보면 그러하다.

"사랑은 좋은 거거든. 따뜻하고 부드럽고 소중한 거야."

그러나 어떻게 내가 품은 욕망들이 아름다울 수 있지?

이 속에 득시글거리는 욕망은 좋지도 따뜻하지도 부드럽지도 않은데. 그레타 리에보가 자신을 좋아할 수 있을 것이란 생각을 하는 것은 불가능했다. 그것을 바라는 것과 그것이 실현되는 것은 전혀 달랐으니까.

그런데 꿈이 현실이 되었다.

"라가헨이 좋아요. 당신이 저를 좋아해 줬으면 좋겠어요. 지금보다 당신을 더 많이 알고, 지금보다 더 함께하고 싶어요."

그레타 리에보의 말이 라가헨의 머리통을 세게 후려쳤다.

'왜? 나를? 나 같은 걸? 도대체 왜?'

그레타 리에보는 그가 뿌리 깊은 불신에 겁먹고 물러서는 것을 허락하지 않았다.

"당신을, 사, 사랑해요!"

"자네는 리에보 영애에게 단지 구국의 영웅 아단티에 공작이고 싶은가?"

아니요. 그렇지만 나를 사랑한다는 이 말이 사실일까?

"그레타는 거짓말을 못 해."
"그러니까 그레타가 뭔가 말을 하면 그런가 보다 하고 믿으면 돼."

누군가가 했던 말이 귓가를 스쳐 간다. 누가 한 말이었는지 기억이 나지 않았다. 하지만 믿고 싶었다.

"제가 당신을 안아도 되겠습니까?"

라가헨은 그레타가 보여 주는 것을 있는 그대로 믿기로 결심했다. 그의 삶은 내내 겨울이었다. 이따금 너무 추워 이대로 영영 잠들고 싶지만, 대개는 견딜 만한 추위가 계속되는 눈 덮인 겨울이었다.

차가운 눈밭 위에 작은 새싹이 텄다. 이 싹의 이름은 무엇일까.

마음이 이렇게 간질간질하고 따듯한 것을 보면 분명 아주 사랑스러운 이름이 어울릴 것이다. 한참 동안 싹을 바라보던 그는 이것을 봄이라고 부르기로 했다. 세상에는 겨울이 다가오고 있었지만, 그에게는 봄이 왔다.

4.

히테리아의 신문이란 신문은 죄다 난리였다. 귀족들과 부유한 평민층이 주로 읽는 일류 언론사는 물론이고 진위 여부도 불투명한 지라시를 다루는 삼류 잡지사까지 모두 두 남녀에 대한 이야기를 찍어내기 바빴다.

「리에보 가의 막내와 아단티에 공작, 낭만적인 사랑을 이루다!」
「신궁 리에보는 어떻게 영웅의 가슴을 명중시켰나?」
「라가헨 솔 아단티에, 모두의 영웅에서 한 여자의 남자로!」

「구국의 영웅 아단티에 공작의 연인, 그레타 리에보는 누구인가?」
「백궁(白宮)의 그레타 리에보! 신궁의 계보를 이을 것인가!」

산더미처럼 쌓인 온갖 신문과 잡지들을 휘리릭 넘기던 하옐의 손이 멈췄다.
"라가헨."
"예."
"아니지?"
"무엇을 말씀하시는 겁니까?"
하옐이 얇은 종이 잡지 하나를 꺼내 라가헨에게 보여 주었다.

「아단티에 공작과 리에보 영애, 사실은 혼전임신?」

"아니지?"
빨갛고 파란, 크고 두꺼운 글씨로 쓰인 자극적인 문구를 잠시 멀뚱히 쳐다보던 라가헨의 얼굴이 순식간에 붉게 달아올랐다.
"아, 아, 아닙니다."
"그럴 줄 알았어. 그냥 물어본 걸세. 테리, 이 잡지사 아나?"
"호비호비입니다."
'호비호비'는 밤낮없이 수다스럽게 떠드는 작은 새의 이름이다. 아무 소리나 지껄이는 것이 아주 잘 어울리는 이름이 아닐 수 없다. 하옐이 작게 혀를 찼다.

"이쪽은 알아서 처리하게."

눈앞에서 라가헨이 붉어진 얼굴로 목석처럼 앉아 있든 말든 하옐은 느긋하게 신문을 펼쳤다. 이번에는 황실과 유착하고 있는 대표적인 언론사 중 하나에서 나온 신문이었다. 신문 안에는 무려 라가헨과 그레타가 입을 맞추고 있는 사진이 실려 있었다.

라가헨의 뒷모습이 거의 대부분을 차지하고 있어 노골적이지는 않았지만 보는 누구라도 두 남녀가 입을 맞추고 있겠구나 추측할 수 있는 사진이었다. 더군다나 창문으로 쏟아지는 달빛까지. 이 구도, 이 조명. 사진은 걸작이었다. 하옐이 고개를 끄덕였다.

"새로운 데비우스 변경백 나이가 고작 스물넷인데, 일을 참 잘해. 한참 나이 많은 어디의 누구들과는 다르게."

라가헨이 작게 움찔했다.

"데비우스 변경백이 아니었다면 라가헨 너도 닌델라 경도 여러모로 곤란해졌을 거다."

"죄송합니다."

고작 스물네 살 된 어린 변경백은 데비우스에서 발견된 돌연변이 설원 늑대의 일차 분석 결과에 근거해 케르베로스의 탄생설이 '돌연변이설'로 굳어질 것이라고 확신하고 있었다. 하옐에게 보낸 편지에 그는 과거 대 마물 전쟁을 일으켰던 케르베로스와 같은 개체가 앞으로도 더 생겨날 가능성이 얼마든지 있다고 반쯤 확언했다.

이와 같은 사실이 세상에 알려지는 것이 얼마나 위험할지, 하엘은 겪어 보지 않아도 충분히 상상할 수 있었다. 루카스 닌델라를 위시한 조사단의 파견 명목이 '신생 데비우스 궁수부대 지원'과 '데비우스의 부대 개편으로 인한 젤리타 설원 겨울 토벌에서의 변수 통제'를 위한 것이었던 것도 혹시 모를 가능성 때문이었다. 타라 데비우스는 황태자의 의도를 곧바로 파악했다.

타라 데비우스는 발 빠르게 그레타와 라가헨의 열애설을 곧장 하엘에게 보고하고 그가 충분히 이용할 수 있도록 두 남녀가 입을 맞추고 있는 사진까지 동봉했다. 타라의 편지는 조사단보다 먼저 히테리아에 도착했고, 그들이 돌아오는 것과 거의 동시에 그레타 리에보와 라가헨 솔 아단티에의 열애 소식이 수도 전역에 퍼졌다. 덕분에 하엘은 어렵지 않게 돌연변이 마물이 아닌 아단티에 공작의 열애에 사람들의 이목을 집중시킬 수 있었다.

어떻게 이렇게 완벽한 타이밍을 맞춰 두 남녀가 연인으로 거듭나게 되었을까. 하엘은 적어도 그레타 리에보에게 타라 데비우스의 입김이 닿았을 것이라는 데 라가헨의 세 달치 간식을 걸 수도 있었다.

타라 데비우스는 일을 정말 잘했다. 하엘은 이미 타라가 아카데미에서 이룬 학문적 성취와 타고난 천재성과 인품에 대해서 잘 알고 있었다. 그의 첫째 오라비인 마법사 오빌 데비우스를 밑에 놓고 이리저리 굴려 본 경험도 있었기 때문에 내심 타라 데비우스에게 거는 기대가 컸다. 결과는 기대 이상이었다.

오빌 데비우스는 머리 아픈 일은 하기 싫다며 도망쳐 버렸지만 손위 형제보다 훨씬 책임감 있는 어린 변경백은 아마 그의 치세가 끝날 때까지 뼈 빠지게 일해 줄 테지. 생각하기 귀찮아서 시키는 일만 하는 라가헨도 이 사태가 얼마나 큰일이 될 수 있었는지 정도는 이해하고 있었다. 그러니까 저렇게 아닌 척 눈치를 보고 있는 것이다. 하엘이 입을 열었다.

"아단티에 공작. 데비우스에서 정체를 들키지 말라고 한 내 명령을 어겼으니 벌을 내려야겠군."

라가헨이 눈을 부릅떴다. 하엘에게 벌을 받는 것은 오랜만이다. 한창 공부를 시킬 적에 그가 숙제를 제대로 못 하면 하엘은 다양한 벌을 내리고는 했다. 그중 그가 제일 싫어했던 것은 사람들 앞에 서는 벌이었다. 실상은 주목받는 걸 싫어하는 라가헨을 벌이라는 핑계로 대중 앞에 내세워 언론을 제 입맛대로 유도하는 하엘의 수작질이었지만, 적어도 라가헨에게는 벌이 맞았다.

"그레타 리에보 영애가 히테리아로 돌아오기 전까지 한동안 바쁘게 연회장에 출석하도록!"

"예?"

"사람 많은 곳에서 나타나라 이 말이야."

라가헨이 대답하지 않고 싫은 티를 팍팍 냈다.

"자네가 싫다면 내 그레타 리에보 영애와 면담을……."

"아닙니다. 명에 따르겠습니다."

5.

히테리아의 가을 하늘은 청명했다. 날씨는 얇은 외투 하나로도 충분할 정도로 온화했다. 같은 날 간간이 눈발이 휘날리고 있을 정도로 추운 데비우스와는 너무나도 달랐다. 히테리아와 데비우스가 같은 대륙에 있는 땅이 맞는 건가 의심스러울 정도였다.

그레타는 이 온난한 히테리아의 가을이 좋았다. 구름 한 점 없이 맑고 푸른 가을 하늘 아래를 호흡이 잘 맞는 자라를 타고 거닐면 그렇게 기분이 좋을 수가 없다. 하지만 지금은 아주 조금도 행복하지 않았다.

"자라, 나 죽는 거 아냐? 나 사형을 당하는 거 아냐?"

푸릉 푸릉. 자라가 콧방귀를 뀌었다.

"유리카가 황태자 전하는 아주 무시무시한 악마 같은 사람이라고 그랬는데. 아, 진짜 무서워. 심장이 입 밖으로 나올 것 같아."

그레타는 지금 황태자의 부름을 받고 황궁으로 가고 있었다.

데비우스에서의 모든 일을 마무리하고 히테리아의 저택에 도착하자마자 그레타를 반겨 준 것은 가족들도 사용인들도 아닌 황태자의 친필 편지였다. 황금 독수리 인장이 찍힌 휘황찬란한 황태자의 친필 편지를 보았을 때 그레타는 숨이 넘어가는 줄 알았다. 심지어 그 내용이 어찌나 살벌한지. 라가헨에게는 비밀로 하고 조용히 자신과 단둘이 회동을 갖자는데, 심장이 떨려서 그대로 숨이 멎는 줄로만 알았다.

실제로는 그레타와 잠시 대화하는 시간을 갖고 싶다는 아주 정중한 초청장이었지만 이상할 정도로 섬뜩하게 느껴졌다. 마치 지옥으로의 초대장이라도 되는 양! 하필이면 황태자의 편지에 대해 상담할 유리카가 이자벨을 만나러 영지로 내려간 터라 물어볼 사람이 없었다. 부모님 백작 부부는 또 어딘가로 손잡고 데이트를 나갔고, 돈에 눈이 먼 오라비 리차드는 당번 근무니 뭐니 하면서 안 들어왔단다.

저택에 남은 하나뿐인 어른이 형부 에드워드뿐이었기 때문에 그레타는 머뭇거리지 않고 그를 찾아갔다. 다소 병약한 그는 일하지 않을 때는 대부분의 시간을 침실이나 서재에서 보냈으므로 그를 찾는 건 어렵지 않았다.

"에드워드, 나 좀 도와줘요."

힘차게 외치며 서재에 들어간 순간 그레타는 말을 잃었다.

"에드워드, 오늘도 너무 잘생겼어요."

오, 맙소사. 형부의 빛나는 외모. 한 떨기 여린 꽃 같은 저 아름다운 얼굴!

"사진사를 부를까요? 초상화가는 어때요? 오늘 에드워드의 얼굴은 국보급이에요. 에드워드는 우리 리에보 백작가의 꽃이에요."

그레타의 호들갑에 익숙한 그가 작게 미소 지었다.

"무슨 일이야, 그레타?"

"아, 맞아. 이거요. 황태자 전하한테서 편지가 왔는데, 나 죽는 거예요?"

편지를 살펴본 에드워드가 눈을 치켜떴다.

"그레타 네가 아단티에 공작과 연인이 되었다는 소문이 히테리아 전역에 퍼졌잖아."

"아하하, 그렇죠."

심지어 입 맞추는 사진까지 도촬을 당했다는 걸 알고 얼마나 황당했는지. 게다가 그 범인이 믿었던 친구 타라였다는 사실에 정말 뒤통수를 얻어맞은 기분이었다. 나중에 사정 설명을 듣고 나서 납득을 하긴 했지만, 일생일대의 낭만과 사랑이 이용당하는 건 썩 유쾌한 일은 아니었다.

사진이 꽤 마음에 들어 따로 인화해 놓긴 했지만. 인화한 사진은 그레타의 애정하는 '라가헨 앨범' 속에 들어갔다.

"그에 관해서 할 말이 있어서 부른 걸 거야. 걱정하지마."

"하지만 유리카가 황태자 전하는 엄청 무섭고 악마 같은 인간이랬어요. 상종하면 안 된다고 했는데."

"황태자는 웬만하면 얽히지 않는 게 좋은 사람이긴 하지만 그렇다고 이유 없이 행패를 부리는 양아치는 아니야. 그리고……."

에드워드는 입술을 앙다물어 양 뺨이 볼록 튀어나온 그레타를 지그시 응시했다. 그레타는 처음 만났던 십 대 소녀 시절과 달라진 게 거의 없었다. 리에보 백작가의 사람들이 집안의 막내에게 때 묻지 않은 세상만을 보여 주려고 얼마나 많은 노력을 해 왔는지 본인은 알까.

그레타야말로 리에보 백작가에서 가장 귀한 꽃이었다.

황태자는 리에보의 뜻을 존중할 것이다.

"황태자는 적어도 네게는 좋은 사람이 되어 줄 거야."

'정말 좋은 사람이 되어 주는 거 맞아요, 에드워드……?'

생글생글 웃는 낯이 이렇게까지 사람을 주눅 들게 할 수 있는 것이었던가. 그레타는 처음 만나는 황태자의 앞에서 딱딱하게 굳었다.

유리카가 매일 황태자는 뱀 같다느니 악마 같다느니 얼른 죽었으면 좋겠다느니 하는 소리를 할 때는 몰랐지만, 정말 그의 앞에 앉아 있으려니 아가리를 벌린 뱀 앞에 선 작은 토끼가 된 기분이었다. 소름 끼칠 정도로 완벽한 예법과 정중한 매너. 입가에 장착하고 있는 부드러운 미소. 에드워드에게 비벼 볼 수 있을 것 같은 아름다운 외모까지 모든 것이 완벽했지만, 정말이지 불편했다.

미소 띤 얼굴로 그레타를 바라보던 하엘이 입을 열었다.

"이렇게 마주한 건 처음이지, 리에보 영애?"

"네, 처음이에요."

"그대는 너무 어려 기억하지 못하겠지만 오래전에 이자벨이 영애를 안아 들고 내게 놀러 온 적이 있었는데. 그때랑 달라진 게 전혀 없는 것 같아."

"가, 감사합니다."

칭찬인지 뭔지 모를 말에 그레타가 어설프게 말했다. 그러자 하옐이 웃음을 터뜨렸다.

"그래. 똑같아. 리에보에서 그대를 많이 아끼는 모양이야."

"아하하, 네에."

귀족으로 나고 자랐음에도 귀족적 화법에는 영 익숙하지 않은 그레타가 어물쩡 웃어넘겼다.

이러다가 부족한 예법과 화술에서 무한 마이너스 점수를 받고 '그레타 리에보 영애, 자네는 대영웅 아단티에 공작의 옆에는 어울리지 않는 여자라네! 이거나 받고 떨어져라!' 하시며 돈주머니를 쥐여 주시는 건 아닐까.

그레타의 머릿속에 온갖 망상들이 순식간에 스쳐 갔다.

"아단티에 공에게 비밀로 하고 만나자 해 많이 놀랐겠지. 그냥 그대와 대화를 나누고 싶었다네. 아단티에 공이 좋아하는 사람이 누구인지 어떤 사람인지 개인적으로 알고 싶었거든."

"음. 무슨 대화를 나눌까요?"

"그래. 변경백의 요청으로 데비우스의 예비 궁수부대원들을 훈련시켰다지? 어땠는가?"

"아, 정확히는 임시훈련대장으로 고용된 거예요. 처음에는……."

하옐은 재잘재잘 이야기하는 그레타를 가만히 살폈다.

황태자를 직접 만난 것에 조금 겁먹은 것 같았지만 그다지 주눅 들지 않았다. 그레타의 행동거지는 크게 예의에 어긋나지는 않지만 으레 귀족들이 황태자 앞에서 준수하는 칼 같은 궁중 예법을 지키려 노력하지 않았다. 말하는 것도 유서 깊은 개국공신 귀족 가문 출신이라고 하기엔 안쓰러울 정도로 귀족적이지 못했다. 아카데미 화술 교양에서 낙제점을 받았다더니. 그 모습들이 나쁘게 느껴지지는 않았다.

지금도 자택에서만큼은 식사 예절 따윈 때려치우고 식탁 위에 전채부터 후식까지 한 번에 깔아 놓은 뒤 턱 끝까지 차오를 만큼 음식을 먹고, 침대에서 속옷만 입고 잘 정도로 귀족적인 삶을 답답해하는 라가헨의 곁에 두기에 그레타 리에보는 상당히 괜찮은 선택지였다.

희미한 기억 속에 네 살의 그레타 리에보가 떠오른다. 그때 그레타 리에보가 뭐라고 했더라? 아 맞다, '오빠, 예쁘다! 결혼할래!'였다. 이자벨이 '지지야, 안 돼!'라고 혼을 내자 어린 그레타 리에보는 자기는 예쁜 사람을 남편 삼을 거라며 엉엉 울었지.

네 살짜리 그레타 리에보와 스물셋의 그레타 리에보의 영혼은 조금도 다르지 않은 것 같았다. 생에 어둠이라곤 한 자락도 없었을 것 같은 양지에서 자란 꽃. 그레타 리에보는 그야말로 리에보의 온실 속에서 자란 사랑스러운 꽃이나 다름없었다.

"그렇군. 거기서 아단티에 공이 그랬단 말이지."

"네. 처음에는 공작님이신 줄 모르고 깜짝 놀랐어요."

"아단티에 공에게 은근히 낭만적인 면이 있었군."

부끄러워하는 그레타 리에보는 무척이나 사랑스럽다. 보고 있으면 따뜻한 햇볕 아래를 아장아장 걸어 다니는 작은 병아리가 생각날 정도였다.

"아단티에 공의 어디가 그리 좋은가? 영애는 예쁜 얼굴이 취향인 줄 알았는데."

"어, 어떻게 그걸……!"

역시 황태자쯤 되면 개개인의 취향까지 파악할 수 있는 건가. 그레타의 두 눈이 지진이라도 난 듯 흔들렸다. 무슨 생각을 하고 있는지 빤히 보여 하옐은 속으로 웃었다. 어떻게 이자벨과 유리카 리에보의 무엇 하나도 닮지 않을 수가 있을까. 저 유리처럼 투명하게 속을 드러내는 낯만 보아도 리에보 가에서 이 아이를 얼마나 애지중지 싸고돌았을지 알 만했다.

"하하하, 리에보 백작가 여인들의 취향이야 한결같지 않은가."

"그런가요? 사실 저도 원래는 예쁜 얼굴이 취향이긴 했어요. 지금도 예쁜 얼굴 좋아해요. 하지만 그래도 공작님이 제일 좋아요."

하옐이 크게 웃음을 터뜨렸다. 조금 더 대화를 나눈 끝에 하옐이 말했다.

"아단티에 공은 사람과의 관계에서 여러모로 서투른 점이 많아. 나는 영애가 아단티에 공의 서툰 부분들을 이해해 주고 보듬어 줄 수 있길 바라네."

"최선을 다할게요."

말은 힘차게 하지만 두 뺨이 발그레 한 것이 꽤나 수줍은 모양이다. 황태자는 한동안 그레타가 데비우스의 돌연변이 마물을 해치우는데 세운 큰 공(다소 부풀려진)을 치하했다.

"로루스 사냥대회의 비공식 기록 경신에 이어 무시무시한 마물을 해치우기까지. 그대의 이름이 벌써 히테리아 전역을 뒤흔들고 있지."

"마물을 잡은 건 공작님이신걸요. 로루스도 사실 공작님이 전부 다 잡으신 거고요."

"겸손은 넣어두게. 백궁의 리에보라는 이름이 수도에 널리 퍼졌다네."

그레타가 그 듣도 보도 못한 별명에 기겁했다. 그레타는 이 이상한 소문의 출처 역시 타라 데비우스일 것이 분명하다고 생각했다. 그레타 답지 않게 아주 훌륭한 추리력이었다.

그레타가 알현실을 떠나기 전 황태자에게 물었다.

"혹시 오늘 공작님이 많이 바쁘신가요?"

곁에 있던 하엘의 보좌관 테리가 그렇지 않다고 고개를 저었다.

"내가 아는 한 급한 일은 없네."

"그럼 공작님께 반차 주세요."

하엘이 눈을 치켜떴다.

"원정에서 돌아오면 공작님이랑 켄타로 들판에 함께 가기로 했어요. 오늘 날씨가 좋으니까 오늘 꼭 같이 가고 싶어요."

이런 부분에선 리에보의 두 자매를 닮은 것 같기도 하다.

그렇게 생각하며 하엘은 장난스럽게 미소 지으며 종이에 대충 뭔가를 휘갈기더니 서명하고 그레타에게 건네주었다.

라가헨 솔 아단티에의 금일 오후 반차를 허가함.

"와, 감사해요, 전하!"
그레타가 어린아이처럼 좋아하면서 알현실을 떠났다.
그 뒷모습을 보며 하엘이 고개를 절레절레 흔들었다.
"희한한 데서 리에보스러워."
보좌관 테리가 슬며시 다가와 물었다.
"두 분의 관계를 허락하시는 겁니까?"
"그래. 그런 편지까지 받았는데 당연히 그래야지."

하엘이 말한 것은 얼마 전 아단티에 공작과 그레타 리에보의 열애설이 퍼지자마자 유리카 리에보가 그에게 보낸 편지였다. 그 안에는 가문의 장녀 이자벨이 임신했고 머지않아 해산할 예정이라는 내용이 적혀 있었다. 또한 리에보 백작가의 후계는 반드시 이자벨 리에보의 태를 탄 아이가 될 것이라는 확언까지 덧붙여 있었다. 걱정하던 후계 문제는 해결됐으니 그레타는 건들지 말라, 그런 뜻이었다.

"그렇게까지 하지 않아도 됐는데. 유리카가 막냇동생을 많이 아끼는 모양이야."
"사랑스러운 분이시잖습니까."
"그래. 어쩜 리에보에서 저렇게 대책 없이 겁 없고 밝은 애가 난 거지?"

"백작 부군을 닮은 게 아니겠습니까?"

"그런가? 그쪽은 만나본 적이 없어서. 백작이 남편을 좀 싸고도는 게 아니잖나. 아무튼 유리카가 저 애와 같은 느낌이었다면 꽤나 힘들었을 것 같군."

테리가 쓰게 웃었다.

"라가헨과 그레타 리에보는 알아서 알콩달콩하도록 두지. 자네는 임부에게 좋은 것들은 일단 죄다 준비하게. 이자벨이 낳을 유리카의 아이는 어떤 아이보다도 건강해야 한다."

"예. 가장 좋은 것으로 엄선하겠습니다."

6.

거의 매일같이 사교계를 드나들고 있는 라가헨은 스트레스가 극에 달해 있었다. 그에 반해 보좌관 제스파나 집사 오빌은 매일매일 꾸미고 가꿔 완성해낸 라가헨의 모습이 마음에 드는지 콧노래까지 흥얼거리고는 했다. 그들은 라가헨과 그레타의 열애설을 접한 그날부터 나사라도 하나 빠진 것처럼 굴었다. 그 꼴들을 보고 있자면 가끔 녀석들의 머리통을 한 대씩 때려 주고 싶었다. 루카스 닌델라처럼 기절해 버릴까 봐 그럴 수는 없지만.

심지어 루카스 닌델라는 뇌진탕 회복이 덜 돼서 라가헨보다 사홀이나 늦게 수도에 돌아왔다. 그의 일상의 대부분이 오빌과 제스파의 진두지휘 아래에서 이루어지고 있다는 사실을 감안했을 때, 그들에게 폭력을 휘두르는 것은 무척이나 큰 손해였다.

'짜증 나.'

제스파는 오늘 저녁 있을 연회에서 해야 할 행동들에 대해 하나하나 거론하고 있었다.

"마지막으로 잘 알고 계시듯이 오늘도 적어도 일곱 분에게는 리에보 영애와의 불타는 관계에 대해 이야기하셔야 합니다."

지난 사교 파티 현장에서 '리에보 영애와의 불타는 관계에 대한 이야기'는 대개 이런 식으로 대화가 전개되었다.

"공작님, 리에보 영애와 교제 중이시라는 게 사실입니까?"
"그렇습니다."
"정말 축하드립니다. 혹시 소문처럼 지난 초봄 아얀 메추리 사냥대회 때 첫눈에 반하신 겁니까?"
"그렇습니다."
"신문에서의 이야기가 전부 사실이었군요."
"대부분 그렇습니다."

도대체 의미를 찾을 수 없는 이런 대화를 일곱 번씩 반복하고 나서야 연회장에서 도망칠 수 있었다. 하옐이 내린 '벌'이 시작된 이후 평소와 달리 아단티에 공작이 사람들이 묻는 말에 꼬박꼬박 대답해 주고 있다는 소문이 돌면서 그의 정신노동의 강도는 점점 높아지고 있었다.

"리에보 영애는 언제 히테리아에 돌아오시나요?"
"고백은 누가 했나요?"
"영애의 어느 모습에 반하셨나요?"
"어떤 식으로 교제하셨나요?"
"리에보 영애는 공작님을 안 무서워하시나요?"

오늘 또다시 그와 같은 일을 반복할 생각을 하니 아주 머리가 지끈거렸다. 그래도 오늘은 그레타가 수도로 돌아오는 날이다. 그레타는 수도로 돌아오는 즉시 연락을 주겠다고 약속했다. 라가헨은 그레타의 편지만을 애타게 기다리고 있었다.
"공작님. 제 말 듣고 계십니까?"
강아지가 걷는 것처럼 도도도 하는 발소리가 멀리에서 들려왔다. 그가 아는 사람 중 이렇게 걷는 사람은 오로지 한 명뿐이었다. 라가헨이 자리에서 벌떡 일어나 집무실 문을 열었다. 복도에서 걸어오던 작은 여인과 눈이 마주쳤다.
성큼성큼 걸어 나가며 라가헨이 여인의 이름을 불렀다.
"그레타."
"라가헨."
도도도 달려온 그레타가 그를 와락 끌어안았다. 체구 차이 때문에 안기보단 안긴 모양이었지만, 라가헨은 분명히 자신이 안겨 있다는 느낌을 받았다.

기대하지 못한 파격적인 접촉에 라가헨은 바위처럼 굳었다가, 간신히 움직여 그레타의 등을 끌어안았다. 방금 전까지 머리를 무겁게 했던 온갖 스트레스와 짜증 따위가 흔적도 없이 사라지고 그레타의 향기가, 살랑거리는 보드라운 갈색 머리카락이, 품에 닿은 작은 몸과 허리를 끌어안은 얇은 팔에서 느껴지는 감각들이 그의 머릿속을 가득 채웠다.

"왜 이리 늦게 오셨습니까."

저도 모르게 어린아이 칭얼대는 말이 튀어나왔다. 인식한 순간 부끄러움이 몰려왔지만 뱉은 말을 주워 담을 수는 없었다.

그레타가 이상하게 생각하는 건 아닐까. 덜컥 겁이 났다.

그러나 그레타는 그 말 속에 숨겨진 진짜 의미를 제대로 이해했다. 품 안에서 고개만 들어 그를 올려다보며 그레타가 활짝 웃었다.

"나도 보고 싶었어요."

가을이 익어 가는데, 왜 봄꽃이 핀 것만 같을까.

그의 얼굴이 화끈 달아올랐다.

"정말 보고 싶었습니다."

두 남녀의 핑크빛 기류를 뒤에서 훔쳐보던 제스파는 두 입을 틀어막고 발을 동동 굴렀다. 그러던 중 눈에 들어온 것이 있었으니. 저 멀리 리차드 리에보가 자신의 상사와 여동생이 포옹하고 있는 것을 목격하고 경악하고 있었다. 손가락으로 둘을 가리키며 입을 벌리고 어버버 하고 있는 모양새가 아주 큰 충격을 받은 모양이었다. 그러고 보니 리차드 리에보는 둘의 열애를 다룬 신문을 볼 때마다 박박 찢어 버리는 걸로 유명했다.

리차드 리에보의 곁에는 동료 미카엘 경을 비롯한 기사 두엇이 있었다. 제스파가 그들에게 손짓과 눈짓으로 신호를 보냈다.

'끌고 가.'

순식간에 동료들에게 제압당한 리차드 리에보가 '으읍' 같은 소리를 내며 으슥한 곳으로 끌려가는 것을 끝으로 모든 방해 요소가 사라졌다. 뒤에서 무슨 일이 일어났는지 전혀 모르는 그레타가 뒤에서 무슨 일이 일어나는지 전혀 관심이 없는 라가헨에게 말했다.

"라가헨, 우리 켄타로 들판에 가요."

"지금 당장 말씀이십니까?"

"네. 이것 봐요!"

그레타가 황태자에게 받은 종이를 보여 주었다. 반차를 허락한다는 쪽지는 확실히 황태자의 필체에 황태자의 서명이 맞았다.

"전하를 뵈셨습니까?"

"아, 맞다. 그거 비밀이에요."

"무슨 대화를 하셨습니까?"

"별 이야기 없었어요. 제가 궁금했대요."

그레타에 대한 모든 정보를 이미 가지고 있을 하옐이 그레타를 직접 만나고 싶을 만큼 궁금할 것이 있을까. 그게 무엇일까. 조금 걱정스러워졌지만 해맑기만 한 그레타의 얼굴을 보니 걱정할 필요가 없는 건가 싶어졌다.

"아무튼 라가헨에겐 비밀로 하고 만나자고 하셨는데, 벌써 들켜 버렸어요. 어떡하죠?"

"괜찮습니다."

정말로 그에게 비밀로 할 생각이었으면 저런 종이를 써 주지는 않았을 것이다.

"다녀오십시오, 공작님. 이후 일정은 취소하도록 하겠습니다."

"제스파 경, 오랜만이에요."

"오랜만에 뵙습니다, 영애."

"잘 지내셨어요?"

"예. 전 무척 잘 지냈습니다. 영애께선 어서 공작님과 함께 켄타로 들판으로 가시죠. 일교차가 심해져서 해가 지면 많이 춥습니다. 해가 지기 전에 돌아오시려면 지금 가셔야 합니다."

따끈따끈한 신상 연인을 당장 데이트에 밀어 넣고 싶은 제스파가 라가헨에게 눈을 부라렸다.

보좌관이 상관에게 보이기엔 매우 불경한 눈빛이었지만 라가헨은 번뜩 정신을 차리고 급히 외투를 챙겨 나왔다.

제스파는 멀어지는 두 남녀의 뒷모습을 보았다. 잔뜩 긴장해서 삐걱삐걱 걸어가는 덩치 큰 외팔의 남자와 수줍음에 양 뺨을 붉게 물들였으면서도 꿀이 뚝뚝 떨어지는 눈으로 남자를 바라보는 작고 사랑스러운 여인.

저 여인은 알까. 저 남자의 외투 안주머니에는 작은 쪽지와 핏자국이 빠지지 않는 손수건이 항상 들어 있다는 걸. 매일 밤 그것들을 침대 옆 협탁 위에 소중히 꺼내놓고 한참을 바라보다 잔다는 걸.

그런 제스파도 이건 전혀 알지 못할 것이다. 라가헨이 직접 만든 엄니 조각 장식이 그레타의 보물 1호가 되었다는 사실을.

7.

새파란 하늘 아래 따사로운 햇살로 가득 찬 들판 위를 선선한 바람이 쓸고 지나갔다. 켄타로 들판을 가득 메운 억새들이 바람을 따라 춤을 추듯 흔들렸다. 억새 길을 따라 말을 탄 두 남녀가 나란히 걷고 있었다.

"그레타, 잠시 걷겠습니까?"

어느새 주인들보다 더 사이가 좋아진 자라와 데빈을 나무에 묶어두고 둘은 나란히 걷기 시작했다.

"타라가 몰래 사진 찍은 거에 대해 사과 전해달라고 했어요."

"아닙니다. 일은 잘 마무리하셨습니까?"

"네. 머레이 경 성격이 털털하고 술을 좋아해서 대원들이랑 금방 친해졌어요. 덕분에 귀찮은 건 다 넘겨 버리고 왔어요."

머레이 그 멀대 같은 무능한 놈. 지금 생각해도 마음에 안 든다. 루카스 닌델라보다 더 싫다. 멀대 녀석이 데비우스의 혹독한 겨울을 겪을 생각을 하니 고소했다.

한편 그레타는 마음을 굳게 먹고 있었다. 말에서 내린 순간부터 그의 손을 잡고 싶어 안달이 났기 때문이다. 물어보고 잡아야 할까? 이런 건 자연스럽게 해야겠지? 고민하던 그레타는 에라 모르겠다 종종종 걸어와 라가헨의 왼쪽에 서서 그의 손을 잡았다. 다행히도 그는 담담하게 그레타의 손을 마주 잡았다.

일견 아무렇지도 않아 보였지만, 사실 라가헨은 몹시 긴장해 있었다. 자연스럽게 포옹하고, 손잡고 궁을 나와 나란히 말을 타고 켄타로 들판까지 왔지만, 이 모든 것이 비현실적으로 느껴졌다.

솔직한 심정을 말하자면 라가헨은 그레타가 수도에 돌아오길 간절히 바라면서도 또 절대 돌아오지 않기를 바랐다. 그레타가 돌아오는 그 순간 데비우스에서의 고백, 뜨거운 입맞춤, 포옹, 모든 것이 신기루처럼 사라질 것만 같았다.

사실은 모두 거짓말이었어요. 당신을 좋아하지도 사랑하지도 않아요. 모두 당신의 착각이에요. 누구에게도 말하지 않았지만 라가헨의 상상 속에서 그레타는 자신이 내뱉은 모든 말을 철회했다.

숨이 막힐 정도로 끔찍한 불안감이 몰려올 때마다 그는 그레타가 그동안 보낸 편지들을 몇 번이고 다시 읽고, 손수건을 꺼내 보고, 불티나게 찍혀 나가고 있는 신문 속의 사진을 바라보았다. 특히 그레타와 입을 맞추고 있는 사진은 그에게 있어 데비우스에서의 모든 일들이 진짜라는 유일한 증거나 다름없었다.

라가헨은 그레타를 바라보았다. 자신의 왼손에 쏙 들어와 있는 그레타의 작은 손은 따뜻했다. 그간의 불안감이 녹아 사라지는 기분이다. 그가 그레타의 손을 조금 더 세게 잡았다. 이대로 쥐고 있다가 정말 솜사탕처럼 녹아 사라질지도 모르지만, 놓을 수 없었다.

"저 지금 너무 좋아요!"

그레타가 들뜬 목소리로 외치듯 말했다.

"무엇이 좋으십니까?"

"라가헨이랑 손잡고 같이 걷는 거요."

이 여자는 아마 모르겠지. 자신이 하는 말 한마디 한마디에 심장이 쿵쾅거리며 아, 당신이 진짜구나, 그렇게 안도하고 있다는 걸. 라가헨은 가슴이 먹먹해지는 느낌을 삼켜내며 힘겹게 답했다.

"저도 좋습니다, 그레타."

"라가헨도 좋아요? 나랑 손잡는 거?"

"팔 하나를 잃은 것이 이렇게 아쉽게 될 줄은 몰랐습니다."

"네?"

"손이 하나 더 있었다면 그대의 손을 더 많이 잡을 수 있었을 테니까요."

심장이 쿵쾅거렸다. 그레타가 그의 손에 깍지를 꼈다.

"손 두 개로 잡는 것보다 더 많이 잡으면 되죠. 제발 놔 달라고 할 때까지 잡고 있을 거니까 그렇게 아세요."

자신을 내려다보는 푸른 눈을 마주 보며 그레타가 히죽 웃었다. 라가헨이 넋을 놓은 표정으로 말했다.

"계속 손잡고 있고 싶습니다."

"계속 손만 잡고 있게요?"

"그러면 안 되겠습니까?"

진심 어린 목소리에 그레타는 당황했다.

"우리 둘이서 같이 해야 할 게 얼마나 많은 줄 아세요? 서로 좋아하는 거 하나씩 번갈아 가면서 해요."

"그레타, 그대는 어떤 걸 하고 싶으십니까?"

"어어. 너무너무 많아요. 늦은 밤에 산책하기, 같이 마상경기장 가기. 아, 맞아 맞아! 제가 추수 감사 대축제에서 사격대회 나가서 일등 해서 라가헨한테 화관 씌워 주기! 그리고 또 같이 연극도 보러 가고, 같이 나란히 앉아서 책도 읽고 또…….."

사랑스럽다. 이 단어 외에 그레타를 형언할 수 있는 말을 찾을 수가 없었다. 작은 새처럼 맑은 목소리로 재잘거리는 그레타를 보고 있노라면, 가슴께가 따뜻해지면서 말랑말랑하고 흐물흐물해지고 또 뱃속 깊은 곳이 간질간질해졌다.

으스러지도록 끌어안고 싶다. 숨 쉴 틈 없게 입을 맞추고 싶다. 그레타를 볼 때마다 생각할 때마다 솟구치는 갈증과 허기가 다 사라질 때까지. 하지만 이 욕망을 드러냈다가는 그레타가 자신을 경멸하지는 않을까 조금은 두려웠다. 정작 그레타가 알았다면 쌍수를 들고 환영했을 생각이지만, 그 마음을 알기엔 둘은 아직 서로를 너무 몰랐다.

그레타를 바라보고 있는 이 순간 차오르는 감격 같은, 자칫하면 눈물이 터져 나올 것 같은 느낌이 감당하기 힘들면서도 너무 좋아서 라가헨이 부드럽게 눈을 휘며 웃었다. 그의 눈가와 코끝이 살짝 붉어졌다.

"예. 모두 합시다."

그레타의 붉게 빛나는 두 눈이 놀람으로 커졌다.

사랑하는 남자의 웃는 얼굴이 너무나도 아름다워서.

"둘이서 같이요!"

"예. 둘이서요."

그레타의 한쪽 뺨을 감싼 라가헨이 천천히 고개를 숙였다. 이미 한차례 화끈 달아오른 그레타의 뺨이 토마토처럼 붉어졌다. 입을 맞출 듯 살짝 고개를 돌리고 가까이 다가간 그가 속삭이듯 말했다. 그의 숨결이 느껴졌다.

"저는 지금 행복한 것 같습니다. 내 행복의 이름이, 그레타 당신인 것 같아요."

작은 목소리에 담긴 짙은 진심에 그레타는 벅차오르기도 하고 떨리기도 해서 주먹을 꽉 쥐었다.

꼴사납게 떨지 않으려 노력하며 그레타가 말했다.

"저도, 저도 정말 행복해요. 내 행복의 이름은 라가헨이에요."

바람이 억새밭을 흔들고 가는 들판 위에서, 한 쌍의 연인이 입을 맞추었다.

- 끝 -

두 손이 닿을 때까지

초판 1쇄 발행 2023년 4월 3일

지은이 강민서

발행인 고영토
기획 최민실
발행처 ㈜콘텐츠랩블루
출판신고 2019년 1월 10일 제 2019-000006호

펴낸곳 ㈜타인의취향
기획실장 최지연
마케팅 이유리, 김현지, 박소영
경영지원 김나영
디자인 크리에이티브그룹 디헌
주소 서울시 마포구 큰우물로 75 성지빌딩 1406호
전화 02-6949-6014 **팩스** 02-6919-9058

ⓒ 강민서, 2023

ISBN 979-11-6968-000-4 03810

이 책은 ㈜콘텐츠랩블루와 ㈜타인의취향의 계약에 의해 출판된 것이므로 무단 전재 및 유포, 공유를 금지합니다.

- CLB BOOKS는 ㈜콘텐츠랩블루의 출판 브랜드입니다.
- 책값은 뒤표지에 있습니다.
- 잘못된 책은 구입하신 곳에서 바꾸어 드립니다.